JENNIFER JANCKE

SILVER LANE

NUR EINEN SOMMER LANG

Contemporary Romance

ROMANCE EDITION

SILVER LANE: Nur einen Sommer lang

Jennifer Jancke

8712 Niklasdorf, Austria

1. Auflage
Covergestaltung: © Sturmmöwen
Titelabbildung: @ Robert Lang @ Tommy Brison
Lektorat: Melanie Reichert
Korrektorat: Romance Edition

Printed in Germany

ISBN-Taschenbuch: 978-3-903130-70-8
ISBN-EPUB: 978-3-903130-71-5

www.romance-edition.com

1. Kapitel

Heimweh

»Nein, Mom, bitte hör mir doch zu! Es ist meine Abschlussfeier«, flehe ich, stolpere im Flur über die Tasche meiner Mitbewohnerin und hetze ihr in Gedanken die Pest auf den Hals. Seufzend schließe ich meine Zimmertür und betrachte die ordentlich gestapelten Umzugskartons. Noch ein paar Tage, bis ich das alles hinter mir lassen kann. Endlich. Himmel, ich kann es kaum erwarten.

Es ist irgendwie merkwürdig, das letzte Semester an der UCLA abzuschließen, eine der wenigen Unis, die überhaupt ein Veterinärstudium anbieten und die einzige, die mich angenommen hat. Sechs Jahre in den Veranstaltungen hocken, sich die Nächte um die Ohren schlagen und nervige Kommilitonen ertragen. Und dazu Elaine Masters, meine reizende Mitbewohnerin, die sich nur für Kerle und Partys interessiert und das Badezimmer für Stunden in Beschlag nimmt. Dass sie nie ihren Kram wegräumt, muss ich sicher nicht extra erwähnen, oder? Und das alles, um dann feierlich ein Zeugnis entgegenzunehmen. Jahrelange Qual für fünf Minuten Applaus und ein Stück Papier. Klasse, wirklich ganz toll.

Für meine Zukunft, verbessere ich mich in Gedanken. Ich mache das alles, um mir etwas aufzubauen. Dafür habe ich alles getan und viel aufgegeben. Zuerst ein paar Jahre in der Praxis von Dr. Kramer arbeiten und genug Geld zusammensparen, um irgendwann eine eigene Tierarztpraxis zu eröffnen. Das ist mein Plan.

Da ist es wirklich kein Wunder, dass das Leben meiner Mitstudenten vielleicht ein wenig anders aussieht. Chaotisch, mit Studentenpartys und faulenzen am Strand. Während ich in meinem Zimmer sitze und lerne, haben sie Spaß, aber ich bin nun mal ein Mädchen vom Land. Ich mag keine Hektik, keine lauten Orte und bin gern organisiert und vorbereitet. Ich passe also absolut nicht in eine Großstadt wie Los Angeles und erst recht nicht zu den Menschen, die hier wohnen. Nicht nur, weil ich meine Zeit lieber mit dem Unterrichtsstoff und meiner Arbeit verbringe, sondern auch, weil ich wahrscheinlich die einzige Studentin bin, die einen richtigen Plan für ihre Zukunft hat. Nicht nur eine vage Vorstellung, was ich mal machen will.

An einer Wand des Zimmers hängt ein Fünfjahresplan, mein Terminkalender quillt über vor Listen, um meine Ziele zu erreichen, und ich organisiere jede Minute meines Tages ganz genau.

Was einer der Gründe ist, weshalb ich zu keiner einzigen der Feiern eingeladen bin, die vor der feierlichen Graduation stattfinden, während Elaine eine Einladung zu jeder einzelnen Party hat. Was mich natürlich nicht stört. Kein bisschen. Ich habe meine Arbeit in der Tierarztpraxis von Kelly und Chris und konnte so nicht nur jede Menge Erfahrungen sammeln, sondern mir auch einige Ersparnisse zurücklegen. Und bald werde ich meine Qualifikation in den Händen halten. Also ist alles gut. Bis auf eine Sache: meine Abschlussfeier. Denn egal, wie sehr ich das alles hier hasse, dieser kurze Moment ist mir doch wahnsinnig wichtig, um meiner Mutter zu zeigen, dass ich es geschafft habe. Um es mir selbst zu beweisen.

»Mom, bitte! Ich weiß, du hast eine Menge zu tun mit den Pferden und den Kundenaufträgen, aber es ist eine feierliche Zeremonie. Ich werde Talar und Barett tragen und wahrscheinlich absolut lächerlich aussehen - was ja wohl ein Foto wert ist, findest du nicht? Willst du dir das wirklich entgehen lassen?«, sage ich hoffnungsvoll, um sie zu überzeugen, während ich alles in den Umzugskartons verstaue, was ich in den nächsten Tagen nicht mehr brauchen werde. »Wir könnten einen Roadtrip machen. Das ganze Wochenende unterwegs von L.A. nach Silver Lane. Klingt doch spitze!«

Mein Blick fällt auf eins der vielen Fotos, die ich an die Pinnwand über meinem Bett geheftet habe. Mom und ich vor dem Schild unseres Gestüts, auf dem – in verschnörkelten Buchstaben – *Silver Dream: Zucht und Ausbildung von Quarter Horses* und der Name meiner Mutter steht: *Rebecca Evans.* Wir grinsen beide um die Wette und sehen aus wie zwei typische Cowgirls. Jeans, Hemd, Stetson. Alles, was zu diesem Outfit dazugehört, und das vor einem Hintergrund, der regelrecht *Wilder Westen* schreit. Absolut traumhaft und ein krasser Gegensatz zu einer Großstadt wie Los Angeles.

Und wenn man sich genauer in meinem Zimmer umsieht, wird offensichtlich, wie sehr ich meine Heimat vermisse: Die Wände, die fast nicht mehr zu erkennen sind, weil sie unter Bildern und anderen Erinnerungsstücken verschwinden. Einige Pokale meiner Platzierungen im Barrel Racing thronen in den Bücherregalen, direkt vor den Liebesromanen und meiner Fachliteratur. Selbst einige meiner Stiefel aus meiner riesigen Sammlung habe ich mit nach L.A. genommen, obwohl ich sie nur selten trage. Alles hier erinnert mich an Montana, was meine Sehnsucht noch größer macht.

Sechs Jahre Großstadt und ich bin immer noch ein Landei und kann es kaum erwarten, wieder nach Hause zu kommen.

»Mom? Bist du überhaupt noch dran? Hörst du mir zu?« Ich werfe eine ausgeblichene Jeans und ein hellblaues Top auf die Matratze und lege mir die dunkelgrauen Sneakers zurecht. Für meine Cowboyboots ist es definitiv zu heiß.

Bei der Vorstellung, dass meine letzte Spätschicht in der Tierklinik bald beginnt, kribbelt es unangenehm in meinem Magen. Ich verdränge die Gedanken an den Abschied und konzentriere mich auf das Telefonat.

»Heute ist erst Donnerstag, das bedeutet, du hast genug Zeit, dir bis Samstag jemanden zu suchen, der für ein paar Tage dafür sorgt, dass das Gestüt nicht abbrennt. Wie wäre es mit Tyler? Der ist doch der Meinung, er könne den Hof im Alleingang schmeißen!«

Sein Name kommt mir nur zögernd über die Lippen. Gleichzeitig sinkt meine Laune in den Keller, wie immer, wenn ich an diesen Möchtegern-Cowboy denke. Er hat mir jedes Mal die Semesterferien ruiniert, seit er vor drei Jahren wie aus dem Nichts aufgetaucht ist und meinen Platz eingenommen hat. Sofort wusste er natürlich alles besser, was dazu führte, dass ich bei meinen Besuchen nur noch den Satz *Das kann Tyler doch erledigen* zu hören bekam. Deshalb fällt mir dieser Vorschlag so schwer, aber ich möchte Mom nun mal unbedingt dabeihaben, wenn ich das Zeugnis bekomme!

Im Hörer piepst es, was deutlich macht, dass meine Mutter kein Wort mitbekommen hat, da sie das Gespräch bisher auf stumm geschaltet hatte und ich praktisch mit mir selbst gesprochen habe. Wie könnte es auch anders sein? Da ich nicht alles noch mal wiederholen will, fasse ich meine Bettelei zusammen: »Hey, wenn du Tyler bittest, den Hof zu hüten, kannst du herkommen und mir zusehen, wie ich mich zum Affen mache. Wäre toll, wenn du es schaffst, Mom. Bitte!«

»Entschuldige, Daria, Schatz, aber Thunder lahmt und ich musste kurz nach ihm sehen.« *Klar, Mom, Zuchthengst vor Tochter, absolut in Ordnung!* Deshalb weiß ich auch, was sie sagen wird, noch bevor das nächste Wort bei mir ankommt. »Du verstehst doch sicher, dass ich eine Menge zu tun habe und hier nicht so leicht verschwinden kann? Ein Gestüt führt sich nicht von allein und es ist eine große Verantwortung. Tyler ist noch nicht so weit.«

»Mom, er wird es schon schaffen, immerhin ist er seit drei Jahren auf dem Hof«, werfe ich ein. Seufzend beiße ich mir auf die Zunge.

»Es geht einfach nicht, mein Schatz. Er wäre überfordert.«

Oder du bist einfach zu kontrollsüchtig, um das Zepter aus der Hand zu geben. Der Möchtegern-Cowboy, wie ich unseren Vorarbeiter seit unserer ersten Begegnung nenne, macht seine Sache gut, was ich zwar niemals laut aussprechen würde, aber es ist nun mal so. Nur würde sie die Leitung für den Hof nicht mal für ein paar Stunden abgeben wollen, so stur, wie sie ist. Arbeit von morgens bis abends, sieben Tage die Woche und Ausnahmen gibt es nur an den Feiertagen. Wenn überhaupt. So ist das nun mal bei meiner Mutter. Und ich habe es ebenfalls im Blut.

»Kannst du nicht einmal ...« Da ich nicht weiß, was ich als Nächstes sagen soll, zupfe ich die Bettdecke zurecht, werfe einen Blick in den Terminkalender und sortiere die Stifte auf meinem Schreibtisch. In der Mitte liegt mein Lernplan, leuchtet in verschiedenen Farben und macht mir bewusst, wie viel Wissen ich im letzten Jahr in meinen Schädel geprügelt habe. Mein Kopf quillt beinah über. »Es ist meine Abschlussfeier«, wiederhole ich schließlich noch einmal, fühle mich hilflos.

»Daria, bitte diskutiere nicht mit mir!« Ihr Tonfall duldet keinerlei Widerspruch mehr, weshalb ich mich beinahe obsessiv auf andere Dinge konzentriere.

Nachdem der Schreibtisch vorbildlich aufgeräumt ist, wende ich mich der kleinen grauen Couch zu, um die Kissen aufzuschütteln und die Überdecke glatt zu streichen. Wenn ich unruhig bin, räume ich immer auf. Es ist eine unangenehme Marotte und lässt sich leider nicht so einfach abstellen. Chaos macht mich nervös und gibt mir das Gefühl, die Kontrolle zu verlieren. Und das darf nicht passieren. Niemals! So gern ich mich also auf die Matratze werfen und mich im Selbstmitleid suhlen möchte, kommt es für mich nicht infrage, diesem Drang nachzugeben. Obwohl meine Mutter einen der wichtigsten Momente in meinem Leben verpassen wird. Als wäre das nicht Strafe genug, setzen die nächsten Worte noch eins drauf.

»Frag doch deinen Vater, ob er kommen kann«, schlägt sie vor, während mir endlich klar wird, worum es hier wirklich geht. Natürlich halte ich den Mund und verrate nicht, dass meine erste und einzige Begegnung mit Dad, seit er uns verlassen hat, nur fünf Minuten gedauert hat, schon beinahe sechs Jahre zurückliegt und mit der Bemerkung endete *Ich habe jetzt eine Familie, bitte akzeptier das.* Na sicher, Daddy! Was bin dann ich? Die Tochter, die du aus deinem

Gedächtnis gestrichen hast, weil sie dir nicht in den Kram passt? Über zehn Jahre höre ich keinen Ton und als ich ihn endlich gefunden habe, kommt so etwas. Vielen Dank auch! Meine sarkastischen Gedanken haben mich von dem Gespräch mit Mom abgelenkt, sodass ich von ihrem nächsten Satz vollkommen überrumpelt werde. »Schätzchen, ich muss wieder an die Arbeit, das verstehst du doch?«

»Klar, ich muss auch los«, murmle ich dem Freizeichen entgegen und werfe stöhnend den Kopf in den Nacken. Manchmal ist mein Leben einfach nur zum Kotzen. Ich schnappe mir die Klamotten und will ins Badezimmer, um mich für meine Schicht zurechtzumachen.

Natürlich ist die Tür abgeschlossen. »Elaine? Du bist seit fast einer Stunde da drin, wie viel Make-up willst du dir noch ins Gesicht klatschen? Es gibt Leute, die einen Job haben und Geld verdienen müssen, ist dir das mal in den Sinn gekommen?«

»Ganz ruhig, Landei, nur weil es dir egal ist, wie du herumläufst, gilt das nicht für alle!«, dringt ihre Stimme mit dem typischen arroganten Unterton zu mir heraus, während sie sich wahrscheinlich die Wimpern tuscht oder ihre Lippen in Lipgloss ertränkt. »Ich gehe heute Abend auf eine Party, würde dir auch mal ganz guttun.«

Tief durchatmen, ermahne ich mich und erinnere mich daran, weshalb ich mich zu Beginn des Studiums für dieses Zimmer entschieden habe: Weniger Stress und Lärm als im Wohnheim und auch weniger Kosten, weil der Prinzessin diese Wohnung gehört. Mir wurde erst zu spät klar, weshalb Elaine nach einer ruhigen Mitbewohnerin gesucht hat: Damit sie jemanden hat, der sie nicht nervt und ihr hinterherräumt.

Sie sagt noch mehr, doch die Leier kenne ich längst, weshalb ich mich den Postkarten an der Tür widme. Unsere Badezimmertür sieht aus wie eine Reklametafel für einen Urlaub in Los Angeles und allmählich wird mir klar, dass ich nichts von dem ganzen Touristenkram gemacht habe. Kein *Rodeo Drive* oder *Walk of Fame*, weder das Hollywood-Wahrzeichen noch irgendwelche anderen Sehenswürdigkeiten und ich war noch nie am Strand. Ich bin wohl die größte Langweilerin auf Erden und mir bleiben nur noch wenige Tage, bevor ich die Stadt für immer hinter mir lasse. Und alles, woran ich mich erinnern werde, ist die Hektik, der Gestank von Abgasen und der ständige Lärm, unter dem ich gelitten habe. Menschen, die durch die Straßen eilen, ein Handy ans Ohr gedrückt, und nichts um sich herum wahrnehmen. Eltern, die ihre Kleinen herumzerren oder eine Nanny mit dieser Aufgabe betrauen, und Kids, die so verwöhnt sind wie Adelssprösslinge im neunzehnten Jahrhundert.

Habe ich etwas verpasst? Gibt es auch gute Seiten in dieser verdammten Hölle? Wenn ja, sind sie mir völlig entgangen. Aber immerhin bleibt mir noch Zeit, um die wichtigsten Touristenstationen nachzuholen. Freitagmorgen, gleich nach Ende meiner Schicht, sollte ich damit anfangen.

Während ich weiter die Postkarten anstarre, plane ich in Gedanken die nächsten Tage, laufe gedankenverloren in mein Zimmer, um mir alles aufzuschreiben, was ich machen will, und packe den Terminkalender in meine Tasche. Oh, ich brauche unbedingt ein Souvenir für Mom!

»Bad ist frei!«, ruft Elaine, die immer noch vor dem Ganzkörperspiegel steht, der eine komplette Ecke im Badezimmer einnimmt. Sie dreht sich einmal um sich selbst, zupft an ihrem bordeauxfarbenen Kleid und wirft sich die dunklen Haare über die Schulter. Dazu ein Schmollmund und ein sexy Augenaufschlag. »Findest du, ich kann so gehen?«

Na sicher. Und bei dem Ausschnitt ist auch kein Schild mit der Aufschrift *Ich bin für alles offen* nötig. Die Stilettos und der knappe Stoff sprechen eine mehr als deutliche Sprache und es ist klar, wie der Abend enden wird. In ihrem Bett, mit irgendeinem Kerl.

Wie praktisch, dass ich über Nacht in der Klinik sein werde und mir nicht mit lauter Musik die Ohren beschallen muss, um das, was sie so treibt, auszublenden. So habe ich schon zu viele Nächte verbringen müssen. Wie sehr ich mich doch auf meine Heimat freue ...

Während ich ihr versichere, wie aufreizend und fantastisch sie aussieht, schiebe ich sie aus dem Badezimmer und schließe die Tür hinter mir ab. Wie immer muss ich mich beeilen, um noch pünktlich zur Arbeit zu kommen. So ist das nun mal mit Elaine. Sie werde ich ganz sicher nicht vermissen.

Zwanzig Minuten später bekomme ich ein schlechtes Gewissen, immerhin gehört Elaine eine Wohnung mit Klimaanlage. So bleibe ich wenigstens von der Hitze verschont, wenn ich im Bett liege, während ich den Rest des Tages in meinem eigenen Schweiß bade.

So wie jetzt.

Gefangen in meinem hellblauen Pick-up, den ich von meiner Mutter nach bestandener Führerscheinprüfung geschenkt bekommen habe und von dem ich mich nicht trennen wollte, kleben mir die

Haare am Kopf und ich hege beinah freundschaftliche Gefühle für meine Mitbewohnerin. Wozu habe ich noch mal geduscht? Und weshalb habe ich mich nicht einfach für Shorts entschieden? Die Welt ist einfach ungerecht!

Elaine wird auch heute Abend noch aussehen wie ein Supermodel, genau wie ihre Freundinnen, während mir schon nach zehn Minuten Fahrt der Schweiß die Wirbelsäule hinabläuft, als hätte ich einen ganzen Tag auf dem Gestüt gearbeitet. Zum Glück interessieren sich meine Patienten nicht für Äußerlichkeiten und ihre Besitzer müssen nun einmal mit einer verschwitzten Tierarzthelferin vorliebnehmen. Die Aussicht, dass es auf *Silver Dream* niemanden interessiert, wie ich herumlaufe, ist einfach verlockend. Schweiß und Dreck gehören nun mal dazu, was in Los Angeles natürlich undenkbar ist.

Als ich auf den kleinen Parkplatz der Tierklinik im Herzen Hollywoods einbiegen will, schneidet mich ein rotes Cabrio, das ich nur zu gut kenne. Mrs James, eine liebenswerte alte Dame, kommt mit ihrem Terrier mindestens einmal die Woche wegen eines Notfalls vorbei. Heute ist es wieder so weit. Was ihrem kleinen Liebling wohl dieses Mal fehlt?

Ich parke den Wagen neben dem von Chris auf dem Angestelltenparkplatz, nehme meine Tasche und betrete die Praxis durch den Hintereingang. Noch ist alles ruhig, da noch ein paar Minuten Mittagspause sind, bevor der Trubel beginnt.

Sobald ich im Umkleideraum bin, stelle ich die Umhängetasche neben das Feldbett, auf dem ich heute schlafen werde, und schäle mich aus den verschwitzten Klamotten. Nachdem ich meine Haare zu einem Pferdeschwanz zusammengebunden habe, sprühe ich mir ein wenig Deo unter die Arme und ziehe meine Uniform an. Weiße Baumwollhose, ein Shirt mit meinem Namen und die weißen Turnschuhe, die ich mir extra für diesen Job zugelegt habe.

Daria Evans, bereit für ihren Dienst.

Als ich wieder in den Flur trete, werde ich von den Bildern und Kärtchen erschlagen, die an den Wänden hängen und auf die Chris, mein Chef, so verdammt stolz ist. Seine Patienten, fast wie eine riesige Familie, die er immer um sich hat, wenn er durch die Praxis schlendert. Vielleicht sollte ich das auch machen, sobald ich eine eigene Klinik habe? In Gedanken mache ich mir eine Notiz, die ich unbedingt in meinen Fünfjahresplan aufnehmen muss.

Kylie Bishop reißt mich aus meinen Überlegungen, zieht mich fest in ihre Arme und drückt mir einen Kuss auf die Wange. In einer

Hand hält sie einen Becher Kaffee, dessen Geruch mich magisch anzieht. Wie immer ignoriere ich die Tatsache, dass meine Chefin wesentlich jünger und frischer aussieht als ich, obwohl sie nur zehn Jahre älter ist. Ich habe ihr und ihrem Mann Chris so viel zu verdanken und bin praktisch ein Mitglied ihrer Familie, trotzdem entschlüpft mir ein mürrischer Kommentar.

»Du siehst aus, als wärst du einer Modezeitschrift entstiegen. Gibt es irgendein Geheimnis, das alle Frauen in Los Angeles teilen, mir aber entgangen ist?« Sie legt den Kopf schief, wie so oft, wenn sie nicht versteht, wovon ich eigentlich rede. »Draußen ist es heiß, ich sehe aus, als hätte ich ein paar Runden in einem Pool aus Schweiß gedreht, aber du ... Wie machst du das?«

Einen Augenblick ist sie vollkommen verdutzt, dann lacht sie. Ihr blonder Pferdeschwanz wippt hin und her, während sie belustigt den Kopf schüttelt.

Mein Leben ist manchmal wirklich deprimierend.

Kylie zieht mich mit zur Anmeldung, drückt mich auf den Stuhl und deutet vielsagend auf die Schlange, die sich in den wenigen Minuten gebildet hat, während ich mich umgezogen habe. Die Mittagspause ist erst in einer Viertelstunde vorbei und doch stehen da schon fünf Leute mit ihren Tierchen.

»Das Geheimnis ist ein Auto mit Klimaanlage, Süße. Darüber solltest du auch mal nachdenken. Ich sage Chris, dass du da bist, und bereite die Behandlungsräume vor. Du kommst hier ja klar, bis David zurück ist? Er holt sich nur etwas zu essen und übernimmt dann wieder die Anmeldung.« Verschmitzt zwinkert sie mir zu, greift sich ihren Kaffee und nippt daran, während ich sie neidisch beobachte. »Später kannst du Chris assistieren, Laura fällt heute nämlich aus, also sind David und du heute die einzigen Assistenten.«

Na super, noch mehr Arbeit. Hoffentlich wird Laura wenigstens zu meiner Abschlussfeier kommen. Wir haben fast sechs Jahre zusammen in dieser Praxis gearbeitet und uns dadurch angefreundet.

Normalerweise sind immer mindestens fünf Angestellte in der Praxis. Zwei Tierärzte, ein Assistent für die Behandlungen, ein anderer für den Empfang und ich. Da ich allerdings noch keine Zulassung habe und auch keine Ausbildung als tiermedizinische Fachangestellte, darf ich weder Blut abnehmen noch in die Nähe der Medikamente, was manchmal ziemlich nervig ist. Offiziell habe ich den Status einer Praktikantin: Tiere festhalten und ihnen gut zureden, Unterlagen hin und her schleppen. So was eben.

Seufzend blättere ich in dem Terminbuch und blicke lächelnd zu einem älteren Herrn auf, der ein Körbchen in den Armen hält, aus dem ein klägliches Miauen erklingt, das sich mit dem Bellen und Fauchen der anderen Patienten mischt. »Hallo, Mr Chambers, wie geht es Ihnen und Cleo denn heute? Nachuntersuchung, richtig?« Ich beuge mich etwas vor, um das schwarze Kätzchen sehen zu können, und mache dann einen Vermerk im Computer.

Um die Augen des älteren Mannes erscheinen unendlich viele Fältchen und das Lächeln macht ihn zehn Jahre jünger. Sein freundlicher Blick und der würzige Pfeifentabakgeruch erinnern mich an meinen Großvater, der gestorben ist, als ich noch ein Kind war. »Ganz genau. Wir werden Sie vermissen, Daria. Haben Sie denn schon alles zusammengepackt?«

Während ich die Akte von Cleo heraussuche, plaudern wir noch einen Moment, werden aber vom Klingeln des Telefons unterbrochen.

Ich jongliere Termine und notiere, was den kleinen Patienten fehlt, damit Chris und Kylie wissen, was auf sie zukommt. Als David endlich erscheint, stoße ich einen erleichterten Seufzer aus und klaue mir einen Donut aus der Packung, die er mitgebracht hat. Die werde ich tatsächlich vermissen, obwohl es im *Baked Joy* in Silver Lane auch fantastisches Gepäck gibt.

»Na, mal wieder nichts gegessen?«, zieht David mich auf und stellt mir einen Becher Kaffee hin. In seinen braunen Augen funkelt der Schalk, während er meinen Platz an der Anmeldung einnimmt und ich mir die Akten der Patienten schnappe, die ich schon eingetragen haben. »Ist dir eigentlich klar, dass du ein Koffeinjunkie bist?«

Wie immer gehe ich nicht darauf ein, beiße stattdessen ein riesiges Stück von dem Schokodonut ab und lecke mir über die Lippen. Einfach himmlisch!

Auf dem Weg zu den Behandlungsräumen schlinge ich den Donut hinunter, wasche mir schnell die Hände und stolpere beinah über einen winzigen Hundewelpen. Als er um mich herumtapst, beuge ich mich zu ihm herunter, um ihn zu streicheln.

»Na, du hast hier aber noch nichts zu suchen.«

Eine zukünftige Tierärztin, die wie ein Kind auf ihre Patienten reagiert, kommt bestimmt gut bei den Besitzern an. Lächelnd bringe ich den Welpen zu seiner Besitzerin zurück und gebe Kylie einen Teil der Akten, bevor ich in das zweite Behandlungszimmer gehe.

»Hey, bester Chef aller Zeiten, wie war der Bereitschaftsdienst?«

Ich desinfiziere mir die Hände und überprüfe mit einem schnellen Blick, ob alles bereit ist für Cleo. Leckerli als Bestechung, Schere für die Fäden, Fieberthermometer.

Der Geruch von Desinfektionsmittel steigt mir in die Nase, mischt sich mit dem Zitronenreiniger, den wir als Putzmittel benutzen. Plötzlich werde ich sentimental und beiße die Zähne zusammen.

»Habe geschlafen wie ein Stein. Und wir haben ja auch gerade nur drei Patienten auf Station. Gino wird erst morgen Früh abgeholt, also achte bitte darauf, dass er etwas frisst. Nach der OP gestern kann er ab heute Abend wieder langsam an normales Futter gewöhnt werden. Sonst solltest du keine Probleme haben, außer es kommt noch ein Notfall rein, aber dann klingelst du einfach bei uns durch. Ach, und ...«

»Ich gehe noch mal eine kleine Runde mit ihm, bevor ich mich hinlege«, falle ich ihm ins Wort. Es ist schwer, meine Ungeduld zu unterdrücken, aber was das angeht, ist Chris meiner Mutter sehr ähnlich: Beiden fällt es schwer zu delegieren. »Käfige reinigen und darauf achten, dass die Tiere genug Futter und Wasser haben. Wenn es Schwierigkeiten gibt, werde ich mich schon melden.«

»Hör mal, ich weiß, dass du das alles kannst, es geht nur um die Bürokratie.« Er streicht sich das braune Haar, in dem die ersten grauen Strähnen sichtbar werden, aus dem Gesicht und wirft einen Blick in die erste Akte, die ich auf den Tisch gelegt habe. »Bist du schon aufgeregt wegen Samstag?«

»Im Vergleich zu meiner Heimkehr? Gar nicht, nein. Dort erwarten mich ja nur mein Ex, meine ehemalige beste Freundin und der Möchtegern-Cowboy, der mir seit drei Jahren die Semesterferien ruiniert. Dagegen wird die Abschlusszeremonie ein Kinderspiel! Aber bei jedem Gedanken an zu Hause bricht mir der kalte Schweiß aus und ich denke ernsthaft darüber nach, in eine andere Kleinstadt zu ziehen. Wenigstens wohne ich nur für ein paar Wochen auf dem Gestüt, bis ich den Job bei Dr. Kramer antrete und mir eine Wohnung in der Stadt leisten kann. Und ich ... Ihr kommt doch, oder? Also zu meiner Abschlussfeier?« Peinlich berührt starre ich auf meine Schuhe, bis er mir leicht gegen die Schulter stupst. »Meine Mom kann leider nicht und ... es wäre ja blöd, wenn ich da ganz allein rumhocke.«

Als er die Stirn runzelt, wird mir klar, dass ich wie ein Wasserfall geredet habe. Normalerweise passiert mir das nicht, aber irgendwie muss ich ja meine aufgestaute Nervosität loswerden.

Mein Blick fällt auf das Plakat zum Thema Zeckenbefall, das an der Zwischentür zum ersten Behandlungsraum hängt. Mir ist immer noch unwohl dabei, dass Kylie und Chris die Praxis meinetwegen für ein paar Stunden schließen, aber sie haben darauf bestanden. Im Gegensatz zu Mom zeigen sie auch, wie stolz sie auf mich sind.

Wieder stupst er mir gegen die Schulter, mustert mich besorgt. »Natürlich kommen wir, das haben wir dir schon zweimal gesagt, also hör auf, dir darüber Gedanken zu machen. Und was das andere angeht ... Du hast dich doch seit Monaten auf deine Heimkehr gefreut. Woher kommen diese Zweifel?«

Statt zu antworten, strecke ich den Kopf aus der Tür und rufe Mr Chambers auf. Chris versteht den Wink und schaltet in den Arbeitsmodus. So kann ich den Tag herumbringen, ohne mich mit den Gedanken an Moms Reaktion zu quälen, als ich ihr letzte Woche von meinem Plan erzählt habe. Sie war so wahnsinnig enttäuscht, dass es mich beinahe zerrissen hat. Vielleicht ist das ein weiterer Grund, weshalb sie nicht zur Abschlussfeier kommt?

Meine Mutter hat immer gewollt, dass ich in ihre Fußstapfen trete und irgendwann mal das Gestüt übernehme, selbst nachdem ich an der UCLA angefangen habe, gab es darüber nie eine Diskussion. Ich sollte weiterhin auf dem Gestüt wohnen und dort als Tierärztin arbeiten, während ich meinen anderen Pflichten nachgehe. Doch als die Zusage von Dr. Kramer im Briefkasten landete, musste ich ihr sagen, dass ich eine eigene Vorstellung von meiner Zukunft habe. Doch seitdem haben sich meine Schuldgefühle überschlagen. Auch ich habe lang davon geträumt *Silver Dream* zu führen, wollte unbedingt so sein wie Mom. Eine erfolgreiche Trainerin von Quarter Horses, in ganz Montana bekannt. Dann habe ich erkannt, dass ich ihr niemals das Wasser reichen kann, egal, wie hart ich arbeite. Für alle in der Gegend bin ich nur Rebecca Evans' Tochter. Mehr nicht. Und genau deshalb habe ich im letzten Highschooljahr meine Pläne umgeworfen, mich an verschiedenen Universitäten beworben und bin an die Westküste gezogen. Ich weigere mich hartnäckig, über den anderen Grund für meine Flucht nachzudenken.

Es ist kurz vor halb acht. Alle Patienten sind versorgt und ich kann – endlich! – die Praxis abschließen. David ist pünktlich um sieben gegangen, wie üblich, und überlässt uns das Aufräumen.

Seufzend gehe ich in die Abstellkammer, um mir Eimer und Mob zu holen, damit ich die Böden wischen kann, während Kylie die Behandlungsräume in Ordnung bringt und Chris die Buchhaltung macht. Sobald wir fertig sind, werden wir uns noch etwas zu essen bestellen und im Pausenraum gemeinsam einen Film schauen, bevor die beiden nach Hause fahren und ich meinen Bereitschaftsdienst antrete. Wir haben das so oft gemacht, dass es zu einem Ritual geworden ist, den Beamer aufzubauen, den Chris sonst nur bei der Vorbereitung seiner Vorträge nutzt. Heute ist es das letzte Mal, ehe ich all das hinter mir lasse. Ein komisches Gefühl.

Ich gebe einen Spritzer von dem Zitronenreiniger in das lauwarme Wasser und arbeite mich von der Hintertür aus durch die Praxis. Zweimal muss ich frisches Wasser holen – kaum zu glauben, wie viel Dreck ein paar Tiere hinterlassen können –, bis ich endlich fertig bin und mich daran mache, die Anmeldung aufzuräumen. Nachdem ich die Daten von den kleinen Notizzetteln, die David immer benutzt, in das Terminbuch eingetragen habe, werde ich wehmütig.

Im ersten Semester habe ich als schlecht bezahlte Praktikantin in dieser Klinik angefangen, ohne Erfahrung – mal von dem vierwöchigen Praktikum bei Dr. Kramer im letzten Jahr der Highschool abgesehen. Doch die Arbeit hier ist etwas vollkommen anderes, als mit einem Landtierarzt von einer Ranch zur anderen zu fahren. Im Laufe der Zeit haben Chris und Kylie mir immer mehr Aufgaben anvertraut und mir auch oft die Untersuchungen überlassen, um mein Wissen zu testen. Von den Nächten, in denen sie mit mir gelernt haben, ganz zu schweigen. Die beiden haben mich nie wie ein unfähiges Kind behandelt. Im Gegenteil. Sie haben mir mehrfach eine Stelle in ihrer Praxis angeboten, für den Fall, dass ich doch nicht nach Montana zurückgehen will. Und manchmal habe ich wirklich darüber nachgedacht, anzunehmen. Doch Los Angeles ist nichts für mich. Und die Sehnsucht nach der grenzenlosen Weite meiner Heimat hat mich in den vergangenen Wochen bis in meine Träume verfolgt.

Sternenklare Nächte, unberührte Natur und die Einfachheit des Lebens in Silver Lane passen viel besser zu mir, als Straßenlärm, vollgestopfte U-Bahnen und ständige Partys. Und dennoch wird mir der Abschied schwerfallen.

»Okay, Mädels, ich habe den Papierkram erledigt und wäre bereit für das Abendessen. Auf was habt ihr Lust? Entscheidet euch zwischen Chinesisch, Italienisch und Mexikanisch.« Chris kommt ins Vorzimmer, in der einen Hand die Flyer der Lieferdienste, mit denen er herumwedelt, während er mit der anderen nach dem Telefon greift.

»Du entscheidest, Daria, immerhin ist es dein letzter Bereitschaftsdienst!«

Auch Kylie kommt zu uns, bemerkt sofort meinen wehmütigen Blick und legt mir einen Arm um die Schulter. Eine tröstende Geste, die bei mir eine wahre Sturzflut von Tränen auslöst. Zuerst kullert mir nur eine einzige über die Wange, dann immer mehr und irgendwann brechen alle Dämme. Chris wirkt vollkommen verdutzt, sieht zwischen uns hin und her.

»Habe ich ... was Falsches gesagt?«

»Manchmal bist du wirklich ein unsensibler Klotz«, weist Kylie ihn zurecht, zieht mich vom Stuhl hoch und schiebt mich Richtung Pausenraum. »Du musst sie doch nicht auch noch mit der Nase darauf stoßen!«

»Aber ... ich ...« Stammelnd folgt er uns, bleibt neben dem kleinen Regal voller Bücher und Zeitschriften stehen, auf dem die Kaffeemaschine steht, und wirft uns einen hilflosen Blick zu. »Ich wollte nur wissen, was ich bestellen soll.«

Hastig wische ich mir über das Gesicht und blinzle so lang, bis keine Tränen mehr kommen. Das Lächeln auf meinen Lippen fühlt sich gequält an, aber es ist besser, als erneut zu schluchzen. Ich habe mich so auf zu Hause gefreut, auf meine Mom und das Gestüt, dass ich ganz verdrängt habe, was das im Umkehrschluss bedeutet: Abschied von den Menschen, die mich bei sich aufgenommen haben. Los Angeles mag für mich wie die Hölle auf Erden gewesen sein, aber den Job und meine Arbeitgeber liebe ich von Herzen.

»Tut mir leid, sonst bin ich nie so sentimental«, murmle ich verlegen, starre auf die weiße Tischplatte, auf der schon Laptop und Beamer für den Filmabend bereitstehen. Noch ein letztes Mal, bevor ich am Sonntagabend abreisen werde. »Ich werde euch vermissen!«

»Oh«, macht Chris, dem der Mund offen steht, weil er endlich kapiert hat, weshalb ich so heftig reagiert habe. Seine Miene wird weicher und ein zaghaftes Lächeln zuckt um seine Mundwinkel. »Aber wir sind ja nicht aus der Welt, Kleines. Du hast uns so viel von dem Gestüt deiner Mutter erzählt, dass wir schon ganz gespannt darauf sind, dich dort zu besuchen!«

»Genau! Im September haben wir zwei Wochen Urlaub, dann kommen wir vorbei und du kannst uns alles zeigen. Und wahrscheinlich hast du bei deinem neuen Job so viel zu tun, dass du gar nicht mehr an uns denken wirst.« Kylie zwinkert mir verschwörerisch zu, bevor sie mir einen Kuss auf die Stirn drückt. »Bestell einfach Pizza, wir suchen schon mal den Film aus.«

Chris versteht den Wink sofort und verzieht sich an die Anmeldung, damit wir Frauen in Ruhe reden können. Nachdem Kylie die Tür geschlossen hat, setzt sie sich zu mir, mustert mich auf ihre typische Art: hochgezogene Augenbraue, schief gelegter Kopf.

»Süße, ich weiß, du hast deinen Fünfjahresplan und so weiter, aber du solltest dir in den nächsten Wochen wirklich mal eine Pause gönnen.« Sie schiebt sich eine Strähne, die sich aus ihrem Zopf gelöst hat, hinters Ohr, und seufzt. Einen Moment kann sie sich noch zurückhalten, dann platzen die Worte aus ihr heraus. »Das Leben besteht nicht nur aus Arbeit, Daria. Ich habe wirklich Angst, dass du dir zu viel vorgenommen hast. Die ganzen Geschichten, die du uns erzählt hast ... Ausritte und Lagerfeuer, entspannte Abende auf der Veranda ... das klingt toll, aber so gar nicht nach dir. Und deshalb solltest du das alles mal wieder machen, sobald du zu Hause bist. Versprich mir das.«

Ich will widersprechen, weil dafür einfach keine Zeit bleibt. Wann soll ich mir eine neue Wohnung suchen, wenn ich auf der faulen Haut liege? Doch ihr Blick macht deutlich, dass sie es vollkommen ernst meint. Einmal hat sie mitbekommen wie ich, kurz vor meinen Abschlussprüfungen, total zusammengebrochen bin, und mir zwei Wochen Zwangsurlaub aufgedrängt.

»Versprich es mir, Daria«, sagt sie noch einmal und streichelt mir besorgt über die Wange, genau wie Mom das früher immer gemacht hat. »Du brauchst einfach ein paar Tage Ruhe.«

Wohl nicht der perfekte Zeitpunkt, um ihr zu erzählen, dass ich nicht mehr reite und auch nichts daran ändern will. Ich habe Kylie und Chris so viele Geschichten über *Silver Dream* erzählt, doch meinen Unfall habe ich nie erwähnt. Allein die Gedanken daran verursachen mir schon Übelkeit. Deshalb nicke ich und sage genau das, was sie hören will, obwohl es weit von der Wahrheit entfernt ist.

Wer auf einem Gestüt wohnt, hat nun mal viel Arbeit und meine Mutter hat sicher kein Verständnis dafür, wenn ich den ganzen Tag faul herumliege, nur weil die letzten Wochen so verdammt anstrengend waren. Nein. Sie wird erwarten, dass ich helfe, wenn ich schon nicht bereit bin, ihren Traum zu übernehmen. Und obwohl sie es bisher nie ausgesprochen hat, habe ich das Gefühl, dass sie unendlich enttäuscht von mir ist.

2. Kapitel

Glück und Leid

Einen Tag lang als Touristin durch Los Angeles zu streifen, war die dümmste Idee, die ich je hatte.

Nicht nur, dass die Stadt riesig ist und die Sehenswürdigkeiten meilenweit auseinanderliegen, mir wird auch noch mal richtig bewusst, was ich an Großstädten so hasse.

Schon nach drei Stunden ist mir heiß, meine Füße tun weh und ich muss mich durch echte Touristen quetschen, die für alles wesentlich mehr Begeisterung aufbringen können, als es bei mir der Fall ist. Die Preise auf dem *Rodeo Drive* sind unerschwinglich, auf dem *Walk of Fame* ist es einfach nur voll und als ich mich schließlich daran mache, die Souvenirs zu besorgen, stehe ich kurz vor einem Nervenzusammenbruch. Postkarten und kleine Figürchen, wo man nur hinsieht, aber nichts, was meiner Mutter auch nur annähernd gefallen könnte.

Irgendwann wird mir das Gedränge zu viel. Die Leute schreien ihre Kinder an oder brüllen ins Handy und ständig wird fotografiert. Hastig flüchte ich mich in einen Laden, um dem Trubel zu entkommen, und stoße prompt mit jemandem zusammen. Ich mache mich schon auf die übliche Predigt gefasst, die vor Arroganz und Beleidigungen nur so trieft, werde aber mit einer Entschuldigung überrascht. Ein wenig irritiert sehe ich auf und begegne dem belustigten Blick einer Frau Mitte fünfzig.

»Hallo, kann ich Ihnen irgendwie helfen?« Freundlich mustert sie mich durch die Gläser ihrer riesigen, knallroten Brille und lächelt mich strahlend an. Als sie sich umdreht, um hinter die Ladentheke zu huschen, bauschen sich die Stofftücher auf, aus denen ihr Kleid zusammengesetzt ist. »Suchen Sie etwas Bestimmtes?«

Der Geruch nach Vanille kriecht mir in die Nase, entspannt mich. Während ich zu ihr gehe, blicke ich mich in dem Geschäft um. Luftige Sommerkleider, Zeitschriften, Hüte und allerlei Krimskrams. Dazwischen immer wieder Ständer mit Schmuck. Neugierig bleibe ich vor einem davon stehen und bewundere die Armbänder, die daran hängen. Sie sehen aus wie diese billigen Dinger aus einem Kaugummiautomaten, wirken aber hochwertiger.

»Ja, ich suche etwas, was ich meiner Mutter mitbringen kann. Ein

Andenken an Los Angeles, aber nicht diesen typischen Touristenkram.« Fasziniert streiche ich über die Perlen, die sich kühl an meine Fingerspitzen schmiegen, und atme immer wieder den süßlichen Geruch ein. »Machen Sie den Schmuck selbst?«

»Natürlich, das sind alles Unikate! Die passenden Ketten sind dahinten, hier die Ohrringe und da drüben ein paar Ringe. Gibt es noch mehr Leute, denen Sie eine kleine Freude machen möchten?« Als sie mit einer Hand durch den Laden deutet, klimpern die unzähligen Armbänder an ihrem Handgelenk und wieder blitzt ein Lächeln auf ihren Lippen auf. »Wir haben auch Bilder, selbst gemalt von meiner Tochter, die hängen gleich hier.« Sie zeigt stolz an die Wand über sich.

Vor Begeisterung reiße ich die Augen auf, betrachte die Gemälde mit den wunderschönen Motiven, die auf den Leinwänden festgehalten sind: der Santa Monica Pier bei Nacht und aus verschiedenen Perspektiven, das Hollywood-Wahrzeichen und einige andere Sehenswürdigkeiten. Darunter auch viele Strände und Luftaufnahmen vom Meer.

»Die sind unglaublich«, bringe ich schließlich hervor, erinnere mich wieder an die Frage, die sie mir gestellt hat. Wem außer Mom sollte ich denn noch etwas mitbringen? Fast will ich schon sagen, dass es da niemanden gibt, doch das wäre gelogen. Und meine Mutter wäre sicher nicht begeistert, wenn ich meine ehemals beste Freundin Isabella und Tyler übergehe, immerhin gehören sie praktisch mit dazu, so unangenehm mir diese Vorstellung auch ist. Und irgendwie wäre es ziemlich unhöflich, den beiden nichts mitzubringen. »Äh, ich brauche noch eine Kleinigkeit für eine ... Freundin und dann ist da so ein junger Mann.« *Komischer Kerl* wäre die bessere Bezeichnung, aber ich bleibe diplomatisch, obwohl das Wort *Freundin* mit einem abwehrenden Unterton aus meinem Mund kommt.

Der Inhaberin des Ladens scheint jedenfalls nicht aufzufallen, wie sehr ich mich winde. Sie eilt durch den Verkaufsraum, um mir verschiedene Schmuckstücke vorzuführen, während ich weiter die Bilder ihrer talentierten Tochter betrachte.

Schließlich kaufe ich drei Ketten und zwei der Darstellungen des Santa Monica Piers, dazu noch ein blaues Sommerkleid, das mir ganz besonders ins Auge sticht. Dabei weiß ich gar nicht, wann ich es je tragen sollte. Für Silver Lane wirkt es viel zu schick, aber für Samstagabend könnte es gehen.

Zufrieden bezahle ich und meckere nicht mal, weil ich innerhalb von Minuten fast zweihundert Dollar losgeworden bin. Im Gegensatz zu irgendwelchem anderen Zeug sind diese Souvenirs wirklich ihren Preis wert und ich bin davon überzeugt, dass sich alle darüber freuen werden. Selbst Tyler, dem ich eines der Bilder schenken will.

Lächelnd verabschiede ich mich von der netten Dame, laufe zu meinem Wagen, um die Einkäufe zu verstauen und mir die Decke zu holen, die ich eingepackt habe. Danach gönne ich mir ein Eis und schlendere Richtung Strand, am Santa Monica Pier vorbei, der vollkommen überfüllt ist. Es würde sich nicht lohnen, mich an den Touristen vorbeizuquetschen, um einen genaueren Blick auf die Achterbahn oder das Riesenrad zu werfen. Und am Tag ist der Anblick weniger spektakulär als bei Nacht, wenn dutzende Lichter strahlen. Wie auf den Bildern, die ich gekauft habe. So wandere ich über den Strand und suche mir ein ruhiges Plätzchen. Überall lachende Gesichter, eine kühlende Meeresbrise und strahlend blauer Himmel. Nicht mal die Hitze macht mir etwas aus, obwohl die Sonne den Sand zum Glühen bringt.

Ich breite die Decke aus, schlüpfe aus meinen Schuhen und ziehe den Strohhut aus meiner Tasche, den ich in den Tiefen meines Kleiderschrankes gefunden habe. Nachdem ich mich mit Sonnencreme eingerieben habe, mache ich es mir mit einem Buch gemütlich, das ich schon seit Monaten lesen wollte, werde aber vom Rauschen der Wellen abgelenkt. Meine Sinne sind vollkommen überfordert, zu viele Eindrücke prasseln auf mich ein: die salzige Luft, kreischende Möwen und dutzende Gerüche an den Ständen der Promenade.

Als mein Magen knurrt, gebe ich nach und hole mir schnell einen Burrito. Zögernd schnuppere ich an der gefüllten Tortilla, wobei mir das Wasser im Mund zusammenläuft. Mir sind tatsächlich so einige Dinge entgangen, seit ich hier wohne. Faulenzen am Strand zum Beispiel oder leckeres Essen. Kaum habe ich ein Stück von dem Burrito abgebissen, explodiert der Geschmack von Hackfleisch, Käse und Gemüse auf meiner Zunge. Die scharfen Gewürze brennen in meiner Kehle, doch beim zweiten Bissen habe ich mich daran gewöhnt, lecke mir begeistert über die Lippen. Eigentlich will ich mein Mittagessen genießen, doch es schmeckt so gut, dass ich es in wenigen Minuten verschlungen habe.

Träge grabe ich meine Zehen tief in den Sand, lehne mich zurück und blinzle auf das Meer hinaus. Die Sonne glitzert auf den Wellen, Gischt spritzt auf, als einige Kinder durch das Wasser tollen. Es wirkt so verführerisch, dass ich mich selbst verfluche, weil ich nicht daran gedacht habe, einen Bikini einzupacken. Aber auch ohne die Abkühlung bin ich zufrieden und beschließe, bis zum Sonnenuntergang hierzubleiben. Erst jetzt kommt mir in den Sinn, wie recht Kylie doch hat. Schon ein paar ruhige Stunden am Strand reichen aus, um mich zu entspannen. Wenigstens für den Moment.

Seufzend greife ich wieder nach meinem Buch und mache es mir auf der Decke bequem. Und obwohl es hier laut ist, tauche ich in die Liebesgeschichte ein und vergesse alles andere um mich herum.

Nicht mal zwei Stunden, bis meine Abschlussfeier beginnt, und ich bin noch weit davon entfernt, fertig zu sein. Meine Haare sind nass, die Lockenwickler nur zur Hälfte drin und Kylie besteht darauf, mich zu schminken. Eigentlich sollte ich vollkommen mit den Nerven runter sein, doch ich fühle mich gut.

Seit ich gestern Abend vom Strand zurückgekommen bin, konnte mir nichts die Laune verderben. Weder der Typ, der nackt im Badezimmer stand, noch das, was Elaine die ganze Nacht mit ihm getrieben hat. Die Unordnung in der Küche habe ich einfach ignoriert und während ich meine restlichen Sachen in den Umzugskartons verstaut habe, bin ich zu Countrysongs durch das Zimmer getanzt.

Es war schwer, ein Umzugsunternehmen zu finden, das auch Sonntag arbeitet, und ich zahle einen saftigen Aufpreis, aber morgen Früh werden die Arbeiter alles einladen und ich werde in meinem Pick-up quer durch das halbe Land fahren. Auf mich wartet ein neuer, gut geplanter Lebensabschnitt und ich bin bereit. Die Sorgen und Zweifel habe ich in den hintersten Winkel meines Gehirns verbannt, ebenso wie jeden Gedanken an den Abschied von Chris und Kylie. Ich will die Zeit mit den beiden noch mal so richtig genießen.

»Was ist mit der Farbe? Meinst du, die ist zu auffällig?« Kylie hält mir einen blutroten Lippenstift vor die Nase, runzelt die Stirn, als würde sie sich vorstellen, wie ich damit aussehe, und schüttelt dann den Kopf. »Wir nehmen etwas Dezenteres.«

»Danke! Dafür darfst du gern meine Augen betonen«, schlage ich ihr vor, während meine Kollegin Laura weiter Lockenwickler in meine Haare dreht und dabei aufgeregt vor sich hin plappert. »Aber bitte kein Rouge.«

Im Blick der beiden erscheint ein entsetzter Ausdruck. Sie sehen sich an, sagen aber zu meinem Glück nichts.

»Gut, fertig. Bevor ich dir die Trockenhaube aufsetze, kannst du dir schon mal das Kleid anziehen, dann können wir das Make-up darauf abstimmen.« Laura klemmt den letzten Wickler fest, klatscht begeistert in die Hände. Sie hat ihre hellbraunen Locken aufgesteckt, trägt ein umwerfendes smaragdgrünes Cocktailkleid und wirkt selbst, als würde sie heute den Abschluss machen. »Du wirst wunderschön aussehen. Hoffentlich hat Chris die Kamera dabei!«

»Chris hat«, kommt ein Kommentar aus meinem Zimmer. Dazu ein ungeduldiges Schnauben. »Hat eine von den Damen zufällig mal einen Blick auf die Uhr geworfen oder an den Verkehr gedacht? Wir werden noch zu spät kommen!«

Sofort prasselt ein Wortschwall auf ihn nieder, den Kylie mit einem abschätzigen *Männer!* enden lässt. Sie verdreht die Augen, wartet, bis ich mich in das Kleid gezwängt habe und wieder auf dem Stuhl sitze, der vor dem Badezimmerspiegel steht, bevor sie nach einem Pinsel greift. »Die haben ja keine Ahnung.«

Laura stürmt so hastig in den Flur, dass sie beinah über ihre eigenen Füße stolpert. »Was erwartest du? Die stehen fünf Minuten vor dem Spiegel, zupfen an ihren Haaren, bis sie diesen ungekämmten Look haben und sind fertig. Woher soll ein Mann wissen, was wir alles dafür tun, um gut auszusehen?«

Eigentlich halte ich es so wie Chris. Bloß keine Zeit im Bad verschwenden, Hauptsache, ich trage bequeme Klamotten, alles andere ist egal. Und so muss ich mir auch nicht das ganze Make-up vom Gesicht schrubben, wenn ich nach Hause komme. Aber den Kommentar spare ich mir besser, bevor ich die Nächste bin, die in die Zange genommen wird. Deshalb weise ich nicht mal darauf hin, dass es wirklich ein wenig knapp werden könnte. Wie gut, dass Elaine schon vor einer Stunde zu ihren Freundinnen verschwunden ist.

»Hier, in fünf Minuten sind deine Haare trocken.« Laura stülpt mir eine Haube über den Kopf, an der etwas hängt, das wie ein Miniaturlaubbläser aussieht, und stellt das Ding ein. Sofort brummt es in meinen Ohren und ich verstehe kein Wort mehr, obwohl ich sehen kann, wie sich die Lippen der beiden bewegen.

So viel Aufwand, nur für einen einzigen Moment, ist einfach absurd und ich bin froh, dass ich diese Prozedur nicht jeden Tag über mich ergehen lassen muss. Kurz denke ich an den Abschlussball meiner Highschool, den ich versäumt habe, und frage mich, ob Mom mich wohl auch dafür geschminkt hätte. Doch während meine Mitschüler in der Turnhalle getanzt haben, lag ich im Krankenhaus und wollte mit all dem nichts zu tun haben. Hastig verbanne ich jeden

Gedanken an den Unfall und atme einmal tief durch. Damals wollte ich so schnell wie möglich weg aus Silver Lane und jetzt kann ich es kaum erwarten zurückzukehren.

Zehn Minuten später bin ich tatsächlich fertig. Meine Haare fallen in sanften Wellen über die Schultern, wie flüssiges Gold, fixiert mit einer gefühlten Tonne Haarspray. Meine Lippen glänzen in einem leichten Rosé, sind jedoch nichts im Vergleich zu meinem Augen-Make-up. Der Lidschatten ist perfekt auf die Farbe meines Kleides abgestimmt, ein helles Blau, das meine Augen betont. Dazu noch die getuschten Wimpern, die mir einen dramatischen Augenaufschlag erlauben, wie Elaine ihn perfektioniert hat.

Ich sehe nicht aus wie ich selbst und fühle mich irgendwie unwohl, setze aber ein strahlendes Lächeln auf, um Laura und Kylie nicht zu kränken. Sie haben sich Mühe gegeben und hatten Spaß, nur das zählt.

Auf Kylies Gesicht erscheint wieder dieser stolze Ausdruck. Als wäre ich ihre Tochter. Sie hakt sich bei mir ein, überragt mich durch ihre hohen Absätze.

Von Chris kommt ein anerkennender Pfiff. Mit großen Augen blickt er erst zu Kylie, dann zu mir. »Wahnsinn, ihr beide seht wie Schwestern aus!«

Einen Moment bin ich völlig verwirrt, bevor ich meine Chefin genauer betrachte. Ihr Kleid ist etwas dunkler als mein eigenes, die Haare trägt sie ebenfalls offen und tatsächlich sieht sie mir ziemlich ähnlich, was mir bisher nie aufgefallen ist. Lachend schüttelt Kylie den Kopf und zieht mich aus der Wohnung.

Ich bin aufgeregt, kann keinen klaren Gedanken fassen und starre während der Fahrt stumm aus dem Fenster. In nicht mal einer Stunde wird mein Studium hinter mir liegen und ich bin endlich frei. Dieses Gefühl ist so unglaublich, dass ich vollkommen überwältigt bin und zwischen Wehmut und Freude schwanke wie ein Schiff auf hoher See. Auf den Moment arbeite ich seit Jahren hin, doch die letzten Monate sind zu schnell an mir vorbeigezogen und irgendwie fühle ich mich nicht bereit. Nicht dafür, mich von meinen Freunden zu verabschieden, und erst recht nicht dafür, wieder nach Hause zurückzukehren.

Vielleicht hätte ich noch ein paar Tage in Los Angeles bleiben sollen, mir die Stadt ansehen und am Strand liegen, aber jetzt ist es zu spät. Meine Sachen sind gepackt, der Umzug geplant. Nur weiß ich leider nicht, was mich in Silver Lane oder auf dem Gestüt erwartet und das macht mich wahnsinnig. Himmel, wie sehr ich es doch hasse, etwas nicht kontrollieren zu können!

Wird Isabella da sein, wenn ich wiederkomme? Sie hilft meiner Mutter manchmal, was aber nicht bedeutet, dass sie das Recht hat, mir meine Heimkehr zu versauen. Irgendwann werde ich ihr gegenüberstehen, doch das hat noch Zeit. Einige Tage. Oder besser Monate. Ehrlich, ich bin nicht scharf darauf, ihr über den Weg zu laufen und mir die leeren Entschuldigungen anzuhören, mit denen sie mich damals im Krankenhaus überhäuft hat. Dasselbe gilt für Matt, meinen Exfreund, der mit jeder geschlafen hat, die so dumm war, auf ihn hereinzufallen. Ich hätte nur nie gedacht, dass auch meine ehemals beste Freundin zu seinem Fanclub gehört. Die beiden können sich zum Teufel scheren!

Plötzlich frage ich mich, ob sie wohl noch zusammen sind. Vor dem Unfall war es jedenfalls so.

Mir schnürt sich die Kehle zu, als ich von den düsteren Erinnerungen an mein letztes Schuljahr überschwemmt werde. Mit zusammengebissenen Zähnen verdränge ich jeden Gedanken daran und atme erleichtert auf, als wir endlich bei der *University of California, Los Angeles* ankommen. Aber ich bin zu sehr in der Vergangenheit gefangen, um etwas anderes wahrzunehmen.

Mechanisch geselle ich mich zu meinen Kommilitonen, die ins Gebäude eilen, um sich umzuziehen. Auch ich schlüpfe in den Talar und setze mir das Barett auf. Das Geschnatter um mich herum wird immer lauter, während ich zurück in mein Zimmer will, um mich unter der Bettdecke zu verkriechen. Wieso habe ich das so lang verdrängt? Von wegen ich freue mich schon auf zu Hause ... Auf die Version, die in meinen Kindheitserinnerungen eingebrannt ist, ja, aber auf alles, was nach meinem siebzehnten Geburtstag kam, kann ich gut verzichten.

Bitte keinen Nervenzusammenbruch, nicht jetzt!, flehe ich in Gedanken und streiche mir mit zitternden Händen den Stoff des Talars glatt. Darüber kann ich gerne Morgen nachdenken, doch heute will ich einfach nur glücklich sein.

Irgendjemand ruft, dass es losgeht, und mir bleibt keine Zeit mehr für meine Grübeleien. Ein letztes Mal atme ich tief durch, bevor ich meinen Platz neben einem Mädchen einnehme, das ich nur von den Proben zur Abschlussfeier kenne. Ich bin nervös, meine Gedanken fahren Achterbahn, doch im Moment klammere ich mich nur daran, die Zeremonie hinter mich zu bringen.

»Oh nein, du hast dir eines dieser schicken Restaurants ausgesucht, in denen uns die Kellner zum Tisch führen«, stöhne ich, kaum dass wir das Lokal betreten haben. Der Raum wirkt wie ein Ballsaal, wären da nicht die unzähligen Leute, die so aussehen, als seien sie unverschämt reich. An der Decke hängen Kronleuchter, die sich in dem blank polierten Boden spiegeln, und aus den Lautsprechern ertönt klassische Musik ... Moment! Mein Blick fällt auf ein Streichquartett. Doch keine Lautsprecher.

»Natürlich, ich trage ja nicht jeden Tag einen Anzug, also will ich auch in ein feines Restaurant.« Chris verdreht die Augen, als er meinen Gesichtsausdruck bemerkt, und reiht sich hinter ein elegant aussehendes Paar, dem die Arroganz beinah aus den Ohren quillt, in die Warteschlange ein. »Es ist ein besonderer Tag.«

Laura rümpft die Nase, als würde sie einen unangenehmen Geruch wahrnehmen. Sie ist in L.A. aufgewachsen und hasst es, wenn jemand seinen Reichtum so zur Schau stellt. »Wahrscheinlich gibt es nichts auf der Speisekarte, was sich essbar anhört, aber alles wird ein Vermögen kosten. Selbst ein einfacher Salat.«

»Und genau so soll es heute auch sein!«, entgegnet Chris mit einem Grinsen und nennt der Frau am Empfang seinen Namen. »Einen Tisch für vier Personen auf Bishop.«

Er hat reserviert. Vermutlich Monate im Voraus, was mir ein schlechtes Gewissen macht. Er und Kylie haben diesen Abend geplant, da habe ich kein Recht, zu meckern, obwohl ich Laura insgeheim zustimme. Mir wäre ein kleines, gemütliches Lokal lieber gewesen. Hoffentlich gibt es hier wenigstens ein Steak, das nicht mehr als dreißig Dollar kostet, sonst werde ich noch verhungern.

Ein Kellner begleitet uns zu einem Ecktisch, zündet die Kerzen an und nimmt dann unsere Getränkewünsche entgegen. Chris ordert eine Flasche Wein und zieht die Augenbrauen zusammen, als ich ein Wasser bestelle.

»Was? Ich will mich nicht betrinken ...«, brumme ich. Und ganz bestimmt nicht die Rechnung sehen! Wie soll ich mich je für das bedanken, was die beiden alles für mich getan haben? »Aber der Anzug steht dir, solltest du öfter tragen!«

Er schnaubt abfällig. »Mit Komplimenten kannst du mich nicht besänftigen, Kleine. Wir werden deinen Abschluss feiern, so war es ausgemacht, also lächle endlich! Wir haben übrigens viele Bilder gemacht, ich schick sie dir per Mail, ja?«

»Die Bilder am Springbrunnen sind unglaublich süß geworden«, setzt Kylie hinzu und strahlt zu mir herüber, dann runzelt sie die Stirn. »Aber irgendwie schade, dass du die einzige ohne Begleitung warst. Warum hattest du eigentlich kein Date? Jetzt, wo ich darüber nachdenke ... Du bist ein paar Mal ausgegangen, aber etwas Festes hattest du nie.«

Nicht auch noch dieses Thema! Die beiden benehmen sich wirklich, als wären sie meine Eltern, was ja ganz süß ist, aber wenn es um Kerle geht, ist Schluss. Schlimm genug, dass sie versucht haben, mich mit David zu verkuppeln.

»Ich wollte den Abend mit euch verbringen. Außerdem kam es mir komisch vor, jemanden um ein Date zu bitten, wenn ich doch morgen ans Ende der Welt verschwinde.« Dankbar lächle ich dem Kellner zu, als er mir mein Wasser bringt, und nehme nur zögernd das Glas Wein an, das er mir gleich darauf reicht. Den Namen, den er nennt, kann ich mir nicht merken und würde mir wahrscheinlich einen Knoten in die Zunge machen, sollte ich je versuchen, ihn auszusprechen. Leider lässt Chris mich nicht aus den Augen, bis ich wenigstens an dem Wein genippt habe, also tue ich ihm den Gefallen, enthalte mich aber eines Kommentars.

Nicht so schlimm wie befürchtet. Ein Glas von dem Zeug werde ich schon hinunterbekommen, aber ein gutes Bier wäre mir doch lieber.

»Was wirst du als Erstes tun, wenn du zu Hause bist?«, wechselt Laura das Thema, sieht kurz von der Speisekarte auf und rümpft die Nase. Offenbar hat sie etwas besonders Unappetitliches auf der Speisekarte gefunden.

»Wie meinst du das?«

Sie nippt an ihren Wein und lächelt gequält in Richtung Chris. »Überraschend ... mild. Also, Daria«, wendet sie sich wieder an mich und zwinkert mir zu, »du warst jetzt so lang weg, die Semesterferien mal ausgenommen, da gibt es doch bestimmt so einiges, was du vermisst hast, oder?«

»Äh ... ja.« Ich erzähle ein wenig von meinem Leben in Montana, verschweige aber die Zweifel, die mir durch den Kopf schwirren. Auch die Tatsache, dass ich Panik vor dem Reiten habe. »Ich will den Sternenhimmel sehen. In den meisten Nächten ist es klar und der Blick in den Himmel ist atemberaubend. Und die Sonnenuntergänge sind traumhaft!«

Ich plaudere weiter über die Landschaft und dieses Gefühl von Ruhe und Freiheit, das ich so vermisse. In den Semesterferien konnte ich das gar nicht richtig genießen, weil Tyler mich ständig herausgefordert hat. Jeder Handgriff wurde zu einem Wettkampf. Der Kerl ist ja so was von anstrengend!

Endlich haben wir uns jeder für ein Essen entschieden und wenden uns anderen Themen zu. Ich erzähle von meinem Ausflug an den Stand, was allgemeines Erstaunen hervorruft.

»Du warst wirklich am Santa Monica Pier?«, hakt Kylie noch einmal nach und reißt theatralisch die Augen auf.

»Na ja, ich bin vorbeigeschlendert. Dort war es ziemlich voll. Ich habe mir dann irgendwo ein einigermaßen ruhiges Plätzchen gesucht, um zu lesen«, gestehe ich, während ich die blütenweiße Tischdecke glatt streiche. »Keine Sorge, es war kein Fachbuch.«

»Mensch, lernst du jetzt etwa, dich zu entspannen?«, zieht Chris mich auf und schenkt sich noch etwas von dem Wein nach. Sein Lächeln wirkt verschmitzt und auch Laura und Kylie lachen. »Hat ja lang genug gedauert.«

»Oh, wenn ich das gewusst hätte, wäre ich mit dir einkaufen gegangen. Es gibt so viele süße kleine Läden, die nicht so überteuert sind. Wo hast du eigentlich dein Kleid her? Es ist traumhaft!« Laura beugt sich gespannt zu mir herüber, als ich ihr den Weg zu dem Geschäft schildere, in dem ich auch die Kette gekauft habe, die ich heute trage. »Die ist wirklich hübsch. Sieht aus wie ein Korallenriff.«

Wir unterhalten uns während des gesamten Essens und obwohl das Lokal so spießig ist, amüsieren wir uns riesig. Ich habe schon ewig nicht mehr so gelacht und bin einfach nur glücklich.

Irgendwann bittet Chris um die Rechnung und lässt sich nichts anmerken, als sein Blick auf die Summe fällt. Er reicht dem Kellner die Kreditkarte und dazu noch einige Scheine an Trinkgeld. Ich kann nicht sehen, wie viel es ist, aber wahrscheinlich die üblichen zwanzig Prozent. Mir wird schwindelig.

»Na los, verschwinden wir von hier und holen uns noch ein Eis«, schlägt er vor und haucht Kylie einen Kuss auf die Lippen. In seinen Augen liegt ein so liebevoller Ausdruck, dass ich mich mit einem Ziehen im Magen abwende. Es macht mich eifersüchtig. Nicht, weil ich heimlich in ihn verliebt wäre, sondern einfach, weil ich irgendwann genau das will, was zwischen den beiden ist. »Habe ich dir heute schon gesagt, wie wunderschön du bist?«

»Etwa ein dutzend Mal«, gibt sie kichernd zurück und schmiegt sich in seine Arme.

Laura und ich tauschen einen Blick, wie immer, wenn unsere Brötchengeber miteinander flirten, als wären sie nicht seit einer Ewigkeit verheiratet. Nachdem wir das Lokal verlassen haben, sehe ich mich um. Wir sind in einem belebten Viertel, das sanfte Licht der Straßenlaternen erhellt die Stadt und ihre Bewohner. Eine sanfte Brise weht den Geruch des Meeres zu uns. Lächelnd lege ich den Kopf in den Nacken, doch die Sterne sind hier kaum zu erkennen.

In diesem Moment klingelt mein Handy. Auf dem Display blinkt *Home* auf. Wahrscheinlich ist es meine Mutter, die fragen will, wie meine Abschlussfeier war oder wann ich morgen losfahre. Der Gedanke versöhnt mich ein wenig mit der Tatsache, dass sie nicht da gewesen ist.

»Hey, Mom, schön, dass du anrufst.« Zu mehr komme ich nicht, weil ein atemloses Schluchzen aus dem Hörer dringt. Mein Herz setzt für einen Augenblick aus und mir wird eiskalt, obwohl es noch immer fünfundzwanzig Grad sind. Die Dunkelheit scheint sich zu verdichten, dabei sind die Straßen hell erleuchtet. Meine Mutter weint sonst nie. Das letzte Mal, an das ich mich erinnern kann, war, als Dad uns verlassen hat. Ich war gerade sieben und wusste nicht, wie ich sie trösten sollte, war wütend und selbst unfassbar traurig. Es hat Wochen gedauert, bis sie aus diesem Tief heraus war. Danach gab es keine Tränen mehr. »Mom? Was ist los?«

»Daria?«

Die Stimme ist nur ein Flüstern, dennoch erkenne ich sie, und werde sechs Jahre in die Vergangenheit geschleudert, zurück ins Krankenhaus, als meine beste Freundin Isabella schluchzend an meinem Bett saß. In meinen Träumen höre ich noch immer ihre Entschuldigungen, kann ihren gebrochenen Blick sehen. Und ich weiß noch genau, wie kalt und ablehnend ich zu ihr war. Ich wollte nie wieder ein Wort mit ihr wechseln und daran habe ich mich bis jetzt gehalten. Natürlich ist mir klar, dass ich irgendwann wieder mit ihr reden muss, deshalb ja auch das Geschenk, aber im Augenblick bin ich noch nicht bereit dafür. Ich will ihr sagen, dass sie mich in Ruhe lassen soll und danach auflegen, doch ihr Tonfall hält mich davon ab.

»Was willst du?«, bringe ich abweisend hervor und schlinge mir den freien Arm um den Körper. Meine hellblaue Handtasche schwingt gegen meine Hüfte, erinnert mich daran, dass heute ein besonderer Tag ist. Mein besonderer Tag. Den lasse ich mir sicher nicht von ihr zerstören! »Was machst du bei mir zu Hause?«

Sie weint so heftig, dass nur ein paar Fetzen bei mir ankommen:

»... passiert ... schrecklich ... Krankenhaus ... so leid ...«

Ich werde einfach nicht schlau daraus, doch in mir krampft sich alles zusammen. Auf einem Gestüt kann immer mal etwas passieren. Von kleinen Unachtsamkeiten bis zu entsetzlichen Unfällen, deshalb läuten bei mir die Alarmglocken. Mom ist nicht da, sonst hätte sie mich selbst angerufen. Egal, was sie um die Ohren hat, aber schlechte Nachrichten würde sie mir persönlich überbringen. Außer sie ist dazu nicht mehr in der Lage.

Panik durchflutet meinen Körper, ich fange an zu zittern und drehe mich von den anderen weg. Das Steak und der Wein liegen mir plötzlich schwer im Magen. Hastig taumle ich zu einer Straßenlaterne und lehne mich dagegen, um nicht umzukippen.

»Hör auf zu heulen und sag mir, was passiert ist, Isabella! Sofort!« Mir ist egal, wie eisig ich klinge oder wie forsch ich zu ihr bin, doch durch meinen Kopf jagen schreckliche Bilder. Ich stelle mir jedes entsetzliche Szenario vor, weshalb Mom nicht ans Telefon kommen kann, und habe das Gefühl, den Verstand zu verlieren.

Das Weinen wird leiser, was mir beinah einen frustrierten Schrei entlockt. Scheinbar habe ich wirklich ein Geräusch gemacht, denn die Passanten, die an mir vorbeilaufen, sehen mich mit merkwürdigen Blicken an und eilen weiter. Hinter mir fragt irgendjemand, wahrscheinlich Kylie, was passiert ist.

Tja, wenn ich das nur wüsste ...

»Daria? Hier ist Tyler«, vernehme ich plötzlich eine raue Stimme, die mich schaudern lässt.

Bitte nicht auch noch der!

Mein Herzschlag beschleunigt sich und ich krümme mich nach vorn, als eine Welle des Schmerzes mich überwältigt. Erst Isabella und jetzt Tyler. Nur nicht meine Mutter. Der Ausspruch *blind vor Panik* erreicht ein neues Ausmaß, als Blitze vor meinen Augen tanzen und meine Sicht verschwimmt.

»Sag mir, was passiert ist!«, bringe ich zähneknirschend hervor, bin kurz davor, ihn anzubrüllen. »Wo ist Mom?«

»Rebecca hatte einen schweren Unfall. Sie ist im Krankenhaus und bisher lassen die Ärzte uns nicht zu ihr. Daria, es sah schlimm aus.« Seine Stimme zittert, ganz leicht nur, aber ich kann es hören, obwohl er sich alle Mühe gibt, einen ruhigen Tonfall beizubehalten. »Du musst sofort nach Hause kommen.«

»Was?«, kreische ich in den Hörer und verliere vollkommen die Fassung. Ich sinke auf die Knie, wische mir über das Gesicht und bemerke, dass meine Wangen feucht sind. »Wann ist das geschehen?« Die Worte schlüpfen nur schwer über meine Lippen. Ich will nicht mit ihm reden, will einfach nur zu meiner Mutter. Will, dass sich alles nur als Albtraum herausstellt. Aber ich bin wach, telefoniere mit Tyler Wyatt und fühle mich verloren.

Die Horrorvisionen verlagern sich in ein Krankenhaus, gespickt mit piepsenden Maschinen und Unmengen an Blut. Röchelnd greife ich mir an die Kehle, japse nach Luft.

»Heute Nachmittag.«

Bei den Worten zerreißt etwas in mir. »Und dann ruft ihr mich erst jetzt an? Ich könnte schon längst in Silver Lane sein, bei Mom! Ich würde wissen, wie es ihr geht! Sag mal, hast du mal auf die Uhr gesehen, du verdammter Mistkerl?«

»Daria ...«

»Wie soll ich jetzt denn noch einen Flug bekommen, hm? Es gibt nicht einmal eine direkte Verbindung, verflucht noch mal! Oder denkst du, ich kann mich ins Auto setzen und durchs halbe Land rasen? Schaltest du eigentlich je dein Gehirn ein?« Meine Stimme überschlägt sich, wird immer lauter, doch mir ist es gleichgültig. Der Idiot hat mich stundenlang nicht informiert. Während ich gefeiert habe, lag meine Mutter im Krankenhaus. Oh Gott ...

»Daria! Ich habe dir schon einen Flug gebucht. Er geht in ungefähr drei Stunden. Früher ging es einfach nicht. Du fliegst von Terminal vier, das Ticket liegt am Schalter bereit, Zwischenlandung in Salt Lake City und Ankunft gegen halb sieben morgens am Flughafen in Helena. Ich werde dich abholen und ins Krankenhaus bringen, einverstanden?« Jetzt kämpft er hörbar um seine Beherrschung, ist aber immer noch freundlich. So kenne ich ihn gar nicht. Normalerweise hätte er längst zurückgeschrien und mir jede Beleidigung mit gleicher Münze heimgezahlt.

»Ihr. Hättet. Es. Mir. Sofort. Sagen. Müssen«, stoße ich hervor, betone dabei jedes Wort und presse die Kiefer fest zusammen. Ob ich einverstanden bin? Habe ich denn eine Wahl? Egal, was ich mache, ich werde nicht früher in Silver Lane ankommen als mit diesem Flug. Die nächsten Stunden werden höllisch für mich, das weiß er genau, und doch hat er mich erst jetzt angerufen.

Mistkerl!

»Hey, bist du noch dran?« Plötzlich klingt er so unendlich sanft, dass meine Wut auf ihn noch weiterwächst. Von ihm brauche ich ganz sicher kein Mitleid!

»Ich muss noch einiges regeln, wir sehen uns morgen Früh«, presse ich hervor, beende das Gespräch und vergrabe mein Gesicht in den Händen. Schluchzer schütteln meinen Körper und als jemand einen Arm um meine Schultern schmiegt, breche ich endgültig zusammen.

Ich habe gefeiert, während meine Mutter im Krankenhaus lag. Ich habe ihr stumme Vorwürfe gemacht und jetzt fühle ich mich unendlich schuldig.

3. Kapitel

Willkommen in Silver Lane

Sobald ich in meinem Zimmer stehe, fühle ich mich vollkommen überfordert. Es bleibt keine Zeit, um Pläne zu schmieden oder mir zu überlegen, was zu tun ist. Wäre auch sinnlos, da ich keinen klaren Gedanken fassen kann. Zum Glück ist Elaine noch unterwegs und macht mir nicht zusätzlich Stress.

Hastig schlüpfe ich aus dem Kleid und stopfe es achtlos in eine der Umzugskisten, bevor ich mir Jeans und ein T-Shirt anziehe. Mit zitternden Händen wasche ich mir im Badezimmer das Make-up aus dem Gesicht, löse die Hochsteckfrisur und binde mir meine Haare zu einem Zopf. Froh darüber, dass Kylie und die anderen keine weiteren Fragen gestellt und meinen Wunsch nach Ruhe akzeptiert haben, lasse ich mich auf mein Bett fallen und ziehe mein Handy hervor.

Ich lasse mich mit dem Krankenhaus von Silver Lane verbinden, warte ungeduldig darauf, dass endlich jemand abnimmt. Doch als sich eine Schwester meldet, bringe ich zunächst kein Wort heraus, stammle nur herum.

»Sind Sie denn verwandt mit Rebecca Evans?«, unterbricht die Frau mein wirres Gerede. Ihr Tonfall klingt sanft und verständnisvoll, was mir die Tränen in die Augen treibt.

Ich atme einmal tief durch, um mich zu sammeln, sage schlicht: »Ich bin ihre Tochter.«

»Nun, Miss Evans, Ihre Mutter liegt auf der Intensivstation. Bisher hat sie das Bewusstsein noch nicht wiedererlangt. Alles Weitere sollten Sie besser mit einem Arzt besprechen.«

»Ja, natürlich«, flüstere ich, bedanke mich höflich und lege dann auf.

Sie lebt, ist mein erster Gedanke. Erleichterung durchströmt mich, wird jedoch gleich wieder von panischer Angst abgelöst. Was bedeutet das, sie hat das Bewusstsein noch nicht wiedererlangt?

Ich verfluche mich selbst, weil ich der Schwester nicht mehr Fragen gestellt habe, doch es bleibt kaum noch Zeit, um noch einmal anzurufen. Wie in Trance gehe ich noch einmal ins Badezimmer, werfe Zahnbürste und andere Kosmetikartikel in ein kleines Täschchen, das ich noch in meinen Rucksack stopfe. Zusammen mit den

Klamotten in dem kleinen Koffer sollte das reichen, bis der Rest meiner Sachen in Silver Lane ankommt.

Ein paar Minuten später bin ich fertig, schlinge mir noch einen Pullover um die Hüften, damit ich im Flugzeug nicht erfriere, und will gerade die Wohnungstür aufschließen, um mich endlich auf den Weg zu machen, als mein verdammtes Handy klingelt. Vor Schreck lasse ich meinen Rucksack fallen und halte die Luft an. Noch mehr schlechte Nachrichten könnte ich im Moment nicht verkraften.

»Ja, hallo?«, rufe ich atemlos, als ich das Ding endlich hervorgekramt habe. Was soll das ganze Zeug in meiner Tasche eigentlich? Seit wann brauche ich Lipgloss, Kaugummi und den anderen Kram, der sich angesammelt hat?

»Ich bin's, Tyler. Wollte nur hören, ob du schon auf dem Weg zum Flughafen bist.«

Mein Herzschlag beruhigt sich nur allmählich. Dieser dämliche Idiot, hat mir den Schock meines Lebens verpasst, nur um mich zu kontrollieren?

»Es ist erst kurz nach neun«, bringe ich hervor und bin stolz auf mich, weil in dem Satz keine Beleidigung enthalten ist. Allerdings spreche ich so langsam, als wäre er schwer von Begriff. »Der Flug geht erst in eineinhalb Stunden.«

»Ich weiß, immerhin habe ich ihn gebucht«, gibt er in dem gleichen schleppenden Ton zurück, was mich auf die Palme bringt. »Allerdings wollte ich nur noch mal nachfragen, ob du auch klarkommst. Hast du dir schon ein Taxi bestellt?«

Mir entschlüpft ein Stöhnen. Ich kann ja nicht mit meinem Wagen zum Flughafen. Dabei habe ich Kylie extra gebeten, das mit den Männern vom Umzugsservice zu regeln, damit sie auch meinen Pick-up nach Silver Lane fahren. Wie konnte ich nur vergessen, mir ein Taxi zu rufen? Panik steigt in mir auf, doch ich will mir vor ihm nicht eingestehen, wie durcheinander ich bin. Mir entgleitet die Situation und das darf einfach nicht passieren.

»Natürlich, es müsste auch jeden Moment kommen. War's das?«, zische ich gereizt und klemme mir das Handy zwischen Ohr und Schulter, um nach meinem Portemonnaie zu kramen. Hoffentlich habe ich noch genug Bargeld. Und hoffentlich schaffe ich es mit dem Taxi rechtzeitig zum Flughafen ...

»Na sicher doch, Großstadt-Prinzessin.« Sein Tonfall ist süffisant, seine Geduld spürbar am Ende. »War mir wie immer ein Vergnügen.«

»Du mich auch, Arschloch«, fluche ich, kaum dass er aufgelegt hat.

Sofort wähle ich die Nummer eines Taxiunternehmens und bete, dass vierzig Dollar reichen werden, um bis zum Flughafen zu kommen. Wie konnte so etwas passieren? Ausgerechnet mir!

Während mir der Taxifahrer gut gelaunt Geschichten erzählt, verfluche ich diese ganze Stadt. Den Verkehr, der auch jetzt noch höllisch ist, die Menschen, die um diese Uhrzeit von irgendwelchen Partys nach Hause wollen, und vor allem den Fahrer, der die Ruhe selbst ist. Auf mein Drängen, dass ich längst am Flughafen sein müsste, ist er gar nicht eingegangen. Einfach unglaublich!

Als der Wagen endlich am Ziel ankommt, ist es schon halb elf und mir bleiben nur wenige Minuten, bis der Check-in beginnt. Dennoch halte ich inne und betrachte das hell erleuchtete Gebäude, das auf mich wie eine riesige Raumstation wirkt. Ich bezahle den Fahrer und steige aus. Sobald ich die Halle betrete, bin ich von dem typisch hektischen Treiben eines Flughafens umgeben: Durchsagen surren in den Lautsprechern, ein Mann im Anzug hetzt in Richtung der Toiletten und vor den Schaltern hat sich eine Schlange gebildet.

Bis ich das Gepäck aufgegeben, das richtige Terminal gefunden und mein Ticket erhalten habe, scheint eine Ewigkeit zu vergehen. Erst danach habe ich etwas Zeit, um mir einen Kaffee zu holen. Den winzigen Becher habe ich mit zwei großen Schlucken geleert und ich überlege kurz, ob ich mir noch mal Nachschub hole, doch mir ist auch ohne einen zusätzlichen Koffeinschub schon übel.

Ich kann nicht still sitzen, mir ist schlecht und allmählich bekomme ich Kopfschmerzen. Zu allem Überfluss habe ich vergessen, mir ein Buch mitzunehmen, und meine Kopfhörer liegen noch in meinem Zimmer, verschollen in dem Stapel Kartons. Meine Stimmung wandert immer mehr Richtung Gefrierpunkt. *Kann dieser Tag eigentlich noch beschissener werden?*

Die Antwort erhalte ich, als der Flug nach Salt Lake City endlich aufgerufen wird. Als ich aufstehen will, werde ich von einer älteren Frau angerempelt. Meine Handtasche rutscht herunter und der Inhalt verteilt sich über den Boden der Halle. Zähneknirschend sammle ich alles wieder auf und kann mich gerade noch von einem Wutausbruch abhalten, als plötzlich mein Handy klingelt. Schon wieder. Wenn das so weitergeht, werde ich nie aus L.A. herauskommen!

Aber es ist nur Kylie, die noch einmal hören will, wie es mir geht. Sie verspricht, morgen Früh gleich als Erstes bei dem Umzugsunternehmen anzurufen und bittet mich, mich bei ihr zu melden, sobald ich mehr über den Zustand meiner Mutter weiß. Ich gebe mich tapfer, bin aber froh, als sie auflegt. Sobald ich aufblicke, sehe ich die Schlange, die sich schon vor der Gangway gebildet hat.

Ich umklammere mein Ticket fester und atme noch einmal tief durch, ehe ich mich hinter eine junge Frau einreihe, die versucht, ihr Baby zu beruhigen. Bei meinem Glück werde ich wohl genau neben ihr sitzen. Oder eingekeilt zwischen zwei Leuten, die mir unbedingt ein Gespräch aufzwingen wollen.

Doch ich habe tatsächlich Glück, denn mein Platz ist direkt beim Notausgang, so dass ich meine Beine ausstrecken kann und mich nicht so eingequetscht fühle. Doch damit ist der kleine Lichtblick auch schon beendet, denn direkt neben mir nimmt gerade die Dame Platz, die mich angerempelt hat. Gut, dass ich einen Fensterplatz habe. Schnaubend knülle ich die Jacke zusammen, stecke sie mir hinter den Kopf und lehne mich dagegen.

In etwas mehr als vier Stunden werde ich in Montana sein und dann wird es nur noch mal zwei weitere Stunden dauern, bis wir Silver Lane erreichen. Die Tatsache, mit wem ich so lang in einem Auto eingesperrt sein werde, verdränge ich ebenso wie die Angst vor dem Besuch im Krankenhaus. Ich habe einfach keine Kraft, um mir im Augenblick darüber Sorgen zu machen.

In Helena herrscht eine trockene Hitze. Es ist nicht so entsetzlich heiß wie in Los Angeles, aber offenbar hat es seit einer Ewigkeit nicht mehr geregnet, weshalb in den Nachrichten von einer Dürre gesprochen wird. Und ich weiß, was das für die Farmer bedeutet.

Ja, genau. Ich denke an das Wetter, an Rinder und an Weiden, die langsam vertrocknen. An eine schlechte Ernte und die Auswirkungen auf das nächste Jahr. Hauptsache nicht an das, was auf mich zukommen wird.

Die Sonne blendet mich und ich bin froh, dass ich den Pulli schon im Flugzeug ausgezogen habe. Allerdings platzt mein Rucksack beinah aus allen Nähten und mein Mund ist so trocken wie das Death Valley. Ein Eistee wäre jetzt genau das Richtige. Oder irgendetwas anderes mit Zucker, damit ich mich auf den Beinen halten kann.

Als mein Handy klingelt, würde ich es gern im nächsten Mülleimer versenken. Die blechern klingende Melodie lässt mein Herz schneller schlagen und als ich die unbekannte Nummer im Display sehe, bricht mir der Schweiß aus.

Der Anruf ist von dem Umzugsunternehmen, das ich beauftragt habe. Die *nette* Frau am anderen Ende der Leitung hat offenbar ebenfalls arktische Luft geschnuppert oder ist einfach mit dem falschen Fuß aufgestanden. Jedenfalls ist sie nicht besonders begeistert darüber, dass jemand anderes sie angerufen hat. Und ihr fällt nichts Besseres ein, als mich immer wieder darauf hinzuweisen, dass von meinem Pick-up nie die Rede war und sie jetzt noch einen Fahrer organisieren muss und natürlich wird es auch mehr kosten. Es dauert, bis ich ihr klarmachen kann, wie egal mir das ist, wenn nur mein Wagen bis spätestens Mittwoch vor dem Haus meiner Mutter steht. Knurrend willigt sie ein und beendet das Gespräch.

Kopfschüttelnd schirme ich meine Augen mit einer Hand vor der Sonne ab und sehe mich um. Am Taxistand herrscht Hektik, Countrymusik plärrt aus einem offenen Autofenster und Gespräche werden zu mir herübergeweht. Und doch ist die Atmosphäre ein krasser Gegensatz zu Los Angeles. Fast wirkt Helena wie ein Provinznest, dabei ist es die Hauptstadt von Montana.

Die Häuser sind flach, mit hellen Fassaden, in der Ferne erkenne ich die Berge, vor denen sich ausgedehnte Felder erstrecken, die schon ganz ausgedörrt aussehen. Die Luft ist klar, trägt den Geruch von Gräsern heran, von grenzenloser Freiheit.

Ich bin beinahe zu Hause.

Sofort werde ich von einem Schwall Gefühlen überwältigt, der mich fast umgeworfen hätte. Um die Tränen zurückzudrängen, die mir in die Augen schießen, blinzle ich mehrmals und sehe mich weiter suchend um.

Endlich erspähe ich den alten Geländewagen meiner Mutter. Er steht in der hintersten Ecke des Parkplatzes, eine gefühlte Meile von mir entfernt. Tyler hat sich gegen die Motorhaube gelehnt, den Kopf gesenkt und die Hände in den Hosentaschen vergraben. Obwohl er genau wusste, wann der Flieger landet, macht er natürlich keine Anstalten, nach mir Ausschau zu halten oder mir entgegenzukommen. Wäre ja auch zu viel verlangt.

Jede Spur von Sentimentalität verflüchtigt sich und kochend vor Wut stapfe ich zu ihm hinüber. Das Rattern der Räder meines Koffers dröhnt in meinen Ohren und mir geht einfach alles auf die Nerven, aber als er zu mir aufsieht, platzt mir endgültig der Kragen.

»Beweg dich bloß nicht von der Stelle, Möchtegern-Cowboy, das würde nicht zu deiner lässigen Art passen.« Als er bei dem Spitznamen zusammenzuckt, spüre ich einen Hauch von Befriedigung in mir aufsteigen. »Unfassbar, dass du dich wirklich ins Auto gesetzt hast, um mich abzuholen! War sicher eine Überwindung.« Dicht vor ihm bleibe ich stehen, funkle zornig zu ihm auf und knalle den Griff des Koffers geräuschvoll herunter. »Es geschehen doch noch Zeichen und Wunder, nicht wahr?«

Seine markanten Gesichtszüge verfinstern sich. Sofort fallen mir die dunklen Schatten unter seinen grau-grünen Augen auf, die blutunterlaufen sind. Sein Gesicht wird von einem Dreitagebart beschattet und er sieht aus, wie ein Mann der auf einer Reklametafel Werbung für den *Wilden Westen* macht. Den Stetson tief in die Stirn gezogen, offenes Holzfällerhemd über einem weißen T-Shirt und die ausgebleichte Jeans steckt in den obligatorischen Stiefeln. Damit passt er so perfekt auf ein Gestüt, dass ich noch wütender werde und die Tatsache ignoriere, dass er ebenso erschöpft wirkt, wie ich mich fühle.

Und ich ignoriere ebenfalls, dass sich seine Muskeln unter dem Stoff abzeichnen, als er die Schultern anspannt und er mich mit seiner athletischen Gestalt überragt sodass ich gezwungen bin, zu ihm aufzusehen. Seine dunklen Haare lugen unter dem Cowboyhut hervor und sein herber Geruch steigt mir in die Nase, bringt mich durcheinander.

»Tut mir ja furchtbar leid, dass ich dir meine Dienste als Gepäckträger nicht zur Verfügung gestellt habe, Großstadt-Prinzessin, aber ich habe die ganze Nacht kein Auge zugetan und es wartet noch eine Menge Arbeit auf *mich*.« Das letzte Wort betont er ganz besonders, als wolle er darauf hinweisen, dass ich keine große Hilfe sein werde. Nach einem spöttischen Blick schnappt er sich den Koffer und streckt die Hand nach meinem Rucksack aus. »Wenn du so freundlich wärst, einzusteigen, damit wir endlich losfahren können?«

Mir entfährt ein abfälliges Schnauben. Während ich ihm den Rucksack entgegenschleudere, sage ich zähneknirschend: »Glaubst du denn, ich hätte gut geschlafen? Es geht immerhin um *meine* Mutter! Und übrigens vielen Dank noch mal, dass ihr mich sofort angerufen habt.«

Ich reiße die Beifahrertür des dunkelblauen Wagens auf, wobei mir die Delle ins Auge springt, die Matthew Jamesons Motorrad dort hinterlassen hat. Kaum fünf Minuten wieder in Montana, schon werde ich von Erinnerungen an meinen Ex heimgesucht. Einfach großartig.

Tyler knallt den Kofferraumdeckel zu und steigt ebenfalls ein.

Sekundenlang herrscht Schweigen, doch bevor er den Motor startet, wirft er mir einen bedeutungsvollen Blick zu. »Ich wusste, du würdest darauf herumreiten. Es war deine Abschlussfeier, verdammt! Wir wollten ...«

»Was? Mir noch ein paar Stunden Zeit geben, damit ich mich amüsiere, ehe mir der Boden unter den Füßen weggezogen wird? Wie überaus rücksichtsvoll von euch. Benutz endlich mal dein Gehirn!«

Als er auf den Skyway Drive einbiegt, beiße ich mir fest auf die Unterlippe, um die Tränen zurückzudrängen. Ich schweige, bis wir aus Helena herausfahren, presse mir eine Hand auf den Magen. Bloß nicht zusammenbrechen.

Entschlossen konzentriere ich mich auf die Landschaft, die an uns vorbeizieht und wünschte, ich könnte die Aussicht genießen. »Was glaubst du eigentlich, wie ich mich gefühlt habe, hm? Mom liegt im Krankenhaus und ich bin in einem schicken Restaurant und trinke erlesenen Wein«, platzen die Worte schließlich doch aus mir heraus.

»Es tut mir leid, Daria!« Jetzt wird seine Stimme ebenfalls lauter, aber ich vermeide es immer noch, ihn anzusehen. »Ich war nicht da, als es passiert ist, weil ich die Zäune kontrolliert habe, und als ich zurückkam, lag sie bewusstlos auf dem Boden und ich habe sofort den Rettungswagen gerufen. Wir waren stundenlang im Krankenhaus, bis uns irgendwann mal jemand gesagt hat, dass sie nicht berechtigt sind, Informationen an uns herauszugeben. Isabella hat sofort angerufen, als wir wieder auf dem Gestüt waren.«

»Handys kennt ihr wohl nicht, was?«, keife ich und ignoriere seinen schuldbewussten Tonfall.

»Ist ja nicht so, als hätten wir *deine* Nummer im Kurzwahlspeicher.«

Die erste Träne kullert über meine Wange. Hastig wische ich mir über das Gesicht, halte meine Aufmerksamkeit weiter auf die Landschaft gerichtet, obwohl ich sie gar nicht richtig wahrnehme. Vor meinem geistigen Auge sehe ich Mom, als ich sie das letzte Mal besucht habe. Seit mein Studium angefangen hat, war unser Verhältnis angespannt und jetzt hasse ich mich dafür. Will wieder zu dem Moment zurück, als wir jeden Abend auf der Veranda saßen und über alle möglichen Themen gesprochen haben. Als wir noch miteinander lachen konnten.

Endlich kann ich mich dazu überwinden, Tyler anzusehen. Er hält den Blick starr auf die Straße gerichtet, hat die Hände so fest ums Lenkrad geklammert, dass seine Fingerknöchel weiß hervortreten. Mir liegt die entscheidende Frage auf der Zunge und schließlich stelle ich sie: »Was ist passiert?«

»So genau weiß ich das nicht. Rebecca wollte unbedingt das Dach reparieren und ... Sie muss gestürzt sein. Ich habe keine Ahnung, wie schwer die Verletzungen sind.« Als er für einen Moment den Kopf in meine Richtung dreht, erkenne ich Bedauern in seinen Augen. Und einen Anflug von Schuld. Mehr muss ich nicht wissen.

»Du hättest ihr helfen sollen, richtig? Stattdessen bist du ausgeritten! Das glaube ich jetzt einfach nicht ... Wofür bezahlt meine Mutter dich eigentlich, hm?« Meine Wut ist so groß, dass mir nicht einmal in den Sinn kommt, es könnte vielleicht anders gewesen sein. Plötzlich bereitet es mir körperliche Qualen, ihm so nah zu sein.

»So war das überhaupt nicht!«, rechtfertigt er sich hitzig. Noch ein kurzer, beinah flehender Blick.

»Sie hat dich nicht zu deinem Vergnügen eingestellt, du elender Mist-«, bevor ich das Wort beenden kann, lenkt Tyler den Wagen an den Straßenrand und steigt voll auf die Bremse. Ich werde nach vorn in den Gurt geschleudert und keuche schmerzerfüllt auf. »Hast du den Verstand verloren?«

»Jetzt hör mir mal ganz genau zu, du verwöhnte Göre!«, brüllt er mich an und dreht sich so ruckartig zu mir, dass ich mich erschrocken gegen die Beifahrertür drücke. »Ich habe deiner Mutter gesagt, ich würde mich um das Dach kümmern, sobald ich mit allem anderen durch bin, aber sie wollte es ja perfekt haben für ihre kleine Prinzessin. Deshalb habe ich mir in den letzten Wochen auch den Arsch aufgerissen, was dich natürlich nicht interessiert. Hauptsache, ich bin dein Sündenbock, was?«

»Soll das heißen, es ist meine Schuld?«, fauche ich zurück, die Hände zu Fäusten geballt.

»Das habe ich nicht gesagt und so was wirst du aus *meinem* Mund auch nicht hören. Im Gegensatz zu dir weiß ich, dass uns Schuldzuweisungen nicht weiterbringen.« Abwehrend hebt er eine Hand und zieht beide Augenbrauen in die Höhe. »Es tut mir wirklich leid, aber keiner von uns kann daran etwas ändern. Und du bist nicht die Einzige, die sich Sorgen macht.«

Ich will ihm sagen, dass es nicht seine Mutter ist, die im Krankenhaus liegt, aber irgendetwas in seiner Miene hält mich davon ab. Er wirkt tatsächlich betroffen. Betroffen und unendlich erschöpft.

»Hör zu, Daria ... Die nächsten Tage werden nicht einfach, aber wir müssen zusammenarbeiten, sonst wird das nicht funktionieren. Auch wenn du es nie zugeben würdest, du brauchst meine Hilfe. Vor allem jetzt.« Seine Züge werden eine Spur härter und er fügt, mit warnendem Unterton, hinzu: »Also reiß dich zusammen, und mach es uns nicht noch schwerer.«

Mich überkommt das Bedürfnis, ihn zu schlagen oder aus dem Wagen zu springen und die restlichen Meilen zum Gestüt zu laufen, aber beides wäre dämlich. Zähneknirschend schlucke ich meinen Ärger herunter und erdolche ihn mit meinen Blicken.

Was glaubt er eigentlich, wer er ist? Ich brauche jemanden, der mich tröstet, mir sagt, dass alles gut wird und keine dummen Sprüche oder diesen mürrischen Idioten. Und auf seine Hilfe bin ich ganz sicher nicht angewiesen. Immerhin bin ich diejenige, die von Kindesbeinen an auf dem Gestüt gearbeitet hat.

»Fahr einfach weiter, ja?«, murmle ich schließlich.

Er öffnet den Mund, um etwas zu sagen, nickt dann jedoch nur. Den Blick wieder starr nach vorn gerichtet, lenkt er den Wagen auf die Straße zurück, sieht mich ab und zu aus dem Augenwinkel an, aber ich ignoriere ihn.

Den Rest der Strecke reden wir nicht mehr miteinander und irgendwann passieren wir das Schild, auf dem in verblassender Schrift steht: *Willkommen in Silver Lane.*

Ich bin endlich zu Hause, nur leider fühlt es sich nicht so an.

Je näher wir dem Krankenhaus kommen, umso schneller schlägt mein Herz. In wenigen Minuten werde ich erfahren, wie es Mom geht, doch da ist eine leise Stimme tief in meinem Inneren, die mich fragt, ob ich es wirklich wissen will. Die ehrliche Antwort darauf lautet: Nein. Allerdings habe ich keine Wahl. Egal, was in den nächsten Minuten passieren wird, ich muss es ertragen.

In Silver Lane ist es ruhig und nur wenige Menschen sind auf der Hauptstraße zu sehen. Ich habe mich lang nach dieser Stille gesehnt, doch plötzlich wirkt sie bedrückend auf mich. Mein Blick fällt auf die *Baked Joy*-Bäckerei und bei dem Anblick des riesigen Cupcakes und dem Gedanken an Koffein fühle ich mich schwach. Mein Magen meldet sich lautstark und erinnert mich daran, dass meine letzte Mahlzeit ein paar Stunden zurückliegt.

Tyler zieht eine Augenbraue in die Höhe. »Ich besorg wohl besser mal etwas zu essen und Kaffee. Karamell-Latte, richtig?«

Misstrauisch runzle ich die Stirn, löse den Blick vom Eingang des Krankenhauses, das gegenüber der Bäckerei liegt, um ihn anzusehen.

»Woher weißt du das? Sag nicht, du bist einer dieser unheimlichen Stalker, der mein Zimmer durchwühlt hat, während ich an der Uni war.«

»Bild dir nicht zu viel ein. Rebecca hat mal erwähnt, dass du auf dieses süße Zeug stehst. In L.A. gibt es wohl keinen normalen Kaffee, hm?«, entgegnet er mit einem abfälligen Schnauben. In seine Augen liegt eine deutliche Warnung. »Es dreht sich nicht alles nur um dich, Großstadt-Prinzessin.«

»Tu, was du nicht lassen kannst, Möchtegern-Cowboy, aber ich will jetzt sofort wissen, wie es meiner Mom geht.« Ich warte, bis er in der Bäckerei verschwunden ist, steige aus dem Wagen, starre einige Sekunden in den wolkenlosen Himmel und seufze. Hier scheint sich einfach nichts verändert zu haben. Die gleichen Läden säumen die Straße, die alte Eiche steht immer noch in der Mitte des Platzes und nirgendwo sehe ich ein unbekanntes Gesicht. Wie eine Reise in die Vergangenheit. Nur bin dieses Mal nicht ich diejenige, die im Krankenhaus liegt.

Mit jedem Schritt, der mich näher an das flache Gebäude heranbringt, schlägt mein Herz schneller. In meinem Kopf überschlagen sich die Gedanken und ich verspüre nichts als nackte Angst. Was, wenn ich zu spät komme? Wenn Mom gestorben ist?

Bei der Vorstellung steigen mir erneut die Tränen in die Augen. Kaum haben sich die Türen geöffnet, trifft mich ein Schwall eisiger Luft, der mich frösteln lässt. Der süßliche Geruch von Blumen mischt sich mit Desinfektionsmittel und sticht in meiner Nase. Beinahe wie in der Tierklinik, doch irgendwie ist er hier anders, mit einem Hauch von ... Krankheit. Hier fehlen die Gemütlichkeit, die unzähligen Bilder von dankbaren Tierbesitzern und die Wärme. Über mir knackt es in den Lautsprechern, gleich darauf wird irgendein Arzt in OP-Saal zwei gerufen. Die ganze Situation schlägt mir auf den Magen, ruft Erinnerungen in mir wach, die ich bisher verdrängt habe.

Die Schwester an der Anmeldung sieht mich mitfühlend an, während ich in meinem Gedächtnis suche, aber der Name Sarah sagt mir nichts und ich habe sie weder im Krankenhaus noch in der Stadt je gesehen. Doch ein fremdes Gesicht, wer hätte das gedacht? Sie scheint kaum älter zu sein als ich und ich frage mich unwillkürlich, was sie wohl in unsere Kleinstadt geführt hat.

»Hallo, kann ich Ihnen irgendwie helfen?« Ihre Stimme ist sanft, das Lächeln geduldig. Offensichtlich weiß sie genau, wie man mit traumatisierten Angehörigen umgeht. Mit Menschen wie mir, die kurz vor dem Zusammenbruch stehen.

»Ich ... Ich will zu meiner Mutter. Rebecca Evans. Sie hatte gestern einen Unfall und wurde ins Krankenhaus eingeliefert. Leider war ich noch in Los Angeles und mein Flug ging erst heute Morgen, also war ich den ganzen Tag unterwegs und bin so schnell wie möglich hergekommen, um zu hören, wie es ihr geht.« Das alles sprudelt einfach aus mir heraus, obwohl es sicher niemanden interessiert. Zitternd klammere ich mich an die Anmeldung, hole einmal tief Luft. »Können Sie mir bitte sagen, in welchem Zimmer sie liegt?«

Sofort sieht sie im Computer nach. »Zimmer 202, Intensivstation. Halten Sie sich am besten links und ...«

»Danke, aber ich kenne den Weg.« Weil ich in dieser Stadt aufgewachsen und nicht zum ersten Mal im *Community Hospital* von Silver Lane bin. Ehe mir dieser Kommentar über die Lippen kommt, drehe ich mich um und folge der roten Linie, die auf dem grauen Linoleumboden gemalt ist. Jede Abteilung des Hauses hat eine andere Farbe und natürlich passt dieses leuchtende Rot zur Intensivstation. Mir bereitet dieser Farbton Unbehagen, weil er mich an Blut erinnert.

Wenige Minuten später bleibe ich vor der Tür der Station stehen, bis mich eine Schwester hereingelassen hat. Sie zeigt mir den Raum, in dem ich mir die Schutzkleidung anziehen kann und lässt mich allein, nach dem sie mich bis zum Zimmer meiner Mutter geführt hat. Das Türschild ist leer, ohne einen Namen. Langsam strecke ich die Hand aus, lege sie auf die Klinke, kann mich jedoch nicht überwinden, den Raum zu betreten. Mein Blick schweift zu den beigefarbenen Wänden ab, den beruhigenden Landschaftsbildern. Alles hier wirkt so ... deprimierend. Und der Geruch nach Krankheit überlagert das intensive Desinfektionsmittel. Beinah kann ich sehen, wie winzige Erreger durch die Luft schwirren und auf meinen Klamotten haften bleiben, auf meiner Haut. Ich bilde mir ein, dass sie mir in die Lunge kriechen und sich in meinem Körper ausbreiten.

»Hör auf damit!«, schimpfe ich mich selbst, schüttle entschlossen den Kopf und öffne endlich die Tür. Ich mache mich auf piepsende Maschinen gefasst, darauf, dass meine Mutter schrecklich zugerichtet ist, doch was ich sehe, ist wesentlich schlimmer als jede Vision: Im Zimmer steht ein einzelnes, unberührtes Bett. Daneben ein leerer Platz, wo eigentlich ein weiteres stehen sollte.

Panik wallt durch mich hindurch, vernebelt mir die Sinne. Ich kann – und will – nicht begreifen, was das zu bedeuten hat. Nein! Nur dieses eine Wort geistert durch meine Gedanken, prallt immer wieder gegen eine Mauer des Entsetzens. Schwarze Punkte blitzen vor meinen Augen auf und ein Wimmern dringt über meine Lippen.

Nein. Nein. NEIN!

»Mom«, flüstere ich krächzend, wirble herum und stürme ins Schwesternzimmer, wo ich mitten im Raum stehen bleibe und von drei Krankenschwestern angestarrt werde. Sofort sprudeln die Worte aus mir heraus, meine Stimme überschlägt sich und klingt selbst in meinen Ohren wie ein Kreischen. Und dazwischen immer wieder die Frage: Wo ist meine Mutter? Aber niemand antwortetet mir.

Eine junge Schwester stürzt herbei, versucht, mich zu beruhigen, doch ich bekomme gar nicht mit, was sie sagt, sehe nur, dass sich ihre Lippen bewegen. Panik umschlingt mein Herz mit eisigen Fingern, quetscht es zusammen, bis ich das Gefühl habe, es müsste zerspringen. Als sie mir eine Hand auf die Schulter legt, schüttle ich ihre Berührung ab, brülle sie an. »Meine Mutter! Sie wurde gestern eingeliefert. Ein Unfall. Wo ist sie? Ich muss sofort zu meiner Mom!«

»Bitte, Sie müssen sich beruhigen«, versucht es die Krankenschwester noch einmal und sieht dabei Hilfe suchend zu ihren Kolleginnen, aber der Ausdruck in ihren Gesichtern macht alles viel schlimmer. In mir steigt das Bedürfnis auf, um mich zu schlagen.

Warum zum Teufel hört mir niemand zu?

In meinem Kopf dröhnt es, ich schwanke leicht zurück, weiche den Schwestern aus, die mich bedrängen. Plötzlich werde ich am Arm gepackt, starre in die besorgte Miene eines älteren Mannes, der mir irgendwie bekannt vorkommt. Ich krame in meinem Gedächtnis, doch der Name bleibt verschollen. Hat er mich nach meinem Reitunfall behandelt?

Obwohl sich seine Lippen bewegen, verstehe ich auch ihn nicht. Zu sehr rauscht es in meinen Ohren und meine Gedanken drehen sich im Kreis. Immer wieder. Dabei vermeide ich es, an dieses eine Wort zu denken, das drohend über mir schwebt.

Als eine Schwester mit einer Spritze auf mich zukommt, reiße ich mich los, stolpere und lande auf dem Boden. Plötzlich werde ich von Schluchzern geschüttelt, nehme nichts mehr wahr, bis zwei kräftige Arme mich umschlingen und eine rauchige Stimme zu mir vordringt.

»Nein, bitte, sie braucht kein Beruhigungsmittel. Ihr geht es gleich wieder gut.«

Tyler. Ich klammere mich an seine Schultern, spüre, wie er mich auf die Beine zieht und irgendwohin führt. Die ganze Zeit spricht er leise mit mir und ich fühle mich langsam besser. Das Rauschen in meinen Ohren lässt nach und als sich mein Blick klärt, bemerke ich, dass ich erneut in dem Zimmer bin, in dem meine Mutter liegen sollte. Bevor ich jedoch reagieren kann, drückt Tyler mich auf einen Stuhl und kniet sich vor mich hin. Mit beiden Händen umschließt er mein Gesicht, zwingt mich so, ihn anzusehen.

»Ganz ruhig, Prinzessin! Es ist nicht so, wie du denkst, hörst du?« Sanft streicht er mit den Daumen über meine tränenfeuchten Wangen, lehnt seine Stirn gegen meine. »Hör Dr. Carter zu, ja?«

In diesem Moment ist er so freundlich, so liebevoll, dass ich kein Wort herausbringe und nur mechanisch nicken kann. Während ich mich noch frage, weshalb Tyler Wyatt plötzlich so nett zu mir ist, klären sich meine Sinne und ich bemerke den Arzt, der hinter ihm steht und besorgt auf mich herabsieht.

»Was ist mit meiner Mom? Wo ist sie?« Beim Sprechen schmerzt mein Hals und ich schlucke schwer. *Das kommt davon, wenn man einen Nervenzusammenbruch hat, Daria*, schießt es mir durch den Kopf. Ich sollte mich dafür schämen, doch meine Gedanken drehen sich nur um diese schreckliche Ahnung, die mir Übelkeit verursacht. Dr. Carter wendet sich kurz ab, um einen Plastikbecher von einem Schränkchen zu nehmen und füllt ihn mit Wasser aus der Karaffe, die danebensteht, bevor er sich auf den Stuhl mir gegenüber niederlässt und mir den Becher in die Hand drückt. Ich klammere mich daran fest. »Danke.«

In sachlichen Worten, scheinbar ohne jede Gefühlsregung, schildert er, was passiert ist, seit Mom eingeliefert wurde. Es wurden unzählige Untersuchungen gemacht und dann, als sie heute Morgen noch immer nicht ansprechbar war, hat er eine Messung der Gehirnströme angeordnet. »Zum jetzigen Zeitpunkt kann ich nichts Genaues sagen, da die Ergebnisse nicht vorliegen, aber in ein paar Stunden wissen wir mehr. Es gilt erst einmal herauszufinden, weshalb deine Mutter bisher nicht aufgewacht ist. Aber ich werte es als gutes Zeichen, dass sie selbstständig atmet.«

Sie ist nicht tot!

Das ist mein erster Gedanke.

Um mich herum dreht sich alles. Hätte Tyler nicht meine Hand gehalten, wäre ich wahrscheinlich wieder zusammengebrochen. Bevor ich etwas erwidern kann, öffnet sich die Tür und ein Krankenbett wird hereingeschoben. Der Pfleger sieht Dr. Carter, nickt ihm zu und unterhält sich leise mit ihm, während er sich um meine Mom kümmert, sie an etliche Geräte anschließt und dem Arzt ein Klemmbrett entgegenstreckt, ehe er verschwindet.

Moms Anblick trifft mich wie ein Schlag in den Magen. Kein Szenario hätte mich auf diese Realität vorbereiten können. Ihr blasses Gesicht und die eingefallenen Wangen, über denen die Haut spannt, als würde sie jeden Augenblick reißen. Ihr Körper, der sich unter der hellblauen Decke abzeichnet, der Verband um ihren Kopf. Doch das Schlimmste ist, dass sie sich nicht bewegt. Nicht mal ihre Lider flattern, kein Muskel zuckt. Sie liegt einfach nur da.

Hastig wende ich mich ab, starre auf die Monitore der Geräte, dann zu dem dunklen Bildschirm des Fernsehers, bis ich kurz Tylers Blick begegne. Er hat sich gegen den kleinen Tisch in der Ecke gelehnt, auf dem eine Tüte und zwei Kaffeebecher stehen.

All das nehme ich wahr, doch es hat keine Bedeutung für mich. Warum sagt Dr. Carter denn nichts?

Gewissenhaft studiert er die Notizen, ist sich offenbar nicht bewusst, dass sein Schweigen meinen Puls in die Höhe schießen lässt. Spürt er denn nicht meine Verzweiflung? Warum redet er nicht endlich? Seelenruhig geht er die Dokumente durch, erhebt sich und bittet uns, für einen Moment draußen zu warten, damit er Mom untersuchen kann. Als ich den Mund öffne, um zu protestieren, drückt Tyler sanft meine Hand und schüttelt beschwörend den Kopf. Der Drang, ihn anzuschreien, wird beinah übermächtig. Stattdessen gebe ich mich dem tröstenden Gefühl hin, das seine Berührung in mir auslöst und verlasse mit ihm zusammen das Zimmer.

Die Sekunden dehnen sich aus, quälen mich. Darauf zu warten, dass sich die Tür wieder öffnet, ist fast so schlimm, wie Tylers Schweigen zu ertragen. Als wäre es so furchtbar, mal ein paar aufmunternde Worte herauszubringen.

Er bemerkt meinen Blick, stößt sich von der Wand ab und bleibt dicht vor mir stehen. »Es wird auch nicht besser, wenn du dich fertigmachst.«

Weiß ich selbst, Blödmann!

Doch ich nicke einfach und atme erleichtert auf, als Dr. Carter nach einer gefühlten Ewigkeit im Türrahmen erscheint und wartet, bis wir den Raum wieder betreten haben.

Eins der Geräte piepst kurz, lenkt meine Aufmerksamkeit zurück auf die blasse Gestalt meiner Mutter. Sie wirkt verletzlich und zerbrechlich. So habe ich sie noch nie gesehen und dieses Bild passt nicht zu der starken Frau aus meinen Erinnerungen.

Als Dr. Carter sich räuspert, versuche ich, an seiner Miene abzulesen, wie es Mom geht, aber seine Züge geben nichts preis, weshalb ich ihn nur zu gern geschüttelt hätte, um ihm endlich einen Ton zu entlocken. Ich beiße mir so heftig auf die Unterlippe, dass Schmerz mich durchzuckt, doch irgendwie hilft mir das, mich zu fokussieren.

»Bisher kann ich noch keine abschließende Diagnose aussprechen, dafür fehlen mir die Ergebnisse der bildgebenden Verfahren. Als deine Mutter eingeliefert wurde, konnten wir feststellen, dass sie sich einige Rippen gebrochen hat, noch dazu war ihre Milz gerissen, was uns zu einer Notoperation veranlasst hat. Die Bilder des gestrigen CTs zeigen keine Blutungen, aber eine leichte Schwellung im Bereich des hinteren Großhirns. Um ganz sicherzugehen, habe ich noch eine zweite Untersuchung angeordnet. Die Ergebnisse müssten bald vorliegen«, fügt er hastig hinzu und hebt beschwichtigend eine Hand. Danach folgt das übliche Mediziner-Blabla. Sieht alles gut aus.

Da ist nur die Tatsache, dass Mom nicht aufwacht.

»Möglicherweise braucht ihr Körper Zeit, um den Schock des Sturzes zu überwinden, aber in ein paar Stunden kann ich dir mehr sagen. Du kannst gern hierbleiben oder wir rufen dich an, sobald die Ergebnisse vorliegen.« Sein Tonfall bleibt weiterhin sachlich, was mir fast einen wütenden Kommentar entlockt, doch seine Miene wird ein wenig mitfühlender.

»Ich bleibe«, bringe ich nur hervor, nicke ihm zu und warte, bis er aus dem Zimmer gegangen ist. Egal, wie lang es dauern wird, ich muss wissen, wie schlimm es um Mom steht. Langsam drehe ich mich zu Tyler. »Du kannst zurückfahren. Wenn ich etwas erfahre, melde ich mich und ...«

Entschieden schüttelt er den Kopf, berührt kurz meinen Arm. »Ich weiß, du kannst meine Nähe nur schwer ertragen, aber ich lasse dich jetzt nicht allein. Isabella kommt schon klar. Außerdem habe ich uns Nervennahrung besorgt.« Er nickt zu der Papiertüte und den beiden Kaffeebechern, die auf dem Tisch stehen. »Gehen wir kurz nach draußen, damit du dich etwas stärken kannst.«

Mit zitternden Händen greife ich nach einem der Becher und nehme die Tüte. Wir verlassen das Zimmer und stopfen Kittel und Mundschutz in den Mülleimer, bevor ich ihm nach draußen zu einer Bank folge, die vor dem Gebäude steht. Als ich die Papiertüte öffne, steigt mir ein betörender Duft in die Nase. Gina Kravics macht dem Namen ihrer Bäckerei alle Ehre. *Gebackene Freuden, eindeutig*, denke ich und beiße von einem Schokocroissant ab, während ich in meinen Grübeleien versinke. Doch obwohl ich wahnsinnigen Hunger habe, ist mir so übel, dass ich mich zu jedem Bissen zwingen muss. Nachdem ich den Kaffee getrunken und ein zweites Croissant gegessen habe, gehen wir wieder zur Intensivstation, desinfizieren unsere Hände und schlüpfen in die Schutzkleidung.

Dr. Carter hat es nicht ausgesprochen, aber ich brauche keinen Arzt, um zu erkennen, dass meine Mom im Koma liegt. Für einen Augenblick bin ich vor Angst wie gelähmt und schaffe es nur mit Mühe, zu schlucken. Immer, wenn eine der Maschinen piepst, zuckt mein Blick zu den Monitoren. Diese ganze Situation zerrt an meinen Nerven und ich spüre, wie sich schon wieder Tränen ankündigen.

Ich halte durch, bis der Arzt uns allein gelassen hat, doch dann gibt es nichts, womit ich mich noch ablenken kann. Langsam sehe ich zu Tyler auf, der an dem hellblauen Kittel herumzupft. Und plötzlich komme ich nicht mehr gegen das Schluchzen an. Erschrocken hebt er den Kopf.

»Einen Moment dachte ich wirklich, sie wäre ...« Ich kann den Satz nicht beenden, merke aber, dass er genau weiß, worauf ich hinauswill. »Das Zimmer war leer und ich bin ... durchgedreht.«

Er legt mir eine Hand auf den Arm, sieht mich verständnisvoll an. Die Berührung löst einen Sturm in mir aus. Einerseits will ich ihn anschreien, ihm sagen, dass ich sein Mitleid nicht brauche. Und gleichzeitig wünsche ich mir, dass er mich in den Arm nimmt und tröstet.

Ruckartig springe ich auf, trete an das Bett und greife nach Moms Hand, doch sie reagiert nicht.

»Mom ...«, flüstere ich erstickt. Plötzlich verabschiedet sich auch der letzte Rest Beherrschung, ich laufe zum Fenster und krümme mich zusammen. Mir ist es egal, was Tyler von mir denkt oder ob ich mich vor ihm blamiere.

Ich bin am Ende.

»Daria«, sagt er leise, berührt mich an der Schulter.

Mehr brauche ich nicht. Ich wirble herum und werfe mich an seine Brust, kann gar nicht mehr aufhören zu schluchzen. Einige Sekunden ist er wie erstarrt, dann legt er seine Arme um mich und streicht mir über den Rücken.

Alles, was zwischen uns gewesen ist, ist für einen Moment vergessen. Tyler spendet mir den Trost, nach dem ich mich seit Stunden gesehnt habe, und zum ersten Mal seit dem Anruf lasse ich vollkommen los. Ich lasse meinen Gefühlen freien Lauf und bin dankbar dafür, dass er mich auffängt.

4. Kapitel

Kleine und große Schwierigkeiten

Es dauert eine Ewigkeit, bis die Untersuchungsergebnisse da sind, aber als Dr. Carter zurück ins Zimmer kommt, kann ich ihm am Gesicht ablesen, dass er keine guten Neuigkeiten hat.

Während er mir erzählt, dass der Spinalnerv meiner Mutter bei dem Sturz gequetscht wurde, dreht sich mir der Magen um.

»Die Folgen dieser Verletzung kann ich erst einschätzen, wenn die Schwellung abgeklungen ist«, höre ich ihn sagen und falle in ein tiefes, dunkles Loch.

Meine Mutter hat sich den Rückenmarksnerv verletzt und was das bedeutet, muss mir niemand erklären. Ich hoffe nur, der Schaden ist nicht dauerhaft.

Ich verlasse zusammen mit Tyler das Krankenhaus und setzte mich wie in Trance ins Auto, reagiere nicht, als er mich anspricht. Der Schock sitzt so tief, dass ich kaum etwas um mich herum mitbekomme und in Gedanken ständig wiederhole, was Dr. Carter gesagt hat.

Sobald wir auf dem Gestüt eintreffen, kommt Isabella aus dem Haus. Ihr Anblick versetzt mir einen Stich und ich verschwinde ohne ein Wort der Begrüßung durch die Haustür, laufe nach oben und flüchte mich in mein Zimmer, um darauf zu warten, dass sie verschwindet.

Ich nutze die Zeit, um meinen Koffer auszupacken und unter die Dusche zu springen, aber selbst dann kann ich ihren Wagen noch sehen, der in der Einfahrt steht, als wolle er mich provozieren. Zähneknirschend setze ich mich aufs Bett und betrachte die Bücher in dem Regal an der Wand gegenüber. Alles hier wirkt, als wäre ich noch immer ein Teenager, doch diese Zeit liegt lang hinter mir. Ich bin nicht nur erwachsen geworden, sondern habe mich auch völlig verändert.

Irgendwann versinke ich in meinen Erinnerungen, liege auf der Matratze und starre nur an die Decke. Als ich einen Blick zum Fenster werfe, sehe ich, dass die Sonne schon fast hinter dem Horizont verschwunden ist, aber bisher konnte ich keine Motorgeräusche hören. Isabella ist also immer noch da und irgendwie habe ich das

Gefühl, dass sich daran nichts mehr ändern wird.

Wohnt sie etwa hier?

Die Erkenntnis ist wie ein Schlag ins Gesicht. Ich fühle mich mies. Einsam und fehl am Platz, weshalb ich meinen knurrenden Magen ignoriere und mich unter die Bettdecke verkrieche.

Irgendwann falle ich in einen unruhigen Schlaf und wache kurz nach vier wieder auf. Der übliche Albtraum hat mich schweißgebadet zurückgelassen und ich widerstehe dem Drang, noch länger im Bett zu bleiben. Nach dem ich mich angezogen habe, schleiche ich die Treppe herunter, um Kaffee aufzusetzen und mir ein Sandwich zu machen. Mit einem Schuss Koffein in meinen Adern gehe ich in den Stall und stürze mich in die Arbeit, immerhin misten sich die Boxen nicht von allein aus. Schon nach zehn Minuten schwitze ich und meine Schultern schmerzen, doch ich bin nicht bereit, aufzugeben.

Ich bin Daria Evans, Rebeccas Tochter, und wenn jemand auf dieses Gestüt gehört, dann ja wohl ich! Kein Möchtegern-Cowboy und erst recht niemand, der mich im Stich gelassen hat. Ich bin zurück, also werde ich mich nützlich machen. Jeden Gedanken an meine Zukunftspläne verdränge ich. Mom braucht mich, da muss eben alles andere warten, so einfach ist das.

Nach beinah zwei Stunden bin ich endlich bei der letzten Box angekommen. Ich habe wirklich keine Ahnung, wie ich es früher geschafft habe, zwanzig davon auszumisten, als hier noch sechzig Pferde in den Ställen standen und nicht, wie jetzt, nur zehn.

»Hey, Thunder, alter Junge«, begrüße ich unseren Zuchthengst keuchend und wische mir mit dem Handrücken den Schweiß von der Stirn, bevor ich zu ihm in die Box trete.

Als die letzte Mistgabel voller Pferdeäpfel mit Schwung in der Schubkarre landet, entschlüpft mir ein erleichtertes Schnaufen. Nach fünf Karren voller Mist sehne ich mich nach einem ausgiebigen Frühstück. Ich will gerade wieder in die Stallgasse gehen, als ich an das Telefonat mit meiner Mutter denken muss. Sie hat gesagt, Thunder würde lahmen, also kann ich ihn mir gleich mal ansehen.

Seufzend gehe ich in die Knie, taste erst seine Hinter- und dann die Vorderbeine ab. Der Unterschied fällt mir sofort auf. Das linke Fesselgelenk ist angeschwollen sowie erhitzt und der Hengst reagiert nervös, als ich das Bein behutsam berühre. Sieht ganz nach einer Entzündung aus.

Ein Scheppern schreckt mich auf. Ich falle nach hinten, stoße mir den Kopf an der Boxenwand und bin froh darüber, dass Thunders

Temperament sich in Grenzen hält. Ein anderes Pferd wäre zur Seite gesprungen, aber er begnügt sich mit einem Wiehern.

»Verdammte Scheiße! Wenn du hier schon helfen willst, Großstadt-Prinzessin, dann räum hinterher auf. Ich bin nicht dafür da, mich um deinen Kram zu kümmern«, flucht Tyler auf dem Gang. Da ich immer noch im Stroh hocke, kann er mich nicht sehen und redet weiter. »Absolut unglaublich. Kommt hierher und hinterlässt Chaos. Hoffentlich erwartet sie nicht, dass wir sie bedienen.«

Empört stehe ich auf, funkle ihn über die Wand der Box hinweg wütend an und verspüre Befriedigung, als er zusammenzuckt. Doch gleich darauf wird dieses Gefühl von Einsamkeit abgelöst. Er und Isabella wollen mich gar nicht hier haben, das ist deutlich.

»Von dir erwarte ich gar nichts, verstanden? Aber schön, dass du mich daran erinnerst, was für ein Mistkerl du doch bist, nach gestern habe ich das wohl kurz vergessen. Kommt nicht wieder vor.« Ich schlüpfe aus der Box und rümpfe verächtlich die Nase, als ich die zweite Schubkarre entdecke, die er angeschleppt hat. »Dafür ist es etwas spät, findest du nicht? Ich bin mit dem Ausmisten fertig. Ach, wann genau wolltet ihr eigentlich den Tierarzt rufen?«

Einen Augenblick sieht es so aus, als würde er sich schuldig fühlen, dann huscht Wut über seine Züge. »Rebecca hat letzten Donnerstag bei Dr. Kramer angerufen, er wollte heute vorbeikommen, also spiel dich nicht so auf.«

Mein Puls schießt in die Höhe, Blut rauscht in meinen Ohren und die Vorstellung, ihm die Mistgabel in den Bauch zu rammen, erscheint mir so verlockend. Plötzlich muss ich an das denken, was Mom jedes Mal gesagt hat, wenn sie mitbekommen hat, dass wir streiten: »Ihr solltet eure Energie besser bei der Arbeit einsetzen, anstatt bei euren Streitigkeiten.«

Und jetzt ist sie im Krankenhaus, liegt im Koma, während wir hier stehen und uns bekriegen. Fast kommt mir der Kaffee wieder hoch. Eine Hand klammere ich um die Boxentür, versuche, meine Gefühle in den Griff zu bekommen, doch Moms Anblick hat sich mir ins Gedächtnis gebrannt.

»Ich spiele mich nicht auf und ich erwarte auch nicht, dass ihr mich bedient. Gibt es sonst noch etwas, das du mir an den Kopf werfen willst, oder war es das?« Meine Stimme klingt tonlos. Normalerweise fetzen wir uns jeden Tag und meist bin ich diejenige, die die nächste Runde einläutet, aber plötzlich kann ich mich kaum auf den Beinen halten. Meine Mutter sollte hier sein. Dieser Gedanke beherrscht mich, setzt mir mehr zu, als Tyler es je könnte.

Wieder will ich mich in meinem Zimmer verkriechen, doch es gibt einfach zu viel zu tun. Und solang ich beschäftigt bin, komme ich nicht zum Nachdenken. Genau deshalb beiße ich die Zähne zusammen und starre herausfordernd zu ihm auf.

»Hast du die Liste schon geschrieben?«

»Hängt da, wo sie immer ist: am Kühlschrank. Den ersten Punkt hast du ja im Alleingang erledigt. Jetzt musst du nur noch aufräumen.« Mit einem Schnauben deutet er auf die volle Schubkarre, die zwischen uns steht. Seine Miene ist hart, der Ausdruck in seinen Augen kühl. Er wird sich nicht dafür entschuldigen, was er gesagt hat. Und er wird dem kurzen Moment, in dem wir uns gestern nähergekommen sind, keine Träne nachweinen. Warum sollte ich es also tun?

»Gut. Du kannst schon mal die Heunetze vollmachen, ich komme gleich nach und zeig dir, wie wir Thunder behandeln, bis Dr. Kramer da ist.« Ohne auf eine Antwort zu warten, lege ich die Heugabel über die Schubkarre und manövriere sie zum Misthaufen.

Draußen ist der erste Anflug von der Hitze zu spüren, die uns an diesem Tag erwarten wird. Die Sonne schiebt sich über den Horizont und lässt alles in einem unwirklichen Licht erstrahlen. Als würde ein Zauber über *Silver Dream* liegen. Früher habe ich die Morgenstunden geliebt, in denen der Hof noch still dalag, so friedlich, obwohl schon eine Menge Arbeit auf Mom und mich gewartet hat. Manchmal haben wir uns nach dem Füttern mit einem Kaffee auf die Veranda gestellt und dabei zugesehen, wie der Tag beginnt. Es war wunderschön und perfekt, und ich klammere mich an die Hoffnung, dass es irgendwann wieder so sein wird.

Nachdem ich die Karre geleert habe, stelle ich sie in den Geräteschuppen. Noch mehr Erinnerungen stürzen auf mich ein, weshalb ich mich hastig losreiße und zurück in den Stall gehe. Tyler ist in der Futterkammer, füllt die Heunetze auf und hebt nicht einmal den Kopf, als ich hereinkomme.

Ich gieße etwas heißes Wasser in eine Schale, erkläre ihm genau, welche Kräuter ich hineingebe und wie lang die Mischung ziehen muss, bevor sie angewendet werden kann. Mir ist es gleich, ob er zuhört, ich brauche einfach das Gefühl, beschäftigt zu sein. Während der Sud zieht, mache ich mich daran, die Futtermengen für die Pferde abzufüllen. Über der Kiste mit den Pellets und dem Hafer hängt ein genauer Plan, an den ich mich halten kann. Was das angeht, ist meine Mutter ebenso penibel wie ich. Nur ein kleiner Fehler könnte schwerwiegende Folgen haben. Eine Kolik zum Beispiel.

»Hast du das im Studium gelernt?« Er greift sich sechs der Netze und folgt mir auf die Stallgasse, die Augen sind von der Krempe seines Stetsons verdeckt, sodass ich den Ausdruck darin nicht erkennen kann, doch seine Stimme klingt neugierig. Sie hat immer noch diesen distanzierten Unterton, aber die Wut ist daraus verschwunden.

»Nein, von Mom. Die Kräuter helfen gegen die Schwellung und lindern die Schmerzen, bis der Tierarzt hier ist. Mich wundert es, dass sie es nicht selbst gemacht hat ...« Ich werfe einen Blick auf den Namen auf der Schüssel und kippe das Futter in Patchs Krippe. Izzys Stute macht sich sofort darüber her.

»Es war viel zu tun«, sagt er ausweichend und hängt die Netze auf.

»Du meinst, sie wollte alles für ihre kleine Prinzessin herrichten?« Mein spöttischer Tonfall entlockt ihm ein Stöhnen, doch er schweigt verbissen. Als wir vor Stars Box stehen, kribbelt es in meinem Magen. Silver Star ist der Liebling meiner Mutter. Sie hat die Apfelschimmelstute aufgezogen und ausgebildet, hängt mit ganzen Herzen an dem Tier. Plötzlich fällt mir etwas ein und Hitze breitet sich in mir aus, als mir bewusst wird, dass der Futterplan gar nicht mehr stimmt. Ich habe einen Fehler gemacht, denn die Stute braucht keinen Hafer. »Oh nein, sie wird ja gar nicht geritten ...«

Diese Erkenntnis wirft mich vollkommen aus der Bahn. Meine Hand zittert und vor meinen Augen sehe ich wieder Mom, wie sie in dem Krankenhausbett liegt und so zerbrechlich wirkt. Vor sechs Jahren hätte ich die Stute noch selbst reiten können, doch jetzt bereitet mir der Gedanken fast körperliche Schmerzen. Mir wird klar, dass ich nicht hierhergehöre. Für das Gestüt bin ich nutzlos, eine Schande für meine Mutter.

»Wenn ich später die Zäune kontrolliere, werde ich sie nehmen«, schlägt Tyler vor. Er macht einen Schritt nach vorn, um das Heunetz in die Box zu hängen, nimmt mir die leere Schüssel ab, bevor er mir kurz eine Hand auf den Arm legt. »Ist das für dich in Ordnung?«

Eigentlich nicht. Mom hätte niemals einen anderen Reiter für ihre Stute akzeptiert, nicht einmal mich. Aber sie ist nicht hier und das Pferd braucht nicht nur Bewegung, sondern muss gefordert werden. Wir können es nicht auf die Koppel stellen, bis meine Mutter wieder da ist.

»Und ... was ist mit Biscuit?«

»Reden wir beim Frühstück darüber und machen das hier erst mal fertig. Gib ihm ruhig seine normale Ration, ich kann heute Abend auch noch mit ihm ausreiten, wenn es nicht anders geht.«

Schweigend arbeiten wir weiter, doch meine Gedanken drehen sich nur um die Tatsache, dass ich hier vollkommen fehl am Platz bin. Was soll ich nur machen, wenn Mom nicht bald zurückkommt? Wer soll ihre Aufträge übernehmen und die Pferde ausbilden? Dafür bin ich ja wohl mehr als ungeeignet.

Seufzend gehe ich in die Futterkammer zurück, um nach einem Verband zu suchen, den ich dann in den abgekühlten Sud tauche. Der Stoff saugt sich voll und ich muss ihn auswringen, bevor ich damit zu Thunder gehe. Tyler öffnet mir die Box, beobachtet mich dabei, wie ich die Bandage anlege und leise mit dem Hengst rede.

»Weißt du, wenn ich dich so sehe, würde ich nie auf den Gedanken kommen, du hättest Angst davor, dich in den Sattel zu schwingen.« Er legt die Arme auf die Boxentür und beugt sich leicht nach vorn, als würde er auf eine Antwort von mir warten. Als keine kommt, spricht er weiter: »Wie ist das passiert? Rebecca hat so oft davon erzählt, dass du praktisch auf dem Pferderücken aufgewachsen bist, eine der besten *Barrel-Race*-Reiterinnen in Montana. Ich war ziemlich beeindruckt, bis ich gesehen habe, wie du dich anstellst. Du hattest einen Unfall, aber wir sind alle schon mal vom Pferd gefallen ...«

Überrascht sehe ich zu ihm auf, runzle die Stirn. Vielleicht ist das nur ein Trick, um mich aus der Reserve zu locken, aber er sieht aus, als würde er wirklich nicht wissen, wie schwer mein Reitunfall gewesen ist. Dabei habe ich gedacht, Mom oder Isabella hätten es ihm längst gesagt. Damals hat die ganze Stadt davon gesprochen, monatelang. Wahrscheinlich tun sie das hinter vorgehaltener Hand immer noch.

»Darüber rede ich nicht«, schneide ich ihm das Wort ab. Ich will nicht mal daran denken, leider verfolgt es mich noch immer bis in meine Träume. »Okay, wir müssen den Verband alle zwei Stunden wechseln, bis Dr. Kramer kommt und meinen Verdacht bestätigt.«

»Welchen Verdacht?«

Während ich es ihm erkläre, laufen wir zusammen ins Haus. Aus der Küche dringt der Duft von gebratenen Eiern und Speck zu mir, den mein Magen mit einem freudigen Knurren quittiert. Da Isabella uns nicht beim Misten und Füttern geholfen hat, ist sie offenbar so etwas wie eine Haushaltshilfe und ich kann ihr nur aus dem Weg gehen, wenn ich draußen bin. Na super.

Hastig verschwinde ich nach oben, um mir die Hände zu waschen, und stehe fünf Minuten später unschlüssig vor der Küchentür. Das

Radio ist an, doch sonst kann ich nichts hören, was mich nervös macht. Ich reibe mir die feuchten Handflächen an der Jeans ab und will gerade den Rückzug antreten, als ich mit jemandem zusammenstoße.

Tyler streckt einen Arm aus, um mich aufzufangen, und plötzlich sind wir uns genauso nah wie gestern im Krankenhaus. Sein warmer Atem streicht über meine Wange und ich bemerke seinen belustigten Blick, spüre seine Muskeln durch den Stoff seines Hemdes hindurch.

Schalte doch mal dein Gehirn ein, ermahne ich mich selbst und schlucke schwer.

»Wenn du etwas essen willst, musst du schon reingehen oder wirst du allein vom Geruch satt?«

Mistkerl!

»Ich will sie nicht sehen«, flüstere ich, damit Isabella mich nicht hören kann, was total albern ist, aber ich kann nicht anders. »Das ertrage ich nicht.«

»Dann wirst du irgendwann verhungern. Und falls es dir nicht aufgefallen sein sollte: Isabella wohnt seit ein paar Monaten hier.« Seine Hand liegt immer noch auf meiner Schulter, seine Züge verhärten sich, wirken dadurch kantiger und männlicher. »Sie hat Rebecca geholfen, während du in Los Angeles studiert hast, Großstadt-Prinzessin.«

Und wieder mal reichen seine Worte aus, um mich auf die Palme zu bringen. Sie hat sie sich also hier eingenistet, vielleicht sogar versucht, mich zu ersetzen, ist ja großartig. Bisher dachte ich, Tyler wäre derjenige, der mich verdrängen will, aber da habe ich mich offenbar geirrt.

»Was genau macht sie denn bitte hier, wenn sie euch nicht mal bei der Arbeit unterstützt? Als Haushaltshilfe kann ich sie jedenfalls nicht gebrauchen, kochen und Wäsche waschen kann ich auch alleine.« Ich will mich von ihm losreißen, doch sein Griff wird fester. Seine graugrünen Augen funkeln auf mich herab und er senkt den Kopf, bis unsere Nasen sich beinahe berühren.

»Ich habe keine Ahnung, was zwischen euch vorgefallen ist, aber Isabella hat nie ein schlechtes Wort über dich verloren. Also spar dir deine Arroganz und lass uns frühstücken.«

»Schon mal daran gedacht, dass sie gar keinen Grund hat, schlecht über mich zu reden?«, zische ich. Meine Muskeln verkrampfen sich, als die Mauer, hinter der ich meine Vergangenheit verbannt habe, weitere Risse bekommt. Bilder blitzen in meinem Kopf auf: Mein

Freund Matt, der Isabella an sich zieht und leidenschaftlich küsst. Meine Mitschüler, die mich schneiden und üble Gerüchte über mich verbreiten, weil die beiden irgendetwas gesagt haben. Die Einsamkeit, die mich fast ein Jahr verfolgt hat. Der Unfall ... Hier schreit mein Selbstschutzmechanismus *Stopp*. Ich kann alles ertragen, nur nicht das.

»Du hältst mich vielleicht für eine verwöhnte, unhöfliche Göre, hast aber keine Ahnung, was ich durchgemacht habe, also hör auf, so zu tun, als würdest du mich kennen! In dieser Geschichte bin nicht *ich* die Böse. Und ich ... Ich schaffe das nicht noch mal.« Meine Stimme zittert verräterisch, doch das ist mir egal, immerhin hat er mich schon weinen sehen. »Sie haben mir wehgetan und das stehe ich nicht wieder durch.«

Plötzlich liegt Tylers raue Hand auf meiner Wange, mit dem Daumen fängt er die erste Träne ab, bevor sie über mein Gesicht rollt. »Ich habe keine Ahnung, was da zwischen euch war, aber ich verspreche, dir wird niemand wehtun. Isabella fürchtet sich mehr vor eurem Wiedersehen, als du es tust.«

Ohne weitere Diskussion umfasst er mein Handgelenk und führt mich entschlossen in die Küche. Isabella steht am Herd, die Schultern verkrampft, und dreht sich nur ganz langsam zu uns um. Als sich unsere Blicke treffen, kann ich das Gefühlschaos sehen, das in ihr tobt, ehe sie hastig den Kopf senkt.

»Frühstück ist fertig. Ich habe frische Brötchen, Rührei mit Speck und Waffeln. Ich wusste nicht, was du essen möchtest, also habe ich mehr gemacht und ... Oh Gott, Daria, das mit deiner Mutter tut mir so leid!« Sie sieht kurz auf, blinzelt heftig und wirbelt herum, um die Pfanne vom Herd zu nehmen.

Der Tisch unter dem Fenster ist für drei Personen gedeckt, mit dem hellblauen Geschirr, das ich so gerne mag. Der Raum wirkt einladend und hell, genauso gemütlich wie immer. Mir genügt ein Blick, um festzustellen, dass sich seit meinem letzten Besuch nichts verändert hat. Die dunklen, rustikalen Möbel sind immer noch da, die Bilder an den Wänden sind noch die gleichen. Schwarz auf weiß erzählen sie die Geschichte von *Silver Dream*. Von einem unberührten Stück Land bis zu der erfolgreichen Rinderfarm, die sich meine Urgroßeltern aufgebaut haben. An dem uralten Kühlschrank hängt die To-do-Liste für heute.

»Wenn du ... mich nicht hier haben willst, kann ich in meinem Zimmer essen.«

Natürlich hat sie ganz genau gehört, worüber ich mit Tyler geredet habe. Als er sanft meine Hand drückt, beiße ich mir auf die Unterlippe, richte den Blick auf meine ehemals beste Freundin.

Isabella hat ihre dunkelbraunen Locken zu einem Pferdeschwanz zusammengebunden, ihre Klamotten sind ein Spiegelbild meiner eigenen, doch da hören die Gemeinsamkeiten auf. Sie ist kleiner als ich, ihre Augen sind braun, der Teint dunkler. Sie sieht genauso aus wie ihre Mutter und in ihren Worten kann ich immer noch den spanischen Akzent heraushören.

Früher waren wir nicht einfach nur Freundinnen, wir waren wie Schwestern. Wir haben uns alles erzählt und jede freie Minute miteinander verbracht. Heute ist sie eine Fremde für mich.

»Du kannst bleiben, wir haben viel zu besprechen und du gehörst ja offenbar dazu«, kann ich mir einen Seitenhieb nicht verkneifen, der mir einen warnenden Blick von Tyler einbringt. Was hat er erwartet? In den Semesterferien war er mein Feind Nummer eins, aber auch nur, weil sie immer bei ihren Eltern auf der Nachbar-Ranch war, wenn ich hergekommen bin. Wie klug von ihr.

Ich setze mich ans Fenster und bin überrascht, als Tyler sich auf den Stuhl neben meinem fallen lässt. Nachdem Isabella uns allen eine Portion Rührei auf die Teller getan hat, nimmt sie ihm gegenüber Platz und hält den Kopf gesenkt. Noch eine gute Entscheidung, denn in mir brodelt es schon wieder.

»Wir müssen später noch die Futterbestände kontrollieren.« Mit beiden Händen umklammere ich meine dritte Tasse Kaffee und sehe dabei zu, wie Tyler den Punkt auf die Liste setzt, die endlos lang erscheint. Arbeit für eine ganze Woche, die bis zum Abend erledigt werden will. Alles wie üblich also. »Vielleicht sollten wir gleich so viel bestellen, dass wir bequem über den Winter kommen.«

Er wechselt einen vielsagenden Blick mit Isabella und reibt sich mit dem Handballen über die Stirn. Das habe ich bei ihm schon öfter beobachtet. Immer dann, wenn ihm etwas unangenehm war.

Probleme in Sicht, wer hätte das gedacht.

»Das können wir uns nicht leisten.«

»Hä?« Ich brauche einige Sekunden, um die Information zu verarbeiten, will auf Nummer sicher gehen: »Ist der Hof in finanziellen Schwierigkeiten?«

»Vorsichtig ausgedrückt«, murmelt er und stürzt den Rest seines

Apfelsaftes hinunter, um meinem forschenden Blick auszuweichen. »Ich zeige dir später die Unterlagen und während Isabella und ich die Zäune abreiten, kannst du sie dir in Ruhe ansehen.«

Weil ich ja zu nichts anderem zu gebrauchen bin. Das sagt er natürlich nicht, aber die Botschaft kommt auch so bei mir an. Mir wird ganz flau im Magen. Mom hat nie etwas von Geldproblemen erwähnt, wenn wir telefoniert haben, und wenn ich hier war, schien alles in Ordnung zu sein. Ich hätte es besser wissen müssen. Meine Mutter und ihr verdammter Stolz!

»Als ihr die Ställe ausgemistet habt, kam eine Anfrage von einer Katharina Miller rein, die für ihre Tochter ein Pferd gekauft hat. Sie will es von Rebecca zur Arbeit mit Rindern ausbilden lassen.« Isabella hält den Kopf immer noch gesenkt, spielt an einem der unzähligen Armbänder herum, die sie von ihrer Abuela bekommen hat. Vor mir sitzt nicht mehr das quirlige Mädchen von früher, das vor Selbstvertrauen gesprüht hat, sondern nur ein blasser Abklatsch.

Wäre ich nicht so verbittert und wütend, würde mich ihre Wandlung traurig machen. Eine leise Stimme in mir flüstert, dass ich nicht die Einzige bin, die seit sechs Jahren leidet, doch ich ignoriere sie. Wir haben jetzt ganz andere Probleme.

»Bis wann soll es erledigt sein?« Ich richte meine Frage nicht direkt an sie, starre in meinen Kaffee und tippe mit dem Zeigefinger gegen die Tasse. Es ist egal, wie viele Wochen wir Zeit haben, Mom wird den Auftrag nicht übernehmen können. Sie muss sich erholen.

»Der Geburtstag der Tochter ist in zwei Monaten. Sie reitet seit ihrem zehnten Lebensjahr, kennt sich also aus. Vielleicht würde es reichen, das Pferd anzureiten, den Rest kann sie auch allein schaffen.« Isabellas Blick streift mich für einen Augenblick, bevor er sich wieder auf den Tisch senkt.

»Ach, und wer von uns soll denn die Aufgaben meiner Mutter erledigen, hm? Soweit ich weiß, habt ihr beide keine Ahnung davon und ich ...« Ich schon. Ich habe das mehr als einmal gemacht, aber ich reite nicht. Leider ist es wohl so, dass wir das Geld brauchen, also muss ich Aufträge annehmen. Oder jemanden finden, der es für mich macht. »Wir haben ja wohl kaum das Geld, um einen Trainer zu bezahlen. Wie sollen wir das hinbekommen?«

Jetzt fällt mir die Wut in meiner Stimme selbst auf, dafür benötige ich nicht mal Tylers bedeutungsvollen Blick. Beschämt beiße ich mir auf die Unterlippe und streiche mir eine Haarsträhne aus dem Gesicht.

»Du weißt, wie man ein Pferd ausbildet, Prinzessin.«

Ein kehliger Laut entschlüpft meinen Lippen, als er mich herausfordernd ansieht. Diesen Gesichtsausdruck kenne ich nur zu gut, danach eskaliert die Situation immer und endet in einer Katastrophe. Nur können wir davon nicht noch mehr gebrauchen.

»Wenn es sein muss, kann ich dir dabei helfen, deine Angst zu überwinden. Dann könntest du Rebeccas Aufgaben übernehmen, bis es ihr besser geht und es würden wieder ein paar Dollar in die Kasse kommen. Rebecca hat den letzten Auftrag Freitag abgeschlossen, das Geld müsste schon auf dem Konto sein, aber das wird nicht reichen.« Er zieht die Augenbrauen zusammen, verschränkt die Hände vor der Brust. »Spring über deinen Schatten, es ist wichtig.«

»Reitunterricht? Du willst mir ernsthaft *Reitunterricht* geben? Sehe ich aus wie eine Achtjährige, oder was?«, keife ich ihn an, schlucke die Beleidigungen, die mir auf der Zunge liegen, aber herunter. »Ich kann reiten, ich will es nur nicht, verstanden? Und du musst mich nicht daran erinnern, dass es wichtig ist, den Hof weiterzuführen, das weiß ich selbst!«

»Oh, wirklich? Scheint mir jedenfalls nicht so, denn sonst würdest du deinen Stolz über Bord werfen und meine Hilfe annehmen.« Er stützt sich mit einer Hand auf den Tisch ab, beugt sich dicht zu mir herüber. »Zeig mir doch, dass du nicht die verwöhnte Göre bist, für die ich dich halte.«

»Du kannst mich mal, Wyatt!« Ich springe so hastig auf, dass mein Stuhl umkippt und ich über ihn stolpere. Im letzten Moment kann ich mich an einem Schrank abstützen und stürme aus der Küche. Flucht ist in diesem Augenblick besser als Angriff. So geht wenigstens nichts zu Bruch und es wird keiner verletzt.

Ich verschanze mich im Büro meiner Mutter, bis ich höre, wie die beiden das Haus verlassen. Erst nach zwanzig Minuten husche ich zurück, um mir einen Kaffee zu holen und mich ganz in Ruhe den Unterlagen zu widmen.

Gefühlte Stunden später hocke ich immer noch da, blättere in den Büchern und werfe den offenen Rechnungen böse Blicke zu, während ich ab und an auf den Computerbildschirm spähe. Als würde sich der Kontostand ändern, wenn ich nur lang genug draufstarre.

Tyler hat absolut recht. Das Geld vom letzten Auftrag reicht nicht mal annähernd aus, um alle Rechnungen zu begleichen. Die Futterbestellung kann ich mir getrost in die Haare schmieren. Egal, wie ich es drehe und wende, wenn nicht bald ein Wunder geschieht, können wir den Hof in ein paar Monaten dichtmachen.

Als die Tür aufgeht, blicke ich nicht mal auf. Ein Eintrag meiner Mutter macht mich stutzig. Es geht um die Lohnzahlungen der Mitarbeiter, die seit Wochen nicht mehr eingetragen wurden.

Das darf doch nicht wahr sein!

»Hier, ich dachte, den könntest du gebrauchen.« Tylers rauchige Stimme dringt zu mir durch. Er stellt eine Tasse Kaffee auf den einzig freien Fleck auf dem riesigen Mahagonischreibtisch und legt eine Tafel Schokolade daneben. »Die hier wahrscheinlich auch.«

Die nette Geste überrascht mich, vor allem nach den Worten, die wir uns beim Frühstück an den Kopf geworfen haben. Als ich zu ihm aufsehe, liegt ein versöhnliches Lächeln auf seinen Lippen.

»Hast du alles gefunden?«

»Ich bin bei den Rechnungen hängen geblieben. Und bei dem hier.« Mit dem Finger tippe ich auf den Eintrag und beobachte seine Reaktion. »Ist das wahr, ihr habt seit Monaten kein Gehalt mehr bekommen?«

Er weiß genau, wovon ich rede, beugt sich aber trotzdem herunter und tut so, als müsse er angestrengt nachdenken. Seufzend zieht er sich einen Stuhl heran und setzt sich neben mich. »Hör zu, Daria. Das Gestüt ist nicht nur einfach ein Job, sondern der Lebensinhalt deiner Mutter, das ist dir doch klar? Natürlich ist es das ... Aber du vergisst dabei etwas ganz Wichtiges: Isabella und ich sind nicht hier, um Geld zu scheffeln, wir machen das gern.«

»Aber ihr seid dafür nicht bezahlt worden!«, protestiere ich und schüttle heftig den Kopf. Um nicht völlig durchzudrehen, klammere ich mich an der Tasse fest und trinke einen großen Schluck. »Seit Monaten habt ihr keinen Cent gesehen.«

»Du hast auch nichts verlangt, als du in den Semesterferien hier warst.« Nachdenklich blättert er in einem der Geschäftsbücher, wobei sich seine Augenbrauen zusammenziehen.

»Das ist was anderes, ich bin hier aufgewachsen.«

»Und wir wohnen hier.« Bedeutungsvoll sieht er mich an, lehnt sich auf seinem Stuhl zurück und seufzt ungeduldig. »Wäre mir das alles egal, hätte ich mich schon vor Monaten aus dem Staub gemacht, aber ich bin noch hier und das wird sich auch so schnell nicht ändern, Prinzessin. Ich hoffe, du kommst damit klar.« Ein spöttisches Grinsen zuckt um seine Mundwinkel, entlockt mir ein mürrisches Knurren. »Also, die Rechnungen hast du ja offenbar genauestens studiert, was sagst du denn dazu?«

Er blättert in einem der Ordner und legt ihn vor mich hin. Auf dem Papier steht Darlehen, Rückzahlungsfrist und eine riesige Summe, alle anderen Wörter verschwimmen vor meinen Augen.

»Was zum Teufel ist das?«

Statt zu antworten, beugt er sich nach vorn, tippt etwas ein und zeigt mir die abgegangenen Zahlungen. In einer Zeile springt mir ein Betreff entgegen, der mir Übelkeit verursacht: Semesterbeitrag der *University of California, Los Angeles.*

Meine Mutter hat mir das Studium finanziert? Das kann gar nicht sein, das ist ein Fehler!

»Unmöglich, ich hatte ein Stipendium!«, stoße ich panisch hervor, während ich mich daran erinnere, wie wütend ich auf Mom war, weil sie nicht zur Abschlussfeier gekommen ist. Sie wollte nie mit mir über das Studium reden, hat nie gesagt, dass sie stolz auf mich ist. Jetzt kenne ich den Grund dafür: Sie wollte sich nicht verraten und aus Versehen ausplaudern, was sie alles dafür getan hat, um mir meine Ausbildung zu bezahlen. Die verkauften Pferde kommen mir in den Sinn, während ich auf das Dokument der Bank starre.

»Du hattest nur ein Stipendium für das erste Jahr, die restlichen Beiträge hat Rebecca übernommen.« Er blättert in einem anderen Ordner, um mir das Schreiben der Uni zu zeigen, das ich nie zu Gesicht bekommen habe.

»Das wusste ich nicht. Ich hatte keine Ahnung!« Denn sonst hätte ich es mir zehnmal überlegt, weiter in Los Angeles zu bleiben, hätte das Geld, dass ich bei meinem Nebenjob verdient habe, nicht so stolz zurückgelegt, um mir meinen Traum zu erfüllen. »Wie lang weißt du das schon?«

»Sie hat es mir erst vor ein paar Wochen gesagt, als ich mich um die Buchhaltung kümmern sollte.« Er legt mir eine Hand auf den Arm, betrachtet mich besorgt. »Das war kein Vorwurf, Daria. Ich fand nur, du solltest wissen, wie schlimm es um das Gestüt steht.«

»Aber es ist meine Schuld. Mom hat so viel geopfert und ich ...«

»Du hast es ja nicht gewusst«, beruhigt er mich, ist plötzlich so nett wie niemals zuvor, dabei hätte er jedes Recht der Welt, mich wieder als verwöhnte Prinzessin zu bezeichnen, die ihre Mutter in den Ruin getrieben hat.

»Wie sollen wir bis Ende Oktober fünfundfünfzigtausend Dollar auftreiben, wenn wir dutzende unbezahlte Rechnungen haben und keine Aufträge annehmen können?« Mit beiden Händen raufe ich mir die Haare, kämpfe gegen die Verzweiflung an, die sich schwer auf meine Schultern gelegt hat. »Wir müssen die Pferde versorgen und brauchen selbst etwas zu essen und ...«

Als er sich zu mir herüberbeugt, steigt mir der Geruch von Heu in die Nase, gemischt mit einem herben Duft. Er legt mir einen Finger auf die Lippen, um mich zum Schweigen zu bringen. »Mein Angebot steht immer noch.«

Und ich habe keine andere Wahl, als es anzunehmen. Egal, wie sehr es mir zuwider ist, Isabella hier zu haben oder mir von Tyler helfen zu lassen, ich bin auf die beiden angewiesen. Wenn ich ablehne, wird meine Mutter alles verlieren, wofür sie gekämpft hat.

5. Kapitel

Eine Wette mit dem Teufel

»Ich denke, du liegst mit deiner Einschätzung richtig, aber wir müssen natürlich die Blutuntersuchung abwarten. Behandelt ihn weiter wie bisher und schont ihn ein wenig, sobald die Ergebnisse da sind, schaue ich noch mal rein.« Dr. Kramer lächelt mir beruhigend zu, bevor er in seinen Wagen steigt. »Sollte sich sein Zustand verschlimmern, rufst du mich an.«

Als er aus der Einfahrt biegt, winke ich ihm nach, will mich schon abwenden, als ich einen Truck bemerke, der umständlich am Auto des Tierarztes vorbeigelenkt wird. Dahinter fährt mein geliebter Pick-up. Verdammt, die Umzugsleute hatte ich ja vollkommen vergessen!

»Hey, sind Sie Daria Evans?« Aus dem Fahrerhaus des LKWs klettert ein übergewichtiger Mann, der nach Schweiß und Zigaretten stinkt, und fuchtelt mit einem Klemmbrett vor meiner Nase herum.

»Ja, das sind meine Sachen«, antworte ich und nehme es ihm aus der Hand, um meine Unterschrift draufzusetzen. »Die Kisten kommen ins Haus, die Treppe hoch, das erste Zimmer links. Die Möbel bringen sie bitte in das kleine Cottage da drüben.« Ich deute zu dem Nebengebäude, in dem früher die Mitarbeiter der Farm gewohnt haben, als das hier noch ein Rinderbetrieb war.

Tyler kommt aus dem Stall und mustert neugierig die Ladefläche meines Pick-ups. »Sind das etwa alle Kisten? Sag nicht, in sechs Jahren hast du nicht mehr gebraucht als das, was da drin ist.« Er will sich einen der Kartons schnappen, doch ich halte ihn schnaubend davon ab.

»Also erstens: Wozu bräuchte ich noch mehr Kram, wenn ich nur zum Lernen da drüben war? Und zweitens: Die Männer werden dafür bezahlt und bekommen später ein Trinkgeld, da musst du ihnen nicht helfen. Lass uns lieber mal sehen, ob im Cottage genug Platz ist.«

Er verdreht die Augen, stellt den Karton aber wieder ab, um mir zu der kleinen Hütte zu folgen. »Da dürfte es eigentlich kein Problem geben, das Ding ist nämlich so gut wie leer. Und hör bitte auf, mich herumzukommandieren, ja?« Bevor er sich nach dem Schlüssel bückt, der unter der Fußmatte liegt, wirft er mir noch einen warnenden Blick zu.

Ich warte, bis er die Tür geöffnet hat, und steige die Stufen der Veranda hoch. In meinem Kopf krame ich nach der Erinnerung, wie das Cottage beim letzten Mal ausgesehen hat. War die Fassade da schon neu gestrichen? Wirkte es bei meinem Besuch auch so, als wäre es wieder bewohnt?

Am Geländer hängt ein Windspiel aus Ton, das leise klimpert, Blumen ranken sich an den weißen Balken entlang und auf der linken Seite steht eine Sitzecke, die ich vorher noch nie gesehen habe. Verwirrt betrete ich in die Diele und bleibe unvermittelt stehen. Die hässliche Blümchentapete und die abgenutzten Möbel sind verschwunden, dafür sieht es aus, als hätte ein Orkan gewütet oder als stünde das Haus kurz vor dem Abriss.

»Muss ich das verstehen?«

»Nicht wirklich«, entgegnet er lakonisch und zieht mich dann beiseite, als zwei Männer mit meinem Bett an uns vorbeilaufen. »Oh, da fällt mir ein, der Zaun an der Grenzweide zur Jameson Ranch muss repariert werden, da müssen wir uns morgen drum kümmern. Vorausgesetzt, wir haben noch genügend Material.«

Er läuft in Richtung Haupthaus, rückt seinen Stetson zurecht und weicht mir aus. Als ich ihm hinterherstürme, bemerke ich, dass Isabella verloren auf der Veranda steht, so weit weg von mir wie möglich. Irgendwie tut sie mir leid, andererseits kann ich sie nicht ansehen, ohne an das zu denken, was sie mir angetan hat.

»Ich bin nicht blöd, Tyler! Du verschweigst mir etwas und dein lahmes Ablenkungsmanöver kann dich da auch nicht retten.« Ich bleibe dicht vor ihm stehen, womit er jedoch nicht gerechnet hat und deshalb voll in mich hineinrennt. Wieder muss er dafür sorgen, dass ich nicht auf dem Hintern lande.

»Unsere Zusammenstöße sollten nicht zur Gewohnheit werden, Prinzessin, irgendwann fange ich dich nämlich nicht mehr auf.« Um seine Mundwinkel zuckt es verräterisch. »Und was das Cottage angeht: Das ist eine Sache zwischen deiner Mutter und dir, ich habe versprochen nichts zu sagen. Und versuch gar nicht, irgendwas aus mir herauszupressen, ich kann schweigen wie ein Grab.«

Allerdings.

Er hat es einmal geschafft, mich während meines gesamten Besuchs zu ignorieren und kein Wort mit mir zu reden. Bei dem Gedanken daran knirsche ich mit den Zähnen. Was das betrifft, macht er meiner Sturheit wirklich Konkurrenz. Vielleicht eskaliert es ja deshalb so oft zwischen uns, weil wir uns eigentlich ähnlich sind?

»Können wir dann bitte weitermachen?«, gebe ich nach und hake das Thema fürs Erste ab.

Während wir die Bestandsaufnahme der Materialien und des Futters machen, sagt er nur das Nötigste. Der Typ treibt mich in den Wahnsinn! Besonders, als er sich die Ärmel seines Hemds hochkrempelt und mein Blick auf seine muskulösen Arme fällt sowie auf ein Tattoo an seinem linken Unterarm. Mein Mund wird trocken und ein Kribbeln breitet sich in meinem Körper aus. So unauffällig wie möglich starre ich ihn an, denke daran, wie er mich in den Arm genommen hat ... Himmel, fange ich wirklich an, mich für einen Kerl zu interessieren, der mich ständig herausfordert? Woher kommt diese Schwärmerei?

Vielleicht ist sie ja schon immer da gewesen, flüstert eine verräterische Stimme in meinem Kopf, doch ich blende sie aus, versuche, mich zu konzentrieren.

»Hey, warte! Wie viele Säcke Hafer haben wir noch?«, unterbreche ich ihn, ohne ihn dabei anzusehen. Ich war vollkommen in meinen Gedanken versunken und habe kein Wort von dem verstanden, was er gesagt hat.

Verdammt!

Ungeduldig richtet er sich auf, straft mich mit einem entnervten Blick, ehe er seine Antwort ganz langsam wiederholt: »Drei Stück, vier von den Pellets und mit dem Heu werden wir noch ein paar Monate hinkommen. Aber falls es dir entgangen ist: Beim Draht sieht es knapp aus und Holzpfeiler haben wir auch nur noch fünf.«

Ich schreibe alles auf und ignoriere seinen Tonfall. »Gut. Wann hast du das letzte Mal die Tränken auf den Koppeln kontrolliert? Das kannst du morgen gleich mit erledigen.«

»Klar doch.« In seinem Gesicht zuckt ein Muskel, eine deutliche Warnung dafür, dass seine Stimmung umschlägt und es jeden Augenblick wieder einen Streit geben wird.

»Irgendein Problem?«, frage ich unschuldig und lege den Kopf schief, um seine Reaktion zu beobachten. »Du bist doch sowieso unterwegs, um den Zaun zu reparieren.«

»Es reicht, Großstadt-Prinzessin! Ich lasse mich von dir nicht herumkommandieren, du bist nicht mein Boss. Ich arbeite für deine Mutter, nicht für dich, nur um das ein für alle Mal klarzustellen!« Er ballt die Hände zu Fäusten, kommt langsam näher, sodass ich gezwungen bin, zu ihm aufzusehen. »Ich weiß, was ich zu tun habe, verstanden? Besser als du, denn im Grunde hast du keine Ahnung, wie man ein Gestüt führt.«

»Ich bin hier aufgewachsen«, erinnere ich ihn ruhig, stehe aber kurz vor einer Explosion. »Und falls es dir nicht aufgefallen ist: Mom ist nicht hier, also arbeitest du sehr wohl für mich.«

»Ach ja? Dabei vergisst du aber eine Kleinigkeit. Ich bin der Vorarbeiter und das schon seit drei Jahren, während du in Los Angeles warst und studiert hast. Auf die Kosten deiner Mutter!« Kaum hat er es ausgesprochen, verzieht er das Gesicht, weicht erschrocken vor mir zurück. »Ich wollte nicht ...«

Er will sich entschuldigen, aber dafür ist es zu spät. In mir ist etwas zerrissen. Von wegen keine Vorwürfe. Ich wusste genau, dass er irgendwann etwas in die Richtung sagen würde, und doch treffen mich seine Worte wie ein Schlag in den Magen. Mir wird die Luft aus der Lunge gepresst und ich wirble herum, um die Flucht anzutreten. Das Klemmbrett schleudere ich auf einen Heuballen und stürme über den Hof.

»Daria, warte!«

Ganz bestimmt nicht, du Mistkerl.

Als ich an einem der Umzugsarbeiter vorbeikomme, bleibe ich kurz stehen, um ihm hundert Dollar in die Hand zu drücken. »Isabella wird Ihnen noch Kaffee aufsetzen.«

Zu mehr bin ich einfach nicht im Stande. Die Küche ist zu meinem Glück leer. Ich nehme mir ein Glas Wasser, trinke es in einem Zug aus und verkrümle mich auf mein Zimmer, das mit Kisten vollgestopft ist.

Plötzlich fällt mir die Tüte ins Auge, in der ich die Souvenirs verstaut habe. Für Mom, für Isabella und für Tyler. Wie hätte ich denn ahnen sollen, dass alles so aus dem Ruder laufen würde? Ich bin mit dem Vorsatz hergekommen, die Vergangenheit hinter mir zu lassen, stattdessen verfolgt sie mich. Dabei könnte ich ein Gespräch mit einer Freundin gut gebrauchen. Ebenso wie Tylers Hilfe.

Himmel, weshalb müssen wir uns ständig zoffen?

Wehmütig wähle ich Kylies Nummer, muss unbedingt ihre Stimme hören, doch es meldet sich nur der Anrufbeantworter. Ich trenne die Verbindung, ohne eine Nachricht zu hinterlassen. Wische mir über die Augen, fühle mich unendlich allein.

Kurz entschlossen fahre ich noch einmal zum Krankenhaus, voller Hoffnung, doch als ich vor dem Bett meiner Mutter stehe, hat sich ihr Zustand nicht verändert. Ich setze mich auf einen Stuhl, halte ihre Hand und rede mit ihr.

»Du bist eine Kämpferin«, flüstere ich, gebe meiner Stimme einen zuversichtlichen Klang. »Und wenn es jemand schafft, dann du. Ich ... Mom, ich brauche dich. Dringend.«

Erst als mir eine Schwester mitteilt, dass die Besuchszeit vor zwei Stunden vorbei war, fällt mir auf, wie spät es schon ist. Silver Lane wird von Straßenlaternen erhellt, doch kaum fahre ich aus der Stadt heraus, verschluckt mich die Finsternis. Nur das Licht der Scheinwerfer schneidet durch die Dunkelheit. Es fühlt sich surreal an, als würde nur das existieren, was ich mit eigenen Augen sehen kann.

Auf *Silver Dream* ist nur das leise Schnauben und Scharren der Pferde zu hören. Erschöpft schleppe ich mich die Treppe hoch und lasse mich auf mein Bett fallen. Endlich kann ich meinen Gefühlen freien Lauf lassen. Am zweiten Tag infolge verzichte ich auf das Abendessen und weine mich in den Schlaf.

Am nächsten Morgen bin ich die Erste, die aufsteht, und genau wie gestern mache ich Kaffee, bevor ich nach draußen gehe und die Boxen ausmiste. Und genau wie gestern erscheint Tyler erst, als ich längst fertig bin.

»Du musst damit aufhören, Daria. Du bist nicht die Einzige, die hier arbeitet, und du musst auch irgendwann mal schlafen.« Da ist sie wieder, die nette Version von ihm. Die, die mich ganz durcheinanderbringt und den Wunsch in mir weckt, nicht ständig mit ihm streiten zu müssen. »Lass mich das Füttern übernehmen.«

»Ich schaffe das schon!«

Als ich nach der Schubkarre greifen will, stellt er sich mir in den Weg und drängt mich zurück, bis ich an Thunders Boxenwand stoße. Er stemmt beide Hände gegen das Holz, versperrt mir so den Fluchtweg. »Daran zweifle ich doch gar nicht.«

»Das hat sich gestern aber ganz anders angehört«, murmle ich und drehe den Kopf so, dass ich ihn nicht ansehen muss. Seine Nähe bereitet mir heute noch mehr Unbehagen als sonst. Meine Haut kribbelt, wo sein Atem sie streift, Tränen brennen in meinen Augen. Doch dieses Mal werde ich nicht heulen. Nicht seinetwegen.

»Ich hätte das nicht sagen sollen, es tut mir leid. Ehrlich, ich ...« Er fährt sich durch die dunklen Haare, verzieht entschuldigend das Gesicht. »So war es auch nicht gemeint. Nur manchmal bringst du mich um den Verstand. Immer, wenn du dich wie eine verwöhnte Göre benimmst, würde ich dich am liebsten schütteln. Die Arroganz, die du an den Tag legst, die passt einfach nicht zu dir. Ich habe Dinge gesagt, die ich nicht so meine. Es tut mir leid.«

Diese Version von ihm macht mich schwach. Und zwar nicht im Sinne von wütend. Bisher war er nie nett zu mir und wenn er so mit mir redet, mich so ansieht, fällt es mir wahnsinnig schwer, ihn nicht zu mögen. Diese fürsorgliche, liebevolle Seite lässt in mir den Wunsch aufkommen, alles, was zwischen uns war, zu vergessen, um noch mal von vorne anzufangen. Als Freunde.

»Aber du hattest recht.«

Er umfasst mein Gesicht mit beiden Händen. »Ganz bestimmt nicht damit. Dich trifft keine Schuld. Du hast Rebecca nicht darum gebeten, dir das Studium zu finanzieren, klar? Es war dämlich von mir, das zu sagen, und auch ziemlich mies. Bisher machst du es toll und sobald du deine Angst vor dem Reiten überwindest, kannst du Rebeccas Aufgaben übernehmen.«

»Sollte ich das je schaffen.« Meine Worte klingen verbittert, aber ich kann nichts dagegen tun. Ich fühle mich noch immer unendlich nutzlos. Plötzlich bemerke ich, dass der graue Schimmer in seinen Augen dunkler wird, seine Berührung verdrängt jeden anderen Gedanken aus meinem Kopf und mir fällt zum ersten Mal auf, wie gut er aussieht. Verdammt gut sogar. Ob seine Lippen sich genauso weich anfühlen, wie sie aussehen?

»Zusammen bekommen wir das schon hin«, raunt er mir zu und lächelt mich an. Nicht spöttisch, sondern auf eine liebevolle Art. »Wie wäre es denn mit einem Waffenstillstand?«

»Ein Friedensangebot wäre mir lieber.«

Er lacht, wobei sich ein verschmitzter Ausdruck in seinen Blick legt, der meine Knie weich werden lässt. Wie konnte ich nur nie bemerken, wie nett dieser Kerl eigentlich ist? Ganz sicher ist er nicht das Arschloch, als das ich ihn abgestempelt habe.

»Klingt noch besser. Na los, ich räume hier auf, du bereitest die Tinktur für Thunder vor und wir füttern gemeinsam.« Als Tyler seine Hände von meinem Gesicht löst, kribbelt meine Haut und ich sehne mich nach seiner Berührung, nach seiner Nähe.

Verrückt. Absolut hirnrissig! Doch gegen meine Gefühle komme ich nun mal nicht an. Moment ... ich bin diejenige, die ihre Gefühle kontrolliert, nicht andersherum! Wenn ich ihn nicht mögen will, werde ich es auch nicht tun. Genau in dem Augenblick, als mir dieser Gedanke durch den Kopf zuckt, schenkt er mir ein Lächeln und ich werde schwach.

Verdammt!

Verwirrt gehe ich in die Futterkammer, um schon mal alles vorzubereiten. Meine Schultern schmerzen von der ungewohnten Anstrengung, mein Hemd ist von Schweiß getränkt und ich habe absolut keinen Grund, so glücklich zu sein. Und doch kann ich einfach nicht aufhören, zu grinsen.

Zwanzig Minuten später sind wir endlich fertig. Ich freue mich auf das Frühstück, verdränge aber Isabellas Anwesenheit. Das würde mir nur meine Laune verderben.

Als das Telefon klingelt, nimmt Tyler das Gespräch an und zieht sich ins Büro zurück, während ich unschlüssig vor der Küchentür stehen bleibe. Genau wie gestern. Doch dieses Mal gehe ich hinein.

Isabella hat heute nur Waffeln gemacht, ist dabei, die letzte aus dem Waffeleisen zu fischen, und erstarrt, als sie mich sieht. Die Anspannung zwischen uns ist beinah greifbar und kaum zu ertragen. Nicht mal die fröhliche Musik, die aus dem Radio plärrt, kommt gegen die Kälte an, die sich in dem kleinen Raum ausbreitet.

»Daria ...«, beginnt sie leise, aber ich schüttle energisch den Kopf, hefte meinen Blick auf eins der Fotos. Der Bau des Haupthauses scheint wesentlich spannender als alles andere in der Küche.

»Ich will nicht mit dir reden«, flüstere ich gepresst. *Jetzt nicht, morgen nicht, niemals. Verschwinde einfach und lass mich gefälligst in Ruhe.*

»Daria, bitte, ich halte dieses eiserne Schweigen nicht mehr aus. Es tut mir leid, was ich dir damals angetan habe, ehrlich. Ich war ... ein Miststück.« Sie schnieft. Aus dem Augenwinkel kann ich sehen, dass sie heftig blinzelt, um die Tränen zurückzudrängen. »Du bist meine beste Freundin, mehr als das! Wir waren wie Schwestern und du glaubst gar nicht, wie sehr ich dich vermisst habe. Ich habe Javi immer gefragt, wie es dir geht ...«

»Halt deinen Bruder bloß da raus!«, zische ich schärfer, als beabsichtig. Bei dem Gedanken an die Mails, die Javier Archer mir regelmäßig geschrieben hat, entspanne ich mich unwillkürlich. Er war neben Mom der Einzige, an den ich mich geklammert habe. Meine Chance, alles über das Leben in Silver Lane zu erfahren, doch vor ein paar Wochen brach der Kontakt einfach ab. Ich sollte ihn anrufen ...

»Er hat mich nicht hintergangen oder mich wie Dreck behandelt, weißt du?« Meine Kehle wird eng, ich taumle zum Tisch, lasse mich auf einen Stuhl fallen.

Isabella schlägt sich eine Hand vor den Mund, um ihr Schluchzen zu ersticken. Flehend sieht sie mich an, macht einige Schritte auf mich zu und bleibt unsicher vor mir stehen. »Er hat gesagt, ihr wärt nicht mehr zusammen.«

Atme. Verflucht, atme!

Mir ist scheißegal, dass sie mit meinem Freund geschlafen hat. Matt war damals ein Charmebolzen und hat jedes Mädchen um den Finger gewickelt, seine Lügen hat jede gefressen. Darum geht es mir nicht, denn das hätte ich ihr verzeihen können.

»Aber als du es wusstest«, bringe ich hervor und kralle eine Hand um das Messer neben meinem Teller. Warum tut es nur immer noch so weh? »Als du wusstest, dass ich zu diesem Zeitpunkt mit ihm zusammen war, warum hast du dich nicht einfach entschuldigt? Warum konntest du nicht mit mir reden? Du hast ...« Ich gerate ins Stocken, muss tief Luft holen, um den Satz zu beenden, »mich in der ganzen Schule schlecht gemacht, mich als Schlampe hingestellt und dafür gesorgt, dass keiner mit mir redet, nur wegen dieses dämlichen Typen! Ich hoffe ehrlich, ihr seid glücklich miteinander.«

Endlich kann ich sie ansehen. Isabella ist nur ein Häuflein Elend, schluchzend steht sie da, die Arme schützend um den Körper geschlungen. »Wir haben uns nach deinem Unfall getrennt.«

Der Unfall ...

»Dann hätten wir uns das ganze Drama ja sparen können, wenn du nur mal den Mund aufgemacht hättest, um mit mir zu reden.« Die letzten Worte brülle ich ihr entgegen, spüre, wie es in meiner Schulter schmerzhaft pocht. Ich denke an die Narben, die mich für immer an den schlimmsten Tag meines bisherigen Lebens erinnern werden. Tief in mir drin weiß ich, dass Isabella und Matt keine Schuld an dem haben, was geschehen ist, aber ihretwegen war ich so durcheinander. Und es ist so leicht, all meine Wut auf sie zu konzentrieren. Mit den Erinnerungen kommt auch das Gefühl an die Qualen zurück, die ich durchgestanden habe. Die Hilflosigkeit. Zitternd streiche ich mir durchs Haar, verbanne die Bilder, die vor meinem inneren Auge aufblitzen. »Du warst meine beste Freundin, Isabella. Und niemals hätte ich unsere Freundschaft wegen eines Typen aufs Spiel gesetzt. Aber du hast es getan ...«

»Und ich würde alles tun, um es ungeschehen zu machen, Daria! Es tut mir leid, es tut mir so unendlich leid. Ich habe deine Wut verdient, das weiß ich, aber ich wünsche mir so sehr, du könntest mir verzeihen.« Sie wischt sich über die Wangen, macht noch einen

Schritt auf mich zu. In ihrem flehenden Blick hat sich Verzweiflung ausgebreitet. Ich kann sehen, wie es sie zerfetzt, vielleicht sogar mehr als mich.

Jetzt kommen mir die Tränen. Ich denke an die unzähligen Ausritte, die Nächte, in denen wir uns unterhalten haben. Ja, ich habe sie schrecklich vermisst, aber ich weiß nicht, ob ich bereit bin, ihr zu vergeben.

Plötzlich räuspert sich Tyler. Er steht in der offenen Küchentür, sieht zwischen Isabella und mir hin und her, sagt aber nichts. Keine Ahnung, wie viel er von dem Streit mitbekommen hat, doch das spielt keine Rolle. Als ich aufstehen will, hebt er beschwichtigend eine Hand.

»Lauf nicht wieder weg, Prinzessin. Du fällst mir sonst noch aus dem Sattel, wenn wir unsere erste Reitstunde haben.« Die Andeutung eines Lächelns erscheint auf seinen Lippen, er zwinkert mir zu und setzt sich so neben mich, dass mir keine Chance zur Flucht bleibt.

Mistkerl!

»Ach, was die Reparatur des Zauns angeht, da wirst du mich schön begleiten, denn ich mach das sicher nicht allein und Isabella muss heute noch einkaufen. Nimm bitte deinen Pick-up, damit können wir den Kram besser transportieren als mit dem Geländewagen. Der ist für so eine Aktion nicht ganz so gut geeignet.« Seelenruhig greift er nach einer Waffel und ertränkt sie in einem See aus Sirup.

»Bäh, das ist ja ekelhaft! Hoffentlich wirst du davon fett«, entfährt es mir unwillkürlich. Angeekelt verziehe ich das Gesicht und blinzle, bis ich alle Erinnerungen an die Vergangenheit in die hinterste Ecke meines Gedächtnisses verbannt habe.

Tyler verdreht nur die Augen. »Ich kann dir ja mal zeigen, dass ich ganz bestimmt nicht fett bin. Von mir aus auch jetzt sofort.«

»Danke, nicht nötig«, wiegle ich ab und mein abfälliges Schnauben überspielt die Unsicherheit in meiner Stimme. Hastig greife ich mir eine Waffel, bekomme das Bild eines halb nackten Tylers aber nicht aus dem Kopf. Ich würde wirklich zu gern sehen, was sich unter seinen Klamotten verbirgt.

»Ich nehme an, du willst nicht darüber reden?«, meint Tyler irgendwann und wuchtet einen der morschen Holzpfeiler aus dem Boden, als wäre das gar nichts. Er hat sein Hemd ausgezogen und insgeheim warte ich darauf, dass auch sein Shirt folgen wird, werde aber bisher enttäuscht. Seufzend betrachte ich die Tätowierung: Eine Weltkugel, die von einem Adler in den Klauen gehalten und von einem Anker durchbohrt wird. Über dem Motiv stehen zwei lateinische Worte, die ich erst entziffern kann, als er kurz innehält: *Semper Fidelis.* Und obwohl der Schriftzug meine Neugier weckt, schlucke ich die unzähligen Fragen hinunter und antworte kurz angebunden: »Gut erkannt.«

Ich räume den kaputten Draht auf die Ladefläche des Pick-ups und greife nach der letzten Rolle, die wir noch haben, während er den Pfosten wechselt.

Es ist so verflucht heiß! Und die Gedanken an seine Muskeln sorgen auch nicht gerade für Abkühlung.

Stöhnend blinzle ich in den Himmel, aber es sind keine Wolken in Sicht. Wenn es nicht bald regnet, werden die Rinderfarmer gezwungen sein, auf einen Viehtrieb zu gehen, um keine Verluste zu erleiden. Als Kind war ich einmal bei einem solchen Trail dabei, die der Inbegriff des Wilden Westens sind. Eine Arbeit für echte Cowboys. Unwillkürlich wandert mein Blick wieder zu Tyler, der sich über die Lippen leckt und mich beobachtet.

»Du warst also mit Matthew Jameson zusammen, hm?«, setzt er nach und sieht mich mit einem undefinierbaren Gesichtsausdruck an. Offenbar kann er meinen Ex nicht besonders gut leiden, womit wir endlich mal etwas gemeinsam haben.

»Das ist ein Tabuthema. Aber wenn du es unbedingt wissen willst: Heute verbuche ich die Zeit unter Geschmacksverirrung und jugendlicher Torheit.« Ich wische mir den Schweiß von der Stirn, beobachte das Spiel seiner Muskeln. »Er ist ein Arschloch und ich war nur zu blöd, um das zu erkennen.«

»Ah, verstehe. Ein noch größerer Mistkerl als ich, hm?« Ein letztes Mal schwingt er den Vorschlaghammer, um den Pfosten noch tiefer in die Erde zu treiben, und versetzt ihm dann einen Tritt, um die Stabilität zu prüfen.

»Im Vergleich zu ihm bist du der netteste Kerl der Welt«, schnaube ich und spanne den Draht um den neuen Pfeiler. Die Sonne brennt unangenehm auf meine nackten Unterarme und ich kann es kaum erwarten, wieder zurück zum Hof zu fahren.

»Warum ziehst du eigentlich dein Hemd nicht aus?« Als er mich am Arm berührt, zucke ich zusammen. Wann ist er mir denn bitte so nah gekommen?

»Weil es mir schon reicht, wenn meine Arme den Sonnenbrand des Todes bekommen. Und mein Gesicht«, behaupte ich mit verächtlich gerümpfter Nase. In Wahrheit will ich nicht, dass er meine Narben sieht, die sich von meinen Schultern über den ganzen Rücken ziehen. Tyler akzeptiert meine Erklärung, obwohl er mich einen Augenblick forschend mustert.

»Du brauchst einen Hut.«

»Ich weiß. Wenn ich das nächste Mal in die Stadt fahre, kaufe ich mir einen. Sag mal, habe ich jetzt Halluzinationen oder siehst du das auch?« Mit dem Kinn nicke ich nach links und beobachte das Pferd, das in unsere Richtung galoppiert. Wahrscheinlich bilde ich es mir wirklich nur ein, denn das Tier sieht genauso aus wie Cloud, der Hengst, den meine Mutter mir geschenkt hat und der bei meinem Unfall ...

Ohne mir zu antworten, springt Tyler über den Zaun und geht ruhig auf das Pferd zu. Erst wirkt es, als würde es ihn umrennen, doch dann wird es langsamer und bleibt in sicherem Abstand stehen, die Ohren misstrauisch angelegt. Vorsichtig nähert er sich, die Hände erhoben, um es zu beruhigen, und rührt sich nicht mehr, als es ängstlich zurückweicht.

»Erschreck sie nicht«, sage ich leise und klettere ungeschickt über den Draht, wobei ich natürlich mit meiner Jeans hängen bleibe und sie mir ruiniere. Der Riss reicht von meinem Knie bis hinunter an den Knöchel und entlockt mir einen gemurmelten Fluch. Klasse! Wieso muss ich mich immer so dämlich anstellen, wenn er in meiner Nähe ist?

Plötzlich hüpft mein Herz, sackt mir in die Kniekehlen, als ich die Stute betrachte. Sie sieht wirklich aus wie Cloud. Das cremefarbene Fell und die Mähne, die nur eine Nuance heller ist als bei ihm. Die gleiche Schnippe zwischen den dunklen Nüstern ... Erinnerungen stürmen auf mich ein: Mein zwölfter Geburtstag, als Mom mir den Hengst geschenkt hat, das erste Pferd, das ich selbst ausbilden durfte. Ich war so verdammt stolz, als ich mit ihm beim *Barrel Race* des jährlichen Rodeos mitgemacht und gewonnen habe. Fünf Jahre waren wir unzertrennlich, bis es innerhalb von einem einzigen Augenblick vorbei war.

»Daria, ist alles in Ordnung?«

Ich bemerke, dass Tyler mich mustert, auf diese besorgte Art, die mein Herz höherschlagen lässt, und zwinge mich zu einem Lächeln. »Ja«, behaupte ich, spüre einen schmerzhaften Stich im Magen. Ich will mich nicht daran erinnern. Kann es nicht. Dieses Pferd vor mir ist nicht Cloud.

Sorgfältig verschließe ich die Erinnerung, verbanne sie zurück hinter die Mauer. Mir hätte klar sein müssen, dass es mir hier viel schwerer fallen würde, nicht daran zu denken, als in Los Angeles. Leider ist es für diese Erkenntnis etwas spät.

Langsam gehe ich um die Stute herum, während ich beruhigend mit ihr rede und mich nur schrittweise nähere. Sie ist sichtlich nervös und könnte sofort wieder davongaloppieren, wenn ich eine falsche Bewegung mache. Als ich neben Tyler trete, fällt mir das Brandzeichen an der Hinterhand auf. Auch das hätte ich wissen können, immerhin sind wir auf dem Land der Jamesons. Aber das eingebrannte *J* auf ihrem Fell wirft mich ein zweites Mal aus der Bahn.

»Sie ist so wunderschön«, flüstere ich in dem Versuch, mich in den Griff zu bekommen. Meine Gefühle dürfen sich auf keinen Fall auf das Pferd übertragen. Es ist ein Fluchttier und darauf konditioniert, auf alles zu achten, was Gefahr bedeuten könnte. »Und noch so jung.«

»Ja. Temperamentvoll und stark. Aber sieh dir mal an, wie verschwitzt sie ist und diese Striemen an der Flanke.« Tylers Stimme bebt vor unterdrückter Wut, er schnaubt verächtlich. »Jemand hat versucht, sie zu brechen.«

Ein Pferd zu brechen, ist eine veraltete und brutale Methode, um es einzureiten. Mit roher Gewalt und so schnell wie möglich. Bisher habe ich das nur einmal gesehen, als ich zehn war. Mom hat es mir gezeigt, damit ich mit eigenen Augen sehe, wie grausam diese Vorgehensweise ist. Niemand sollte ein Tier so behandeln. Pferd und Reiter sollten auf der Basis von Vertrauen miteinander umgehen, nicht auf der von Angst.

»Und ich kann mir auch ganz genau vorstellen, wer es bei ihr versucht hat.« Wie zur Bestätigung erklingen in der Ferne Geräusche, ein Motor jault auf und eine Wolke aus Staub folgt dem Bike, das sich uns rasch nähert. »Wir werden ihm wohl in einer Minute Hallo sagen können.«

»Der hat mir gerade noch gefehlt«, knurrt Tyler und will sich wieder dem Zaun zuwenden. Panisch kralle ich die Finger in sein Shirt, um ihn zurückzuhalten. »Ehrlich, Prinzessin, ich habe keine Lust, mit dem Typen zu reden.«

»Du kannst mich aber nicht mit ihm allein lassen«, flehe ich und fühle erneut diesen Druck in meinem Magen. Matt war damals nicht mal im Krankenhaus. Ich habe ihn zuletzt am Tag des Unfalls gesehen und hatte eigentlich nicht vor, das zu ändern. Doch bevor ich etwas sagen kann, verstummt das Motorengeräusch in einiger Entfernung und ich kann seine Anwesenheit beinahe spüren.

Tyler scheint die Panik in meinem Blick zu bemerken, dreht sich um und verschränkt die Arme vor der Brust, um Matthew entgegenzusehen. So viel Selbstbeherrschung habe ich nicht. Stattdessen konzentriere ich meine Aufmerksamkeit auf die Stute und gehe langsam auf sie zu, bis ich direkt vor ich stehe und nach den Zügeln greifen kann. Aus der Nähe kann ich erkennen, dass Blut aus ihrem Maul läuft und sie auf dem Gebiss herumkaut. Ich strecke die Hände aus, um das Zaumzeug zu lösen, erstarre aber, als ich seine Stimme höre.

»Das würde ich an deiner Stelle nicht tun, Süße.« Es folgt eine kurze Pause. Und obwohl ich ihn nicht sehen kann, weiß ich, dass er mich mustert. »Sie ist zu wild und ungezähmt. Mein Vater hat genug, er will sie an den Abdecker verkaufen.«

Sie soll geschlachtet werden?

Heiße Wut strömt durch meine Adern. Diese wunderschöne Stute soll getötet werden, nur weil die Jamesons es nicht schaffen, sie zu zähmen?

Trotzig streiche ich über den Hals des Pferdes, flüstere ihr beruhigend zu, während ich erst den Kehlriemen löse, dann den an ihrem Kinn. Vorsichtig nehme ich ihr das Zaumzeug ab und hänge es mir über die Schulter. Die Stute stellt die Ohren auf und spannt die Muskeln, als wolle sie davonstürmen, senkt aber stattdessen den Kopf.

»Wer weiß schon, was du dem armen Tier angetan hast? In deiner Nähe wäre ich auch wild und unzähmbar«, zische ich, ohne mich umzudrehen. »Deinem Vater ist doch klar, dass meine Mutter die beste Trainerin im Umkreis von tausend Meilen ist, oder?«

Von Matt kommt ein Seufzen. »Oh, ich erinnere mich daran, dass gerade meine Nähe dich ...«

»Wenn du diesen Satz beendest, werde ich die Reifen deines geliebten Motorrads aufschlitzen!« Jetzt hebe ich doch den Kopf, um ihn warnend anzusehen. Lässig steht er da, die Hände in den Hosentaschen vergraben, den Blick starr auf mich gerichtet. Seine dunkelblauen Augen versprühen eine solche Intensität, dass meine Haut unangenehm kribbelt. Das ist nur der Sonnenbrand, rede ich mir ein, schaudere aber unwillkürlich.

Aus dem Jungen von früher ist ein Mann geworden, aber für mich hat er jede Attraktivität verloren. Das charmante Lächeln, das auf seinen Lippen liegt, lässt keine Schmetterlinge mehr in meinem Bauch tanzen, es macht mich nur noch wütend. Die blonden Haare, die er jetzt kürzer trägt, haben ihren Reiz verspielt. Er ist nur irgendein Kerl, dessen Gegenwart mir Übelkeit verursacht. Einer, der mir das Herz gebrochen hat.

»Ihr dürft sie nicht zum Schlachter bringen.« Meine Stimme zittert leicht, während ich versuche, meine Gefühle in den Griff zu bekommen, aber der Drang, ihm ins Gesicht zu schlagen, kribbelt in meinen Fingern.

Er verdreht die Augen, zieht eine Schulter hoch. »Ehrlich, Süße, die Stute ist wertlos. Mein Vater hat schon zu viel in sie investiert und würde er sie noch zu Rebecca geben, wäre das ein Verlustgeschäft. Außerdem ...« Er neigt etwas den Kopf. Eine Geste, mit der er mich damals immer besänftigen konnte, die mich nun jedoch kaltlässt. »... liegt deine Mutter doch im Krankenhaus oder bin ich da falsch informiert?«

Ich reiße mich von dem Pferd los und marschiere mit geballten Fäusten auf ihn zu, aber bevor ich ihm zu nahe kommen kann, packt Tyler mich am Arm und schüttelt warnend den Kopf. Er hat bisher kein Wort gesagt, aber seine Anwesenheit ist das Einzige, was mich davon abhält, mich auf Matt zu stürzen und meiner Wut nachzugeben.

»Danke für deine Anteilnahme.« *Du mieser Dreckskerl!* »Aber ich werde die Aufgaben meiner Mutter fürs Erste übernehmen und du erinnerst dich doch noch, wie gut ich bin? Mit Cloud habe ich dich immer geschlagen und ihn habe ich auch selbst ausgebildet.«

Matt lacht, doch ich kann sehen, dass er überrascht ist, weil seine Tricks keine Wirkung mehr bei mir haben. Hat der Scheißkerl etwa ernsthaft gedacht, ich würde mich sofort in seine Arme werfen und ihn anschmachten, wenn ich zurückkomme?

»Nimm den Mund bloß nicht zu voll, Süße. In sechs Wochen findet ein Rodeo statt, da kannst du mir ja gerne mal zeigen, was du draufhast. Solltest du gegen mich gewinnen, überrede ich meinen Vater dazu, dass er seine Pferde bei euch ausbilden lässt.« Er hebt lässig eine Hand, um gegen seinen Stetson zu tippen, und grinst von einem Ohr zum anderen. »Und um es interessanter zu machen, wirst du mit ihr gegen mich antreten. Na, wie wär's?«

Das ist eine Falle. Ich weiß das, aber in mir brodelt es so stark, dass es mir egal ist.

»Ganz miese Idee«, raunt Tyler mir zu und drückt leicht meinen Arm. Er erinnert mich gar nicht an meine Panik vor dem Reiten oder an die Tatsache, dass man ein unausgebildetes Pferd nicht in sechs Wochen wettbewerbsfähig machen kann. Zumindest äußert er davon nichts vor Matt, aber mir ist klar, dass er dazu einiges zu sagen hat, wenn wir allein sind.

»Wow, lässt du dich jetzt von einem wie dem herumkommandieren? Du weißt, dass er gesessen hat, oder?«, spottet Matthew. Sein Blick huscht kurz zu Tyler, heftet sich dann aber wieder auf mich. Entweder, weil er genau weiß, dass ich ein leichteres Opfer bin, oder, weil er Tyler so besser provozieren kann.

Letzteres scheint zu funktionieren. Tyler spannt sich an, senkt den Kopf, bleibt aber stumm.

Ich bin verwirrt, will wissen, was er damit meint, ignoriere es jedoch. Matthew Jameson hat es geschafft, sich zwischen meine beste Freundin und mich zu drängen, da werde ich ihm nicht den Gefallen tun, Tyler vor ihm bloßzustellen. Aber meine Gedanken überschlagen sich. War Tyler wirklich im Gefängnis? Und wenn ja, weshalb? Mir kommt die Tätowierung auf seinem Arm in den Sinn und plötzlich hätte ich beinah gelacht. Hält Matt das für ein Knast-Tattoo?

»Du bekommst fünfhundert Dollar für das Pferd. So sparst du dir immerhin die Kosten für den Abdecker. Und in sechs Wochen werde ich dich beim *Barrel Race* schlagen. Du erinnerst dich sicher noch an das Gefühl, gegen ein Mädchen zu verlieren?« Entschlossen strecke ich ihm eine Hand entgegen, kann die Vorstellung aber nicht abschütteln, dass er mich gerade vorführt. »Bring sie heute Abend vorbei, dann gebe ich dir das Geld.«

Grinsend schlägt Matthew ein, wendet sich von uns ab, um jemanden anzurufen, der das Pferd abholt. Der Ausdruck in seinen Augen lässt mich schaudern, doch für Zweifel ist es ja zu spät. Die Katze ist im Sack. Die Wette mit dem Teufel gilt.

»Oh ... Matt? Ich habe da etwas vergessen«, sage ich zuckersüß, gehe zu ihm hinüber und hole aus. In dem Moment, in dem er mir den Kopf zudreht, trifft meine Faust sein Gesicht. In mir jubelt alles und dieses Gefühl ist so befriedigend, dass es den Schmerz in meiner Hand wert ist. »Nur falls du dich noch fragst, wie ich zu dir stehe.«

6. Kapitel

Schlechte Nachrichten kommen selten allein

Stunden später hüllt Tyler sich immer noch in eisiges Schweigen. Keine Ahnung, ob es an dem liegt, was Matt gesagt hat, oder an dieser dämlichen Wette, auf die ich mich eingelassen habe. An Golden Blaze, wie ich die Stute getauft habe, liegt es jedenfalls nicht, denn er kümmert sich ebenso liebevoll um unseren Neuzugang wie ich.

Leider geht seine schlechte Laune nicht so weit, dass er die Reitstunde ausfallen lässt, die auf dem Plan steht. Wahrscheinlich wird er mich liebend gern quälen, aber auf abfällige Kommentare kann ich wirklich gut verzichten.

Egal, was ich mache, es ist entweder falsch oder in seinen Augen nicht gut genug. Von Rebecca Evans' Tochter wird man ja wohl mehr erwarten können. Die Situation erinnert mich an früher, als niemand meinen Namen benutzt hat. Ich war immer nur *Rebecca Evans' Tochter*, mehr nicht. Und jetzt werde ich wieder in diese Schublade gesteckt. Ich schlucke die Wut herunter, behalte meine Gedanken für mich.

»Der Sattelgurt ist zu locker.« Tyler will mich zur Seite schieben, um meinen Fehler zu korrigieren, doch ich stemme die Hände in die Hüften.

»Langsam habe ich die Nase voll, Möchtegern-Cowboy! Den Gurt ziehe ich auf dem Platz fest, wenn wir es überhaupt so weit schaffen.« Wütend funkle ich zu ihm auf, atme aber tief durch, um mich zu beruhigen. Es herrscht Frieden, das darf ich auf keinen Fall vergessen. Also setze ich ein Lächeln auf und fange noch mal an: »Hör zu, ich weiß, was ich gemacht habe, war dämlich, aber ich hatte keine andere Wahl. Um Blaze zu retten, musste ich sie kaufen. Die wollten sie zum Abdecker bringen. Mir ist doch auch klar, dass ich keine Chance habe, gegen Matt zu gewinnen, schon gar nicht auf einem nicht eingerittenen Pferd ...«

»Darum geht es nicht«, gibt er zähneknirschend zurück und streckt eine Hand nach dem Sattelgurt aus.

»Was ist es denn dann? Weil ich ihm eine reingehauen habe? Hey, du hast selbst gesagt, du könntest ihn nicht ausstehen und er hätte noch wesentlich mehr verdient als das, was er bekommen hat.« Wahrscheinlich hat mir der Schlag mehr Schmerzen bereitet als Matt, aber allein sein geschockter Gesichtsausdruck war es wert.

Um Tylers Mundwinkel zuckt es verräterisch. Der Gedanke an die Szene entlockt ihm beinah ein Grinsen, leider eben nur beinah. Herausfordernd blickt er mich an: »Du willst doch danach fragen, also worauf wartest du?«

Aha, es geht wirklich um das, was mein dämlicher Ex gesagt hat.

Männer!

»Wenn der Kerl so blöd ist, ein Tattoo von den Marines mit einer Knast-Tätowierung zu verwechseln, kann ich ihm auch nicht helfen.« Bei meinen Worten sieht er mich überrascht an, aber ich zucke nur mit den Schultern. »*Semper Fidelis*, richtig?« Er nickt zögernd, presst die Lippen fest zusammen. Mehr muss ich gar nicht wissen. »Gut, dann hätten wir das ja jetzt geklärt und du kannst aufhören, jeden meiner Handgriffe anzuzweifeln und mich zu behandeln, als ...«

»Interessiert dich die Geschichte dahinter gar nicht?«, unterbricht er mich mit gerunzelter Stirn. Seine Stimme ist rau, sein Blick misstrauisch. Glaubt er denn, ich würde ihn ins Verhör nehmen, oder was?

»Hör mal, was auch immer es ist, du hast es doch meiner Mutter erzählt, oder?«

»Ja.«

»Fantastisch. Ich denke nicht, dass sie einen Kriegsverbrecher oder einen irren Serienkiller bei sich aufnehmen würde, also haken wir das ab. Und nur zu deiner Information: Ja, ich bin neugierig. Sehr sogar. Aber du hast mich nie nach meinem Unfall gefragt oder mit Isabella darüber geredet, deshalb werde ich auch nicht fragen. Erzähl es mir, wenn du willst. Vielleicht irgendwann. Wenn nicht, ist das in Ordnung.« Seufzend ziehe ich den Sattelgurt fester und werfe ihm einen fragenden Blick zu. »Zufrieden?«

»Danke«, murmelt er. Seine Miene wird sanfter und jetzt erscheint endlich ein Lächeln auf seinen Lippen. »Als du ihm die Faust ins Gesicht gerammt hast, hätte ich fast applaudiert.«

»Es hat sich fantastisch angefühlt. Ich wünschte nur, mir hätte vorher jemand gesagt, wie schmerzhaft so was ist.« Lachend öffnet er die Boxentür, damit ich den Wallach auf den Reitplatz führen kann. Biscuit ist das ruhigste und geduldigste Pferd im Stall. Genau richtig für jemanden wie mich, der schon beim Gedanken daran in Panik ausbricht, sich in den Sattel zu schwingen.

Um meine Nervosität zu überspielen, grinse ich ebenfalls, aber das hilft nicht. Mit jedem Schritt schwitze ich mehr, meine Beine fühlen sich an wie Gummi und in meinem Kopf kreischt es panisch.

»Sag mal ... kann es sein, dass du die Rechnungen falsch eingeordnet hast? Ich habe vorhin einen Blick in den Ordner für die offenen Beträge geworfen und der war leer.«

Leider ist das kein gutes Thema, um mich zu beruhigen. »Das war kein Fehler, ich habe sie bezahlt«, nuschle ich und stapfe in die Mitte des Platzes. Tyler muss meinen schuldbewussten Ausdruck bemerkt haben.

»Von deinem eigenen Geld? Dir ist klar, was deine Mutter darüber denken wird.« Er runzelt nachdenklich die Stirn, stellt sich neben mich. »Und wenn ich jetzt mein Konto aufrufe, was erwartet mich da?«

»Dein Gehalt? Was hatte ich denn bitte für eine Wahl? Auf weitere Mahnungen wollte ich nicht warten und bis ich bereit bin, einen Auftrag anzunehmen, werden noch Wochen vergehen. Wir müssen ja von irgendwas leben, oder?« Um mich zu beschäftigen, kontrolliere ich noch einmal das Zaumzeug, zupfe an meinem Pferdeschwanz und stehe dann da wie ein Stein. Starr und unbeweglich, mit klopfendem Herzen und feuchten Händen.

Das hier ist echt keine gute Idee.

»Nicht aufregen, Prinzessin, ich habe ja nur gefragt. Bist du bereit, dich in den Sattel zu schwingen?« Sanft berührt er meine Schulter. Als sich unsere Blicke treffen, kann er mir die Antwort von den Augen ablesen. »Ich werde dich führen, keine Sorge. Und ab morgen arbeiten wir an der Longe.«

»Noch mehr Demütigungen«, brumme ich, lege die Hände auf den Sattel und spüre, wie mein Herz stolpert. Immer wieder rufe ich mir in Erinnerung, dass ich nun mal die Aufgaben meiner Mutter übernehmen muss, aber das erzeugt noch mehr Druck. Ich fühle mich wie ein Kind, das zum ersten Mal einem Pferd gegenübersteht, versuche, mich nach oben zu ziehen, doch ich zittere so stark, dass ich es nicht schaffe. Als ich beim dritten Anlauf immer noch nicht im Sattel bin, hilft Tyler mir. Er packt mein Bein und hievt mich praktisch auf Biscuits Rücken. Wie gern ich doch vor Scham im Boden versinken würde.

Zehn Minuten später tun mir die Finger weh, weil ich sie krampfhaft um den Sattelknauf klammere, ich bin schweißgebadet und meine Muskeln protestieren. Wahrscheinlich schwanke ich im Sattel wie ein Schiff bei hohem Wellengang und Tylers ständige Ermahnung, mich doch zu entspannen, ist wie blanker Hohn. Ein Kartoffelsack würde eine bessere Figur machen als ich. Und weil das noch nicht genug Peinlichkeiten sind, schaffe ich es nicht mal, normal zu atmen.

Armer Biscuit.

Früher saß ich wie eine Königin hoch zu Ross und habe mich auch so gefühlt. Frei und unbesiegbar. Ich bin über die Weiden galoppiert, habe es genossen, wie der Wind mir durch die Haare gestrichen ist. Jetzt spüre ich nur Panik davor, herunterzufallen, und bin froh, als Tyler die Qual für heute beendet.

Sobald ich mit beiden Füßen auf festem Boden stehe, nehme ich meine Umgebung wieder wahr und entdecke Isabella, die auf der Veranda steht. Das erstaunte Entsetzen in ihrem Blick gibt mir den Rest. Ich bin nicht mehr das Mädchen von früher und ich gehöre definitiv nicht hierher. Und doch kann ich nicht einfach verschwinden, obwohl ich das wirklich gern würde. Aber ich bin es meiner Mutter schuldig, mein Bestes zu geben.

Die tägliche Arbeit füllt mich vollkommen aus, dazu foltert mich Tyler jeden Abend aufs Neue, aber es sind keine Fortschritte in Sicht. Und mit jedem Tag, der vergeht, fühle ich mich noch schlechter, spüre die Zweifel, die an mir nagen. Wenn es Mom doch nur endlich besser gehen würde!

Die Besuche im Krankenhaus werfen mich jedes Mal erneut aus der Bahn. Am Zustand meiner Mutter hat sich nichts verändert und das wird vielleicht für immer so bleiben. Waren die Ärzte anfangs noch optimistisch, hat sich das in der vergangenen Woche gegeben. Kaum zu glauben, dass ich schon seit elf Tagen in Montana bin. Elf Tage voller Angst, Erschöpfung und Demütigung.

Isabella gehe ich immer noch aus dem Weg. Nur beim Essen treffen wir unweigerlich aufeinander und ich bin froh, dass heute Mittwoch ist und sie den ganzen Abend bei ihrer Familie verbringt. Auch Tyler wird sich irgendwohin verkrümeln, sodass ich ein paar Stunden Ruhe habe. Der Frieden zwischen uns hält, ist aber zerbrechlich. Jedes falsche Wort könnte eine Explosion auslösen und die verwirrenden Gefühle, die immer stärker werden, machen alles noch komplizierter.

Unschlüssig stehe ich in der Stallgasse und sehe den Pferden beim

Fressen zu. Das Gewicht des Sattels in meinen Armen scheint mit jeder Sekunde zu wachsen, der Geruch nach Leder, der mich früher immer beruhigen konnte, lässt mein Herz flattern. Ich bin so in meine Gedanken versunken, dass ich Tyler erst wahrnehme, als er sich räuspert.

»Wir sollten mal etwas anderes versuchen«, meint er gerade und nimmt mir den Sattel wieder ab. »Ich will, dass du dich entspannst, und Vertrauen zu Biscuit aufbaust.«

»Glaubst du wirklich, das klappt, wenn du mir die einzige Möglichkeit nimmst, mich irgendwo festzuhalten? Deine Logik würde ich ehrlich gern verstehen, aber mein Gehirn hat bei dem Wort *entspannen* ausgesetzt«, grummle ich vor mich hin und folge ihm in die Box. Es ist ein kleines Wunder, dass der Wallach sich jedes Mal freut, wenn er mich sieht. An seiner Stelle hätte ich mich längst aus dem Staub gemacht.

Mit einem Seufzen schmiege ich mich an Biscuits Schulter und entschuldige mich für alles, was er heute noch ertragen muss. Er dreht mir den Kopf zu und blickt mich aus sanften Augen an, als würde er sagen: *Wir schaffen das schon.*

»Es ist wirklich unglaublich, wie gut du mit ihm umgehen kannst und dich dann so ... *ungeschickt* anstellst, wenn du im Sattel sitzt.« Das beleidigende Wort überspringt Tyler einfach, doch ich kann mir denken, was er sagen wollte. Jetzt ist er derjenige, der den zerbrechlichen Frieden bis an die Grenzen ausreizt. Nur sein Lächeln hält mich von einer bösartigen Erwiderung ab. »Ehrlich, Daria, ich weiß, du kannst das. Ich würde darauf wetten! Gibt es nicht irgendetwas, mit dem ich dich motivieren kann?«

»Ich stehe nicht so auf Süßkram wie du und was anderes fällt mir auch nicht ein. Ist ja nicht so, als hätte ich keine Lust.« Verstimmt schiebe ich die Unterlippe vor und schnaube empört. Denkt der etwa, ich bin ein Äffchen, das er dressieren kann? »Ich habe *Angst.* Dir mag das Wort fremd sein, aber wenn ich auf einem Pferd sitze, beherrscht diese Angst meine Gedanken.«

»Aber dafür gibt es keinen Grund.« Mit der Faust stupst er leicht gegen mein Kinn, hält meinen Blick mit einer Intensität gefangen, die alles um mich verschwimmen lässt. Als er mit den Fingern über meine Wange streicht, vergesse ich einen Augenblick lang, zu atmen. »Hör einfach auf, darüber nachzudenken, was passieren könnte, und genieße es.« *Der hat gut reden.*

Ich lausche auf meinen klopfenden Herzschlag, konzentriere mich auf seine vollen Lippen. Jedes Mal, wenn er mich berührt, bin ich wie ein liebeskranker Teenager, der seinen Schwarm anhimmelt. Aber die Gedanken daran, was zwischen uns sein könnte, sind das einzige, was mich von allem anderen ablenkt. Den finanziellen Problemen, dem unveränderten Zustand meiner Mutter. All das belastet mich so stark, dass ich mich nur zu gern meinen Fantasien hingebe, die mir in den letzten Tagen unablässig im Kopf herumgeistern. Ich stelle mir vor, wie seine Lippen über meinen Hals streichen. Oder seiner Finger über meinen nackten Körper wandern ...

Während ich Biscuit nach draußen führe, verfluche ich Tyler und nutze dafür jedes erdenkliche Schimpfwort, das mir einfällt. Dadurch fühle ich mich ein wenig besser. Zumindest, bis er stehen bleibt und nach meinem Bein greift, um mir aufs Pferd zu helfen. In dem Moment wirbeln meine Gefühle durcheinander und kollidieren mit meinen Fantasien. Ich weiche erschrocken zurück und erwische ihn mit meinem Ellenbogen am Kinn.

»Autsch, verdammt, Daria!« Er reibt sich über die Stelle und stöhnt. »Hast du jetzt eine Methode gefunden, jemandem eine zu verpassen, ohne dir wehzutun?«

»Von wegen! Ist dein Gesicht aus Stein gemeißelt oder was?«, gebe ich patzig zurück, beiße mir beschämt auf die Unterlippe und verliere mich in seinem intensiven Blick. »Tut mir echt leid, aber ich ... Das ist einfach keine gute Idee, verstehst du?«

Er lässt sich davon nicht unterkriegen und hebt mich hoch, bevor ich weiter protestieren kann. »Rede nicht so einen Quatsch, die Idee ist hervorragend, du musst mir nur mal ein wenig vertrauen. Rutsch noch etwas nach vorne.« Auffordernd legt er mir eine Hand auf den Rücken, wartet.

Ich verdränge die Vorstellung, wie seine Finger über meinen Körper wandern und richte meine Aufmerksamkeit auf die Gegenwart. Eine sanfte Brise streicht durch mein Haar, bringt den Geruch von wilden Blumen und getrocknetem Gras zu mir herüber. Mein Blick schweift über den Zaun des Reitplatzes hinweg in die Ferne, wo sich die Berge auftürmen.

Es könnte so ein schöner Tag werden, wenn Tyler nicht wäre und ich nicht auf einem Pferd sitzen würde.

Biscuit schnaubt, wippt mit dem Kopf, als würde er mir zustimmen. Wahrscheinlich würde der Wallach jetzt auch lieber über die Weiden galoppieren. Um die Tortur so schnell wie möglich hinter mich zu bringen, reiße ich mich zusammen, doch ohne Sattel fühle ich mich vollkommen hilflos. Kein Knauf an dem ich mich festhalten kann und ohne die Steigbügel schweben meine Füße in der Luft. Ich habe das Gefühl, jeden Augenblick das Gleichgewicht zu verlieren. Von wegen *das Vertrauen zwischen Pferd und Reiter stärken.* Tyler sollte froh sein, dass ich nicht mehr wie ein Kartoffelsack aussehe und ich den Wallach nicht mehr nur im Schritt über den Platz lenke. Stattdessen nimmt er mir jeden Funken Sicherheit, den ich in den letzten Tagen gewonnen habe. Zitternd kralle ich meine Finger in Biscuits Mähne und schiebe meinen Hintern eine Handbreit Richtung Widerrist und komme mir dabei absolut lächerlich vor.

»Und jetzt leg dich hin.« Seine Miene ist ernst und er sieht abwartend zu mir auf.

Der will mich doch verarschen. Schon jetzt habe ich das Bedürfnis, mich in mein Zimmer zu verkriechen und die ganze Sache einfach zu verdrängen. Dann nehmen wir eben keine Aufträge an, na und? Zähneknirschend hole ich Luft, erinnere mich daran, dass ich das für meine Mutter mache, aber dieses Mal zieht das nicht.

»Du hast sie ja wohl nicht mehr alle! Ist dir eigentlich klar, dass ich runterfallen werde, sobald Biscuit sich bewegt?« Entschieden schüttle ich den Kopf und krümme mich zusammen. »Kannst du vergessen, Cowboy. Wie wäre es, wenn du stattdessen den Sattel holst?«

»Jetzt hör schon auf zu jammern, Daria.« Er spricht meinen Namen beinahe liebevoll aus und lächelt mich aufmunternd an. Wie soll ich ihm denn so widerstehen? »Du wirst nicht fallen, versprochen. Habe ich nicht recht, mein Großer? Du bist lammfromm und hast sie gern.«

»Manchmal hasse ich dich wirklich.« Mit klopfendem Herzen lehne ich mich nach hinten und bin froh, als ich seine Hand auf meiner Wirbelsäule spüre. Schließlich liege ich tatsächlich auf dem Rücken des Wallachs.

Grandiose Leistung, Applaus bitte, verspotte ich mich selbst, um die Panik zu überspielen, die meinen Magen verkrampfen lässt.

»Das ist doch ein Fortschritt, meinst du nicht? Und deiner Wortwahl kann ich entnehmen, dass du mich manchmal auch magst. Ich fühle mich geehrt.« Verschmitzt zwinkert er mir zu, löst seine Hand. »Jetzt schließ die Augen.«

Es macht ihm Spaß, mich zu quälen, das ist ja mal so was von eindeutig. Und dennoch mache ich genau das, was er sagt, während die Angst mein Herz umklammert hält.

Zuerst ist da nur Panik und mein Fluchtinstinkt, doch nachdem ich mehrmals tief durchgeatmet habe, nehme ich auch noch andere Dinge wahr. Ich höre das Zwitschern von Vögeln, spüre den Wind in meinem Gesicht und Tylers Nähe. Es könnte so ein schöner Tag sein, wenn mir nicht so übel wäre.

Wieso passiert eigentlich nichts? Plötzlich entspanne ich mich, kann gar nicht anders. Jedes andere Pferd wäre längst ungeduldig geworden, doch Biscuit rührt sich nicht von der Stelle.

»Wie fühlst du dich?«

»Weiß nicht. Aber im Moment hasse ich dich noch, nur damit du dir keine falschen Hoffnungen machst.« Langsam hebe ich eine Hand um mir eine Haarsträhne aus dem Gesicht zu streichen, denke an die unzähligen Ausritte mit meiner Mutter. Als Tyler leise lacht, muss ich unwillkürlich lächeln. »Sag mal, hat Mom dir eigentlich je erzählt, wie ich zum ersten Mal vom Pferd gefallen bin?«

»Ja. Du wolltest unbedingt einen Apfel vom Hof der Martens klauen, aber die Äste waren zu hoch, also hast du dich in den Sattel gestellt und bist im Gras gelandet. Diebstahl ist ein Verbrechen, Prinzessin.« Ich kann mir vorstellen, wie er mich spöttisch ansieht. »So was hätte ich nicht von dir erwartet.«

»Der Ast hing über den Zaun«, informiere ich ihn und spüre, wie ein eigenartiges Gefühl in mir aufsteigt. Er scheint alles über mich zu wissen. Blinzelnd öffne ich die Augen und blicke ihn vorwurfsvoll an. »Du kennst wahrscheinlich jede peinliche Geschichte aus meiner Kindheit und ich weiß gar nichts über dich.«

Er muss den verletzten Tonfall aus meinen Worten heraushören und aus dem Augenwinkel kann ich sein Lächeln sehen. »Du hättest ja fragen können, aber wir haben ja nie ein normales Gespräch geführt, wenn du in den Semesterferien hier warst. Eigentlich haben wir nie geredet, sondern uns ständig angeschrien, schon vergessen?«

»Würdest du mir antworten?« Aufmerksam betrachte ich seine Gesichtszüge, frage mich, wo er wohl aufgewachsen ist. Wahrscheinlich auch in einer Kleinstadt. Aber wie ist er dann bei den Marines gelandet?

»Damals mit Sicherheit nicht. Lass es doch einfach mal auf einen Versuch ankommen, dann wirst du sehen, was dabei herauskommt.« Er sagt das spöttisch, aber sein Blick ist ernst, lässt mich schaudern. Woher kommt die Verletzlichkeit, die plötzlich von ihm ausgeht? »Okay, ich werde dich jetzt über den Platz führen, also bleib ganz ruhig, ja?«

Ich habe nicht mal Zeit, Nein zu schreien. Sobald Biscuit sich bewegt, verkrampfe ich mich wieder. Es dauert ein paar Runden, bis ich nicht mehr befürchte, herunterzufallen. Und schließlich hilft Tyler mir, mich wieder aufzusetzen, und macht weiter.

Während er mich im Schritttempo herumführt, reden wir über alle möglichen Dinge. Und als er die Stunde beendet, verschwindet der letzte Rest Anspannung aus meinem Körper und bin ich überrascht, wie sehr es mir gefallen hat. Also, nicht nur die Tatsache, mit ihm geplaudert zu haben. Das auch. Aber ich war heute so ... Ein wenig hat es sich angefühlt wie früher.

»Daria!« Isabella wirbelt die Veranda herunter und hetzt über den Hof. Am Reitplatz bleibt sie stehen, stützt sich gegen das Geländer, um Luft zu holen. »Das Telefon ... Krankenhaus ...«

Mehr bringt sie nicht hervor, doch das genügt, um meine Alarmglocken schrillen zu lassen. Ich rutsche ungeschickt von Biscuits Rücken und werfe Tyler einen ängstlichen Blick zu, stolpere über meine eigenen Füße. Meine Nerven sind bis zum Zerreißen gespannt und als ich endlich im Haus bin, starre ich den Telefonhörer an, als wäre er mein Feind. Nur zögernd hebe ich ihn ans Ohr.

»Daria Evans?«

»Miss Evans? Hier ist das *Silver Lane Community Hospital*, ich rufe an, um Ihnen zu sagen, dass ihre Mutter aus dem Koma aufgewacht ist.« Die Stimme am anderen Ende klingt, als wäre diese Nachricht belanglos, aber mich trifft beinah der Schlag.

»Ich bin sofort da«, hauche ich, bevor ich das Gespräch beende und von einem Schluchzer geschüttelt werde. Tränen laufen mir über die Wangen und die Anspannung, die seit Tagen ihre eisigen Krallen in mich geschlagen hat, verflüchtigt sich ganz langsam.

Als ich mich umdrehe, sind Isabella und Tyler da, sehen mich abwartend an und deuten meine Tränen falsch. Ich schüttle den Kopf, lache.

»Sie ist aufgewacht. Mom ist wach«, stoße ich hervor und wehre mich nicht gegen Isabellas Umarmung. Das ist genau das, was ich jetzt brauche.

Tyler nimmt mich ebenfalls in den Arm. Sein Lächeln ist zuversichtlich und lässt meine eigene Hoffnung wieder aufkeimen. »Wenn du willst, fahre ich dich ins Krankenhaus.«

»Das wäre toll, danke. Gib mir zehn Minuten, ich will mich wenigstens umziehen.« Mit diesen Worten stürme ich die Treppe hinauf und bin von dem Gedanken beseelt, dass alles gut werden wird.

Auf der Fahrt in die Stadt plappere ich aufgeregt vor mich hin, was Tyler ein Schmunzeln entlockt. Er hat Mühe, meinen Gedankensprüngen zu folgen und schüttelt den Kopf, als ich plötzlich davon rede, wie hungrig ich bin. Wenn ich doch nur irgendetwas aufräumen könnte, um meine aufgestaute Energie loszuwerden! »Können wir kurz bei *Baked Joy* vorbeischauen? Vielleicht freut sich Mom, wenn wir ihr etwas mitbringen. Ob sie überhaupt Kaffee trinken darf? Ach Mist, ich hätte fragen sollen.«

»Wow. So habe ich dich ja noch nie erlebt. Atme erst mal tief durch, Prinzessin, bevor du abhebst.« Er lacht, als ich ihm einen bösen Blick zuwerfe, und biegt lächelnd auf den Parkplatz des Krankenhauses ein. »Ich besorg dir etwas zu essen und einen Kaffee, obwohl ich das bei deinem Zustand für keine gute Idee halte.«

Ich bin so aufgeregt, dass ich seinen Kommentar überhöre und ihm einen Kuss auf die Wange drücke. »Du bist ein Schatz, ich gehe schon mal zu Mom.« Vollkommen überdreht hüpfe ich aus dem Wagen und haste auf den Klinikeingang zu, will am Informationsschalter vorbeilaufen, als mir im letzten Moment der Gedanke kommt, sie könnten meine Mutter verlegt haben.

Doch die Schwester erklärt mir, dass Dr. Carter noch 48 Stunden warten will, bevor er Mom auf eine andere Station verlegt, um zu sehen, ob sie weiterhin stabil bleibt.

Um ein wenig runterzukommen, nehme ich die Treppe und bin völlig außer Atem, als ich vor dem Schwesternzimmer stehen bleibe. Einer der Pfleger lässt mich herein und wartet, bis ich mir die Schutzkleidung angezogen habe, bevor er sich wieder seinen Aufgaben zuwendet. Ich streiche mir die Haare hinter die Ohren und klopfe zögernd an die Tür zu Zimmer 202. Die leise Stimme meiner Mutter erklingt und lässt mein Herz vor Freunde hüpfen.

»Mom!« Ihr Anblick ist immer noch erschreckend, doch sie hat wieder Farbe im Gesicht und lächelt sogar, als ich mich in ihre Arme werfe und alles aus mir hervorsprudelt, was in den letzten Tagen passiert ist.

»Langsam, Schätzchen, ich verstehe kein Wort!« Sie streichelt mir über die Hand und sieht mich mit gespieltem Tadel an. »Du hast dir ein Pferd gekauft und Tyler nicht gleich umgebracht, als du angekommen bist? Das kann ich gar nicht so richtig glauben.«

Sie muss ja nicht wissen, wie wir uns am Anfang gefetzt haben. Ich lehne mich zurück, wobei mein Blick an den vielen Genesungskarten hängen bleibt, die ihr Zimmer verschönern. Die meisten davon waren schon bei meinem letzten Besuch da, aber der riesige Pralinenkasten ist neu. »Wow. Der kann ja nur von Edward Jameson kommen. War er hier?«

Sie schüttelt den Kopf, sagt mit schwacher, brüchiger Stimme: »Am Empfang abgegeben.« Auf ihre Züge legt sich ein Schatten, der mich beunruhigt. Irgendetwas entgeht mir, aber ich habe Angst, zu fragen. »Du weißt, er spielt sich ... gern auf.«

Als sie hustet, schenke ich ihr etwas Wasser ein und halte ihr den Becher an die rissigen Lippen.

»Ich bleibe nicht lang, du brauchst Zeit, um dich auszuruhen.« Unsicher setze ich mich auf den Stuhl neben ihrem Bett, verziehe das Gesicht, als mir der Geruch von Desinfektionsmittel in die Nase steigt. Obwohl ich wissen will, was die Ärzte gesagt haben, erzähle ich Mom von meiner Ankunft und den Ereignissen der letzten Tage, lasse aber die Themen weg, die sie aufregen würden. Dass ich die Rechnungen bezahlt habe zum Beispiel.

Irgendwann halte ich die stickige Luft nicht mehr aus und reiße das Fenster auf, rede aber immer weiter. »Ja und dann, letzte Woche Dienstag, bin ich Matt begegnet. Und da war ein Pferd. Eine wunderschöne Palomino-Stute, die ich ihm abgekauft habe, weil sein Vater sie sonst zum Abdecker gebracht hätte.«

Da ist er wieder, der Schatten, der über ihre Miene huscht, ehe sie ein Lächeln aufsetzen kann. Ihr fallen immer wieder die Augen zu, doch sie kämpft gegen die Erschöpfung an. »So kenne ich meine Tochter. Und was ist mit Izzy und Tyler? Du verstehst dich doch gut mit ihnen?«

In dem Moment geht die Tür auf und Tyler kommt herein, die Arme so vollgepackt mit Tüten, dass er kaum noch was sehen kann, und in den hellblauen Schutzkittel gehüllt.

»Hey, du solltest den Laden nicht überfallen«, pruste ich und nehme ihm etwas ab. Der Kaffee duftet verführerisch und vertreibt den penetranten Geruch des Desinfektionsmittels. »Wer soll das nur alles essen?«

»Hi, Rebecca! Wie geht es dir?« Er wirft mir einen unbefangenen Blick zu. »Also, ich habe in Ginas Bäckerei vielleicht – ganz aus Versehen – erwähnt, dass deine Mutter aus dem Koma aufgewacht ist. Plötzlich hat Gina Kaffee eingeschenkt, haufenweise Tüten gepackt und gesagt, das sei ein Geschenk. Ehrlich, ich bin unschuldig!«

Begeistert klatsche ich in die Hände. »Jetzt weiß ich wieder, weshalb ich mich sechs Jahre lang nach dieser Stadt gesehnt habe. Mom, schau dir das an. Oh, das ist so lieb von Gina.«

»Du bist ja immer noch wie auf Droge«, neckt Tyler mich und knufft mich in die Seite. Entschuldigend sieht er meine Mutter an und zieht sich einen Stuhl heran. »Wirklich, ich habe keine Ahnung, was in sie gefahren ist.«

Mom lacht, blickt aber argwöhnisch zwischen uns hin und her. Sie traut dem Frieden nicht. Wahrscheinlich glaubt sie, dass wir nur ihretwegen eine Show abziehen. »Eigentlich kenne ich meine Tochter nur so. Sprühend vor Energie. Das habe ich so sehr vermisst, Schätzchen.«

»Und ich dich.« Plötzlich muss ich gegen die Tränen kämpfen und lasse mich auf den Stuhl neben dem Bett fallen. Nicht nötig, ihr zu sagen, welche Ängste ich durchgestanden habe. Wir alle. Jetzt ist sie wach und bald geht es ihr besser. »Was haben die Ärzte gesagt? Wann kannst du wieder nach Hause?«

Etwas ist nicht in Ordnung, das kann ich an der Trauer sehen, die sich in ihrem Blick widerspiegelt. Genau in diesem Augenblick denke ich an das, was Dr. Carter mir vor einer gefühlten Ewigkeit gesagt hat. *Geschwollener Spinalnerv.* Ich ahne es, noch bevor Mom es ausspricht.

»Das dauert eine Weile, Schätzchen. Nächste Woche werde ich in eine Rehaklinik in Helena verlegt.« Sie klammert sich an der Decke fest, während mir auffällt, wie hoch das Kopfteil des Bettes eingestellt ist, und ich die Aufziehhilfe bemerke, die über der Matratze hängt. Als sie weiterspricht, ist ihre Stimme belegt, tränenerstickt. »Sie sagen ... ich werde nie wieder laufen können. Ich habe nicht alles verstanden, dieses ganze Mediziner-Kauderwelsch, aber so viel habe ich doch begriffen.«

Einen Moment bin ich wie gelähmt. Die Hoffnung, die in der letzten Stunde aufgekeimt und gewachsen ist, wird aus mir herausgerissen. Aus dem Augenwinkel kann ich sehen, dass Tyler den Mund öffnet – wahrscheinlich um etwas Tröstendes zu sagen. Ich lege ihm eine Hand auf sein Knie, drücke warnend zu. Jetzt bloß kein falsches Wort!

»Haben sie es dir erklärt?«, hake ich nach. Als sie betrübt mit dem Kopf schüttelt und meinem Blick ausweicht, stehe ich auf, um mir die Akte durchzulesen. Das dürfte ich natürlich gar nicht, aber darauf pfeife ich. Suchend blättere ich das Ding durch und bleibe schließlich bei der Diagnose hängen. Im Kopf übersetze ich das Fachchinesisch.

Spinalnerv wurde gequetscht, war stark angeschwollen. Später konnte festgestellt werden, dass die Nervenleitfähigkeit beeinträchtigt ist. Patientin hat kein Gefühl mehr in den unteren Extremitäten, kann ihre Beine nicht bewegen. Aussicht auf Besserung aussichtslos, da zu große Schädigung ...

Ich versuche, mir nichts anmerken zu lassen, während für mich eine Welt zusammenbricht. Doch meine Mutter sieht dennoch die Bestätigung in meinen Augen. Die Ärzte hätten sich ja irren können, aber das Entsetzen in meinem Blick raubt ihr jede Hoffnung. Sie sackt in sich zusammen, vergräbt ihr Gesicht in den Händen. Ihre Schultern beben, obwohl kein Laut über ihre Lippen kommt.

»Das war's. Ich bin ein Krüppel.« Zögernd setze ich mich auf die Matratze und nehme sie in die Arme, kann jedoch nichts gegen die Verzweiflung tun, die sie in die Tiefe zieht. »Was hat das alles noch für einen Sinn? Oh Gott, ich hätte das Gestüt vor Monaten verkaufen sollen. Aber ich war so blind und stur ...«

Ein eisiger Schauer tastet nach mir.

Silver Dream ist Moms Leben. Sie hat noch nie daran gedacht, zu verkaufen, egal, in welchen Schwierigkeiten der Hof gesteckt hat. Diese Worte aus ihrem Mund zu hören und zu wissen, dass sie der Gedanke seit Monaten beschäftigt, bringt mich beinah um. Und es ist meine Schuld. Hätte sie mir nicht das Studium finanziert, hätte sie keinen Kredit aufnehmen müssen. Vielleicht würde sie dann nicht im Krankenhaus liegen und ...

»Mom, so weit wird es nicht kommen, das schwöre ich dir!« Meine Stimme klingt erstickt, mein schlechtes Gewissen dehnt sich ins Unermessliche. »Wir finden eine Lösung.«

Endlich sieht sie mich wieder an, so unendlich traurig. Gebrochen. Langsam schüttelt sie den Kopf und deutet auf ihre Beine. »Ich bin an den Rollstuhl gefesselt, Schätzchen. Wie soll ich da ein Gestüt leiten und Pferde trainieren?«

Die bedrückende Stille, die darauf folgt, hält an, bis wir schließlich gehen. Selbst auf der Rückfahrt herrscht Schweigen.

Ich lehne die Stirn gegen das Seitenfenster des Wagens, fühle mich ausgelaugt. Habe ich wirklich vor ein paar Stunden gelacht? Für mich scheint der Moment eine Ewigkeit zurückzuliegen. Irgendwann in einem anderen Leben.

»Wo willst du hin?« Ich kann nicht verhindern, dass sich ein angriffslustiger Unterton in meine Worte schleicht. Gerade haben wir die Pferde von den Koppeln geholt und ein letztes Mal gefüttert, Isabella hat sich verabschiedet, ohne zu wissen, dass eine finstere Wolke über uns allen schwebt. Irgendwie habe ich es nicht fertiggebracht, mit ihr darüber zu reden. Nur Tyler weiß es.

»Es ist Mittwochabend«, erinnert er mich ruhig und öffnet die Tür des Geländewagens. Er trägt dunkle Jeans und ein schwarzes Hemd, dazu graue Turnschuhe. So sieht er weniger wie ein Cowboy aus, aber der Aufzug steht ihm, was meine Wut noch steigert. »Ich habe einen Termin, das weißt du.«

»Bitte, lass mich jetzt nicht allein«, reiße ich den Kurs herum, raufe mir die Haare. So langsam lässt die Betäubung nach und weicht einem Bombardement an Gefühlen. »Ich bin echt am Ende mit den Nerven und brauche jemanden zum Reden.«

Er kommt zu mir, legt mir eine Hand auf die Wange. »Das machen wir, wenn ich zurück bin, aber ich kann das leider nicht absagen.«

Ich schlage seine Finger weg, funkle ihn verächtlich an. »Aber klar. Meine Mutter hat erfahren, dass sie nie wieder gehen kann, und denkt darüber nach, das Gestüt zu verkaufen, aber dein *Termin* lässt sich ja nicht verschieben, weil es viel wichtiger ist.«

»Daria.« Ein flehender Ausdruck schiebt sich auf sein Gesicht und da ist auch diese Verletzlichkeit, die ich eiskalt ignoriere. »Ich kann mir nicht annähernd vorstellen, wie es dir geht und was du gerade durchmachst, aber bitte ...«

»Fahr!«, spucke ich ihm entgegen und weiche zurück, als hätte er mich geschlagen. »Hoffentlich amüsierst du dich gut.«

»Jetzt hör verdammt noch mal damit auf!« Mit dem Handballen reibt er sich über die Stirn, schließt gequält die Augen. »Wir wollten nicht mehr streiten.«

»Das will ich doch auch nicht!«, brülle ich. Es kostet mich unendlich viel Kraft, nicht in Tränen auszubrechen. Sobald er ins Auto steigt und davonfährt, darf ich nachgeben, vorher nicht. »Ich will nur einfach nicht allein sein.«

»Es tut mir leid.« Für einen Moment sieht es so aus, als wolle er mich in den Arm nehmen, aber er tut es nicht, schüttelt nur bedauernd den Kopf. »Ich bin bald wieder da und dann reden wir.«

»Spar dir das, Tyler. Die Nummer vom netten Kerl zieht bei mir nicht. Los, hau schon ab, ich habe noch zu tun.« Bis zum Haupthaus würde ich es nie schaffen, deshalb flüchte ich mich ins Cottage und warte darauf, dass er verschwindet. Irgendwann höre ich den Motor aufjaulen und die Reifen über den Kies rollen. Endlich kann ich meinen Gefühlen freien Lauf lassen.

Eine Stunde später habe ich es mir auf der kleinen gepolsterten Bank auf der Veranda des Cottages bequem gemacht. Die Beine untergeschlagen und den Laptop auf dem Schoß, klebe ich beinahe am Bildschirm. Der Artikel, zu dem mich meine Recherche geführt hat, klingt vielversprechend: *Reiten mit Behinderung.*

Es ist erstaunlich und bewundernswert, wie diese Menschen mit ihrer Beeinträchtigung umgehen. Ich verschlinge einen Bericht nach dem anderen. Von einer blinden Springreiterin, bis zu einem kleinen Mädchen im Rollstuhl, das es trotz der Aussage der Ärzte geschafft hat, reiten zu lernen.

Hoffnungsvoll kopiere ich mir den Entwurf eines Sattels für Rollstuhlfahrer in ein Dokument und schreibe unserem Sattler eine Mail mit der Bitte, er solle mich doch sofort anrufen, wenn er Zeit hat.

Als Scheinwerfer den Hof erhellen, hebe ich langsam den Kopf. Tyler muss mich gesehen haben oder zumindest das Verandalicht, denn er parkt den Geländewagen genau vor dem Cottage. Zögernd steigt er die Stufen hinauf, bleibt einige Schritte von der Bank entfernt stehen.

»Hält der Waffenstillstand noch oder habe ich es vermasselt?«

Ich klappe den Laptop zu. »Es *war* ein Friedensangebot.«

»Verstehe.« Er streicht sich durch die dunklen Haare, die ihm bis in die Stirn hängen, ist sekundenlang still. »Ich weiß nicht, was ich dir sagen soll, Daria.«

»Du könntest damit anfangen, mir zu erklären, wohin du jede Woche so dringend gehen musst«, schlage ich spitz vor und schnaube verächtlich, als er meinem Blick ausweicht. »Nein? Dann verschwinde einfach, das kannst du doch so gut.«

Stattdessen geht er vor mir in die Hocke und nimmt meine Hände in seine. »Du hast gesagt, du würdest nicht fragen, erinnerst du dich? Es ist zwar schon eine Woche her, aber ich habe es nicht vergessen. Dieser Termin war wichtig, sonst hätte ich dich nicht allein gelassen, Prinzessin. Und nur weil ich dir nicht sage, wo ich war, bedeutet das nicht, dass du mir egal bist.« In diesem Licht wirken seine Augen grün, während er so liebevoll zu mir aufsieht, dass mein Herz höherschlägt. »Ich bin jetzt hier. Willst du immer noch reden?«

»Keine Ahnung, will ich das?«, gifte ich und wische mir eine Träne aus dem Gesicht. Mir fehlt einfach die Kraft, um mit ihm zu streiten, weshalb ich flüsternd hinzufüge: »Ja.«

»Gut, dann bleib, wo du bist, ich bin sofort wieder da.« Er drückt sanft meine Schulter und verschwindet in Richtung Haupthaus.

Seufzend stelle ich den Laptop auf dem kleinen Tisch ab und fühle mich mies. Wo auch immer er heute war, es hat etwas mit der Tatsache zu tun, dass er bei den Marines war. Ich habe versprochen, nicht danach zu fragen, und das werde ich auch nicht.

Als er zurückkommt, balanciert er ein Tablett mit Sandwiches, dampfenden Tassen und zwei Flaschen Bier in den Händen, eine Decke unter den Arm geklemmt, sieht er mich unsicher an. »Ich wusste nicht, ob du Bier trinkst.«

»Das ist jetzt genau das, was ich brauche.« Ich rutsche zur Seite, damit er genug Platz neben mir auf der Bank hat, und lächle ihn dankbar an, als er mir die Decke um die Schultern schlingt. Kaum sitzt er neben mir, kann ich meine Sorgen nicht länger zurückhalten.

Irgendwann legt er einen Finger auf meine Lippen, um meinen Redeschwall zu bremsen.

»Hey, ganz ruhig! Ja, Rebecca hat davon gesprochen, zu verkaufen, aber sie ist verzweifelt und im Moment nicht ganz sie selbst.« Tyler sieht mich aufmunternd an, obwohl ich sicher bin, dass er sich genauso viele Gedanken macht wie ich. Beruhigend drückt er meine Hand. »Wir sollten abwarten. Erzähl mir lieber mal von den Seiten, die du gefunden hast.«

Ich strecke mich nach dem Laptop und erkläre ihm meinen Plan, während ich ihm die Skizze des Sattels zeige. »Es wird nicht einfach werden, aber hilfst du mir?« Als sich unsere Blicke ineinander verhaken, stockt mir der Atem. So liebevoll hat er mich noch nie angesehen.

»Das ist eine wundervolle Idee, Prinzessin.« Eine Ewigkeit lang sehen wir uns nur in die Augen, dann lehnt er seine Stirn gegen meine. »Und natürlich helfe ich dir.«, raunt er. Ein liebevolles Lächeln, das auch den letzten Hauch meiner Wut verschwinden lässt, umspielt seine Mundwinkel.

Plötzlich beschleunigt sich mein Herzschlag, ich lege ihm eine Hand auf die Wange, will mich bei ihm bedanken. Doch bevor ich auch nur ein Wort sagen kann, senkt er den Kopf und unsere Münder treffen sich. Der Kuss raubt mir beinahe den Verstand. Seine Lippen sind warm und weich, er legt die Arme um mich, zieht mich näher zu sich heran.

Als mir bewusst wird, was ich da tue, *wen* ich da küsse, weiche ich zurück, obwohl ich es gar nicht will. Aber jeder Gedanke an eine Beziehung, daran, wie er reagieren wird, wenn er mich nackt sieht, schnürt mir die Kehle zu. Einen Moment starren wir uns an, dann wirble ich herum und stürme über den Hof, um mich in meinem Zimmer zu verstecken. Vor Tyler und meinen aufsteigenden Gefühlen für ihn.

7. Kapitel

Es wird abgerechnet

Am nächsten Morgen erscheint mir der gestrige Abend wie ein Traum. Ich bin mir nur noch nicht sicher, ob es einer von der guten Sorte war oder doch ein Albtraum. Stöhnend rolle ich mich auf die Seite, wobei mein altes Bett ein gequältes Quietschen von sich gibt, um einen Blick auf die Uhr zu werfen. Halb sechs.

Immerhin habe ich länger geschlafen als sonst, das verbuche ich mal als einem Sieg.

Schlaftrunken schnappe ich mir eine Jeans und ein T-Shirt und wanke ins Badezimmer. Nachdem ich die Klamotten auf die Kommode gelegt habe, schäle ich mich aus dem verschwitzten Pyjama, der sofort in den Wäschekorb wandert. Ich bin noch so verschlafen, dass ich glaube, mir das Wasserprasseln nur einzubilden, doch als ich den Duschvorhang schwungvoll zur Seite ziehe, werde ich eines Besseren belehrt. Wie erstarrt stehe ich da, stoße einen ungläubigen Laut aus.

Tyler steht vollkommen nackt in der Badewanne, eine Hand nach dem Wasserhahn ausgestreckt, um ihn scheinbar abzustellen. Er ist genauso überrascht wie ich, hat sich jedoch wesentlich schneller wieder im Griff. Während ich entsetzt nach hinten taumle, bis meine Haut die kalten Fliesen berührt und ich hastig ein Handtuch vom Haken reiße, um mich damit zu bedecken, zieht er geistesgegenwärtig den Vorhang halb zu und dreht das Wasser ab.

Zu schockiert, um ein Wort hervorzubringen, starre ich ihn an. Lasse den Blick über seine Brustmuskeln wandern und spüre, wie die aufsteigende Hitze jeden anderen Gedanken blockiert.

Ach verdammt, diese ganze Situation wäre um einiges angenehmer, wenn ich noch etwas anhätte.

»Warum schleichst du dich so an?«, wirft er mir vor, doch seine Mundwinkel zucken verräterisch.

»Warum stehst du in meinem Badezimmer?«, feuere ich zurück und rühre mich nicht vom Fleck. Mir ist egal, was er gesehen hat und wie er über meinen Körper denkt, solang er die Narben nicht bemerkt. Diese verfluchten Narben!

»Gestern habe ich dir gesagt, der Warmwasserboiler unten ist kaputt, und du hast gemeint, wir könnten ruhig oben duschen. Normalerweise bist du doch längst wach.« Belustigt sieht er mich an und muss lachen. »Ich habe vergessen, dass du ohne Kaffee völlig unzurechnungsfähig bist.«

Und ich habe nur an den verdammten Kuss gedacht und hatte überhaupt nicht mehr auf dem Schirm, worüber wir am vergangenen Tag beim Frühstück geredet haben ...

Und was jetzt?

Wenn ich mich umdrehe, sieht er meine Narben, wenn ich mich in das Handtuch wickle, bestünde die Gefahr, ihm noch mal meinen Körper in ganzer Pracht zu zeigen. Wo ist das blöde Koffein, wenn ich es dringend brauche?

»Hauptsache, du hast deinen Spaß«, fauche ich ihn an. Mein Blick bleibt an seiner Brust hängen, mein Ärger verfliegt schlagartig. Wie soll ich wütend auf ihn sein, wenn sich einzelne Wassertropfen einen Weg über seine nackte Haut bahnen. Hatte er schon immer so viele Muskeln? Dann fällt mir seine Narbe auf, die aussieht, als wäre er mal angeschossen worden.

Ich stehe nur da und starre ihn an, hin- und hergerissen zwischen Entsetzen und Anbetung. Die Situation ist so absurd, dass meine Lippen sich zu einem Grinsen verziehen. Vielleicht sabbere ich auch, keine Ahnung.

»Dreh dich um!«

Tyler zieht schmunzelnd eine Augenbraue in die Höhe, wird dann aber ernst. »Daria, ist bei dir alles in Ordnung? Bin ich gestern zu weit gegangen?«

Warum muss er denn so verflucht verständnisvoll sein? Und so verdammt heiß aussehen?

»Wenn du halb nackt vor mir stehst, kann ich mich irgendwie nicht konzentrieren. Klopf an meine Zimmertür, wenn du fertig bist. Und jetzt zieh den Vorhang zu!« Um seine Mundwinkel zuckt es, doch er verkneift sich ein Lachen, verschwindet komplett hinter dem Duschvorhang und dreht das Wasser auf. Endlich kann ich mich in das Handtuch wickeln und die Flucht ergreifen. Mit klopfendem Herzen und schwirrenden Gedanken.

Eine halbe Stunde später habe ich geduscht und mache einen großen Bogen um die Küche, doch mein Versuch, ihm aus dem Weg zu gehen, schlägt fehl. Tyler passt mich am Stall ab. Mistgabel und Schubkarre stehen bereit, aber er hat noch nicht angefangen, stattdessen hält er mir eine Tasse Kaffee hin und lächelt verschmitzt.

»Ich dachte mir schon, dass du dich sofort in die Arbeit stürzen willst, aber ohne Koffein würde das nur in einer Katastrophe enden.«

Meine Wangen glühen und ich habe keine Ahnung, wie ich ihm mein Verhalten im Badezimmer erklären soll. Erst war ich beinahe hysterisch, bevor ich dazu übergegangen bin, ihn anzuhimmeln. Peinlich. Wieder muss ich an den Kuss denken, frage mich plötzlich, was das sollte und wo das mit uns hinführen wird.

»Danke.« Ich scharre mit dem Fuß Stroh über den Boden. Mein Gehirn ist vollkommen überfordert, wälzt alle möglichen Probleme, doch dieses Mal bremse ich mich selbst. *Konzentrier dich, Daria! Er denkt, du warst panisch, weil ihr euch geküsst habt.* »Das eben hatte nichts mit gestern zu tun.«

»Beruhigend, irgendwie. Aber du hast mich einfach so stehen lassen und ich kann sehen, wie es in deinem Kopf arbeitet. Also, was ist los?« Als ich einen Schluck Kaffee trinken will, bedeckt er die Tasse mit seiner Hand. »Warte, der ist garantiert noch zu heiß.«

Schweigend suche ich nach einer Erklärung, doch mir fällt nichts ein und belügen will ich ihn nicht. Aber wenn er es sieht ... Ich muss an den ersten Typen in Los Angeles denken, mit dem ich ausgegangen bin, an seine Reaktion, als er mich nackt gesehen hat. Der Ekel in seinem Blick war wie ein Schlag ins Gesicht.

»Prinzessin, dir ist doch bewusst, dass ich von dir nichts erwarte, was du nicht auch willst, oder?«, sagt er vorsichtig und lächelt mir beruhigend zu, worauf mein Körper prompt mit weichen Knien reagiert. »Wenn dir der Kuss so unangenehm war ...«

»War er nicht. Aber ich dachte ... Also ich habe ...«, stammle ich und schlucke schließlich schwer. Wie soll ich das nur erklären?

»Wir werden nicht sofort miteinander im Bett landen, falls dir das Sorgen macht.«

Er ist so süß. Weshalb ist mir nie aufgefallen, wie nett er ist? Fürsorglich und liebevoll. Vielleicht würde er es verstehen. Vielleicht würde er ganz anders reagieren.

»Bei dem Unfall ...«

»Hey, ich habe dir doch gesagt, du musst es mir nicht erzählen«, unterbricht er mich, legt mir einen Arm um die Taille. Wie immer fällt es mir schwer, einen klaren Gedanken zu fassen, wenn er mir so nah ist. Er riecht so gut und ich fühle mich so ... geborgen. »Es ist schon in Ordnung so.«

»Nein, ist es nicht.« Ich will es ihm sagen, ihm meine Narben zeigen, aber bei der Vorstellung krampft sich alles in mir zusammen. Ich habe keine Ahnung, wer er wirklich ist und wie er reagieren würde, und das verunsichert mich. »Irgendwann werde ich es dir erzählen, Tyler, versprochen. Wenn ich so weit bin.«

»Weiß ich doch«, murmelt er und gibt mich wieder frei, damit ich endlich einen Schuss Koffein in meine Adern pumpen kann. Der Kaffee ist perfekt. Genau die richtige Mischung von Milch und Zucker. »Willst du jetzt über den Kuss reden?«

»Bin ich so durchschaubar?« Ich lehne mich gegen eine der Boxen und starre in meine Tasse. Staubkörner schwirren durch die Luft, tragen den Geruch von Stroh und Heu mit sich, den ich unweigerlich mit dem Wort *Zuhause* verbinde. Aber es fühlt sich nicht so an. Etwas fehlt. Oder habe ich mich wirklich so sehr verändert, dass ich mich nicht mehr wohlfühlen kann?

»Was ist los, Prinzessin?« Er kommt zu mir, stützt sich mit beiden Händen an der Boxenwand ab und sieht mich mit gerunzelter Stirn an. »Ich bin doch zu weit gegangen, habe ich recht?«

»Nein! Es ist nur ... Können wir uns später unterhalten? Das wird ein längeres Gespräch und wir haben noch einiges zu erledigen. Du musst mit Star arbeiten und ich Blaze trainieren, dann willst du mich wahrscheinlich wieder quälen und irgendwann sollten wir auch mal darüber reden, wie wir das Haus umbauen.« Ich will ihm über die Wange streichen, stelle mir vor, wie seine Bartstoppeln auf meiner Haut kratzen, wie er meinen Hals küsst. Doch stattdessen sage ich nur: »Die nette Version von dir gefällt mir übrigens viel besser.«

Er grinst spöttisch, stupst mir mit einem Finger gegen die Nase, bevor er sich von der Wand abstößt. »Ich war schon immer nett, du warst nur zu sehr damit beschäftigt, mit mir zu streiten, deshalb ist dir das entgangen. Ich fange schon mal mit dem Ausmisten an, kannst du Thunder kurz herumführen, um nach seinem Bein zu sehen?«

»Na klar, Cowboy.« Ich schenke ihm ein Lächeln, ehe ich zu dem Hengst gehe. Tyler denkt wirklich an alles. Und er hatte von Anfang an recht. Nach sechs Jahren Abwesenheit kenne ich die Abläufe auf dem Gestüt nicht so gut wie er. Immer wieder vergesse ich etwas, das zur Routine gehört, beginne an mir selbst zu zweifeln. Wie soll ich *Silver Dream* retten, wenn sich für mich alles so fremd anfühlt?

Mein Leben hat sich verändert, ich habe mich verändert. Und doch schlägt mein Herz für dieses Stück Land. Es ist seltsam. Eigentlich sollte ich nach einer Wohnung suchen und die Assistentenstelle bei

Dr. Kramer antreten, um meinen Plan voranzutreiben. Stattdessen bin ich hier, bezahle die Rechnungen mit meinen Ersparnissen und rackere mich ab. Ich würde alles tun, um meiner Mutter zu helfen, um ihr die Existenzsorgen zu nehmen. Aber ich fürchte, es wird nicht reichen. Wenn sie wieder nach Hause kommt, wird sie im Rollstuhl sitzen und ich habe keine Ahnung, wie ich ihr bei dieser Sache beistehen soll.

Mir kommt kurz der Gedanken, dass sie nie wieder ein Pferd trainieren oder Boxen ausmisten wird. Sie wird immer auf die Hilfe anderer angewiesen sein. Für die nächsten Wochen kann ich das übernehmen, doch was passiert danach? Einen Sommer lang kann ich meine Zukunftspläne vielleicht zurückstellen, um dafür zu sorgen, dass *Silver Dream* wieder aus den roten Zahlen kommt. Nur einen Sommer lang. Und was soll dann passieren? Was, wenn sie den Hof tatsächlich verkauft?

Hastig schüttle ich den Gedanken ab und führe Thunder nach draußen. Er lahmt nicht mehr so stark, ist aber noch nicht ganz fit. Dr. Kramer wird ihn sich in ein paar Tagen noch mal ansehen und wenn er sein Okay gibt, können wir Thunder vielleicht wieder in der Zucht einsetzen. Die Decksaison dauert bis Ende Juli und bis dahin können wir die Taxe dafür wirklich gut gebrauchen.

»Daria, warte mal. Ich habe etwas für dich.«

Das Frühstück ist vorbei und ich will in den Stall, um Blaze für das Training vorzubereiten, als Tyler mich zurückhält. Er nimmt meine Hand und führt mich in sein Zimmer. Neugierig blicke ich mich um. In einer Ecke steht ein Schlafsofa, unter dem Fenster das Bett. Sonst gibt es nichts zu sehen. Es ist die gleiche Ausstattung, die schon vor Jahren da war, als das hier noch ein Gästezimmer war.

»Von persönlicher Einrichtung hältst du wohl nicht viel, hm?«, necke ich ihn und betrachte die Fotos auf der Kommode. Der einzige Hinweis darauf, dass er hier wohnt und nicht irgendjemand anderes. »Oh, bist du das als Kind? Du warst ja süß!«

»Und genau deshalb gibt es hier sonst nichts zu sehen. Ich mag es nicht, mein ganzes Leben vor neugierigen Augen auszubreiten.« Er nimmt mir das Foto ab, knickt aber ein, als er meinen gekränkten Blick sieht. »Du kannst fragen, daran hat sich nichts geändert. Um ehrlich zu sein, das sind die einzigen Erinnerungsstücke, die ich von zu Hause mitgenommen habe. Und der hier.« Er öffnet eine der

Schubladen, holt ein Kästchen heraus und klappt es auf.

»Du hast das *Purple Heart* bekommen?«

»Das bekommt jeder, der im Dienst verwundet wurde, ist nichts Besonderes«, wiegelt er ab und lässt den Orden wieder verschwinden. »Nichts, worauf man stolz sein sollte.«

Verwundet.

Ich denke an die Schusswunde an seiner Schulter und presse die Kiefer fest aufeinander, damit mir keine Frage herausrutscht. »Das sehe ich ein wenig anders. Du hast dein Leben riskiert, um dein Land zu schützen, Tyler. Das ist ...«

Er legt mir einen Finger auf die Lippen, schüttelt gequält den Kopf. »Sag bitte nicht, es ist ehrenvoll. In einem Krieg zu kämpfen, hat nichts mit Ehre zu tun, das kannst du mir glauben. Wechseln wir das Thema, ja?«

Sein Blick ist so eindringlich, dass ich schließlich mit den Schultern zucke.

»Wenn wir am Samstag meine Mutter besuchen, gehen wir in der Stadt einkaufen.« Ich zupfe an den Vorhängen, die vor seinem Fenster hängen. Sie sind von der Sonne so ausgeblichen, dass die ursprüngliche Farbe nicht mehr zu erkennen ist. Alles in diesem Raum ist alt und wurde schon von anderen benutzt. »Du brauchst ein paar neue Sachen.«

»Ich bin ganz glücklich mit denen, die ich habe«, gibt er seufzend zurück. »Wo wir aber gerade bei *brauchen* sind ... Vor meinem Treffen gestern habe ich dir eine Kleinigkeit gekauft. Ich dachte, du würdest dich freuen.« Er geht zu dem winzigen Kleiderschrank und holt eine Tüte hervor. »Hier.«

Erstaunt linse ich hinein und ziehe zischend die Luft ein. Der Cowboyhut darin ist dunkelbraun, mit einem Rankenmuster verziert und passt perfekt zu meinen Lieblingsstiefeln. »Du machst mir ein Geschenk?«

»Warum denn nicht?«

»Weil ich so gemein zu dir war. Ich habe dich angeschrien und dir Vorwürfe gemacht.« Vorsichtig hole ich den Hut heraus und drehe ihn zwischen den Fingern. »Er ist wirklich wunderschön, aber den kann ich nicht annehmen.«

»Daria, du warst gestern vollkommen fertig und ich bin einfach abgehauen. Wenn sich jemand mies verhalten hat, dann ja wohl ich. Es tut mir ehrlich leid und ich verspreche dir, dass ich dich nie wieder allein lasse, wenn du mich brauchst.« Er nimmt mir den Stetson aus der Hand und setzt ihn mir auf den Kopf. Lächelnd betrachtet er mich, bevor er mich zu dem Spiegel am Kleiderschrank schiebt. »Passt perfekt und steht dir.«

Und plötzlich fühle ich mich, als wäre ich angekommen. Schmetterlinge tanzen in meinem Bauch, als ich zu ihm aufsehe und ihm stürmisch um den Hals falle. Bis jetzt habe ich mich fremd gefühlt, doch durch diese kleine Geste kommt es mir so vor, als würde ich endlich wieder hierhergehören.

»Danke. Du glaubst gar nicht, wie viel mir das bedeutet.« Wie gerne ich ihn küssen würde, ihm nah sein will, aber bevor ich mich auf ihn einlasse, müssen wir miteinander reden. »Tyler Wyatt, manchmal kannst du einfach unglaublich sein.«

Er legt mir einen Arm um die Taille, drückt mich kurz an sich. Die Wärme seines Körpers dringt durch die dünnen Schichten unserer Kleidung, kribbelt auf meiner Haut. Sein Bart kratzt an meiner Wange, als er sich von mir löst, und in seinem Blick liegt ein liebevoller Ausdruck, der meine Knie weich werden lässt.

»Es wird alles wieder gut, Daria. Vielleicht wird es schwer, aber wir schaffen das schon irgendwie«, raunt er mir zu, wobei seine Lippen beinah meine berühren. »Du darfst nur nicht den Kopf hängen lassen.«

Ich muss nicht erst fragen, was er mir sagen will. Er meint die Sache mit meiner Mutter, das Ultimatum der Bank. Und er hat recht. Es wird nie mehr so sein, wie es mal war, doch es wird weitergehen.

Das muss es einfach.

»Na los, machen wir uns an die Arbeit.« Seufzend schiebe ich ihn von mir, bevor ich mich noch dazu hinreißen lasse, ihn zu küssen. Er macht es mir wirklich schwer, ihm zu widerstehen. Dieses Lächeln, der intensive Blick und die liebevollen Worte. Wie soll eine Frau sich denn da konzentrieren können?

Unmöglich!

»Aber heute Abend ...«

»Feierabendbier auf der Veranda des Cottages. Genau wie gestern, nur ohne Streit und Tränen und schlechte Nachrichten.« In seinen Augen funkelt Verlangen, während er begierig auf meine Lippen sieht. »Nur wir beide.«

»Da fällt mir was ein. Wie kannst du nur so viel Zucker in dich reinstopfen, ohne dick zu werden?«, stoße ich hervor, um mich von dem Kribbeln in meinem Bauch abzulenken. Ich gebe meiner Stimme einen enttäuschten Klang, schiebe die Unterlippe vor. »Nicht, dass mir dein Sixpack nicht gefallen hätte, aber das ist unfair.«

Lachend schüttelt er den Kopf. Mit einer Hand streichelt er über meine Wange und zieht die Augenbrauen zusammen. »Sag mir bitte nicht, du bist eine von den Frauen mit Magerwahn. Los Angeles hat dir wirklich nicht gutgetan. Zum Glück bist du wieder zu Hause. Aber schön, dass dir gefallen hat, was du gesehen hast.« Ein schelmisches Grinsen zuckt um seine Mundwinkel, dass mir die Hitze auf die Wangen treibt. »Die Begegnung im Badezimmer hat mich ziemlich aus der Bahn geworfen.«

Ihn aus der Bahn geworfen? Meine Gedanken drehen sich im Kreis wie ein Hund, der seinen eigenen Schwanz jagt, sobald ich die Augen schließe. Ich bin diejenige, deren Herz flattert, wenn er in der Nähe ist.

Schnaubend wirble ich herum und stapfe nach draußen. Die Sonne scheint erbarmungslos auf mich herab und mit jedem meiner Schritte wirbelt Staub durch die Luft. »Als würde ich dir das abkaufen. Du hast doch jede Sekunde genossen!«

»Du auch«, neckt er mich und lacht, als ich ihm einen wütenden Blick über die Schulter zuwerfe. »Leugnen ist zwecklos, ich habe gesehen, wie du mich mit den Augen verschlungen hast.«

»Von wegen! Ohne einen Tropfen Koffein im Blut stand ich da, nackt und deinen Blicken schutzlos ausgeliefert. Das war eine traumatische Erfahrung, die ich erst verarbeiten muss.« Und die ich gern irgendwann wiederholen würde, aber dann bitte mit Körperkontakt.

»Armes Prinzesschen. Musst du jetzt immer an mich denken? So hilflos und schockiert hast du jedenfalls auf mich nicht gewirkt«, zieht er mich auf und weicht zurück, als ich spielerisch nach ihm schlage. »Keine Gewalt am Arbeitsplatz!«

Mistkerl.

»Pass auf, was du sagst, sonst lasse ich wieder den Boss raushängen.« Ich betrete den Stall, in dem die Luft noch ein wenig kühler ist, und laufe an den Boxen vorbei, während ich so tue, als würde ich seine Gegenwart nicht spüren. Vor der Sattelkammer bleibe ich stehen, beiße mir nachdenklich auf die Unterlippe. »Vielleicht sollte ich erst die Reitstunde mit Biscuit hinter mich bringen, wenn ich dir ausgeliefert bin, lässt es sich schlecht Befehle erteilen.«

Tyler schiebt mich lachend zur Seite, öffnet die Tür und verschwindet darin, um Sattel und Zaumzeug von Star zu holen. Der intensive Geruch von Leder steigt mir in die Nase, entspannt mich. »Mich herumkommandieren kannst du in jeder Situation ganz gut, glaub mir. Aber jetzt mal Spaß beiseite ... Ich will wirklich zuerst mit Star arbeiten, denn ich habe keine Ahnung, wie ich es hinbekommen soll, dass sie auf die Kommandos von jemanden im Roll ... von deiner Mutter reagiert. Hast du im Internet noch andere Seiten gefunden, auf denen genauer erklärt war, wie ich sie trainieren soll?«

»Nicht wirklich viel.« Schuldbewusst weiche ich seinem Blick aus und betrachte die Spitzen meiner Stiefel. »Aber du schaffst das schon irgendwie ...«

»Irgendwelche Tipps?«, hakt er mit einem Seufzen nach und kommt zu mir. »Du arbeitest doch bei Blaze im Moment auch nur mit deiner Stimme.«

»Weil sie die Kommandos noch lernen muss. Eigentlich dürfte es nicht so schwer sein, Star klarzumachen, was du von ihr willst, du darfst nur deine Beine nicht benutzen. Am besten, du bittest Isabella, dir zu helfen. Sie soll dich immer darauf hinweisen, wenn du deine Schenkel einsetzt.« In der letzten Woche habe ich mir so viel Mühe gegeben, nett zu ihr zu sein, aber die Situation zwischen uns ist immer noch angespannt. »Es wird schon klappen.«

»Du bist echt mies darin, anderen Mut zu machen, hat dir das schon mal jemand gesagt?«, brummt er, legt Sattel und Zaumzeug ab, um Star vor dem Training zu putzen. »Gut, dass deine Patienten das nicht mitbekommen, nur ihre Besitzer tun mir leid.«

»Sarkasmus wird dir auch nicht helfen, Cowboy. Augen zu und durch.« Grinsend schlüpfe ich in Blaze' Box und begrüße sie leise. Die Stute wiehert freudig, dreht sich sofort zu mir um und senkt den Kopf, damit ich sie leichter hinter den Ohren kraulen kann. In den letzten Tagen habe ich jede freie Minute genutzt, um ihr Vertrauen zu gewinnen, und allmählich haben wir einen engen Draht zueinander. »Wir werden heute viel Spaß haben, mein Mädchen. Und jede Menge zu lachen.«

»Das habe ich gehört!«

Tylers Kommentar entlockt mir ein Grinsen. Vielleicht kann ich mich endlich für seine Sprüche revanchieren, mit denen er mich jeden Tag quält.

Zwanzig Minuten später flucht er in einer Tour. Immer wenn Isabella ihn korrigiert, stöhnt er auf und wirft mir einen bösen Blick zu. Was mich nicht davon abhält, ihn auszulachen.

»Entspann dich doch mal. Wenn du so verkrampft bist, wird das nie was«, rufe ich ihm vergnügt zu, schnalze mit der Zunge und lasse die Longe etwas lockerer, um Blaze anzutreiben. »Na komm, mein Mädchen.«

»Gib es zu, du hast jetzt schon über eine Woche darauf gewartet, es mir mit dem Spruch heimzuzahlen. Warte nur ab, bis du wieder auf Biscuit sitzt ... Rache soll ja bekanntlich sehr süß sein.«

Isabella sitzt kichernd auf dem Zaun, baumelt mit den Beinen und blickt zu mir herüber. »Sie sieht wirklich genauso aus wie Cloud.«

»Ja«, gebe ich kurz angebunden zurück und ignoriere den schmerzhaften Stich in der Magengegend.

»Erinnerst du dich noch daran, als wir zum ersten Mal ausgeritten sind, nachdem du ihn bekommen hast? Ein Ausflug zum See, es war traumhaft!« Sie lächelt mich an, mit einem hoffnungsvollen Schimmer in den Augen, ohne zu merken, was ihre Worte bei mir anrichten. Isabella bemüht sich viel zu sehr. Und das kann ich nicht ertragen.

»Ja.« Aus dem Augenwinkel sehe ich, wie Tyler Star zum Galopp antreibt. »Nicht die Schenkel einsetzen, verdammt! Sie soll lernen nur auf Stimme und Zügelhilfen zu reagieren«, fahre ich ihn an, obwohl nicht er das Objekt meiner Wut ist. »Lehn dich zurück, gib ihr mehr Zügel und dann ...«

»Ist mir schon klar«, entgegnet er mürrisch. Unsere Blicke treffen sich, in seinen Augen blitzt ein warnender Ausdruck auf, weshalb ich mich hastig wieder auf Blaze konzentriere.

»Halt, mein Mädchen. Lass uns mal die Richtung wechseln. Na komm.« Ich schnalze auffordernd mit der Zunge und warte, bis sie sich dreht und im Schritt an der Longe geht. Es ist deutlich, dass jemand mit ihr gearbeitet hat, leider sind die Erfahrungen, die sie bei dem Jamesons gemacht hat, zu frisch, um sie an den Sattel zu gewöhnen. Sobald ich ihr auch nur eine Decke auf den Rücken lege, scheut sie.

Einige Minuten ist es wunderbar still, dann quasselt Isabella weiter, ruft Erinnerungen wach, die mich schmerzlich an die Vergangenheit erinnern.

Selbst nach dem Training hört sie nicht auf und als wir in der Küche sind, um uns eine kurze Pause zu gönnen, wird alles noch schlimmer.

»Wir sollten mal wieder zusammen ausreiten. Runter zum See. Früher haben wir das so oft gemacht und ich vermisse unsere gemeinsamen Ausflüge.« Auf ihren Lippen liegt dieses unschuldige Lächeln. Und während sie mir ein Glas Eistee einschenkt, betrachtet sie mich unsicher.

In meinem Kopf legt sich ein Schalter um und ich kann nicht länger den Mund halten. »Hör auf damit«, fahre ich sie an, die Hände zu Fäusten geballt. »Ich werde ganz sicher nicht mit dir ausreiten und ich will auch nicht mit dir über irgendetwas reden. Diese Zeiten sind vorbei, wir sind keine Freundinnen mehr. Und nur weil ich in den letzten Tagen nett war, ist nicht alles vergeben und vergessen. Weißt du was? Manchmal kann ich es kaum ertragen, mit dir im gleichen Raum zu sein, weil ich immer wieder an diesen einen Tag denken muss. Es raubt mir die Luft zum Atmen, dich auch nur anzusehen. Tu nicht so, als wäre alles in Ordnung, verdammt noch mal!«

»Aber ich ... Ich wollte doch nur ...«, stammelt sie, senkt beschämt den Blick. »Es tut mir leid, ich habe nicht nachgedacht.«

»Ist mir aufgefallen«, zische ich und lege meine ganze Verachtung in diese drei Worte.

Tyler räuspert sich. »Daria, bitte nicht. Isabella wollte sicher nur ...«

»Mir ist egal, was sie wollte!«, brülle ich. Wie kann er mir nur so in den Rücken fallen? Verletzt weiche ich zurück, sehe zwischen ihnen hin und her. »Du kennst sie als nettes Mädchen von nebenan und hast ja keine Ahnung, was sie mir angetan hat, also halt dich gefälligst da raus! Ihr beide tut so, als wäre *Silver Dream* euer Zuhause und gebt mir das Gefühl, nicht hierherzugehören.«

»Was?« Abwehrend hebt Tyler die Hände, macht einen Schritt auf mich zu, doch ich bin noch nicht fertig.

»Der großartige Tyler, der genau weiß, was zu tun ist, und alles viel besser kann, nicht wahr? Meine Mutter hat sicher längst darüber nachgedacht, dir das Gestüt zu vermachen. Und du«, ich drehe den Kopf zu Isabella und funkle sie wütend an, »konntest es wohl kaum erwarten, meinen Platz einzunehmen.« Die beiden brauchen mich doch eigentlich gar nicht. Ich hätte genauso gut in L.A. bleiben können. Verdammt, was mache ich hier bloß?

»Wie kommst du nur darauf?« Er reibt sich über die Stirn. In seinem Blick liegt Enttäuschung. Mal wieder bin ich diejenige, die alles falsch macht, wer sonst. »Das ist absurd.«

»Ach so? Wie war das in den Semesterferien immer? *Daria, du musst nicht helfen, Tyler schafft das auch allein.*« Ich bin so richtig in Fahrt, kann mich nicht mehr bremsen. Zitternd stehe ich vor den beiden und lasse alles raus, was mich seit Jahren beschäftigt. Die große Abrechnung. »Ich war immer nur *Rebecca Evans' Tochter*. Das kleine Mädchen, das wie ihre Mutter werden wollte. Aber das kann ich nicht. Damit bin ich völlig überfordert. Genau so haben die Leute über mich gedacht und jetzt bin ich für alle nur das verwöhnte Gör, das sich nicht die Hände schmutzig machen will. Die Großstadt-Prinzessin, die hier auftaucht und jeden herumkommandiert, obwohl sie keine Ahnung hat!«

»So ist das doch gar nicht!«, brüllt er zurück. Einen Moment schließt er die Augen, versucht, sich zu beruhigen, aber meine Worte haben einen Nerv getroffen. Aufgebracht läuft er durch die Küche und rauft sich das Haar. Als er stehen bleibt, haben sich seine Züge verhärtet. Mit einer Hand fuchtelt er in der Luft, deutet anklagend auf mich. »*Du* bist doch hier aufgetaucht und konntest gar nicht damit aufhören, mir zeigen zu wollen, dass du besser bist. Weil du es einfach nicht ertragen hast, dass deine Mutter ohne dich zurechtkam. Also hör bloß auf, mit Vorwürfen um dich zu werfen. Und wenn du willst, dass ich verschwinde, sag es ruhig.«

In mir krampft sich alles zusammen. Mir liegt schon eine Entgegnung auf der Zunge, aber ich weiß, wenn ich ihm sage, er solle seine Sachen packen und abhauen, wird er genau das tun. Und dann stünde ich vollkommen allein da. Wortlos drehe ich mich um, stürme durch die Hintertür nach draußen und halte einen Moment auf der Veranda inne.

Silver Dream wirkt so friedlich. Die Pferde grasen auf der hinteren Weide, die Sonne scheint und der Himmel ist wolkenlos. In der Ferne erkenne ich den Waldrand und die Berge, die sich dahinter erstrecken. Es riecht nach Gras, nach Sommer. Wie kann hier nur alles so idyllisch sein, wenn um mich herum die Welt zusammenbricht?

Schwer atmend laufe ich in den Stall, bleibe unschlüssig in der Sattelkammer stehen. Was soll ich jetzt machen?

Minuten später bin ich in Biscuits Box, sattle ihn und lege die Trense an. Von Isabella und Tyler ist nichts zu sehen, als ich den Wallach nach draußen führe. Obwohl ich weiß, dass ich noch lang nicht so weit bin, schwinge ich mich in den Sattel und lenke das Pferd vom Hof.

Im ersten Moment scheint es die richtige Entscheidung zu sein, einfach abzuhauen, ich brauche Abstand und muss einen klaren Kopf bekommen, aber dann verflüchtigt sich meine Wut und lässt die Panik einziehen.

Als Biscuit in einen raschen Trab verfällt, klammere ich mich an den Sattelknauf. Meine Gedanken sind vollkommen leer und ich weiß nicht, was ich tun muss, damit er stehen bleibt. Er wird immer schneller, galoppiert über die Wiesen, während ich im Sattel herumgeschleudert werde. Um mich verschwimmt alles und ich bemerke den Zaun zu spät.

Eine gute Reiterin hätte den Sprung mit Leichtigkeit gemeistert, doch ich bin nicht darauf vorbereitet. Als der Wallach landet, verliere ich den Halt, falle nach vorn und komme unsanft auf dem Boden auf. Die Luft wird aus meiner Lunge gepresst, Schmerz schießt durch meine Schulter und plötzlich sind die Erinnerungen an den Unfall so stark, dass ich mich nicht mehr rühren kann. Ein Wimmern kommt über meine Lippen und ich kann nur dabei zusehen, wie Biscuit weiterstürmt, mit fliegenden Steigbügeln, und zwischen den Bäumen verschwindet.

In dieser Richtung gibt es keine Farmen, nur grenzenlose Wildnis und irgendwo den See. Die Chancen, das Pferd wiederzufinden, bevor es sich verletzt, stehen schlecht. Ich kann mir schon vorstellen, wie Tyler reagiert, wenn ich allein zurückkomme.

Schluchzend vergrabe ich den Kopf im Gras, bin nicht dazu fähig, mich aufzusetzen. Die Szene in der Küche wiederholt sich in meinen Gedanken, verdrängt die Bilder an meinen Reitunfall. Während um mich herum Insekten schwirren, wird mir bewusst, was ich alles gesagt habe.

Verdammt!

Irgendwann fühle ich mich leer, rapple mich stöhnend auf, um nach Biscuit zu suchen. Ohne ihn kann ich nicht zurück, einfach unmöglich. Also schleppe ich mich Richtung Wald, kann meinen rechten Arm nicht bewegen. Jeder Knochen in meinem Körper scheint in Flammen zu stehen, ich muss immer wieder anhalten, um Luft zu schnappen.

Plötzlich trifft mich eine Erkenntnis. Dieser Streit, der seit Tagen über uns geschwebt hat, die Konfrontationen mit Tyler ... das alles liegt nur an mir. Ich bin diejenige, die Unfrieden stiftet. Ständig schreie ich herum und benehme mich, als würde mir der Hof gehören. Tyler hat recht, ich bin eine verwöhnte Göre und habe nichts mehr unter Kontrolle. Weder mein Leben noch die Aufgaben des Gestüts. Nicht er sollte seine Sachen packen, sondern ich.

Nach einer gefühlten Ewigkeit finde ich Biscuit. Er steht auf einer kleinen Lichtung und grast völlig gelassen. Langsam gehe ich zu ihm, um ihn zu untersuchen. Beine abtasten, nachsehen, ob er sich irgendwo verletzt hat. Es scheint alles in Ordnung zu sein, aber mein schlechtes Gewissen bringt mich beinah um. Ich weiß besser als jeder andere, was hätte passieren können, und doch war ich so dumm und verantwortungslos und bin ganz allein ins Gelände geritten, obwohl ich mich kaum auf einem Pferd halten kann.

Tyler wird ausflippen.

»Na komm, mein Großer, lass uns nach Hause gehen.« Reiten kommt nicht infrage, also werde ich ihn zurück zum Hof führen müssen, was sicher eine Stunde dauern wird. »Ich bin so dämlich.«

Biscuit stellt die Ohren auf, folgt mir ohne Widerstand. Als ich ihn streicheln will, schießt plötzlich ein stechender Schmerz von der Schulter durch meinen Arm, Blitze tanzen vor meinen Augen und ich krümme mich zusammen. Der Wallach tänzelt erschrocken.

»Ganz ruhig, Junge. Es geht schon wieder«, beruhige ich ihn, doch ich muss die Zähne zusammenpressen, um nicht aufzustöhnen.

Scheiße, scheiße, scheiße.

Der Rückweg dauert länger, als ich gedacht habe. Wahrscheinlich ist es längst Nachmittag, als ich den Hof endlich sehen kann. Von Weitem erkenne ich Blaze, die über die Koppel trabt und wiehert, als ich näher komme. Und dann steht plötzlich Tyler vor mir. Er sagt kein Wort, nimmt mir nur die Zügel ab und lässt mich stehen.

Die Enttäuschung in seinem Blick ist kaum zu ertragen. Ich will mich entschuldigen, ihm erklären, was mit mir los ist, habe aber nicht den Mut, ihn anzusprechen. Ich habe nicht nur einen Fehler gemacht, ich habe es vollkommen vermasselt.

Gestern hat Tyler mich geküsst, heute Morgen haben wir gescherzt und jetzt herrscht Funkstille. Ich hätte einfach bis heute Abend warten sollen, um mit ihm zu reden, stattdessen bin ich ausgeflippt.

In Gedanken versunken, schleppe ich mich nach oben und lasse mich auf mein Bett fallen. Stöhnend rolle ich mich zusammen und stütze meine verletzte Schulter, hoffe, dass ich sie mir nur verstaucht habe. Als Erinnerungen an den Unfall in mir aufsteigen, beiße ich mir auf die Unterlippe. Viel schlimmer hätte es kaum kommen können.

8. Kapitel

Was bringt die Zukunft?

Drei Tage lang bin ich Tyler aus dem Weg gegangen. Ich bin früher aus dem Bett gekrochen, um zu frühstücken, bevor er und Isabella aufstehen, und habe mich die ganze Zeit im Büro meiner Mutter versteckt und die Umbauten für das Haus geplant, die wir uns eigentlich gar nicht leisten können, außer ich nehme selbst einen Kredit auf. Ich bin stundenlang im Krankenhaus gewesen, um Mom wenigstens ein wenig aufzuheitern.

Natürlich habe ich ihr nicht gesagt, was ich getan habe. Ihr geht es immer noch schlecht, doch von einem Verkauf des Gestüts hat sie nicht mehr gesprochen. Liegt wahrscheinlich daran, dass ich nur unverfängliche Themen angeschnitten habe. Dr. Kramers Meinung zu Thunders Verletzung zum Beispiel. Es ist schon schwer genug, mein Lächeln beizubehalten, während ich bei ihr bin und sie so sehe.

Heute soll sie in die Rehaklinik nach Helena verlegt werden, weshalb ich in ihrem Zimmer sitze und ein paar Sachen zusammenpacke. Plötzlich fällt mir die Kette wieder ein, die ich ihr in Los Angeles gekauft habe. Sie liegt immer noch in dieser verdammten Tüte.

Hastig springe ich auf, um das Geschenk zu holen, und achte dabei darauf, meinen rechten Arm zu schonen. Meine Schulter tut weh, vor allem nach dem Ausmisten der Boxen, aber ich wollte Tyler nicht darum bitten, mir diese Aufgabe abzunehmen. Wenn ich nicht mal das erledigen kann, bin ich ja wirklich vollkommen nutzlos.

Auf dem Flur stoße ich mit jemanden zusammen und entschuldige mich, ohne aufzublicken. Sein unverwechselbarer Geruch steigt mir in die Nase, treibt mir die Tränen in die Augen. Ich will mich so schnell wie möglich in Moms Zimmer flüchten, doch Tyler berührt leicht meinen Arm, hält mich zurück.

»Daria, findest du nicht, wir sollten mal miteinander reden?«, flüstert er und legt mir eine Hand auf die rechte Schulter. Um mich aus seinem Griff zu befreien, ziehe ich den Arm ruckartig zurück und spüre, wie sich das Gelenk überdehnt. Stöhnend zucke ich zusammen und beiße mir auf die Unterlippe. Für einen Moment raubt mir der Schmerz die Luft zum Atmen. Misstrauisch zieht er die Augenbrauen in die Höhe. »Du bist runtergefallen, richtig? Als du Biscuit geführt hast, dachte ich, du hättest zu viel Angst, um zu reiten, aber da ist noch etwas anderes. Zeig mal her.«

»Nein!«, stoße ich panisch hervor, weiche vor ihm zurück. Er darf meine Narben nicht sehen. Die Vorstellung ist so absurd, dass ich beinah lachen muss. Himmel, was spielt denn das noch für eine Rolle? Nach dem, was ich alles gesagt habe, sollte ich mir lieber überlegen, wie ich es wiedergutmachen kann, statt einen Gedanken daran zu verschwenden. »Es geht schon.«

»Denkst du nicht, es ist genug? Wir haben uns seit drei Tagen kaum gesehen und auch nicht miteinander geredet, aber das, was ... Die Sache wird sich nicht einfach in Luft auflösen und diese Funkstille macht mich wahnsinnig. Also, bitte hör auf, mir aus dem Weg zu gehen.« Er legt einen Finger unter mein Kinn, zwingt mich so, ihn anzusehen. »Sag mir, was passiert ist.«

Sehnsüchtig sehe ich zu meiner Zimmertür, doch er lässt nicht zu, dass ich wieder weglaufe. Er nimmt meine linke Hand, führt mich in mein Zimmer und drückt mich auf die Matratze. Ich beobachte ihn dabei, wie er sich umsieht und beim Anblick der Kisten die Stirn runzelt. Das meiste meiner Sachen ist noch verpackt, nur die Klamotten hängen im Schrank.

»Du bist wohl immer fluchtbereit, hm? Ich weiß schon, dein Plan. Eine Wohnung suchen, Assistentenstelle bei Dr. Kramer und irgendwann eine eigene Praxis. Wozu also auspacken?« Er breitet in einer hilflosen Geste die Arme aus, geht aber nicht weiter darauf ein. Schweigend sieht er auf mich herab, wartet.

»Woher weißt du das?« Ich bin verwirrt, schaffe es nicht, einen klaren Gedanken zu fassen. Noch ist er vollkommen ruhig, doch ich sehe ihm an, dass er genauso aufgewühlt ist wie ich. »Hast du mir hinterhergeschnüffelt?«

»Nein. Ich habe die Paketrolle im Cottage gesehen und dachte, es wäre vielleicht ein Bild. Allerdings war es dein Fünfjahresplan.«

Seufzend verschränke ich die Beine, zucke mit den Schultern. »Daran liegt es nicht. Hier ist einfach kein Platz für die ganzen Sachen, die ich aus L.A. mitgebracht habe. Ich müsste meinen alten Kram aussortieren und das ... kann ich nicht.« Bedeutungsvoll betrachte ich die Bilder, Bücher und alles andere in den Regalen. In diesem Zimmer wird die Geschichte meines Lebens erzählt. »Eigentlich verrückt, weil ich die Erinnerungen an früher doch kaum ertragen kann.«

»Das Cottage ist frei.«

Seine Worte erinnern mich an etwas. In dem kleinen Häuschen herrscht gähnende Leere. Die ganzen Möbel sind verschwunden und es sieht aus, als würde es jemand renovieren wollen. »Wolltet ihr es für euch einrichten? Du und Isabella?«

»Nein.« Er lässt sich auf die andere Seite der Matratze fallen, den Blick starr nach vorn gerichtet, reibt sich über das stoppelige Kinn. »Rebecca dachte, es wäre eine gute Idee, wenn du dort einziehst, damit du dir keine Wohnung in der Stadt suchen musst. Sie hat die Vorstellung nicht ertragen, du könntest ihr komplett den Rücken zukehren.«

»Das hätte ich nie getan«, stoße ich hervor. Mein Herz wird von eisigen Klauen umklammert, die es mir aus der Brust reißen wollen. Wie kommt meine Mutter nur auf diesen absurden Gedanken?

»Dein Plan spricht da eine andere Sprache.« Langsam dreht er den Kopf, um mich anzusehen. Seine Augen sind vollkommen ausdruckslos, als er mich betrachtet, und trotzdem fühle ich mich angegriffen, glaube, einen Vorwurf aus seiner Stimme herauszuhören. »Sag mal, willst du das alles wirklich? Oder machst du das nur, damit du nicht mehr nur Rebeccas Tochter bist?«

Meine Wangen brennen und ich bin unfähig, etwas zu entgegnen. Rasch hefte ich meinen Blick auf die getäfelte Wand, die ich mit dutzenden Fotos dekoriert habe. Eine Collage meines Lebens, sprühend vor Glück und Freude. Isabella ist auf fast jedem Bild, auf manchen auch ihr Bruder Javier, Matt und meine Mutter. Auf einigen sieht man nur die Landschaft rund um den Hof. Dort ist alles, was ich als Kind geliebt und in Los Angeles vermisst habe. Und plötzlich schmerzt der Gedanke, *Silver Dream* hinter mir zu lassen, um mir ein eigenes Leben aufzubauen. Mich beschleicht das Gefühl, gar nicht mehr zu wissen, was ich wirklich will oder wer ich eigentlich bin.

»Tut mir leid, geht mich ja nichts an«, murmelt Tyler und lenkt meine Aufmerksamkeit wieder auf sich. »Du musst nicht mit mir reden, aber bitte erzähl mir, was am Donnerstag passiert ist.« Bedeutungsvoll nickt er zu meiner Schulter.

»Ich habe die Kontrolle über Biscuit verloren und als er über den Zaun gesprungen ist, bin ich runtergefallen. Und ich wusste, wenn ich ohne ihn zurückkomme, würdest du toben, also habe ich ihn gesucht. Aber ich konnte den Arm nicht bewegen und bin nicht mehr in den Sattel gekommen.« Jetzt klingt meine Stimme brüchig. Mein Magen krampft sich schmerzhaft zusammen, als ich seinem Blick begegne. »Es tut mir so leid, Tyler. Ich habe ihn sofort untersucht, als ich ihn gefunden habe, und ich weiß, wie dämlich das von mir war. Deshalb bin ich dir aus dem Weg gegangen. Du hast ... Ich konnte die Enttäuschung in deinen Augen einfach nicht ertragen.«

Er reibt sich über die Stirn, schüttelt fassungslos den Kopf. »Hast du gedacht, ich würde dich anschreien, nachdem du dich bei einem Sturz vom Pferd verletzt hast? Kennst du mich denn wirklich so schlecht, Daria? Wir haben uns Sorgen gemacht, als du plötzlich weg warst. Ich bin beinah durchgedreht!«

»Du warst wütend.«

»Ja, verdammt, ich war wütend! Weil du einfach so abgehauen bist, ohne mit mir zu reden.« Er rutscht etwas näher, nimmt meine Hand. Eine Weile sitzen wir nur so da, bis er schließlich seufzt. »Lass mich nach deiner Schulter sehen, aber dann müssen wir reden, klar? Ich werde das alles auf keinen Fall so stehen lassen.«

»Mir geht es gut«, werfe ich ein, doch er lässt sich von meinen Protesten nicht abhalten. Seine Finger streifen über meine Haut, schieben den Ärmel des T-Shirts beiseite. Als er meinen Arm anhebt, zucke ich zusammen und kann ein Stöhnen nicht unterdrücken.

»Oh ja, dir geht es blendend«, spottet er, während er meinen Arm in jede Richtung bewegt. »Wenigstens ist deine Schulter nicht ausgekugelt und gebrochen scheint auch nichts zu sein. Aber du solltest dich ein paar Tage ausruhen. Warte hier, ich hole ein Schmerzgel.«

Er ist zur Tür raus, bevor ich reagieren kann, und nach wenigen Minuten wieder zurück. Auffordernd betrachtet er mich und runzelt die Stirn. »Du solltest schon dein Shirt ausziehen.«

»Ich kann nicht«, flüstere ich gequält, starre auf meine ineinander verkrampften Finger. »Als ich dir nach der Sache im Badezimmer von dem Unfall erzählen wollte, hatte das einen Grund. Es ist ... Ich habe ...«

»Mir sind die Narben auf deinem Rücken nicht entgangen, Daria.« Plötzlich ist sein Tonfall wieder so liebevoll wie an dem Tag, als er mich geküsst hat. In seinen Augen liegt Verständnis. »Ich habe sie manchmal gesehen, wenn dein Hemd nach oben gerutscht ist. Was hast du denn gedacht, wie ich darauf reagiere? Bin ich jetzt nur noch ein oberflächlicher Mistkerl für dich?«

»Du wärst nicht der Erste, der sich vor meinen Narben ekelt«, bringe ich murmelnd hervor, kann ihn nicht ansehen. Er ist immer noch verletzt, denkt bestimmt ständig an das, was ich ihm vorgeworfen habe.

»Daria, ich bin nicht irgendein Schnösel aus der Großstadt. Jede

Narbe erzählt eine Geschichte. Manche sind witzig, aber die meisten sind traurig und grausam, aber sie haben alle eins gemeinsam: Wir können ihnen nicht entkommen. Ich habe selbst genug Narben, um zu wissen, wovon ich rede.« Er zupft auffordernd an meinem Shirt und wartet, bis ich es mir zögernd über den Kopf ziehe. »Vor mir musst du dich deshalb nicht schämen, Prinzessin. Für gar nichts, hörst du?« Sanft verteilt er die Salbe auf meiner Schulter, massiert sie in die Haut ein und streicht über das wulstige Narbengewebe, während ich mich verkrampfe.

Wenn ich es ihm gleich am Donnerstag erzählt hätte, wenn ich doch nur nicht so ausgeflippt wäre. Ich habe das Gefühl, alles kaputtgemacht zu haben, als wir uns gerade nähergekommen sind. Tyler ist so verständnisvoll. Ich habe seine Fürsorglichkeit gar nicht verdient.

»Wann musst du im Krankenhaus sein?« Er lässt seine Hände etwas länger auf meinem Rücken, beugt sich so dicht zu mir, dass ich seinen Atem im Nacken spüre. »Ich kann dich fahren, wenn du willst.«

»Ich muss in einer halben Stunde los, aber ist schon in Ordnung. Ihr müsst die Pumpe auf der vorderen Weide reparieren und habt noch so viel zu tun. Und ich bin nicht gerade eine Hilfe.« Unsicher drehe ich mich so zu ihm um, dass ich ihn ansehen kann. »Und langsam sollte ich Moms Sachen zusammenpacken.«

»So lass ich dich nicht hinters Steuer. Ich bring dich schnell und du rufst mich an, wenn ich dich wieder abholen soll. Und heute Abend reden wir, versprich es.« Er legt eine Hand auf meine Wange und lächelt zögernd. »Ehrlich, ich ertrage diese Funkstille zwischen uns nicht. Und nur, damit du es weißt: Ich bin nicht wütend. Wegen der Sache mit Biscuit vielleicht, aber da hätte auch Schlimmeres passieren können. Daria, ich will einfach nur wissen, weshalb du das alles gesagt hast.« Als ich etwas erwidern will, schüttelt er den Kopf. »Erzähl es mir später.«

»Versprochen.«

Er nickt, streicht mir lächelnd über die Wange und lässt mich allein. Mein Blick fällt auf die Tüte mit den Souvenirs. Ich habe einiges zu erklären und wiedergutzumachen. Angefangen bei Mom. Hastig suche ich nach der Kette, die ich für sie gekauft habe, und mache mich wieder daran, ihre Sachen zu packen.

»Schätzchen, ich fahre in eine Rehaklinik, ich will nicht umziehen.« Die Mundwinkel meiner Mutter zucken belustigt, als ich die Reisetasche und die beiden Koffer neben die Tür des Krankenhauszimmers stelle. »Was hast du denn alles eingepackt?«

Ich setze mich auf den Stuhl neben ihrem Bett. »Bücher und CDs, damit dir nicht langweilig wird, und ein paar Bilder, damit du immer an Silver Lane denkst. Klamotten natürlich und einige Erinnerungsstücke. Und die hier habe ich dir aus L.A. mitgebracht. Hoffentlich gefällt sie dir. Ich habe die Gleiche.« Als ich ihr die Kette zeige, bin ich nervös und wünschte, ich könnte mich an irgendetwas festhalten.

Sie betrachtet den Anhänger, streicht mit den Fingern darüber. Zum ersten Mal, seit sie aus dem Koma erwacht ist, erreicht ihr Lächeln auch ihre Augen. »Die ist wirklich wunderschön! Hängst du sie mir um?«

Erleichtert öffne ich den Verschluss und lege ihr die Kette an. Nachdem ich es endlich geschafft habe, sie zu schließen, herrscht Schweigen. Sie kennt mich gut genug, um genau zu wissen, dass ich etwas auf dem Herzen habe, hakt aber nicht nach. So war sie schon immer, hat gewartet, bis ich selbst mit der Sprache herausgerückt bin.

Ihre strahlend blauen Augen sind meinen so ähnlich und diesen geduldigen Blick habe ich eindeutig von ihr. Sie fehlt mir so. Ich vermisse unsere Mutter-Tochter-Gespräche und ihre Nähe. Sie war immer für mich da, wenn es mir schlecht ging.

»Mom, ich weiß das mit dem Darlehen. Und auch alles andere.« Als sie den Kopf abwendet, umklammere ich ihre Hand. »Du hast mir nie gesagt, dass mein Stipendium nur für zwei Semester galt und dass das Gestüt in finanziellen Schwierigkeiten steckt!«

»Ich wollte dir die Ausbildung ermöglichen, die du dir gewünscht hast, mein Schatz. Du musst dich deshalb nicht schuldig fühlen, die Finanzen von *Silver Dream* sollten nicht deine Sorge sein.« Sie schnaubt, klopft sich auf ihre gefühllosen Beine. »Und es spielt ja auch keine Rolle mehr. Der Hof hat keine Zukunft.«

»Genau darüber wollte ich mit dir reden.« Ich streiche mir die Haare aus dem Gesicht, hole einmal Luft. »Die offenen Rechnungen sind bezahlt, wir werden das Haus umbauen und vielleicht das Cottage renovieren, mal sehen. Ich habe einiges gespart ...«

»Daria, nein! Du sollst dein Geld nicht in meinen Traum investieren«, wendet sie sofort ein, doch ich hebe die Hand. Auf ihrer Stirn sind tiefe Falten zu erkennen und sie wirkt unendlich erschöpft, aber ich muss unbedingt mit ihr darüber reden.

»Es ist mein Zuhause, Mom. Ich gebe es nicht einfach so auf, vor allem da ich daran Schuld bin, dass es so schlecht läuft. Du hast so viel für mich getan, bitte gib mir die Chance, auch etwas für dich zu tun. Wir haben noch vier Monate, um das Bankdarlehen zurückzuzahlen und den Hof zu retten. Und jetzt mal ganz ehrlich, willst du wirklich verkaufen?«

»Natürlich nicht.« Sie krallt die Finger in das Bettlaken, lacht. Dieser Laut klingt so schmerzerfüllt und verbittert, dass mir unwillkürlich die Tränen kommen. »Aber wie soll es weitergehen, wenn ich wieder da bin? Wer soll die Pferde trainieren?«

»Dafür finden wir eine Lösung, versprochen! Und bis dahin übernehme ich das. Mach dir keine Sorgen.« Der nächste Satz kostet mich große Überwindung, doch ich muss ihn nun mal aussprechen. »Und solltest du nach der Reha immer noch verkaufen wollen, rede bitte vorher mit mir, ja? Wir sind doch ein Team.«

Tränen benetzen ihre Wangen, tropfen auf die Decke. »Schafft ihr das denn zu dritt? Es ist so viel Arbeit ...«

»Wir bekommen das ziemlich gut hin, aber wir vermissen dich alle schrecklich. Star ganz besonders. Ich glaube, sie ist beleidigt, weil du nicht da bist, und macht es Tyler deshalb schwer.« Ich lächle zaghaft und bin erleichtert, als sie es erwidert. »Eine der Tränken auf den Koppeln ist kaputt und der Warmwasserboiler im unteren Bad ist hinüber. Du glaubst gar nicht, wie erschrocken ich war, als Tyler plötzlich in meiner Badewanne stand. Er fand das natürlich zum Schießen, während ich mich in Grund und Boden geschämt habe.«

»Kommt ihr denn miteinander klar? Du und Isabella ... ihr streitet euch doch nicht mehr, oder?« Die Besorgnis in ihrer Miene verursacht mir Übelkeit. Ich kann ihr nicht die Wahrheit sagen.

»Mit den beiden läuft es besser, als erwartet. Du brauchst dir wirklich nicht so viele Gedanken zu machen, Mom! Außerdem wollte Javier in den nächsten Tagen mal vorbeischauen. Wahrscheinlich treibt der mich dann auch noch in den Wahnsinn.« Mit einem theatralischen Seufzen bringe ich sie zum Lachen, drücke ihr einen Kuss auf die Wange und umarme sie lang. »Ich muss jetzt los, aber wir telefonieren jeden Abend, ja? Mach dir keine Gedanken, es wird alles gut.«

»Ich liebe dich, Schätzchen.« Sie streicht mir über das Gesicht, wie sie es früher immer getan hat. »Aber treib keinen Unfug, verstanden?«

Lachend schüttle ich den Kopf. »Natürlich nicht! Ich liebe dich auch, Mom.«

Vor dem Krankenhaus atme ich mehrmals tief durch. Eine Hürde wäre geschafft, doch dutzende liegen vor mir und das Ziel ist noch lang nicht in Sicht. Bevor ich Tyler anrufe, damit er mich abholt, muss ich bei Abe, unserem Sattler, vorbeischauen, den neuen Warmwasserboiler bestellen und unzählige andere Kleinigkeiten erledigen.

Ich hetze durch die halbe Stadt, grüße die Leute, denen ich begegne, und unterhalte mich eine Ewigkeit mit Gina, während mir das Wasser im Mund zusammenläuft. Beladen mit einigen Tüten ihres Gebäcks, bleibe ich vor dem Laden stehen und komme mir ein wenig verloren vor.

»Hey, Kleine, soll ich dir helfen?« Bobby, einer der Arbeiter von der Archer-Ranch, grinst auf mich herab und nickt zu seinem Pick-up, der noch rostiger aussieht als mein eigener.

»Ich muss aber noch ein paar Dinge erledigen ...«

»Kein Problem, ich helf' dir und fahr dich dann zum Hof. Leg das doch schon mal in den Wagen.« Er öffnet die Beifahrertür für mich und zwinkert mir zu. »Wie geht es deiner Mutter?«

Grinsend bedanke ich mich bei ihm und schicke Tyler rasch eine Nachricht, dass er mich nicht mehr abholen muss. Es fällt mir nicht leicht, Bobby von Moms Zustand zu erzählen, doch seine väterliche Art hilft mir dabei, mit meinen Sorgen umzugehen. Während ich ihn durch die Geschäfte schleppe, zieht er mich damit auf, wie ähnlich ich ihr bin, und ich zahle es ihm mit einer flapsigen Bemerkung heim:

»Wow, hätte nicht gedacht, dass du schon so alt bist.«

»Sind wir das nicht alle?«, wirft einer der anderen Farmer ein und klopft Bobby tröstend auf die Schulter. »Ihr jungen Hüpfer versteht das auch noch irgendwann.«

Ich tarne mein Gelächter mit einem Hustenanfall und bedanke mich bei John, dem Besitzer des Gemischtwarenladens, als er mir den letzten Warmwasserboiler, den er noch im Laden hatte, zu Bobbys Pick-up trägt.

Früher habe ich es gehasst, dass jeder hier jeden kennt, aber jetzt haut mich die Kleinstadtatmosphäre beinah um. Ich kann gar nicht zählen, wie viele Menschen mir heute ihre Hilfe angeboten haben oder alles stehen und liegen ließen, weil ich die Einkäufe nicht alleine schleppen konnte. Die meisten in Silver Lane kennen mich seit meiner Geburt und wissen, was meine Mutter gerade durchmacht. Natürlich gibt es auch Geier, die schon über dem Gestüt kreisen wie Edward Jameson, doch die meisten Farmer wissen, wie schwer das

Leben hier ist. Jedes Jahr steht die Existenz auf der Kippe, das gehört dazu.

Bevor ich mich in den Wagen setze, betrachte ich die Läden, die Leute, die sich grüßen und gemeinsam lachen. Sie sind vielleicht nicht so weltgewandt wie die Menschen in Los Angeles, aber herzlicher.

Mein Blick fällt auf die kleine Kirche. Die Glocken läuten, erfüllen die Luft mit ihrem Klang.

Mist, ist es wirklich schon sechs? Stöhnend rutsche ich auf den Beifahrersitz und winke Mrs Archer zu, die gerade aus Ginas *Baked Joy* kommt. Ich bin seit über zwei Wochen hier und habe es nicht geschafft, Isabellas Familie einen Besuch abzustatten. In Gedanken füge ich diesen Punkt zu meiner Liste hinzu und betrachte die kleinen Häuser, an denen wir vorbeikommen. Nach wenigen Minuten ist der Pick-up von Wiesen und Feldern umgeben, die nur von den Einfahrten zu den Farmen unterbrochen werden.

Ich liebe dieses Land, die Menschen in Silver Lane, die Arbeit auf dem Gestüt. Wie konnte ich das alles nur vergessen?

Lächelnd lausche ich der Musik, die aus dem Radio dringt, kurble das Fenster herunter und lasse mir den Wind um die Nase wehen. Das hier ist zwar nicht mit der Freiheit bei einem Ausritt zu vergleichen, aber es kommt dem ziemlich nah. Pures Glück strömt durch meine Adern und ich bin entschlossen, es dieses Mal festzuhalten. Obwohl ich Angst vor dem Gespräch mit Tyler habe, weiß ich, dass ich das zwischen uns klären muss. Und die Sache mit Isabella auch.

»Danke fürs Helfen und Mitnehmen, Bobby, hast was gut bei mir.«

Ächzend stellt der Vorarbeiter den Boiler auf der Veranda ab und tippt sich grüßend an die Stirn. »Ich werd drauf zurückkommen, Kleine.«

Als ich das Hause betrete, sind die beiden schon in der Küche. Der Tisch ist für das Abendessen gedeckt, doch sie haben noch nicht angefangen.

Es wäre einfach, mit den Entschuldigungen zu warten, aber ich muss unbedingt einiges loswerden.

»Ich habe den Nachtisch mitgebracht.« Bevor ich mich auf meinen Platz setze, stelle ich die Tüten auf der Anrichte ab. »Alles andere habe ich auch besorgt, liegt aber noch auf der Veranda. Wenn Tyler den Boiler morgen einbaut, könnt ihr euer Badezimmer wieder benutzen.«

»Wie geht es deiner Mutter?« Isabella hält den Blick auf ihren Teller geheftet, traut sich nicht mal mehr, mich anzusehen.

Himmel, ich bin ein Monster. Eine miese, kleine Zicke.

»Besser. Ich habe mit ihr geredet. Wegen der Rechnungen und ein paar anderen Dingen. Damit sie sich keine Sorgen machen muss und sich voll auf ihre Genesung konzentrieren kann.« Mit den Fingern trommle ich auf die Tischplatte, winde mich. »Es gibt da noch etwas, was ich euch geben will. Ich geh es schnell holen.«

Und wieder flüchte ich wie ein feiges Huhn. Es fällt mir so wahnsinnig schwer, mich bei den beiden zu entschuldigen, deshalb ist es einfacher, wenn ich ihnen die Geschenke übergebe. Meine Gedanken fahren Achterbahn, als ich mir die Tüte schnappe und langsam in die Küche zurückgehe. Ich kann nicht in fünf Minuten wiedergutmachen, was ich angerichtet habe, das ist mir klar. Und vielleicht sind meine Motive egoistisch, immerhin bin ich auf die Hilfe von Isabella und Tyler angewiesen. Aber ich habe genug von den Streitereien, endgültig.

Vor dem Esstisch bleibe ich stehen und weiß nicht, was ich sagen soll. Bei meinem Ausbruch habe ich genau hier gestanden, habe mit Vorwürfen um mich geworfen, ohne darüber nachzudenken, wie sehr ich die beiden verletze.

»Es tut mir leid. Ich weiß, damit kann ich es nicht wiedergutmachen, aber ... Es ist manchmal einfach zu viel. Damals bin ich vor der Vergangenheit weggelaufen, nur konnte ich den Erinnerungen nie entkommen. Und seit ich hier bin, verfolgen sie mich ständig.« Ich beiße mir auf die Unterlippe, wippe auf den Zehenballen wie ein aufgedrehtes Kind. »Bevor ich das mit Moms Unfall erfahren habe, wollte ich das alles abhaken. Also ...« Verzweifelt sehe ich Isabella an, die den Kopf immer noch gesenkt hält. »Ich wollte neu anfangen und deshalb habe ich euch eine Kleinigkeit mitgebracht.«

»Daria«, wirft Tyler ein, dreht sein Wasserglas zwischen den Fingern, »lass uns später reden, ja?«

Was ich gesagt habe, ist völlig falsch angekommen. Seufzend ziehe ich die Kette aus dem Beutel und halte sie Isabella hin. »Ich war wütend, bin ich immer noch. Aber ich habe nie vergessen, was wir alles zusammen erlebt haben. In L.A. gab es so viele Momente, in denen ich dich anrufen wollte, um dir davon zu erzählen. Wäre ich nicht so verdammt stur und hätte dir damals im Krankenhaus zugehört, wäre es wohl nie so weit gekommen. Es tut mir leid, ehrlich. Vielleicht wird es nie wieder so wie früher, aber ich will nicht, dass der ganze Mist noch länger zwischen uns steht. Wir müssen darüber reden, Izzy. Nicht heute, aber in den nächsten Tagen.«

Zögernd nimmt sie mir die Kette ab, hebt endlich den Blick. »Ich hätte nicht so tun dürfen, als wäre alles in Ordnung. Danke, Daria, sie ist wunderschön.« Sie blinzelt mehrmals, reibt sich hastig über die Augen, um die verräterischen Tränen wegzuwischen.

Mehr als ein Nicken bekomme ich nicht zustande. Schließlich wende ich mich an Tyler, der mich mit hochgezogenen Augenbrauen ansieht.

»Ich trage keinen Schmuck«, informiert er mich, wobei seine Mundwinkel zucken.

Erleichtert lächle ich. »Wir beide reden später, wie versprochen. Aber ich habe das hier für dich. Der *Santa Monica Pier* bei Nacht, handgemalt. Mir war schon klar, dass du nicht auf Schmuck stehst.« Ich ziehe das Bild aus der Tüte und drücke es ihm in die Hand. »Und ich habe es auch nicht gekauft, um dir das Gefühl zu geben, du seist ein langweiliges Landei.«

»Na, da bin ich ja froh.« Er streicht mit den Fingern über die Leinwand, bevor er mich ansieht. »Warst du oft da?«

»Nur einmal ganz kurz. Als ich gemerkt habe, dass es nicht so klug ist, nur in meinem Zimmer zu hocken, um zu lernen, war es schon zu spät.« Ich zucke resigniert mit den Schultern. »Von der Stadt habe ich so gut wie nichts gesehen, ich weiß nur, dass ich sie hasse.«

Plötzlich lacht er. »Das enttäuscht mich jetzt, Großstadt-Prinzessin. Da brauche ich wohl einen anderen Spitznamen für dich.«

»Eigentlich mag ich ihn ganz gerne.« Bei den Worten kann ich ihn nicht ansehen. Zwischen uns ist noch so viel zu klären und ich will ihm nicht sofort sagen, was mir im Kopf herumspukt. Bevor ich mich wieder an den Tisch setze, knülle ich die Tüte zusammen und werfe sie in den Müll. »Habt ihr es geschafft, die Tränke zu reparieren?«, lenke ich das Gespräch zu einem unverfänglichen Thema und greife nach einer Scheibe Brot. Die Stimmung entspannt sich etwas und ich habe das Gefühl, einen Schritt in die richtige Richtung gemacht zu haben.

Die Zeit scheint an mir vorbeizurasen. Irgendwann wünscht Isabella uns eine gute Nacht und verschwindet in ihrem Zimmer. Schweigen breitet sich aus, dabei sitzt Tyler so dicht neben mir, dass ich seine Nähe spüren kann.

Nachdem ich den Tisch abgeräumt habe, gibt es nichts mehr, womit ich mich beschäftigen kann. Verloren stehe ich herum, schiebe mir eine Haarsträhne hinters Ohr.

»Lass uns rüber zum Cottage gehen, bevor du noch auf den Gedanken kommst, das Geschirr per Hand zu spülen«, sagt er schließlich, holt zwei Flaschen Bier aus dem Kühlschrank und verschränkt seine Finger mit meinen. »Das Bild ist wirklich schön. Eine kleine Entschädigung dafür, dass du am Wochenende nicht mit mir in der Stadt warst.«

Ich warte, bis wir auf der Bank sitzen, schlage die Beine unter. Von hier aus können wir dabei zusehen, wie die Sonne hinter dem Stall versinkt. Und später haben wir einen perfekten Blick auf den Sternenhimmel. Es könnte so romantisch sein, wenn ich all diese Dinge nicht gesagt hätte.

»Mom und ich saßen früher oft auf der Veranda. Natürlich drüben beim Haupthaus. Und manchmal hat die Luft so wunderbar nach Regen gerochen.« Ich plappere vor mich hin, klammere mich an die Erinnerungen. »Da wussten wir, dass wir den nächsten Tag im Haus verbringen würden.«

»Und, hattest du Angst vor den Gewittern?« Tyler sieht mich neugierig an, streckt die Beine aus und nippt an seinem Bier.

»Nein. Ich fand es schön, die Blitze zu beobachten und dem Donner zuzuhören. Danach war die Welt immer so anders. Genau wie nach dem ersten Schnee. Magisch. Nur bei diesem einem richtigen Unwetter wurde es ungemütlich und wir mussten in den Keller.«

Er nickt nur, bleibt so lang still, dass ich fürchte, er würde gar nichts mehr sagen. Wir sitzen da, lauschen dem Zirpen der Grillen und sehen dabei zu, wie sich der Himmel verfärbt. Orangetöne gehen langsam in Rosé über und werden schließlich zu einem intensiven Rot. Es sieht aus, als wäre alles in Flammen getaucht. Wunderschön und friedlich. Aber wir reden nicht und das macht mich nervös.

Ich zupfe an meinem Shirt, bewege die Schulter.

»Hast du immer noch Schmerzen?« Er dreht den Kopf, um mich forschend anzusehen. »Hoffentlich hast du die Einkäufe nicht allein zum Wagen geschleppt.«

»Ja, es tut noch weh, und nein, habe ich nicht. Tyler, ich wollte das nicht sagen, nicht so jedenfalls!«

»Aber es ist genau das, was du denkst?« Er wendet sich mir zu, lehnt sich in das Polster zurück. Seine Augen wirken so grün im Licht der Dämmerung und da ist wieder diese Enttäuschung. »Dass ich alles getan habe, um dich vom Hof zu verdrängen, damit ich mich irgendwann hier breitmachen kann?«

»Du mochtest mich ja nicht gerade besonders.« Ich schlucke schwer, lecke mir über die Lippen. »Früher zumindest nicht.«

»Das ist doch gar nicht wahr!« Aufgebracht richtet er sich auf, streicht sich mit einer Hand durchs Haar. »Deine Mutter hat so viel von dir erzählt, dass ich schon wahnsinnig darauf gespannt war, dich kennenzulernen, aber dann ist irgendwie alles aus dem Ruder gelaufen. Ich wollte dir nie das Gefühl geben, du wärst nicht gut genug, aber du hast mir nie eine Chance gegeben und das weißt du.«

»Ja .... Ich habe mich so fremd gefühlt, als wäre ich fehl am Platz. Auch in den letzten zwei Wochen.« Ich trinke einen Schluck Bier, atme einmal tief durch. »Wenn ich nicht reiten kann, was soll ich dann hier?«

»Daran arbeiten wir doch schon, Prinzessin.« Er nimmt mir die Flasche ab, stellt sie auf den Tisch und führt mich die Stufen hinunter, nachdem er das Verandalicht eingeschaltet hat. »Sieh dich um. Du liebst es, hier zu sein, du hast es vermisst und wir beide wissen, dass es ohne dich nicht laufen würde. Ja, ich habe ... Verdammt, du warst mir gegenüber so arrogant und da habe ich Dinge gesagt, die gar nicht zutreffen. Aber ich wollte dich nie verletzen.«

Seufzend blicke ich in den Himmel. Die Sterne sind noch blass, werden aber mit jeder Minute heller, während das Gestüt langsam in der Dunkelheit versinkt. »Ich dich auch nicht, Tyler. Ich wollte mit dir darüber reden, wirklich! Und als du mir den Hut geschenkt hast, hat sich das wie ein Willkommensgeschenk angefühlt. Aber dann hat Isabella alte Wunden aufgerissen und so getan, als wären wir die besten Freundinnen. Es ist verdammt viel passiert und ich bin einfach nicht mehr das Mädchen von früher.«

»Du bist nicht nur *Rebecca Evans' Tochter*«, stellt er klar. Er legt mir eine Hand auf die Wange, seufzt. »Manchmal war ich ein Mistkerl und das tut mir leid, aber du hast mich in den Wahnsinn getrieben, Prinzessin, in mehr als nur einer Hinsicht. Nach dem Kuss dachte ich wirklich, wir würden uns endlich näherkommen und dann sind wieder die Fetzen geflogen. Weshalb artet das zwischen uns nur ständig so aus?«

»Weil wir uns so ähnlich sind. Wahrscheinlich würde es nie funktionieren und in einem undurchdringlichen Chaos enden.« Unsere Blicke verhaken sich ineinander, ich versinke in diesem liebevollen Ausdruck, will für immer hier stehen. »Aber ich mag dich. In deiner Nähe fühle ich mich wie ein Teenager. Schmetterlinge im Bauch, weiche Knie, das volle Programm. Ich habe dich im Badezimmer wirklich angeschmachtet.« Ich lege zögernd meinen unverletzten Arm um seinen Nacken. »Du bringst mich zum Lachen, du schaffst es, mich zu trösten, wenn wir uns mal nicht gerade anschreien ... Aber ich habe keine Ahnung, wo das mit uns hinführt oder was passiert, wenn es nicht funktioniert.«

Er sieht mich einfach nur an, runzelt die Stirn. Um uns herum wird es immer dunkler, nur das Licht der Veranda strahlt zu uns herüber. »Dann willst du nicht, dass ich verschwinde?«

Ich schüttle den Kopf. »Natürlich will ich das nicht! Und genau deshalb bin ich neulich abgehauen. Ich wusste, würde ich länger bleiben, sage ich etwas Falsches. Tyler, du ... Geh bitte nicht. Ich brauche dich, deine Nähe.«

Ein Lächeln erscheint auf seinem Gesicht, er zieht mich an sich, streicht mir über die Wange. »Lass uns zusammen herausfinden, wo das mit uns hinführt, Prinzessin. Und vergiss nicht, vor mir musst du dich nicht schämen.«

Als wir uns dieses Mal küssen, steht mein Körper in Flammen. Ich bin erleichtert, aufgeregt, überwältigt und ich will diese Gefühle in vollen Zügen auskosten. Sein Mund liegt fordernd auf meinem, mit der Zunge fährt er mir über die Unterlippe, hält mich fest.

Ich vergrabe eine Hand in seinen Haaren, stelle mich auf die Zehenspitzen und vergesse alles um mich herum. Irgendwann löst er sich von mir, hebt mich hoch, um mich zurück zur Veranda zu tragen.

Während wir reden und uns kennenlernen, küssen wir uns immer wieder. Mit den Fingern streichelt er meinen Rücken, meinen Bauch, neckt mich. Bei jeder Berührung kribbelt meine Haut und als seine Lippen über meinen Nacken wandern, verliere ich beinah den Verstand. Es ist genau so, wie ich es mir vorgestellt habe. Nein, noch besser.

Zufrieden kuschle ich mich an Tyler, schließe die Augen. »Im Cottage wären wir ungestört ...«

»Hm, ich weiß«, raunt er, legt beide Arme um meine Taille. »Wenn Rebecca zurück ist, wird es im Haus auch ziemlich eng.«

Bei vier Schlafzimmern ist das absolut übertrieben, aber nach dem Umbau sieht die Sache schon anders aus. Und Privatsphäre ist ein wertvolles Gut. Tyler könnte bei mir übernachten, wir würden niemanden stören. Es wäre perfekt. Und teuer.

»Nur können wir uns das nicht leisten, sonst können wir den Hof gleich an die Bank verscherbeln.« Blinzelnd sehe ich zu ihm auf, genieße seine Berührungen. »Vielleicht könnten wir uns ab und an rüberschleichen, ein Bett steht immerhin drin.«

Er lacht. »Da passen wir nie und nimmer beide rein! Außerdem hätte das etwas Verstohlenes. Als würden wir etwas Verbotenes tun. Und ungemütlich wäre es auch. Weißt du, deine Mutter hat in den letzten Wochen jeden in Silver Lane gefragt, ob er Möbel hat, die nicht mehr gebraucht werden, und einige von den alten Sachen sind auch noch da. Steht alles in der Scheune. Sie wollte es unbedingt renovieren und hat sich dafür richtig ins Zeug gelegt. Wir brauchen nur noch Tapete und Farbe, aber ich bin sicher, John lässt dich anschreiben, hat er bei dem Boiler doch auch gemacht.«

Ich verschränke meine Finger mit seinen, lege den Kopf in den Nacken. »Na schön, aber vielleicht solltest du und Isabella einziehen. Dann kann ich mich um Mom kümmern und später müssen wir vielleicht mehr Mitarbeiter einstellen. Früher haben da drin mal *echte Cowboys* gewohnt.« Bei meinem letzten Satz zwickt er mich in die Hüfte. »Aua! Ich meine Typen, die noch Vieh getrieben haben.«

»Und du hältst mich wohl wirklich für einen Möchtegern? Dir ist schon klar, dass ich auf einer Rinderfarm aufgewachsen bin und ständig Herden getrieben habe?« Schnaubend schiebt er mich von seinem Schoß, drückt mich in die Polster. »Damit kenne ich mich bestens aus.«

»Wirklich?« Ich lege ihm eine Hand auf die Wange, streiche mit dem Daumen über seine Lippen. »Erzählst du mir davon?«

»Alles, was du wissen willst, nur nicht mehr heute. Wir sollten langsam ins Bett, Prinzessin, sonst sind wir morgen zu nichts zu gebrauchen.« Er küsst mich, lässt seine Finger unter mein Shirt wandern. »Und morgen werden wir uns nicht streiten, auf keinen Fall. Wir fahren in die Stadt, kaufen Tapete sowie Farbe und machen uns daran, das Cottage zu renovieren. Wir machen unsere Arbeit, aber wir werden nicht streiten. Versprich es mir.«

»Versprochen«, murmle ich und lasse mich widerwillig von ihm hochziehen. Lächelnd folge ich ihm zurück zum Haus, immer noch berauscht von seiner Nähe.

9. Kapitel

In letzter Sekunde

Mit gerunzelter Stirn gehe ich durch die Zimmer des Cottages. Meine Sachen sind alle im Schlafzimmer untergebracht, überall liegen Farbeimer, Tapete und Holzvertäfelungen rum und es sieht aus wie auf einer Baustelle.

Wir sind gestern nach der Arbeit zu dritt in die Stadt gefahren, um das ganze Material zu besorgen, aber noch bin ich nicht von Tylers Vorschlag überzeugt.

Ich stemme die Hände in die Hüften, drehe mich zu ihm um. »Und du bist sicher, dass wir keine Profis brauchen? Wenn du das allein machst, wird es eine Ewigkeit dauern.«

»Dein Vertrauen in mich ist grenzenlos, hm?« Er klappt den Tapeziertisch auf, bevor er den Kopf hebt und mir ein spöttisches Grinsen zuwirft. »Seit ich hier bin, repariere ich ständig irgendwas. Das heiße Wasser im unteren Bad läuft wieder, das Dach vom Haupthaus ist ausgebessert. Brauchst du noch mehr Beweise meiner Fähigkeiten?«

Mit einer Hand deute ich auf die nackten Wände, als wäre das genug. »So was kann man gar nicht damit vergleichen. Das Cottage soll ja hübsch werden.« Mein eigenes Reich, in dem ich mich wohlfühlen kann, kaum zu glauben!

Als ich gestern mit den beiden darüber gesprochen habe, waren sie sich einig: Keiner von ihnen will hier einziehen, also würde ich vier Zimmer für mich ganz allein haben. Komische Vorstellung, wo ich doch nur hier sein werde, um zu schlafen.

»Das wird es auch, vertrau mir.« Tyler kommt zu mir herüber, schlingt einen Arm um meine Hüften und lächelt. »Und beim Streichen darfst du mir sogar helfen. Was sagst du?«

»Das es vielleicht besser wäre, wenn wir jemanden ...« Bevor ich den Satz beenden kann, verschließt er meine Lippen mit einem Kuss. Sekunden später habe ich schon vergessen, was ich überhaupt sagen wollte, schmiege mich an ihn und spüre, wie mein Herz höherschlägt. »Das ist unfair, so kann ich mich nicht konzentrieren!«

»Ganz genau«, murmelte er, schiebt eine Hand in meinen Nacken und dreht mich herum. Einen Arm noch immer um mich geschlungen, deutet er zur Eingangstür. »Stell es dir vor, Prinzessin. Im

Schlafzimmer wird es zum Beispiel ein Bett geben, das breit genug für uns beide ist, und der Raum daneben wird dein Büro. Dort kannst du deine Fachbücher aufstellen. Und die Dielen werden wir abschleifen und neu lackieren.«

»Klingt toll, vielleicht ist es ja bis zum nächsten Sommer fertig«, frotzle ich gutmütig. Als sein stoppeliges Kinn über meinen Hals streift, erschaudere ich und lehne den Kopf nach hinten. »Hör auf, das macht mich wahnsinnig!«

Sein leises Lachen lässt meine Sorgen verpuffen. Tyler hat ja recht, wenn wir jemanden beauftragen, würde das ein Vermögen kosten und immerhin würde Javi ja helfen. Wobei ich mir noch nicht ganz sicher bin, ob das so eine gute Idee ist.

Javier Archer war für die Erwachsenen immer der verantwortungsbewusste große Bruder, aber wenn er mit uns Mädchen unterwegs war, hat er uns zu den abenteuerlichsten Aktionen überredet. Hoffentlich zerlegt er das kleine Häuschen nicht in seine Einzelteile.

»Wann kommt Javi denn, um sich alles anzusehen?« Fast hat er mich so weit, dass ich nachgebe, doch vorher werde ich Isabellas Bruder in die Mangel nehmen, damit auch wirklich nichts schiefgeht.

»Zum Mittagessen will er hier sein.« Tyler nimmt meine Hand, schaltet das Licht im Cottage aus und zieht mich nach draußen. »Du wirst schon sehen, Prinzessin, wir bekommen das hin.«

»Aber sollten wir überhaupt renovieren? Der Umbau des Haupthauses wird teuer genug und Ende Oktober werden fünfundfünfzigtausend Dollar an die Bank fällig. Wir sollten jeden einzelnen Cent sparen und nur das machen, was wirklich notwendig ist.« Obwohl selbst das nicht reichen wird. Solang ich keine Aufträge annehmen kann, kommt kein Geld rein und die Zahl auf meinem Konto schrumpft langsam in sich zusammen.

»Wir haben vier Monate, Daria. Und wenn du erst mal deine Angst verloren hast, kann der Betrieb richtig losgehen. Du machst dir einfach zu viele Sorgen.« Er gibt mir noch einen Kuss und streicht mit den Fingern über meine Wange. »Ich werde mich mal an die Arbeit machen. Heute ruhst du dich noch aus und ab morgen darfst du wieder helfen.«

»Ach, wie gnädig«, brumme ich und sehe ihm nach, bis er im Stall verschwindet. Ich gehe ein paar Schritte und bleibe in der Mitte des Hofs stehen.

Meine Mutter hat Jahre gebraucht, um sich ihren Traum zu erfüllen und die Rinderfarm in ein Gestüt umzuwandeln, doch sie hat nie aufgegeben. Zu den besten Zeiten hatten wir vierzig Pferde und mehrere Fohlen, dazu noch bis zu zehn Kunden. *Silver Dream* hat vor Leben gesprüht, aber jetzt wirkt es irgendwie trostlos. Das Haupthaus sieht heruntergekommen aus, von der Veranda blättert die Farbe ab und die Stufen sind morsch. Es muss so viel gemacht werden, doch die Erinnerung an den alten Glanz ist in mein Gedächtnis eingebrannt.

»Ich brauche einen Kaffee«, murmle ich und reibe mir mit einer Hand über das Gesicht. Meine Stiefel knirschen auf dem Kies, als ich über den Hof zum Haus laufe. Eins der Pferde wiehert, wahrscheinlich weil es unbedingt sein Futter will.

Wie jeden Morgen, seit ich hier bin, werfe ich einen Blick in den Himmel. Keine Wolken in Sicht, natürlich nicht. So langsam wäre etwas Regen wirklich nötig. Bald werden wir zufüttern oder die Pferde auf eine der Grenzweiden bringen müssen.

»Guten Morgen«, begrüßt mich Isabella, als ich in die Küche komme. Die Kette, die ich ihr geschenkt habe, baumelt um ihren Hals, ihre Mähne hat sie mit einem Zopf gebändigt. »Hat Tyler dich noch zu einem Tag Ruhe verdonnert?«

»Hat er. Und somit bin ich vollkommen nutzlos.« Dankbar lächle ich sie an, als sie mir eine Tasse Kaffee in die Hand drückt, und lasse mich auf einen Stuhl fallen.

»Das ist gar nicht wahr. Du trainierst Blaze ja trotzdem und vielleicht lässt er dich heute wieder reiten.« Jetzt sieht sie mich genauso an wie er, nachdem er von meinem Sturz erfahren hat. »Du hättest uns sagen müssen, dass du heruntergefallen bist.«

Sicher doch. Es ist schon peinlich genug, dass *Rebecca Evans' Tochter* im Sattel sitzt wie ein nasser Sack, da muss nicht jeder wissen, wie mein kleiner Ausflug geendet hat. Sollte jemand das herausfinden, werden wir überhaupt keine Aufträge bekommen.

»War nicht so schlimm, ehrlich.« *Ich lag nur minutenlang auf dem Boden und habe mich selbst bemitleidet.*

Mein Magen krampft sich panisch zusammen, als ich an die dämliche Wette denke, auf die ich mich eingelassen habe. Noch etwas mehr als drei Wochen, dann steigt das Rodeo und ich bin absolut nicht bereit dafür.

»Macht es Javier auch wirklich nichts aus, bei der Renovierung des Cottages zu helfen?«, wechsle ich schnell das Thema.

»Alles, wodurch er sich ablenken kann, ist gut. Julia hat ihn vor ein paar Wochen verlassen und seither hat er sich auf der Farm verkrochen und keinen Fuß mehr in die Stadt gesetzt.« Sie verdreht die Augen und holt eine Packung Eier aus dem Kühlschrank, um das Frühstück vorzubereiten.

»Was? Aber die beiden waren doch schon ewig zusammen! Was ist passiert?« Ich gieße mir etwas Milch in den Kaffee und versenke zwei Löffel Zucker darin, bevor ich vorsichtig daran nippe und noch mehr Milch hineinkippe. »Sie waren das perfekte Paar.«

»Bis die Learys aufgetaucht sind, die Familie, die den Hof des alten Martens übernommen hat. Die sollen steinreich sein, haben zwei Kinder. Und der Sohn hat Julia offenbar um den Finger gewickelt.« Sie fuchtelt mit dem Schneebesen durch die Luft und bemerkt gar nicht, dass sie spanische Flüche von sich gibt. »Sie hat ihn einfach verlassen, ist das zu glauben? Ist wohl auch nicht viel schlimmer, als das, was ich getan habe.« Eine leichte Röte überzieht ihre Wangen.

»Das kann man gar nicht vergleichen. Wir waren jung und das mit Matt und mir war nichts Ernstes. Aus heutiger Sicht betrachtet, hast du mir sogar einen Gefallen getan, sonst hätte ich vielleicht nie gemerkt, was er für ein Idiot ist. Und dann wären Tyler und ich jetzt nicht ...«

Ja, was eigentlich? So richtig zusammen sind wir ja nicht. Aber egal, wie ich das zwischen uns nenne, es fühlt sich verdammt gut an.

Tyler und ich.

Das klingt in meinen Ohren immer noch so fremd. Eigentlich hatte ich seit Matthew keine richtige Beziehung mehr. In Los Angeles will doch jeder nur seinen Spaß haben und die längste Zeit, die dort ein Typ mit mir ausgehalten hat, waren drei Monate. Danach wurden ihm meine Anwandlungen zu viel. Besonders, dass ich mich beim Sex nie komplett ausgezogen habe, hat ihn gestört.

»So glücklich habe ich dich das letzte Mal gesehen, als du sechszehn warst und die Jungs im *Barrel Race* geschlagen hast.« Izzy kichert, würzt die Eier und verrührt alles, bevor sie die Masse in die Pfanne gießt. Wann hat sie bloß kochen gelernt? Früher war sie in der Küche eine noch größere Katastrophe als Javier und der hat mir mal eine Lebensmittelvergiftung verpasst. »Ist dir eigentlich klar, dass er schon seit Jahren auf dich steht? Vor den Semesterferien war er so aufgeregt wie ein Kind zu Weihnachten und danach immer völlig fertig.«

Und ich war so eine dumme Kuh.

»Mir ist nie aufgefallen, wie liebevoll und fürsorglich er ist. Oder wie wahnsinnig gut er aussieht. Ich habe ihn unter der Dusche gesehen«, platzt es aus mir heraus.

Izzy quietscht, wirbelt zu mir herum und reißt die Augen auf. »Erzähl mir alles! Wann ist das passiert? Was hast du gesagt?«

»Letzten Donnerstag.« Es fühlt sich so verdammt gut an, mit ihr darüber zu reden. Und es gibt mir Hoffnung darauf, dass unsere Freundschaft vielleicht doch noch eine Chance hat, wenn wir endlich mal über die Vergangenheit sprechen. »Gesagt habe ich am Anfang gar nichts. Erst war ich zu geschockt, dann habe ich gesabbert. In meinem Kopf waren plötzlich so viele *Bilder*. Ehrlich, am liebsten wäre ich mit unter die Dusche gestiegen, aber ich war ... meine Narben, weißt du.« Ich erzähle ihr von den Typen in L.A. und meiner Marotte, immer das Licht auszumachen und mein Shirt anzulassen.

»Idioten! Aber Tyler ist nicht so, glaub mir. Du hast ihm völlig den Kopf verdreht und jetzt läuft er nur noch mit einem Grinsen durch die Gegend.« Sie wendet die Eier und füllt sie in eine Schüssel, daneben stellt sie den Teller mit Brot. »Und nur damit du es weißt, er ist kein Frauenheld oder so was. Seit er hier aufgetaucht ist, hat er keine Frau angesehen. Erst recht nicht, nachdem er dich kennengelernt hat. Javi und mich hat er ständig ausgequetscht und deine Mom hat sowieso immer nur von dir gesprochen.«

»Worüber redet ihr?«

Izzy ist so erschrocken, dass der Orangensaft in einer Pfütze auf dem verschlissenen Linoleum landet. Sie wirft Tyler einen bitterbösen Blick zu. »Das da wischst du auf, sofort! Und ich habe Daria nur gesagt, wie verdammt stolz Rebecca auf sie ist. Die ganzen Geschichten, die sie immer erzählt hat.«

Er verdreht die Augen, schnappt sich einen Putzlappen und wischt den Boden. »Das stimmt. Sie hat ständig davon geredet, *Silver Dream* hätte bald eine eigene Tierärztin und sobald du zurück bist, würdest du mit ihr zusammen die Ausbildung der Pferde übernehmen.«

»Ehrlich? Ich hatte keine Ahnung. Sie hat ja nie mit mir über mein Studium gesprochen. Ich dachte, sie wäre wütend, weil ich gegangen bin.« Nachdenklich starre ich in meinen Kaffee, der längst abgekühlt ist, und trinke einen Schluck. »Sie ist wirklich stolz auf mich?«

»Du bist ihr Goldstück, Daria.« Tyler wirft den Lappen in hohem Bogen in den Putzeimer, der neben der Spüle steht, und gibt mir einen Kuss. In seinen Haaren hat sich etwas Heu verfangen. »Sie hat mir erzählt, du warst zwölf, als du dein erstes Pferd ausgebildet hast.«

Schnaubend zupfe ich ihm die Halme aus den Haaren. »Ja, klar. Sie hat mir Cloud immerhin geschenkt und es war meine Aufgabe, mich um ihn zu kümmern. Aber danach sollte ich nur mit unseren eigenen

Pferden arbeiten, einen Auftrag hat sie mir nie anvertraut. Weil ich nicht gut genug war.«

»Oder weil du mehr Erfahrungen sammeln solltest. Hast du es mal aus dem Winkel betrachtet?« Er wartet, bis ich auf den Stuhl am Fenster gerutscht bin, und setzt sich neben mich. »Außerdem wollte sie, dass du deine Kindheit genießt und nicht mit so viel Verantwortung erdrückt wirst. Ich durfte als Kind nie ausreiten oder so. Nach der Schule habe ich auf der Ranch mitgeholfen, am Wochenende sogar von morgens bis abends, selbst in den Ferien. Ich habe es gehasst.«

»Komisch, immerhin bist du hier gelandet.« Izzy gibt uns beiden Teller und setzt sich ebenfalls an den Tisch. »Und wieder arbeitest du von morgens bis abends und das sieben Tage die Woche. Urlaub hast du bisher auch nicht genommen.«

»Du warst noch nie weg?«, rufe ich entsetzt und schüttle den Kopf. Ich nehme mir eine Scheibe Brot und etwas von dem Rührei und schiebe mir eine volle Gabel in den Mund. »Ist dir eigentlich klar, dass du dich nur eine halbe Stunde ins Auto setzen müsstest, um zu dem kleinen Ferienresort am See zu fahren? Dort gibt es Bungalows und es ist traumhaft, selbst im Winter.«

»Man spricht nicht mit vollem Mund, Prinzessin«, tadelt er mich belustigt. »Und ja, das weiß ich. Izzy hat mir Bilder gezeigt, als sie mit Logan da war.«

Prompt verschlucke ich mich und muss mir die Hand vor den Mund pressen, um keine Krümel auf dem Tisch zu verteilen. Nachdem ich den Bissen heruntergewürgt und ein wenig Saft getrunken habe, kann ich endlich meine Frage loswerden: »Logan? Du warst mit einem Typen am See? Dann muss es ja was Ernstes sein.«

»Also, eigentlich ...« Sie wird feuerrot und durchbohrt Tyler mit Blicken, als wolle sie ihn aufspießen. »Ich erzähl dir das am Freitag, wenn die Jungs in der Stadt sind. Sollten sie ihre wöchentliche Runde im Pub wiederaufnehmen.«

»Du und Javi?« Neugierig sehe ich zu Tyler, der mit seinem Essen beschäftigt ist oder zumindest so tut als ob. »Was treibt ihr denn da immer? Ist Freitag nicht Karaokeabend?«

»Rache ist so süß«, trällert Izzy und prostet ihm mit ihrem Glas zu. »Ich habe ein Video von den beiden, wie sie angetrunken auf der Bühne stehen, das zeig ich dir gerne mal, Daria.«

»Nein!«, wirft er ein, während ich begeistert in die Hände klatsche und *Ja!* rufe.

Jetzt bin ich diejenige, die mit Blicken erdolcht wird, aber das macht mir nichts aus, solang ich dieses Video zu sehen bekomme. »Wir machen es uns Freitag gemütlich und dann gucken wir es uns auf dem Fernseher an.«

Tyler stöhnt, schlingt sein Frühstück in Rekordzeit herunter und ergreift die Flucht. Ich kann noch hören, wie er vor sich hin murmelt, ehe die Tür ins Schloss fällt und wir in Gelächter ausbrechen.

Genau so hätte es von Anfang an laufen müssen, doch ich war viel zu stur, um das zuzulassen. Grinsend zwinkere ich Izzy zu und helfe ihr beim Abräumen, bevor wir ebenfalls nach draußen gehen, um die Pferde auf die Koppeln zu bringen.

Gelangweilt hocke ich auf dem Zaun der vorderen Weide und lasse die Beine baumeln. Selbst mit dem Stetson auf dem Kopf brennt die Sonne auf mich herab und während ich Blaze beim Herumtollen beobachte, sehne ich mich nach Abkühlung.

»Hey, mein Mädchen, kommst du mal zu mir?« Ich warte, bis sie herangetrabt ist, und gebe ihr ein Stückchen Karotte. »Im Moment sitze ich noch auf der Ersatzbank. Willst du mich ein wenig trösten, hm?« Lächelnd schmiege ich meine Wange an ihren Hals und streiche mit den Fingern ihre Mähne glatt.

Einige Minuten lässt sie sich das gefallen, bevor sie wieder zu den anderen Pferden trabt und neben Star grast. Dieses Bild ist so entzückend, dass ich mein Handy herausziehe und ein Foto mache, um es an meine Mutter zu schicken.

Hier läuft alles bestens, nur Regen wäre mal gut. Wie geht es dir? Liebe Grüße auch von Izzy und Tyler.

Wahrscheinlich hat sie gerade Physiotherapie und wird mir erst in ein paar Stunden zurückschreiben oder mich gleich anrufen, um mir von der grenzenlosen Langeweile zu erzählen, die sie plagt. Aber ich weiß genau, dass es ihr dort gut gefällt, immerhin gibt es einen riesigen Park und eine Therapie mit Begleithunden.

»Hey, willst du mich nicht auch mal so verwöhnen wie dein Pferd?« Als ich mich umdrehe, hilft Tyler mir vom Zaun und zieht mich fest an sich. »Wenn du brav bist, lade ich dich am Samstag zum Essen ein.«

»Hm«, murmle ich und stelle mich auf die Zehenspitzen, um ihn zu küssen. »Ein richtiges Date? In einem Restaurant mit schicken Klamotten und so? Wäre mal eine Abwechslung, da kraule ich dich doch gern hinter den Ohren.«

Grinsend schüttelt er den Kopf. »Was denn, wie läuft so was in Los Angeles ab?«

»Partys und Musik, die so laut ist, dass dir die Ohren bluten, und du musst immer aufpassen, damit dir niemand auf die Füße kotzt. So ist das, wenn man sich mit Studenten trifft. Meine Mitbewohnerin war eine wahre Königin im Feiern und Ohropax meine besten Freunde, wenn sie wieder mal einen Kerl abgeschleppt hat.«

Er rümpft die Nase, küsst mich noch einmal und umspielt meine Zunge mit seiner. Als meine Knie weich werden, halte ich mich an seinen Schultern fest und löse mich schließlich von ihm, um Luft zu holen.

»So wird das am Samstag nicht laufen, versprochen. Wir fahren in die Stadt und wenn Javi und ich uns ranhalten, ist das Wohnzimmer im Cottage schon fertig, damit wir es uns bei einem Film gemütlich machen können.« Sein Grinsen ist unwiderstehlich, doch meine Gedanken und mein Kontrollwahn lassen sich davon nicht bremsen.

»Ach, und die Wände tapezieren sich von selbst, ja? Ist dir eigentlich klar, wie viel Arbeit das macht? Bisher hattet ihr ja noch gar keine Zeit.« Ich mache einen Schritt zurück und lege den Kopf in den Nacken. »Und denk bitte daran, dass wir genug zu tun haben.«

»Du musst lernen, die Dinge auch mal auf dich zukommen zu lassen, Prinzessin. Hab ein wenig Vertrauen in mich, ja?« Tyler zieht mich wieder an sich und küsst mich so lang, bis ich mich entspanne. »Du wirst sehen, am Samstag ist das Wohnzimmer fertig gestrichen und eingerichtet.«

Bevor ich etwas erwidern kann, biegt ein Auto in die Einfahrt, wirbelt eine meterhohe Staubwolke auf. Der Fahrer hupt, als er den Wagen neben meinem Pick-up abstellt, und breitet grinsend die Arme aus, als er zu uns herüberläuft.

»Die verlorene Tochter ist heimgekehrt, kaum zu glauben!« Javier umarmt mich stürmisch. »Es ist so schön, dich zu sehen, Kleine. Wie geht es dir? Macht dir der Schwachkopf das Leben zur Hölle?«

Die Männer begrüßen sich mit Handschlag und einer kurzen Umarmung, dann richtet Izzys Bruder seine Aufmerksamkeit wieder auf mich. Himmel, er sieht wirklich beschissen aus. Dunkle Ringe unter den Augen, unrasiert und mit abgewetzten Klamotten. Selbst für diese Gegend ist sein Aufzug ungewöhnlich und er wirkt wie ein

Landstreicher, der nicht genug Geld hat, um sich was Sauberes anzuziehen.

»Hättest du auf meine letzte Mail geantwortet oder wärst mal vorbeigekommen, müsstest du nicht fragen. Eine Dusche würde dir übrigens ganz guttun.« Ich zupfe an seinem löchrigen Hemd und drücke ihm einen Kuss auf die Wange. »Willst du einen Kaffee?«

Mein mitfühlender Tonfall ist kaum zu überhören. Er streicht sich durch die braunen Haare, die in alle Richtungen abstehen, bevor er Tyler einen vorwurfsvollen Blick zuwirft. »Hier kann auch keiner etwas für sich behalten, was? Na, ist ja jetzt egal. Es geht schon irgendwie, aber immer, wenn ich Julia mit diesem Kerl sehe, könnte ich kotzen.«

»Ich dachte, du warst nicht mehr in der Stadt?«

Wieder starrt er zu Tyler. »War ich auch nicht, aber offenbar haben die Learys keine Ahnung von Rindern. Sie waren so oft bei uns, dass ich mir vorkam, als wäre ich der Gast. Na, wenigstens sind *Maxwell* und Julia gerade unterwegs, Rinder kaufen.«

Als ich den Ausdruck in seinen braunen Augen sehe, verbeiße ich mir jede weitere Frage zu der neuen Familie und spare mir auch einen Kommentar zu der Sache mit den Rindern. Kein Farmer würde sein Vieh vor dem Herbst verkaufen, das wäre ein riesiges Verlustgeschäft. Was Javi natürlich selbst weiß. Tröstend klopfe ich ihm auf die Schulter. »Sie wird noch merken, was für einen guten Fang sie da in den Wind geschossen hat, Javi. Und wenn nicht, ist sie es nicht wert.«

»Ich hab dich echt vermisst, Kleine. Wie sieht es denn bei dir aus? Irgendein Typ in Sicht, der nicht so eine Pleite ist wie die aus der Großstadt?« Er runzelt besorgt die Stirn, mustert mich von oben bis unten. »Sag bitte nicht, du bist wieder mit diesem Idioten zusammen.«

»Matt? So dämlich bin ich nicht. Ich habe ihm neulich eine verpasst, hat sich klasse angefühlt, nur dass mir die Hand wehtat.« Unsicher sehe ich zu Tyler, doch er nimmt mir die Entscheidung ab, indem er mich an sich zieht und mir einen Kuss in den Nacken haucht.

»Na, das wurde auch Zeit. Wäre aber nett, wenn ihr das lassen könntet, wenn ich dabei bin, davon wird einem ja schlecht. Nehmt euch ein Zimmer.« Javier rümpft die Nase, doch auf seinem Gesicht erscheint ein breites Grinsen. »Freitag im Pub oder habt ihr beide da was vor?«

Plötzlich ertönt ein Schrei von irgendwo hinter dem Stall. Thunder ist heute zum ersten Mal seit Langem wieder draußen und ich befürchte das Schlimmste. Wir rennen um das Gebäude und bleiben wie angewurzelt stehen.

Izzy steht schluchzend auf der Koppel, die Arme um sich geschlungen, starrt sie entsetzt zu ihrem Pferd, das sich auf dem Boden wälzt und panisch wiehert. Das braune Fell ist nassgeschwitzt und die Stute gebärdet sich wie wild, bis sie schließlich erschöpft liegen bleibt.

Oh nein, bitte nicht.

»Holt sie auf die Beine, sofort!«, rufe ich den Jungs zu und schnappe mir einen Führstrick. »Izzy, geh ins Haus und ruf Dr. Kramer an, sagt ihm, eins unserer Pferde hat eine Kolik! Und bring mir bitte mein Stethoskop, es muss in einem der Kartons sein.« Ich bin kurz davor, durchzudrehen, dabei ist es nichts Ungewöhnliches, wenn ein Pferd an einer Kolik erkrankt. So was kann vorkommen, aber wenn man nicht schnell genug eingreift, endet es oft tödlich. Und ich habe nichts hier. Kein Thermometer, keine Medikamente, gar nichts.

Rasch hake ich den Strick in den Halfter und helfe den beiden, Patch auf die Beine zu bringen, doch es klappt nicht. »Verdammt, komm schon, Mädchen, steh auf! Sie muss unbedingt in Bewegung bleiben.«

Als die Stute um sich tritt, weichen wir drei zurück. Verzweifelt raufe ich mir die Haare, versuche, mich zu konzentrieren.

Izzy kommt zurück, das Stethoskop in der Hand und kreidebleich um die Nase. »Dr. Kramer kann frühestens in zwei Stunden hier sein, was sollen wir bis dahin machen?«

»Sobald sie steht, rufst du noch mal an, dann kann ich ihm die ungefähren PAT-Werte durchgeben und fragen, ob wir schon mal irgendetwas verabreichen können, aber jetzt muss sie erst mal aufstehen.« Ich kann zwar nur den Herzschlag abhören und die Atmung beurteilen, doch mir fehlt ein Thermometer, um die genaue Temperatur zu messen. Tyler reicht mir das Stethoskop, das ich mir einfach um den Hals hänge. »Okay, ich versuche, Patch hochzuziehen, schiebt sie von hinten an, bis sie auf den Beinen ist. Und dann bringen wir sie auf den Reitplatz. Auf keinen Fall darf sie etwas fressen, auch kein Stroh oder Gras.«

Die Zeit fließt zäh dahin, während wir alles tun, damit die Stute aufsteht. Ich flehe sie an, streichle sie, um sie zu beruhigen, und dann, nach endlosen Minuten, rappelt sie sich endlich auf. Mir rinnt der Schweiß über den Rücken und ich atme erleichtert auf. »Javier, halt die anderen Pferde zurück, während ich Patch von der Koppel hole.«

Ganz langsam führe ich sie auf den Platz. Sie zittert und tritt mit den Hinterbeinen nach ihrem Bauch, will sich wieder hinlegen.

»Das geht nicht, meine Hübsche. Na komm, lauf noch ein bisschen weiter, bald wird es dir besser gehen«, flüstere ich ihr zu und drücke Isabella den Führstrick in die Hand, um Patch zu untersuchen. Izzy ist vollkommen fertig, blass wie eine Wand und stammelt vor sich hin, dass ihr Pferd sterben wird. Ich würde sie so gern trösten, doch dafür ist jetzt keine Zeit. »Verflucht, ich kann fast gar nichts tun.«

Besorgt fühle ich nach dem Puls der Stute, kann mich aber nicht darauf konzentrieren, die Schläge mitzuzählen. »Okay, Izzy, sag Dr. Kramer, der Puls ist viel zu hoch, Patch hat definitiv Schmerzen und wahrscheinlich auch erhöhte Temperatur. Sie schwitzt und ist unruhig.« Vorsichtig taste ich über den Bauch, der ganz hart ist. »Oh, und sag ihm, er soll eine Nasen-Schlund-Sonde mitbringen. Sieht so aus, als hätte Patch eine Überladung. Er soll sich beeilen.« Ich will mir gar nicht ausmalen, was passiert, wenn der Druck im Magen des Pferdes noch weiter steigt.

»Das ist unmöglich«, stößt Tyler aus. »Ich habe mich genau an den Futterplan gehalten und ihr nicht mehr gegeben als sonst!«

»Hey, das habe ich doch gar nicht gesagt.« Ich beiße mir auf die Unterlippe. Niemand hier würde einen solchen Fehler machen, da bin ich mir sicher, doch irgendwo muss Patch zusätzliches Futter bekommen haben. »Keines der anderen Pferde ist krank, aber wir sollten zur Sicherheit alle reinholen und die Koppel kontrollieren. Izzy, bitte hör auf zu weinen, sie kommt wieder in Ordnung!«

Ein Blick zu Javier genügt. Er legt seiner Schwester einen Arm um die Schultern und führt sie ins Haus. Ich warte, bis die beiden außer Hörweite sind, und hole zitternd Luft.

»Wie schlimm ist es wirklich?«

»Kritisch. Wenn der Druck auf den Magen nicht verringert wird, kann er reißen und dann hat Patch keine Chance. So gern ich ihr helfen würde, wir haben hier keine Ausrüstung, also können wir sie nur in Bewegung halten und hoffen, dass Dr. Kramer bald da ist.« Mit einer Hand wische ich mir den Schweiß von der Stirn und schnalze mit der Zunge. Die Stute trottet mit gesenktem Kopf hinter mir her, tritt immer wieder nach ihrem Bauch.

»Daria, ehrlich, ich habe nicht ...«

»Das weiß ich doch, Tyler. Und ich habe dich auch nie beschuldigt.« Als unsere Blicke sich treffen, sehe ich die Zweifel in seinen

Augen.

»Aber irgendjemand hat Mist gebaut und die letzten zwei Tage habe ich die Pferde gefüttert.« Er rauft sich die Haare, geht neben mir her. »Ich weiß nicht, wie das passieren konnte.«

Kurz drücke ich seine Hand, um ihn zu besänftigen. »Es ist nicht deine Schuld, klar? So was würde ich dir niemals unterstellen. Hol die anderen Pferde rein, bis wir die Koppel nicht von vorne bis hinten abgesucht haben, stellen wir sie auf eine andere. Ehrlich, du musst dir keine Vorwürfe machen!«

»Und wenn wir nichts finden?« Die Verzweiflung in seinen Augen wird tiefer, verdunkelt seine Züge. »Was, wenn es keine andere Erklärung gibt und ich doch einen Fehler gemacht habe? Vielleicht war ich unkonzentriert und habe zu viel Hafer gegeben.«

»Du bist im Umgang mit den Pferden nie unkonzentriert, Tyler, also rede dir das nicht ein. Was auch immer passiert ist, du hast nichts falsch gemacht. Hol jetzt bitte die anderen Tiere rein, wir reden in Ruhe, wenn Dr. Kramer da ist.«

Eine Stunde später ist der Tierarzt endlich da. Während er Patch untersucht, halte ich die Stute fest und streichle ihr beruhigend den Hals. Sie ist vollkommen fertig, die Werte sind schlecht und sie kann sich kaum noch auf den Beinen halten, so erschöpft ist sie.

»Sieht aus, als hätte sie sich überfressen. Halt sie bitte richtig fest, wenn ich mit der Nasen-Schlund-Sonde nachsehe, ja? Ich habe ihr ein krampflösendes Mittel und etwas gegen die Schmerzen gegeben, wenn wir den Druck mindern, wird es ihr bald besser gehen.«

Ich nicke nur mechanisch und drücke Patchs Kopf höher, damit Dr. Kramer die Sonde leichter einführen kann. Izzy ist noch mit Javier im Haus, Tyler steht mit vor der Brust verschränkten Armen da, den Blick gesenkt. Die Stimmung ist so angespannt, dass ich das Gefühl habe, zu ersticken.

»Du weißt sicher, was dann zu tun ist?« Dr. Kramer sieht mich kurz an und schiebt der Stute die Sonde in eine der Nüstern und wirft immer wieder einen Blick auf den Monitor.

»Ja. Bewegen, bis die Verdauung in Gang kommt, Schonkost und Ruhe.« Als Patch ausweichen will, verstärke ich meinen Griff und stelle mich direkt neben ihren Kopf. »Schon gut, meine Hübsche, bald ist es vorbei, versprochen.«

»Allen anderen Tieren geht es gut?«

»Ja. Ich kann mir das wirklich nicht erklären.« Pferde fressen normalerweise nur kleine Mengen über den Tag verteilt, weshalb wir sie mehrmals füttern. Gras würden sie nicht einfach in sich hineinschlingen, deshalb muss jemand irgendetwas zugefüttert haben. Und weil sie sich nicht übergeben können, liegt es Patch nun im Magen und quillt auf.

»So, jetzt lassen wir mal etwas Gas ab, das sollte schon helfen.« Nach ein paar Minuten ist Dr. Kramer fertig und zieht die Sonde wieder heraus. Er sieht noch immer besorgt aus, lächelt aber und fährt sich durch seine grau melierten Haare. »Es ist gut, dass ihr so schnell reagiert habt, Daria. Du solltest dir vielleicht selbst Zubehör und Medikamente kaufen, damit ihr nicht auf mich angewiesen seid. Die Rinder in der Gegend werden oft krank und wenn ich das Gestüt nicht mehr betreue, wäre das kein großer Verlust. Ich war ja nur selten hier.«

»Tja, ich will nicht unhöflich sein, aber in den letzten Wochen habe ich ihr Gesicht öfter bei uns gesehen, als mir lieb ist.« Seufzend tätschle ich Patch das Maul und warte, bis Dr. Kramer noch mal die Vitalfunktionen überprüft hat.

»Etwas von den Medikamenten lasse ich hier, Blutdruckmanschette und Thermometer auch. Sollte sich ihr Zustand verschlechtern, ruft ihr mich sofort an, ansonsten sehen wir uns in ein paar Tagen.« Er klopft der Stute auf den Hals, packt die Präparate und Geräte in eine Tüte, die er mir überreicht. »Ab hier kannst du übernehmen.«

»Danke, dass sie so schnell gekommen sind«, sage ich, bevor er in seinen Wagen steigt und wieder davonfährt. Seufzend lege ich den Kopf in den Nacken. »Wir werden Patch die ganze Nacht beobachten müssen.«

»Ich mache ihr eine der Abfohlboxen zurecht, da hat sie mehr Platz. Und eine Decke hole ich auch.« Ehe ich reagieren kann, klettert Tyler über den Zaun und verschwindet im Stall.

Ein paar Minuten danach kommen Izzy und Javier aus dem Haus. Ich erkläre ihnen, was der Tierarzt gesagt hat, und überlasse es Isabella, sich erstmal um ihr Pferd zu kümmern, während ich nach drinnen gehe, um mir die Hände zu waschen und zwei Gläser mit Wasser zu füllen.

Im Stall ist Tyler dabei, eine der größeren Boxen mit Spänen einzustreuen. Er sieht nur kurz auf, bevor er sich wieder an die Arbeit macht. »Die Decke habe ich schon nach draußen gebracht.«

»Jetzt mach doch mal Pause, okay?« Ich halte ihm ein Wasserglas hin und lehne mich gegen die Boxenwand. »Verrate mir lieber, weshalb du denkst, ich würde dir die Schuld geben.«

Er stellt die Schaufel beiseite und reibt sich über die Stirn. »Weil ich für das Füttern verantwortlich war, Daria. Und wir beide wissen genau, dass dir so ein Fehler niemals passiert wäre.«

»Dann hast du wohl die Sache mit Star vergessen.« Ich erinnere mich nicht gern daran, aber ich will ihm zeigen, dass auch ich nicht perfekt bin. Doch der Schuss geht nach hinten los.

»Das ist doch was anderes, du warst vollkommen durcheinander wegen deiner Mutter und hast dich an den Futterplan gehalten, der nur noch nicht geändert war.«

Nachdem ich einen Schluck Wasser getrunken habe, gehe ich zu ihm und schmiege meinen Kopf an seine Schulter. Er ist total verkrampft, knirscht mit den Zähnen. »Verdammt, Tyler, wir wissen doch gar nicht, wie es dazu gekommen ist, also hör auf, dir Vorwürfe zu machen! Morgen suchen wir die Koppel ab und selbst wenn wir nichts finden, bedeutet das noch lang nicht, dass es deine Schuld war.«

»Du denkst wirklich nicht, ich hätte es vermasselt?«, murmelt er und schiebt mich von sich. Sein Blick ruht forschend auf mir. »Du vertraust mir so sehr, dass du nicht mal einen winzigen Moment darüber nachgedacht hast?«

»Nicht eine Sekunde.« Sanft fahre ich ihm mit den Fingern über die Lippen. »Wäre es anders, hätte ich Mom nicht vorgeschlagen, dir den Hof für ein paar Tage zu überlassen, damit sie bei meiner Abschlussfeier dabei sein kann.«

Er runzelt die Stirn. »Sie wäre gern gekommen, wollte aber das Cottage fertig machen. Wir wussten ja, du würdest frühestens Montagabend auftauchen. Hör mal, ich bin seit Jahren für das Füttern zuständig und es ist nie etwas passiert. Ehrlich, ich ... Keine Ahnung. Vielleicht ist ja der Futterplan falsch.«

»Den überprüfst du doch jeden Morgen. Niemand hier gibt dir die Schuld, Tyler. Izzy nicht und ich auch nicht.« Ich drücke ihm einen Kuss auf die Lippen und lächle ihn besänftigend an. »Ich mache jetzt etwas Mash für Patch zurecht und du hörst auf, darüber nachzudenken, klar? Wir haben noch eine Menge Arbeit vor uns und müssen sie abwechselnd herumführen.«

Als ich gehen will, hält er mich zurück. »Danke, Prinzessin. Für dein Vertrauen.« Endlich entspannt er sich ein wenig, haucht mir einen Kuss auf die Stirn und greift wieder nach der Schaufel, mit der er die Späne in der Box verteilt.

Seufzend laufe ich in die Futterkammer und stelle einen Eimer auf einen Tisch, um den Kleiebrei anzurühren. Meine Gedanken drehen sich im Kreis. Ich bin mir absolut sicher, dass Tyler keine Schuld trifft, aber an Zufälle glaube ich auch nicht. Gerade jetzt, wo Mom nicht da ist und das Gestüt in finanziellen Schwierigkeiten steckt. Es ist völlig absurd, doch ich weiß, dass Edward Jameson alles dafür tun würde, um das zu bekommen, was er will. Und wenn meine Mutter erfährt, wie überfordert ich bin, käme ihm das sehr gelegen.

10. Kapitel

Nichts als die Wahrheit

Keiner von uns hat in der Nacht ein Auge zugetan und ich habe so viel Kaffee getrunken, dass mein Gehirn es nicht schafft, zur Ruhe zu kommen, während mein Körper völlig erschöpft ist.

Irgendwann hat Patch geäpfelt und wir konnten uns daranmachen, die täglichen Aufgaben abzuarbeiten, und waren erst fertig, als es längst dunkel war. Und selbst danach haben wir jede halbe Stunde nach der Stute gesehen. Izzy ist ihr gar nicht mehr von der Seite gewichen und hat es sich mit ein paar Decken in der Stallgasse bequem gemacht.

Mein Blick fällt auf die Küchenuhr, dann auf meine halb volle Tasse Kaffee. Stöhnend kippe ich sie in den Abfluss und trinke stattdessen einen Schluck Wasser. Kurz nach drei Uhr morgens, da lohnt es sich schon gar nicht, überhaupt ins Bett zu gehen.

Gähnend mache ich mich auf die Suche nach den anderen. Tyler steht im Stall, legt einen Finger an die Lippen und nickt zu Izzy und Javier, die beide eingeschlafen sind. Ich geselle mich zu ihm und seufze, als er mich umarmt.

»Patch geht es gut, aber wir sollten die beiden ins Haus schaffen, damit sie noch ein paar Stunden Schlaf bekommen«, flüstert er, wobei sein Atem über meine Wange streift. »Und wir sollten es auch etwas langsamer angehen lassen.«

Heute ... Oh nein, es ist Donnerstag!

»Tyler, du warst gestern gar nicht weg«, entfährt es mir ein wenig zu laut.

»Schon gut, ich habe vorher angerufen und das Treffen verschoben. Ich habe dir doch versprochen, dich nie wieder allein zu lassen, wenn du mich brauchst.« Er lächelt, drückt mich an sich. »Aber lieb von dir, dass du daran gedacht hast.«

Ich beiße mir auf die Unterlippe, um nicht mit einer Frage herauszuplatzen. Treffen? Etwa wie bei den Anonymen Alkoholikern? Nein, das kann nicht sein, sonst würde Tyler ja nichts trinken. Und wenn es etwas mit Drogen zu tun hat?

»In deinem Kopf rattert es ganz schön, hm? Hör zu, ich bin jeden Mittwoch bei ... Also, das ist eine lange Geschichte, aber ich treffe mich da immer mit anderen Soldaten, die im Einsatz verwundet wurden und mit ein paar Problemen kämpfen. Die meisten sind älter, aber es gibt auch einige, die jünger sind als ich, und ich versuche, ein wenig zu helfen. Es ist nicht leicht, sich wieder zurechtzufinden, wenn man zurück ist, das weiß ich aus Erfahrung. Also ...«

»Ich hätte nicht gefragt.«

»Deshalb habe ich es dir ja erzählt. Das hätte ich schon letzte Woche tun sollen, aber da es nicht die ganze Geschichte ist ... Es ist ziemlich kompliziert.« Er leckt sich über die Lippen, forscht in meinem Blick. »Aber es ist mir wichtig.«

Wortlos schlinge ich ihm die Arme um den Hals, küsse ihn. Er muss etwas Furchtbares durchgemacht haben und ich will auf keinen Fall nachbohren oder ihn irgendwie unter Druck setzen. »Du bist wirklich toll, dass du anderen hilfst, und du schaffst es immer wieder, mich zu überraschen.«

»Das Kompliment kann ich nur zurückgeben. Gestern warst du umwerfend, ehrlich. Keine Ahnung, was wir gemacht hätten, wenn du nicht da gewesen wärst.« Er küsst mich, sanft und zärtlich, löst sich viel zu schnell von mir. »Komm, wir wecken die beiden und bringen sie ins Haus, bevor wir uns auf den Tag vorbereiten.«

Stunden später kann ich kaum noch die Augen offen halten. Stöhnend lege ich den Kopf auf meine Arme, spüre jeden Muskel in meinem Körper und das Hämmern in meinem Schädel wird auch mit jeder Minute stärker.

»Leg dich hin«, sagt Javier zum zehnten Mal und stupst mir gegen die Schulter. »Du und Tyler, ihr solltet euch echt für ein paar Stunden aufs Ohr hauen.«

»Geh weg«, brumme ich. Als mir der Geruch der Tomatensoße in die Nase steigt, wird mir ganz schwummrig. Himmel, wann habe ich eigentlich das letzte Mal gegessen? Seit gestern Nachmittag habe ich mich praktisch nur von Kaffee ernährt. »Du nervst!«

»Und das werde ich auch noch so lang tun, bis du deinen Hintern ins Bett bewegst.« Er zupft an meinen Haaren. Ich versuche, ihn wie ein lästiges Insekt zu verscheuchen, kippe aber nur das Wasserglas um.

»Jetzt lass sie in Ruhe und Finger weg vom Essen!« Izzys Tonfall klingt bestimmend und ich bin froh, dass es ihr wieder besser geht. »Tyler, kommst du mal kurz her?«

»Hm?«, murmelt der.

Als ich die Augen öffne, hat er sich in den Türrahmen gelehnt, sieht ungefähr genauso aus wie an dem Tag, als er mich vom Flughafen abgeholt hat. Wir gehören wirklich beide ins Bett.

»Bringst du Daria bitte nach oben, bevor Javier sie in den Wahnsinn treibt. Und du solltest dich auch etwas hinlegen. Nur für eine halbe Stunde, bis das Essen fertig ist.« Sie schubst ihren Bruder von den Töpfen weg und rührt in der Soße. »Geh und mach dich mal nützlich, Brüderchen. Arbeit gibt es genug.«

»Aber ich verhungere!«, jammert Javi schmollend. Er trägt noch die gleichen Klamotten wie gestern, scheint aber geduscht zu haben. Im Gegensatz zu mir.

Während Tyler im Bad war, lag ich wie tot auf dem Sofa im Wohnzimmer und konnte kaum aufstehen, als es Zeit war, die Boxen auszumisten. Verglichen mit jetzt war ich da noch das sprühende Leben.

»Komm, Prinzessin, ich helf dir hoch, bevor du mir zusammenbrichst.« Tyler zieht mich auf die Beine und legt mir einen Arm um die Hüften. »Obwohl ich schwer daran zweifle, ob wir überhaupt die Treppe raufkommen.«

»Bin nicht in der Stimmung für Witze. Sollte sich ein Kater so anfühlen, will ich mich niemals bis zur Besinnungslosigkeit betrinken.« Allein bei dem Versuch, nach oben zu gelangen, stolpere ich über die erste Stufe. »Ich schlaf im Wohnzimmer, das ist sicherer.«

Kopfschüttelnd hebt er mich hoch und trägt mich in sein Zimmer. »So wird es auch gehen, Prinzessin. Mach es dir gemütlich, ich hau mich ein paar Minuten auf die Couch.« Seine Augen sind blutunterlaufen und zusammen mit den dunklen Ringen sieht er aus wie ein Student von der UCLA, der die ganze Nacht über seinen Büchern verbracht hat. »Hoffentlich stört dich mein Schnarchen nicht«, witzelt er noch.

Ich rutsche bis zur Wand, klopfe einladend auf die Matratze. »Dein Bett ist immerhin breiter als das, das ich in L.A. hatte. Außerdem bin ich so müde, dass ich es wahrscheinlich nicht mal hören würde, wenn eine Bombe explodiert.« Als er sich nicht rührt, ziehe ich an seinem Shirt, bis er neben mir liegt. »Du riechst nach Kaffee.«

»Ja, irgendeine der zehn Tassen muss auf meinem Hemd gelandet sein und das nach dem Duschen«, brummt er, legt einen Arm um mich und schließt erschöpft die Augen. »Kann mich nicht mehr so genau erinnern. Schlaf jetzt, Daria.«

Wenn das so einfach wäre. Durch meinen Körper saust immer noch eine Unmenge an Koffein und ich muss ständig an Patch und die anderen Dinge denken, die unbedingt erledigt werden müssen. Und dann liegt er direkt neben mir! Leider bin ich viel zu fertig, um ihm auch nur einen Kuss zu geben.

Meine Lider werden schwer und irgendwann gibt mein Gehirn nach. Ich spüre, wie ich wegdämmre, und meine Gedanken sich in Luft auflösen.

Als ich aufwache, ist Tyler verschwunden und im ersten Moment glaube ich, mir die ganze Sache nur eingebildet zu haben. Allerdings bin ich in seinem Zimmer, das Kissen riecht noch nach ihm und ich fühle die Wärme seines Körpers in den Laken.

Langsam setze ich mich auf und warte darauf, dass der Raum aufhört, sich um mich zu drehen. Wenn ich nicht bald was esse, kippe ich wirklich um. Mein Blick huscht über den Wecker, springt dahin zurück, als mein Gehirn begreift, was die roten Zahlen zu bedeuten haben.

Fluchend stehe ich auf und stürze in die Küche. »Es ist halb vier! Wir sind kurz vor zwölf ins Bett und jetzt ist es Nachmittag! Warum haben die beiden uns so lang schlafen lassen?«

Tyler deutet mit einer Gabel zur Mikrowelle. »Sie hätten uns doch gar nicht wach bekommen. Und ich bin auch erst seit fünf Minuten auf. Izzy und Javi sind dabei, die Boxen auszumisten, der Rest ist schon erledigt. Wenn ich mit ihm die Zäune abreite, sind wir für heute durch. Ich denke, das Training verschieben wir einfach auf morgen.«

Damit hätte ich eine Woche nicht im Sattel gesessen. Gute Aussichten, um an einem *Barrel Race* teilzunehmen, wenn man bedenkt, wie mein letzter Ritt geendet hat.

»Ich werde diese blöde Wette verlieren«, brumme ich und stelle das Gerät auf zwei Minuten. Während sich mein Essen aufwärmt, fällt mir plötzlich ein, dass Mom mich gestern gar nicht mehr angerufen hat. Und ich sie auch nicht. Mist!

»Scheiß doch drauf. Wir bekommen das auch ohne die Aufträge von denen hin. Und gegen mich hat er noch nie gewonnen, glaub mir.« Tyler schenkt mir ein Glas Orangensaft ein und wartet, bis ich mich neben ihm gesetzt habe. »Hier, iss, dann geht es dir besser.«

Eine Weile bin ich nur damit beschäftigt, meinen Magen zu füllen und komme nicht dazu, etwas zu erwidern. Als mein Teller leer ist, werfe ich seufzend einen Blick in den Kühlschrank. »Willst du auch einen Schokoriegel?«

»Du solltest gar nicht mehr fragen müssen.« Er fängt ihn lässig auf und zieht mich auf seinen Schoß. »Ich meine das ernst, Daria. Die Anmeldung ist erst nächste Woche und du solltest dich vielleicht gar nicht eintragen.«

»Ich muss«, murmle ich und beiße ein Stück von der Schokolade ab. »Die Leute sollen sehen, dass ich eine gute Trainerin bin, sonst bekommen wir keine Aufträge. Matt wird jedem erzählen, ich könne nicht reiten und dann wäre *Silver Dream* wirklich am Ende.«

Er seufzt, verschränkt seine Finger mit meinen und gibt schließlich nach. »Du bist so ein Sturkopf.«

Ich lächle verschmitzt und beuge mich vor, um ihn zu küssen. Er schmeckt so wunderbar nach Schokolade und riecht frisch. »Du auf Biscuit und ich auf Blaze. Und bis dahin brauche ich unbedingt noch einige Reitstunden.«

»Ein paar ... Fein, ich habe dir ja versprochen, zu helfen, aber wenn du bis dahin nicht sicher auf einem Pferd sitzt, kannst du es vergessen, klar? Dann werde ich mit deiner Stute antreten und du siehst von der Tribüne zu. Wir fangen morgen an und auch nicht mehr an der Longe. Los, lass uns nach Patch sehen.«

Javier kommt uns entgegen. »Na, ihr Schlafmützen? Ich habe Star und Diamond schon gesattelt, damit wir gleich loskönnen. Später muss ich mir frische Klamotten holen, aber danach können wir sofort mit der Renovierung anfangen.«

Mein Stichwort, ganz schnell zu verschwinden, bevor die Diskussion von gestern erneut beginnt. Noch bin ich davon überzeugt, dass die beiden versagen werden und schließlich doch Profis rufen müssen, aber dazu äußere ich mich besser nicht noch mal.

»Bis dann und viel Spaß.« Ich gebe Tyler einen Kuss und gehe in den Stall. Wie ich es mir gedacht habe, steht Isabella vor Patchs Box und starrt das Pferd an, als würde etwas Schreckliches passieren, sobald sie blinzelt.

»Hey, wie geht es ihr?«

Sie zuckt mit den Schultern, wischt sich über die tränenfeuchten Wangen. »Ich dachte, sie würde sterben. Und erst in dem Moment habe ich begriffen, wie du dich damals gefühlt haben musst. Bei Cloud.«

Tja, jetzt ist es wohl so weit. Schweigend fahre ich mir durch die

Haare und schlüpfe in die Box. Sanft streiche ich über Patchs Bauch. Ihr Fell ist trocken, der Puls deutlich langsamer. »Zeit, um ihr noch mal eine Portion Mash zu machen.«

Während Isabella den Kleiebrei vorbereitet, hole ich das Thermometer und die anderen Sachen aus dem Haus, um die Stute noch einmal genauer zu untersuchen. Die PAT-Werte haben sich verbessert und die Temperatur ist gesunken. Nachdem das erledigt ist, gebe ich Patch einen Klaps auf den Hintern und beobachte, wie sie den Brei frisst.

»Bei Cloud war es anders«, sage ich irgendwann und zucke mit den Schultern. Kaum habe ich es ausgesprochen, beginnt mein Herz zu rasen. Ich setze mich auf eine der Decken, die noch in der Stallgasse liegen, starre auf meine Stiefel. »Er war nicht krank. Es ging alles so schnell, da hatte ich gar keine Zeit, um mir Sorgen zu machen. Außerdem war ich überwiegend bewusstlos.« *Und konnte mich nicht einmal verabschieden, was mir das Herz gebrochen hat.*

Izzy schließt die Box, stellt den Eimer ab und setzt sich zögernd zu mir. »Daria ...«

»An dem Tag habe ich mich furchtbar mit Matt gestritten und dann ist alles so schrecklich schiefgegangen. Ich wollte ausreiten, war aber mit den Gedanken woanders. Cloud hat vor einem Hund gescheut, der uns entgegenkam, und ich konnte ihn nicht bremsen. Irgendwann kam er dem Abhang zu nah, ist gestolpert ... Dieses Gefühl, zu fallen, es verfolgt mich noch heute bis in meine Träume. Ich falle und falle und es hört nicht auf. In Wirklichkeit war es natürlich anders und ich bin gegen die Felsen gekracht und runtergerutscht. Deshalb auch die Narben. Meine Schulter war ausgekugelt, ein paar Rippen gebrochen, der Knöchel auch. Und so viel Blut ...« Die Risse in der Mauer platzen wieder auf, werden größer. Sie stürzt zusammen und ich werde mit einer Flut von Bildern überschwemmt. »Er hatte solche Schmerzen. Oh Gott, er hat richtig geschrien, hat mich gebraucht und ich konnte mich nicht bewegen. Immer, wenn ich wach war, habe ich mit ihm geredet, aber er war so panisch.«

Als mir eine Träne auf den Arm tropft, wird mir bewusst, dass ich weine. Beschämt wische ich mir über das Gesicht, kann ein Schluchzen nicht unterdrücken.

»Daria, es tut mir so leid. Es gibt da etwas, das du wissen solltest ...«

Schniefend ziehe ich die Knie an, umschlinge sie mit meinen Armen und schaukle wie eine Verrückte. All die Erinnerungen und

Gefühle sind wieder da und ich kann gar nicht mehr aufhören, zu erzählen. »Irgendwann war es dunkel und plötzlich herrschte Stille. Da wusste ich, er ist tot. Und es hat mir das Herz gebrochen. Als die Feuerwehr endlich kam, habe ich gar nichts mehr mitbekommen und bin erst im Krankenhaus wieder aufgewacht.«

Meine Lippen schmecken salzig und als ich Izzy ansehe, spiegelt sich mein Schmerz in ihrem Blick. Minutenlang sehen wir uns an, bis ich schließlich das ausspreche, an was ich mich noch erinnern kann, *bevor* Cloud durchgegangen ist.

»Ich wusste, ihr wart da, du und Matt, mit den Motorrädern, und habt einen Höllenlärm veranstaltet, aber ich dachte ... Was ist da gewesen, Isabella?« Schluchzend verberge ich das Gesicht, will weiterhin glauben, dass es nur ein Unfall war. »Was habt ihr gemacht?«

»Erinnerst du dich noch an die toten Kälbchen? Matt und ich sind herumgefahren, weil wir dachten, es wäre ein Raubtier oder ein tollwütiger Hund«, flüstert sie, weicht meinem Blick aus. »Wir haben den Hund gesehen, aber Matt hat ihn nicht richtig erwischt, also sind wir ihm nach. Ehrlich, wir hatten keine Ahnung, dass du da oben bist! Wir wollten dich warnen, aber da hatte der Hund Cloud schon angesprungen.«

»Was?« Bevor sie noch mehr erzählen kann, erinnere ich mich an etwas anderes. Einen Knall. Das war Minuten, bevor es passiert ist, doch bisher habe ich dem keine Bedeutung beigemessen. Ein tollwütiger Hund ... Sie haben ihn direkt zu mir getrieben.

»Matt, er versuchte, das Tier zu erschießen, aber es ging alles so schnell.« Izzys Stimme bebt, klingt so gequält, während in meinem Kopf nur Leere herrscht. Die Bilder sind weg, die Gefühlsflut versiegt. »Es war zu spät. Wir haben gesehen, wie du gefallen bist, und wollten Hilfe rufen, aber da oben war kein Empfang ...«

Es wäre so leicht, den beiden die Schuld zu geben, doch mir ist klar, dass es nur eine Verkettung von Zufällen war. Ich war zur falschen Zeit am falschen Ort.

Eine Weile sagen wir beide kein Wort. Ich starre auf meine staubigen Stiefel, ringe mit mir selbst. Doch da gibt es noch etwas, das in mir brodelt. Etwas, das ich unbedingt loswerden will:

»Im letzten Highschooljahr ... Da war nicht nur die Sache mit Matt, du hast auch versucht, jeden gegen mich aufzubringen, bis nur noch wenige Mitschüler mit mir geredet haben.« Wieder steigt Wut in mir auf, doch ich schlucke sie hinunter. »Warum, Izzy?«

Ihre Stimme zittert, Tränen schimmern in ihren Augen. »Weil ich neidisch auf dich war. Du solltest nicht nur ein Gestüt übernehmen, sondern wolltest auch noch studieren. Und ich ... Meine Eltern konnten mir kein Studium zahlen, für ein Stipendium hat es nicht gereicht und das Geld meiner Abuela wollte ich sparen, um irgendwann vielleicht auch mal mit Pferden zu arbeiten. Daria«, sie reibt sich über die Wangen, schnieft, »ich hatte einfach das Gefühl, du würdest alles bekommen und ich gehe leer aus.«

Ich weiß nicht, was ich sagen soll. Als ich mich an den Unis beworben habe, war mir alles andere egal. Meine Gedanken drehten sich nur um meine Zukunft und ich habe sie nie danach gefragt, was sie für Pläne hat. Bis heute wusste ich nicht einmal, dass sie versucht hat, ein Stipendium zu bekommen.

Schwankend komme ich auf die Füße, stolpere aus dem Stall zu meinem Auto. Der Ersatzschlüssel liegt wie immer im Handschuhfach, aber ich brauche mehrere Anläufe, um ihn ins Zündschloss zu bekommen. Der Motor stirbt mehrmals ab, weil ich die Kupplung zu früh loslasse, doch irgendwann erklingt das typische Röhren.

»Daria, was hast du vor?«, ruft Izzy mir zu.

Im gleichen Moment tauchen Javier und Tyler wieder auf. Mein Freund springt vom Pferd, kommt auf mich zu, aber da habe ich den Wagen schon gewendet und höre nur noch, wie er fragt: »Was zum Teufel ist passiert? Wo will sie hin?«

Würde ich auch gern wissen, doch in meinem Kopf herrscht Chaos, mein Herz trommelt schmerzhaft gegen den Brustkorb und eigentlich sollte ich gar nicht fahren. Weit komme ich gar nicht, weil die Straße von einer Herde Rinder blockiert wird. Zwei Reiter versuchen, sie zusammenzutreiben und durch einen kaputten Zaun zu scheuchen. Zurück auf den Hof der Jamesons.

Matt. Einer von den Kerlen muss Matt sein.

Mit zitternden Händen lenke ich meinen Pick-up an den Straßenrand, stelle den Motor ab, um minutenlang nach draußen zu starren und mich selbst zu verfluchen. Musste ich ausgerechnet ihn treffen? Wut steigt in mir auf und ich kralle die Finger um das Lenkrad, bis sie schmerzen. Schließlich steige ich ganz langsam aus und knalle die Tür zu, um die beiden Reiter auf mich aufmerksam zu machen.

»Daria, schön dich zu sehen«, ruft Andrew mir zu und winkt. »Wir sind hier gleich fertig, dann kannst du weiterfahren.«

»Hey, Süße. Hast du dich beruhigt?«, begrüßt mich Matt mit seinem typischen Grinsen.

Ich erinnere mich noch genau an das, was ich an diesem Tag

gesagt habe. Etwas Schreckliches und bisher dachte ich immer, er hätte den Unfall verursacht, um sich zu rächen, aber ich lag falsch. Doch das ändert auch nichts daran, dass er mir mein Leben im letzten Highschooljahr zur Hölle gemacht hat, nachdem wir zwei Jahre zusammen gewesen sind.

»Das blaue Auge steht dir«, entgegne ich mit zitternder Stimme. »Es wirkt allerdings ziemlich einsam, also bleib mir bloß vom Leib!«

»Du warst das?«, wirft Andrew ein, schiebt grinsend seinen Hut ein wenig höher. Matts kleiner Bruder sieht genauso aus wie er, aber ihm kann ich wenigstens zugutehalten, dass er um einiges netter ist. »Hast du nicht gesagt, es war irgendein Kerl?«

Matthew verzieht das Gesicht. »Sie ist eben meine temperamentvolle Wildkatze.«

»Halt die Klappe, Mistkerl! Ich gehöre ganz sicher nicht dir und als ich gehört habe, Julia und Javi hätten sich getrennt, dachte ich, du würdest dahinterstecken. Immerhin hast du auch mit meiner besten Freundin geschlafen! Und mit sämtlichen anderen Mädchen in der Stadt.«

Er schnaubt spöttisch, reitet dicht an den Rindern entlang, um sie auf die Weide zu treiben. »Das ist fast sieben Jahre her, Süße, also krieg dich wieder ein. Vielleicht sollten wir bei einem Abendessen drüber reden.« Matt lässt seinen Charme aufblitzen, doch in seinen Augen liegt dieser Blick, der immer dann zum Vorschein kommt, wenn er einen Hintergedanken hat. »Und über die Probleme, die du auf dem Gestüt hast. Mein Vater hat seine Hilfe angeboten.«

In meinem Kopf schrillen sämtliche Alarmglocken, ich kann nur leider nicht darauf achten, weil mir etwas anderes den Atem raubt. Hat dieser Mistkerl mich gerade zu einem Date eingeladen? Glaubt er wirklich, ich würde mit ihm essen gehen, nach allem was passiert ist?

Als er mich anlächelt, überlege ich, ob ich lachen oder schreien soll. »Nichts auf der Welt würde mich dazu bringen, mit dir auszugehen, Matthew Jameson. Und wir haben keine Probleme, alles läuft bestens und nur zu deiner Information: Ich bin mit jemanden zusammen!«

Er lacht, schüttelt den Kopf und zwinkert mir zu. »Aber sicher doch, mit wem denn? Irgendeinem Landstreicher? Sag nicht, Javier Archer hat sich an dich rangemacht. Komm schon, Süße, vergessen wir das, was war. Du bist wieder da, wir können da weitermachen, wo wir aufgehört haben. Mein Vater würde sich freuen.«

Ich sollte ihm wirklich noch eine verpassen, aber so weit kommt es nicht, weil jemand meinen Namen ruft. Javier und Tyler galoppieren auf uns zu, zügeln die Pferde.

»Hast du Probleme, deine Rinder einzufangen, Jameson? Sollen wir helfen?« Javier tippt sich grüßend gegen den Stetson und nickt zu Andrew hinüber.

»Von dir brauche ich bestimmt keine Hilfe, Archer. Ich habe mich nur ein wenig mit meiner Freundin unterhalten.« Matthew grinst zu mir herüber und scheint den mordlüsternen Ausdruck in meinen Augen gar nicht wahrzunehmen. Im Gegensatz zu Tyler. Kaum habe ich einen Schritt auf Matt zugemacht, ist er an meiner Seite und legt mir einen Arm um die Taille. Die Geste hat nichts Besitzergreifendes, wirkt eher beschützend und liebevoll.

»Er ist es nicht wert, Prinzessin. Lass ihn einfach reden und komm wieder mit nach Hause, ja?«, raunt er mir zu, seine Lippen sind so dicht an meinem Ohr, dass ich unwillkürlich erschaudere. »Wir machen uns einen netten Abend oder einen Ausflug zum See. Alles, was du willst.«

»Mit ihm? Du bist mit *ihm* zusammen?«, stößt Matt hervor. Seine Miene schwankt zwischen Spott und Wut, doch dann fängt er plötzlich an, lauthals zu lachen. »Weiß deine Mutter das schon, Süße? Sie wird sicher nicht begeistert sein, denn der Kerl kann dir nichts bieten.«

Und wieder schrillen die Alarmglocken in meinem Kopf, aber dieses Mal höre ich ganz genau hin und mir kommt eine Erkenntnis. Matthew war vielleicht nur mit mir zusammen, weil dahinter ein Plan gesteckt hat. Sein Vater hat es seit Jahren auf unser Gestüt abgesehen und offenbar ist er sich nicht zu schade, um auch seinen Sohn dafür einzuspannen.

Ich war ja so was von dämlich!

»Nett, dass du dir Sorgen über die Reaktion meiner Mutter machst, aber keine Angst, sie wird sich freuen. Als ich dir damals den Laufpass gegeben habe, hat sie übrigens eine Party geschmissen. Sie konnte dich nie leiden und ...«

Sanft drückt Tyler meine Hand, um mich zum Schweigen zu bringen. »Lass uns nach Hause fahren«, raunt er mir noch einmal zu und öffnet die Beifahrertür meines Pick-ups. Während ich nur widerwillig auf den Sitz gleite und wutentbrannt zu Matt starre, dem das Grinsen vergangen ist, läuft Tyler um das Auto herum. Er deutet zu Moms Stute. »Javi?«

»Schon klar, ich führe Star zurück zum Hof. Und ihr«, Javier wirft den Rindern einen bedeutungsvollen Blick zu, »schafft die Tiere von der Straße, bevor etwas passiert.«

Andrews Antwort geht im Röhren des Motors unter, doch die Brüder machen sich daran, die Herde zusammenzutreiben. Nachdem Tyler den Wagen gewendet hat, verliere ich die beiden aus den Augen, presse die Lippen fest aufeinander. Ich bin so durcheinander, dass es wohl besser ist, wenn ich erst einmal nichts sage.

Als wir zurück auf dem Gestüt sind, will ich aussteigen und mich in meinem Zimmer verkriechen, aber Tyler hält mich auf. Mit vor Sorge gerunzelter Stirn verschränkt er seine Finger mit meinen.

»Ich habe das ernst gemeint, Daria. Wir sollten zum See reiten, etwas zu essen mitnehmen und ein paar Stunden Pause einlegen.« Mit dem Daumen streicht er über meinen Handrücken, lächelt mich aufmunternd an. »Und du musst aufhören, immer wegzulaufen.«

»Bei meinem letzten Ausflug ins Gelände habe ich mich nicht gerade mit Ruhm bekleckert«, wehre ich ab, schaffe es aber nicht, mich von ihm zu lösen. »Ich bin noch nicht bereit für einen Ausritt.«

»Dieses Mal bin ich da und passe auf dich auf, damit du nicht wieder ein Springturnier veranstaltest. Wenn ich dich nur an der Longe trainiere, wirst du deine Angst außerdem nie verlieren, Prinzessin.« Er beugt sich zu mir herüber, hebt mein Kinn an und küsst mich zärtlich. Die Anspannung in meinem Körper löst sich ein wenig, doch meine Gedanken sind immer noch verknotet. »Du kannst Biscuit nehmen und ich reite Diamond.« Als ich protestieren will, verschließt er meine Lippen mit einem weiteren Kuss. »Es wird uns beiden guttun, glaub mir.«

Mein Widerstand bröckelt. Ich brauche Zeit, um den Kopf freizubekommen, und muss unbedingt mit ihm reden. Schließlich nicke ich und mache mich daran, Biscuit für den Ausritt zu satteln.

»Setz dich gerade auf, die Schultern locker«, sagt Tyler und lenkt die Stute etwas näher heran. Eine Hand legt er auf meinen Rücken, nickt mir aufmunternd zu. »Das sieht schon viel besser aus als bei deinen ersten Versuchen.«

»Fühlt sich gar nicht so an«, grummle ich, befolge aber seine Anweisungen. Der Wallach trottet zwischen den Bäumen hindurch, schlägt immer wieder mit dem Schweif, um die lästigen Insekten zu verscheuchen.

Ich bin da weniger mutig. Aus Angst, mein Gleichgewicht zu verlieren, halte ich still und biete das perfekte Büfett für die Mücken. Das Surren zehrt an meinen Nerven, sodass ich die Landschaft gar nicht genießen kann. Der ganze Ausflug war eine blöde Idee.

Angespannt ducke ich mich unter einem Zweig und beobachte ein Eichhörnchen, das über den Trampelpfad huscht. Wir sind von fast unberührter Natur umgeben und es ist so leicht, sich vorzustellen, wir wären die letzten Menschen auf der Welt. Die Luft riecht frisch nach Blumen und Holz, von jedem Baum scheint ein anderer Vogel sein Lied zu singen. Es könnte so wunderschön sein, wenn meine Hände nicht vor Angst schweißnass wären und ich vor Anspannung zittern würde.

»Du musst dich daran erinnern, wie sehr du es als Kind geliebt hast, im Sattel zu sitzen, Daria. Letzte Woche bist du runtergefallen, so was passiert eben mal. Selbst den erfahrensten Reitern.« Er klingt verständnisvoll, doch in seinen Worten schwingt eine unausgesprochene Frage mit: *Wovor fürchtest du dich?*

Und damit wären wir genau bei dem Punkt, über den ich mit ihm reden sollte. Er kann mir nicht helfen, wenn er überhaupt nicht weiß, worum es geht. Ich habe nicht nur Angst, herunterzufallen, sondern auch davor, wieder so hilflos zu sein wie damals bei Cloud. Dieses Gefühl war so unbeschreiblich schmerzhaft, dass es mich in meinem Entschluss bestärkt hat, Tierärztin zu werden.

»Du solltest etwas wissen.« Den Blick nach vorn gerichtet, beginne ich zu erzählen und ignoriere seinen Einwurf. Mit Izzy zu reden, hat gutgetan, aber sie hat selbst gesehen, was passiert ist, sie war dabei. Und Mom war nach dem Unfall immer an meiner Seite. Aber ich muss mich endlich jemandem anvertrauen, der noch nichts darüber weiß, einfach um alles loszuwerden.

Ich bin so in die Vergangenheit vertieft, dass ich mich gar nicht auf Biscuit konzentriere. Die Worte kommen mir leichter über die Lippen als bei dem Gespräch mit Isabella, die Trauer ist weniger überwältigend. Und mein Gehirn hat für ein paar Minuten gar keine Zeit, in Panik auszubrechen und plötzlich ist es für mich das Natürlichste der Welt, auf einem Pferd zu sitzen. Zumindest bis wir am See sind und der Wallach direkt ins Wasser trabt.

Erschrocken schnappe ich nach Luft, als das lauwarme Wasser den Stoff meiner Hose durchdringt, und dirigiere das Pferd zurück ans Ufer. Nur widerwillig gibt Biscuit nach und ich steige rasch ab, damit er nicht noch mal mit mir hineinläuft.

Tyler springt lachend von Diamonds Rücken. »Entschuldige, ich habe vergessen, dir zu sagen, dass er ganz verrückt darauf ist, im Wasser zu planschen.«

»Von wegen! Es war sicher beabsichtigt, dass ich mich ausziehe, gib es doch zu«, grolle ich, muss aber lachen, als ich seinen Gesichtsausdruck bemerke. Wie hypnotisiert sieht er mir zu, als ich aus der nassen Jeans schlüpfe und sie ins Gras fallen lasse. »Hast du wenigstens eine Decke dabei, du Schwerenöter?«

»Klar, aber Isabella hat mir etwas viel Besseres mitgegeben.« Er holt einen dunkelblauen Stoff aus einer der Satteltaschen und gibt ihn mir. Überrascht ziehe ich die Augenbrauen hoch und schlinge mir den Wickelrock um die Hüften. »Steht dir.«

Der Saum reicht mir bis zu den Knien und weht mir in einer sanften Brise um die Beine. Ich erinnere mich noch ganz genau daran, dass ich den Rock immer dabeihatte, wenn ich mit Izzy am See war. Und offenbar hat auch sie es nicht vergessen.

Verlegen schiebe ich meinen Stetson zurecht und löse Biscuits Sattelgurt und die Riemen des Zaumzeugs, damit ich ihm das Halfter anlegen kann. Ehe ich ihn festbinde, damit er in Ruhe grasen kann, führe ich ihn zum See und gehe in Deckung, als er durch das Wasser trabt. Tropfen fliegen durch die Luft, funkeln in der Sonne wie kleine Diamanten.

»Dein Pferd ist mindestens so verrückt wie du«, rufe ich Tyler zu und befestige den Führstrick mit einem Panikknoten an einem Ast. Der Wallach schnaubt beleidigt und als von Tyler ein ähnlicher Laut kommt, muss ich lachen. »Und ihr seid auch genauso empfindlich.«

»Verdirb es dir bloß nicht mit uns beiden«, warnt Tyler und schlingt einen Arm um meine Hüften. Er deutet auf die Decke, die er auf dem Gras ausgebreitet hat, und die Leckereien, die schon auf uns warten. »Sonst bekommst du nichts zu essen!«

Nachdem wir es uns im Schatten gemütlich gemacht haben, wird er wieder ernst. Da ich genau weiß, worüber wir reden wollen, richte ich meinen Blick in die Ferne und kann am anderen Ufer die Ferienhütten ausmachen. Ein paar Tage in den kleinen Bungalows zu wohnen und die Natur zu genießen, muss traumhaft sein.

»Du konntest nichts tun, Daria. Ich kann mir kaum vorstellen, wie schrecklich das alles für dich war, dort stundenlang zu liegen.« Er rückt etwas näher, legt einen Arm um meine Schulter und drückt mir einen Kuss auf die Schläfe. »Du hättest deinem Pferd nicht helfen können, selbst wenn du nicht so schwer verletzt gewesen wärst.«

»Ich hätte ihn beruhigen können.« Mir schießen Tränen in die

Augen und ich beiße mir fest auf die Unterlippe, um gegen die Trauer anzukämpfen. »Das Schlimmste ist, dass ich wirklich dachte, Matt wäre daran schuld gewesen. Ich habe ihn dort gesehen und als er nicht im Krankenhaus war ...«

»Er ist trotzdem ein Mistkerl. Ich kann es nicht leiden, wenn er dich mit diesem dämlichen Grinsen ansieht« Tyler knirscht mit den Zähnen, atmet einmal tief durch. »Ändert das etwas für dich?«

»Was? Nein!« Aufgebracht wische ich mir über die Wange, sehe zu ihm auf. »Er gehört zu meiner Vergangenheit und ich empfinde nichts mehr für ihn.«

»Gut. Ich bin schon mal mit ihm aneinandergeraten, aber wenn er dir zu nahe kommt ...«

»Aneinandergeraten? Was meinst du damit?« Forschend betrachte ich ihn, runzle die Stirn.

»Eine kleine Prügelei im Pub. Ich wurde beinah wegen Körperverletzung angeklagt.« Er vergräbt das Gesicht in meinen Haaren, zieht mich an sich. Es ist eine Weile still und als er das Schweigen durchbricht, ist seine Stimme nur ein Flüstern. »Ich denke ständig darüber nach, ob er vielleicht recht hat und ich nicht gut genug für dich bin.«

Mit zusammengezogenen Augenbrauen setze ich mich auf und warte, bis er mir die ganze Geschichte erzählt. Matt und er sind im Pub aufeinander losgegangen, nachdem mein Exfreund einige seiner *Freundlichkeiten* vom Stapel gelassen hat, und schließlich ist Tyler in einer Arrestzelle gelandet, während Matthew Jameson von seinem Vater rausgehauen wurde.

Eine Weile schweigen wir beide. Ich lehne die Stirn gegen seine Schulter und blinzle über den See zu einem Raubvogel hinauf, der majestätisch am Himmel schwebt, auf der Suche nach einer Mahlzeit. Irgendwo im Wald knackt ein Zweig, weshalb Diamond alarmiert den Kopf hebt, einige Sekunden später aber in Ruhe weitergrast.

»Du bist viel besser als er, Tyler«, sage ich irgendwann, knie mich vor ihn und nehme ihm den Hut ab, damit ich den Ausdruck in seinen Augen besser sehen kann. »Und ich will nicht, dass du an dir zweifelst. Oder an mir. Ich benehme mich vielleicht manchmal wie eine verwöhnte Göre, aber ich bin ganz sicher nicht so oberflächlich. Mir geht es nicht ums Geld oder darum, was mir jemand bieten kann.«

Er seufzt, fährt sich mit einer Hand durch die dunklen Haare. »Weiß ich doch. Und mir ist auch klar, dass du nie mit ihm ausgehen würdest, aber ... Du warst zwei Jahre mit diesem schleimigen Mistkerl zusammen und irgendwie gibt mir das zu denken. Dabei bin ich keiner dieser vor Eifersucht tobenden Kontrollsüchtigen.«

Lachend lege ich ihm die Arme um den Hals. »Da bin ich wirklich froh, Cowboy. Und jetzt vergiss, was er gesagt hat! Wir genießen unsere freien Stunden, einverstanden?«

Er versiegelt meine Lippen mit einem Kuss, drückt mich sanft auf die Decke und lässt eine Hand über meinen Körper wandern. Als seine Fingerspitzen meine nackten Beine berühren, erschaudere ich, stöhne voller Verlangen auf. Ich vergesse alles um mich herum, nehme nur noch seine Gegenwart wahr und wünsche mir, wir könnten ewig hierbleiben.

11. Kapitel

Ein zauberhafter Abend

Tyler beugt sich neugierig nach vorn, um einen Blick auf den Monitor zu werfen. »Ist das Geld für die Deckaufträge schon angekommen?«

»Nur die Anzahlung. Wenn die beiden Stuten nächste Woche kommen, wird der Restbetrag überwiesen. Thunder hat seinen Spaß und wir werden dafür bezahlt.« Unbehaglich rutsche ich auf dem Schreibtischstuhl herum, reibe mir über die Augen. »Aber wir müssen mal wieder einen richtigen Auftrag annehmen. Am Montag wird das Pferd gebracht, das ich zur Arbeit mit Rindern trainieren soll. Aber mit Blaze' Training und den Reitstunden auf Biscuit werde ich kaum Zeit für etwas anderes haben. Dabei bin ich gar nicht so weit! Drei Wochen und ich bin noch immer auf dem Niveau einer Anfängerin.«

»Du denkst einfach zu viel nach, Prinzessin. Heute lief es doch schon besser und im Grunde kannst du es ja. Du hast nur Angst.« Er fährt den Computer herunter, dreht den Stuhl herum und stützt sich mit beiden Händen auf den Lehnen ab. »Genug gearbeitet, willst du dich nicht langsam umziehen? Es ist immerhin Samstag.«

»Genau. Und das bringt mich zu einer anderen Sache ... Ich habe dich und Javier gar nicht im Cottage gesehen. Wolltet ihr nicht renovieren oder habe ich das irgendwie falsch verstanden?« Forschend betrachte ich das geheimnisvolle Grinsen auf seinen Lippen und rümpfe die Nase. »Als ich nachsehen wollte, konnte ich den Schlüssel nicht finden. Nett von euch, blickdichte Vorhänge an die Fenster zu hängen, ehrlich.«

»Sarkasmus steht dir nicht. Lass dich doch einfach überraschen, ja? Und jetzt los, ich habe den Tisch für acht reserviert und es ist schon kurz nach sechs.« Er zieht mich auf die Beine und schiebt mich aus dem Büro Richtung Treppe. »Und komm nicht auf die Idee, Javier auszuquetschen, der hat sich zum Stillschweigen verpflichtet.«

»Ist mir auch schon aufgefallen«, murmle ich vor mich hin.

Die beiden Jungs machen ein riesiges Geheimnis um das Cottage, dabei dürfte sich kaum etwas verändert haben. Wann sollten sie die Zeit gehabt haben, um dort alles fertig zu machen? Nachdenklich reiße ich meinen Kleiderschrank auf, schiebe die Hemden beiseite und bleibe bei dem einzigen Kleid hängen, das ich habe. Aber es ist einfach ... zu schrill. Es passt nicht nach Silver Lane und schon gar nicht zu einem Date. Ich brauche etwas Schlichtes, Elegantes.

Ich greife nach meinem Handy und wähle die Nummer meiner Mutter. Nach dem zweiten Klingeln nimmt sie ab.

»Hallo, Schätzchen!«

»Hey, Mom. Wie geht es dir?« Während sie von der Physiotherapie und den anderen Patienten erzählt, lausche ich ganz genau auf ihren Tonfall. Sie klingt nicht so glücklich und unbeschwert wie früher, aber die Verzweiflung ist aus ihrer Stimme verschwunden, als hätte sie wenigstens etwas Hoffnung geschöpft.

Ich berichte, was es auf dem Gestüt Neues gibt und leite dann zum eigentlichen Grund meines Anrufes über. »Sag mal, hast du was dagegen, wenn ich mir ein Kleid von dir ausleihe? Das Schwarze, mit dem Gürtel und die passenden Schuhe dazu wären toll.«

»Geht ihr Mädchen aus?«

Und schon beginnt die Fragerunde.

Seufzend ergebe ich mich in mein Schicksal, halte mir das blaue Kleid vor den Körper und schüttle den Kopf. Nein, so kann ich nicht zu einer Verabredung. Schon auf der Abschlussfeier habe ich mich gefühlt, als würde ich in einem Kostüm stecken. Und heute möchte ich einfach nur ich selbst sein. »Nein, Mom. Izzy und ich haben es uns gestern gemütlich gemacht. Heute habe ich etwas anderes vor.«

»Etwa ein Date?« Ihre Stimme wird merklich reservierter.

»Ja«, gebe ich gedehnt zurück, werfe das Kleid auf mein Bett und raffe meine Haare zu einem Pferdeschwanz zusammen. Auf keinen Fall. Ich werde Izzy fragen, ob sie mir eine hübsche Frisur machen kann. »Also darf ich die Sachen nehmen?«

»Kommt ganz darauf an. Hat Matt etwas damit zu tun?« Das Misstrauen in ihren Worten ist kaum zu überhören.

»So tief sinke ich kein zweites Mal.« Eigentlich wollte ich es ihr nicht am Telefon sagen, aber jetzt habe ich kaum eine Wahl. Sie wird erst Ruhe geben, sobald ich einen Namen nenne, also tue ich ihr diesen Gefallen. »Es ist Tyler.«

»Oh, Schätzchen, wie schön! Das wurde auch irgendwie Zeit, aber ich habe immer befürchtet, du würdest ihn vor den Kopf stoßen. Dann versteht ihr euch wirklich gut, ja?« Sie klingt wie ein Kind kurz vor der Bescherung und ich muss unwillkürlich lächeln.

»Er ist einfach unglaublich toll, weißt du. Ohne ihn hätte ich die letzten Wochen kaum überstanden und als er mich gefragt hat, konnte ich gar nicht anders.«

»Das freut mich für euch beide. Nimm dir alles, was du brauchst, Daria. Ach ja, und das silberne Armband in meinem Schmuckkästchen würde dein Outfit wunderbar abrunden.« Sie gibt mir noch weitere Tipps, bevor sie mir viel Spaß wünscht und das Gespräch beendet.

Panik breitet sich aus, als mir klar wird, wie spät es schon ist.

»Izzy!«, brülle ich nach unten, während ich in das Zimmer meiner Mutter laufe und mir alles nehme, was ich brauche. »Du musst mir helfen! Bitte, ich werde sonst nie fertig.«

Eine halbe Stunde später habe ich geduscht und sehe – dank Izzy – nicht nur umwerfend aus, sondern fühle mich auch wohl in meiner Haut. Sie hat nur meine Wimpern getuscht und meine Haare zu einer lockeren Hochsteckfrisur arrangiert, aber der Effekt ist unglaublich. Dazu noch das knielange Kleid, das die Narben an meinem Rücken verdeckt, sowie die Stiefeletten mit Keilabsatz. In Los Angeles habe ich versucht, mich anzupassen, doch hier finde ich langsam zu mir selbst zurück.

»Wo warst du nur bei meiner Abschlussfeier?«, seufze ich, lege den Kopf schief und lächle meinem Spiegelbild zu. Das da bin trotzdem noch ich und es fühlt sich fantastisch an. Schmetterlinge tanzen in meinem Bauch, während ich sie fest umarme. »Denkst du, ich werde ihm so gefallen?«

»Dieses Mal wird er derjenige sein, der sabbert, glaub mir.« Sie zupft noch einmal an einer Haarsträhne, die mir ins Gesicht fällt, und grinst zufrieden. »Warte, ehe du runterkommst, ich will das fotografieren und dann an deine Mutter schicken. Sie wird begeistert sein.«

»Gute Idee! Als ich ihr davon erzählt habe, war sie so aufgeregt. Ich glaube, insgeheim hat sie darauf gehofft, dass ich irgendwann mit Tyler ausgehe.« Ich stecke mein Handy sowie meine Geldbörse in das kleine schwarze Täschchen und laufe unsicher durch das Badezimmer. Dürfte gehen. Die Wahrscheinlichkeit, dass ich stolpere und auf die Nase falle, besteht zwar immer noch, aber in den Schuhen kann ich wenigstens ein paar Schritte machen, ohne mich zu überschlagen.

»Tja, insgeheim ... Es war eigentlich total offensichtlich.« Izzy huscht kichernd nach unten, um Tyler zu sagen, dass ich fertig bin.

So langsam wie möglich laufe ich die Stufen hinab, eine Hand locker auf dem Geländer, um mich notfalls abfangen zu können, und halte den Blick auf meine Füße gerichtet, bis ich unten angekommen bin.

»Daria du ... ich, also ... Du siehst wunderschön aus«, stammelt

Tyler und wirkt dabei ein wenig verlegen. Als er mir über den Arm streicht, kribbelt meine Haut und fühlt sich an, als würde sie in Flammen stehen.

»Du siehst auch gut aus«, flüsterte ich.

In seiner dunklen Jeans, dem weißen Hemd und dem Jackett, ist er kaum wiederzuerkennen, aber es passt. Alles scheint perfekt zu sein.

Ich lehne mich gegen seine Brust, hauche ihm einen Kuss auf die Lippen und bin froh darüber, dass er sich nicht rasiert hat. Dieses Gefühl, wenn seine Bartstoppeln über meine Haut kratzen, ist unbeschreiblich. Das Klicken einer Kamera reißt mich aus den Gedanken. Izzsy zwinkert mir verschmitzt zu und macht noch einige Aufnahmen, um diesen Moment für die Ewigkeit festzuhalten.

»Wird Zeit, dass ihr verschwindet«, höre ich Javier meckern. Er klimpert mit etwas herum und wirft es Tyler zu, der es gerade noch abfangen kann, bevor es mich am Kopf trifft. »Nehmt mein Auto, ist besser als Darias Schrottkiste oder der Geländewagen.«

Schnaubend runzle ich die Stirn, halte aber den Mund. Sein Wagen ist zwar auch schon älter, aber immer noch ansehnlicher als meiner, das gebe ich gerne zu. Und trotzdem: Ich liebe meinen Pick-up! Ehe mir doch ein Kommentar entschlüpft, zieht Tyler mich aus dem Haus und hält mir die Beifahrertür des silbernen *Chevrolet Impala* auf.

Als er den Motor startet, lächelt er mich an, bevor er das Auto die Einfahrt hinunterlenkt. »Das Kleid steht dir wirklich verdammt gut.«

»Danke, ist von meiner Mom. Ich ... habe ihr davon erzählt. Also, dass wir ausgehen«, gestehe ich und werfe ihm einen entschuldigenden Blick zu, ehe ich das Beifahrerfenster einen Spalt öffne, um den Geruch eines typischen Sommers in Montana hereinzulassen. Wildblumen, Gräser und Rinder.

Tyler runzelt die Stirn, starrt konzentriert auf die Straße, doch ich kann sehen, wie verunsichert er ist. »Und, was hat sie gesagt?«

»Was glaubst du denn, Cowboy? Sie hat sich gefreut. Nein, das ist noch untertrieben. Um ehrlich zu sein, hatte ich das Gefühl, sie würde uns gerne eine Party schmeißen, immerhin hat sie mir erst erlaubt, ihre Sachen zu nehmen, nachdem dein Name fiel.«

»Und da bist du dir sicher?«

Ich stöhne ungeduldig. »Die Worte *Das wurde auch irgendwie Zeit* sind wohl kaum missverständlich. Genauso wenig wie die Tatsache, dass sie glaubt, ich würde dich vor den Kopf stoßen.« Lächelnd zupfe ich an der Haarsträhne herum, die mein Gesicht umrahmt. »Wie oft hast du mit ihr über mich gesprochen?«

Er zuckt lässig mit den Schultern, den Blick starr nach vorn auf die Straße gerichtet. »Rebecca erzählt eben gern von dir, Prinzessin.«

Muss wohl so sein. Mit einem Seufzen drehe ich den Kopf und betrachte die Landschaft, die an uns vorbeizieht. Endlose Weiden, auf denen Pferde galoppieren, dahinter schrauben sich die Berge in die Höhe, strecken sich in den hellblauen Himmel. Irgendwann wird dieses Bild von einem kurzen Waldabschnitt abgelöst, der Silver Lane von den umliegenden Farmen trennt. Hinter den Bäumen stehen die ersten Häuser der Stadt, mit den typischen Vorgärten, die – in dieser Jahreszeit – von vergilbtem Gras dominiert werden. Hier gibt es keine Gebäude aus Glas und Stahl, keine Wolkenkratzer oder Straßenlärm. Der Ort ist ebenso schlicht wie die Menschen. Und er ist meine Heimat. Doch erst in den letzten Wochen habe ich ihn richtig schätzen gelernt.

Einige der Bewohner nutzen die letzten Minuten vor der Dämmerung, um sich mit ihren Nachbarn zu unterhalten. Als sie uns bemerken, winken sie und rufen mir eine Begrüßung zu. So ist das in der Kleinstadt.

Der Parkplatz vor dem einzigen richtigen Restaurant ist gut gefüllt, die meisten Kennzeichen gehören nicht nach Silver Lane, stammen wohl von Touristen. Die Einheimischen essen nur selten auswärts, verbringen den Abend lieber bei ihren Familien.

Auf der vorderen Veranda ist jeder Tisch belegt, leise Musik strömt aus den offenen Fenstern und ich sehe eine Kellnerin, die dabei ist, die Kerzen anzuzünden und sich nach den Wünschen ihrer Gäste erkundigt. Aber als sie uns sieht, lässt sie sofort alles stehen und liegen und stürmt die Stufen herunter.

»Oh mein Gott, Daria! Du bist wirklich wieder da.« Einen Moment zögert sie, bevor sie mir so stürmisch um den Hals fällt, dass mir ihr Pferdeschwanz ins Gesicht schlägt. »Es ist schön, dich wiederzusehen.«

Ein verlegenes Lächeln huscht über ihre Züge und ich kann mir vorstellen, was sie denkt. Im letzten Jahr der Highschool hatten wir nicht mehr viel miteinander zu tun, weil sie die meiste Zeit mit Izzy herumhing, aber vor dieser Geschichte haben wir uns immer gut verstanden.

»Hey, Tara. Ich freue mich auch, es ist schon viel zu lang her«, sage ich schnell, um die Anspannung zu lösen. All das ist schon so lang her und ich sollte es endlich hinter mir lassen. »Du siehst gut aus. Und du ... bist schwanger. Herzlichen Glückwunsch.« Die sanfte

Rundung wäre mir beinah entgangen, doch als sie einen Schritt zurücktritt und eine Hand auf ihren Bauch legt, erkenne ich die Bestätigung an dem liebevollen Ausdruck in ihren Augen. Mit den Sommersprossen und der Stupsnase sieht sie noch genauso aus wie während unserer Highschoolzeit.

»Ja. Mark und ich haben vor zwei Jahren geheiratet. Mein Vater will ihn irgendwann als Geschäftsführer des Restaurants einsetzen. Ich sage ihm, dass ihr da seid, dann kommt er sicher vorbei.« Sie zupft an ihrem weißen Shirt, streicht wieder über ihren Bauch. »Euer Tisch ist hinten, auf der kleinen Veranda. Mom hat darauf bestanden, euch selbst zu bedienen.«

»Oh, Tara, das ist wirklich nicht nötig! Wir sind nur ganz normale Gäste«, widerspreche ich, doch sie winkt ab, zwinkert Tyler verschwörerisch zu.

Was ist hier nur los?

»Es ist schon alles arrangiert. Los, ich bringe euch hin.« Sie führt uns durch die Flügeltür des Restaurants und den Speisesaal. Die runden Tische wirken einladend, sind mit Blumen geschmückt und die leuchtenden Kerzen werfen flackernde Schatten, die dem Raum eine gemütliche Atmosphäre verleihen. Der Geruch aus der Küche bringt meinen Magen zum Knurren. Knoblauchbutter auf Steak! Ich erinnere mich noch ganz genau daran, wie ich hier einen Sommer lang gejobbt und jeden Abend etwas zu essen für Mom mitgenommen habe. Taras Mutter ist eine fantastische Köchin.

Wir müssen durch die Küche gehen, um auf die hintere Veranda zu gelangen, die eigentlich nur für die Angestellten gedacht ist. Ich sehe mich nach Mrs Merano um, kann sie jedoch nirgends entdecken, doch als Tara die Tür nach draußen öffnet, habe ich keine Zeit mehr, darüber nachzudenken.

Mit aufgerissenen Augen betrachte ich den kleinen Tisch, der ganz in Blau gedeckt ist, und die Lichterkette, die um die Holzbalken gewickelt wurde. Das Wort romantisch wäre noch untertrieben für diesen Anblick. Und die Musik! Einer meiner Lieblingssongs entströmt den Lautsprechern einer Anlage, die unauffällig in einer Ecke steht.

»Ich verstehe das alles nicht. Was ist hier los?« Mit hochgezogenen Augenbrauen drehe ich mich zu Tara herum, die mich nur geheimnisvoll anlächelt und Tyler in die Seite knufft.

»Du hast ihr wirklich nichts verraten.«

»Um die Überraschung nicht kaputtzumachen«, gibt er zurück,

schiebt die Hände in die Hosentaschen und zuckt lässig mit den Schultern. »Und das hier ist nur der Anfang, Prinzessin.«

Nachdem Tara sich von uns verabschiedet hat, rückt Tyler mir den Stuhl zurecht und haucht mir einen Kuss auf die Wange. Ich bin immer noch sprachlos, sehe zu den Bäumen hinüber, die an den Hinterhof grenzen, dann zu Tyler. »Wann hast du das bloß eingefädelt?«

»Gefällt es dir nicht?« Als er sich mir gegenübersetzt, umspielt ein unsicheres Lächeln seine Lippen.

»Doch, natürlich.« Verwirrt streiche ich über eines der Kristallgläser, die eigentlich in Mrs Meranos Küche stehen sollten und nicht auf den Tischen ihres Restaurants. »Tyler, du hättest ... Ein einfaches Essen wäre auch in Ordnung gewesen.«

»Oh, das habe ich ihm ganz schnell wieder ausgeredet, als er angerufen und nach einem Tisch gefragt hat«, ertönt da die Stimme von Mrs Merano. Ihre dunklen Haare sind zu einem Dutt zusammengebunden und von grauen Strähnen durchzogen, um die Augen hat sie unzählige Fältchen, die sie fröhlich wirken lassen. »Für Silver Lane bist du die verlorene Tochter, die heimgekehrt ist, da gibt es eben nur das Beste. Ganz besonders, wenn du von einem jungen Mann eingeladen wirst.« Als ich aufstehen will, legt sie mir abwehrend eine Hand auf die Schulter und drückt mir ein Küsschen auf die Wange. »Bleib sitzen, Kind, und verrate mir lieber, was ich euch als Vorspeise bringen soll. Wie wäre es mit einer Kartoffelcremesuppe?«

»Klingt toll!«

»Wenn die Küchenchefin sie empfiehlt«, fügt Tyler mit einem charmanten Lächeln hinzu.

»Allerdings. Bin gleich wieder da. Kann ich euch einen Wein anbieten? Ich weiß auch schon genau, welcher perfekt passen würde«, murmelt sie vor sich hin, während sie in die Küche zurückhuscht.

»Was hast du getan, Tyler Wyatt?«

»Ich bin unschuldig. Als ich angerufen habe, um einen Tisch zu reservieren, war Tara am Telefon und sie wusste, dass ich mit dir ausgehen will, also hat sie gesagt, sie würde sich um alles kümmern. Ich hatte absolut keine Ahnung.« Mit den Fingern streicht er über meinen Handrücken, sieht mich so liebevoll an, dass ich nicht anders kann, als zu lächeln. »Es ist wunderschön, also genieße es, Prinzessin.«

»Das war Javi! Er kann einfach nichts für sich behalten«, grummle ich und lächle Mrs Merano zu, als sie uns eine Flasche Wein und zwei

Gläser Wasser bringt. »Außer wenn es darum geht, *mir* etwas zu erzählen. Ich wusste nichts davon, dass Izzy einen Freund hat oder von seiner Trennung von Julia ... Und von eurer Freundschaft hatte ich auch keine Ahnung.«

Der nächste Song ist von Taylor Swift und ich bekomme das Gefühl, dass eine meiner CDs in der Anlage liegt. Seufzend nippe ich an dem Wein und beobachte Tyler, der auf den Alkohol verzichtet, weil er später noch fahren muss.

»Das kannst du ihm nicht übel nehmen, Daria. Du hast ihn ständig gefragt, ob *der Idiot noch da ist und sich auf dem Gestüt breitmacht.*« Ein spöttisches Funkeln blitzt in seinen Augen auf, doch er streichelt sanft über meinen Arm, während mir ganz heiß wird.

Diese miese kleine Petze hat alles an Tyler weitergegeben, was ich über ihn geschrieben habe! Auf wie viele Arten kann ein Mensch es eigentlich noch vermasseln? Ich habe es wahrscheinlich schon dreimal geschafft, Tyler vor den Kopf zu stoßen, und trotzdem sitzt er jetzt hier.

Ich frage mich, was ich in den Mails noch geschrieben habe. Nichts Gutes, das steht wohl fest.

»Ich war wütend und ...«, setze ich zu einer Erklärung an, aber er lacht nur, beugt sich über den Tisch, um mir einen Kuss auf die Lippen zu hauchen.

»Wir haben neu angefangen, also vergiss es einfach und lass Javier leben, wenn wir zurückfahren.« Er streicht sich durch die Haare, trinkt einen Schluck Wasser und spielt mit dem Besteck herum. »Du wolltest mich doch näher kennenlernen, oder? Jetzt hast du die Chance, mir Löcher in den Bauch zu fragen.«

Während der Vorspeise erzählt er mir alles über seine Kindheit. Aufgewachsen auf einer Rinderfarm in Wyoming, ist sein Leben so ähnlich verlaufen wie mein eigenes. Nur dass er sich nach seinem Abschluss bei den Marines verpflichtet hat, statt zu studieren.

Tyler lächelt, als er von seiner Familie redet, seinem kleinen Bruder Niklas, aber über seine Zeit beim Militär oder danach verliert er kein einziges Wort. Und ich frage auch nicht nach.

»Oh nein, seid ihr wirklich über einen Marktplatz geritten?« Lachend schüttle ich den Kopf, tauche ein Stück Steak in die Knoblauchbutter und genieße den Geschmack. Vielleicht ist es dämlich, bei einem Date Knoblauch zu essen, aber Mrs Meranos Kochkünsten kann ich nicht widerstehen. Und er isst ja das Gleiche. »Habt ihr Ärger bekommen?«

»Und wie! Mein Vater war außer sich vor Wut. Erschrockene Touristen, zermatschtes Obst und wütende Bauern, aber da die Leute dachten, es wäre eine kleine Showeinlage, waren sie am Ende doch total begeistert und schließlich haben unsere Eltern gelacht. Natürlich mussten wir unsere Strafe trotzdem ableisten. Vier Wochen Stalldienst. Es war die Hölle.« Er zwinkert mir vergnügt zu, wischt sich mit der Serviette über den Mund.

Inzwischen ist es längst dunkel und die Veranda wird nur von der Lichterkette und der einzelnen Kerze auf unserem Tisch erhellt. Um uns herum zirpen Grillen und ich höre immer wieder Geräusche aus dem Wald. Es ist so wunderschön, dass ich gar nicht mehr nach Hause will, aber Tyler hat gesagt, es würden noch weitere Überraschungen auf mich warten.

»Deine Mutter tut mir irgendwie leid. Ihr habt sie sicher in den Wahnsinn getrieben.«

Tyler lacht. »Du hast ja keine Ahnung, wie sehr sie sich nach einer Tochter gesehnt hat! Warte nur, bis ich Mom von dir erzähle, da wird sie froh sein, nicht so einen Wildfang bekommen zu haben.«

Und mal wieder frage ich mich, was meine Mutter ihm alles erzählt hat. Doch hoffentlich nicht die Geschichte, als ich nachts in die Schule eingebrochen bin, um überall Plakate gegen das *Saddle bronc riding* aufzuhängen? Es gibt so viele Momente in meinem Leben, die ich ihm gerne verschwiegen hätte, aber er scheint sie längst zu kennen.

»Sie würde mich mögen«, widerspreche ich und trinke hastig den letzten Schluck Wein. Die Flasche ist noch halbvoll. »Wir sollten sie mitnehmen.«

»Machen wir. Ich gehe schnell zahlen, Nachtisch gibt es dann zu Hause. Genauer gesagt: Im Cottage.« Bevor ich ihn fragen kann, ob sie das Wohnzimmer wirklich schon fertig haben, verschwindet er nach drinnen. In dem Moment piepst mein Handy.

Izzy: *Und, wie ist es? Hoffentlich kein Reinfall! :-O*

Ich: *Nein, alles bestens. Wir verstehen uns gut und Tyler ist wundervoll <3*

Izzy: *Genau das habe ich gehofft!!! Du musst mir morgen alles erzählen* *bettel*

Ich: *Auf jeden Fall! ;-**

Als er zurückkommt, lasse ich das Smartphone rasch wieder in meiner Tasche verschwinden und lächle unschuldig. Er legt mir eine Hand um die Hüfte und bedankt sich überschwänglich bei Tara und ihrer Mutter, bevor wir zum Wagen schlendern.

Der Abend war bisher zauberhaft.

Auf dem Gestüt bittet mich Tyler, vor dem Cottage zu warten. Nachdem er das Verandalicht eingeschaltet und die Tür aufgeschlossen hat, verbindet er mir die Augen und führt mich vorsichtig die Stufen hinauf. Der Geruch von frischer Farbe und Leim steigt mir in die Nase, mischt sich mit dem von neuen Möbeln. Mein Herz klopft höher, ich kann einfach nicht glauben, dass die Jungs es wirklich geschafft haben, auch nur eine Stunde Zeit zu finden, um zu renovieren. Wir waren doch alle ständig beschäftigt!

»Gut«, raunt er mir zu, eine Hand auf meinem Rücken, dirigiert mich weiter, bis er schließlich stehen bleibt. »Bist du bereit, Prinzessin?«

»Spann mich nicht so auf die Folter«, jammere ich und stoße die Luft aus, als er mir das Tuch abnimmt. Wir sind im Flur, der vollkommen anders aussieht. Die dunklen, walnussfarbenen Möbel, die meinen Großeltern gehörten, harmonieren perfekt mit der hellgrauen Tapete. Überrascht streiche ich über die Haken an der Garderobe, an der einige meiner Sachen hängen, und betrachte mich in dem Spiegel der dort hängt.

Tyler schlüpft aus seinen Schuhen und stellt sie in ein kleines Regal. Meine Stiefelsammlung ist nirgends zu sehen, dafür erkenne ich aber meine Turnschuhe. Überall sind die Erinnerungen aus meinem alten Zimmer mit denen aus L.A. gemischt.

»Wie hast ...« Mit den Fingern fahre ich über ein kleines Schränkchen. »Ich kann mich noch an die Möbel erinnern, aber ich dachte, Mom hätte sie längst weggeworfen. Und sag jetzt bitte nicht, ihr seid schon mit allem fertig.« Ich will mir auch die anderen Räume ansehen, doch er hält mich zurück, führt mich in das erste Zimmer auf der linken Seite.

»Verschieben wir die Erkundungstour auf morgen, ja? Jetzt machen wir es uns gemütlich und schauen einen Film. Ich hole uns schnell Gläser und den Nachtisch, den Isabella gezaubert hat.«

Er schiebt mich in das Wohnzimmer und verschwindet dann, sodass ich mich in Ruhe umsehen kann. Entweder hängen im Haupthaus keine Bilder mehr oder das hier sind bloß Abzüge. Die Schwarz-Weiß-Aufnahmen passen wunderbar zu der dunkelgrauen Wohnlandschaft und dem kleinen Regal, in dem einige Bücher stehen. Der Rest des Raumes wird von einem Fernseher dominiert, der im Gegensatz zu allen anderen Sachen neu aussieht.

Wie ist das möglich? So schnell hätten sie das Cottage gar nicht renovieren können. In meinem Kopf herrscht vollkommenes Chaos, während ich mich auf die Couch fallen lasse und in die Kissen kuschle.

Tyler kommt mit einem Tablett zurück, auf dem zwei Weingläser, die halbvolle Flasche und ein Korb mit Muffins stehen. Bei dem Schokoladengeruch läuft mir das Wasser im Mund zusammen, doch es reicht nicht aus, um mich von meinen Fragen abzulenken.

»Wann und wie habt ihr das gemacht? Und wie konntet ihr diesen riesigen Fernseher bezahlen?«

Ein verschmitztes Grinsen huscht über seine Lippen, als er mir ein Glas Wein einschenkt und sich das zweite nimmt. Er nippt daran. »Der ist wirklich gut.«

»Tyler!«

»Ganz ruhig«, gibt er lachend nach, zieht mich an sich. »Wie versprochen haben wir keinen Cent ausgegeben. Farbe und Tapete können wir bei John später zahlen, die Möbel waren ja schon da und der Fernseher ... Eigentlich wollten wir Javis alte Kiste nehmen, aber dann hat Bobby den hier angeschleppt. Einige Leute haben zusammengelegt, als eine Art Willkommensgeschenk.«

Irgendwie kann ich mir schon denken, wer diese *Leute* sind. Gina, John und alle anderen, die uns in den letzten Wochen so unterstützt haben. Vor Dankbarkeit kommen mir beinah die Tränen.

»Und wer ist *wir*?«, bohre ich nach und knuffe ihn in die Seite. »Lass dir nicht jedes Wort aus der Nase ziehen, Cowboy!«

»Daniel Archer hat ein paar seiner Jungs vorbeigeschickt und seine Frau hat uns auch geholfen. Immer dann, wenn du schlafen gegangen bist oder beschäftigt warst.« Grinsend streicht er mir über den Arm und nickt zum Fernsehschrank hinüber. »Hast du dir schon einen Film ausgesucht?«

Wie konnte ich mich nur fehl am Platz fühlen? In Silver Lane zu leben, ist, als hätte man eine riesige Familie.

Lächelnd stehe ich auf, um die Auswahl an DVDs zu betrachten.

Keine davon gehört mir, aber jeden Film liebe ich abgöttisch. Mom! Sie hat das alles ausgeheckt. Ich wähle eine Liebeskomödie und warte darauf, dass Tyler den Player und den Fernseher einschaltet, damit wir uns *Die nackte Wahrheit* ansehen können. Als der Film anläuft, kuschle ich mich an seine Brust und muss unwillkürlich lächeln. Der herbe Duft seines Duschbads hüllt mich ein, sein Arm liegt auf meiner Schulter und ich fühle mich so geborgen und sicher wie nie zuvor.

»Hey, Prinzessin, du bist eingeschlafen.« Seine raue Stimme dringt zu mir durch, er fährt mir sanft über die Wange, dann spüre ich seine Lippen an meinem Hals. »Ich bring dich ins Bett, einverstanden?«

Blinzelnd sehe ich zu ihm auf und blicke direkt in seine graugrünen Augen, die mich amüsiert mustern. Er schiebt einen Arm unter meine Knie, den anderen um meinen Rücken und trägt mich vorsichtig aus dem Wohnzimmer. Vor der letzten Tür auf der rechten Seite setzt er mich ab, küsst mich noch einmal.

»Gute Nacht«, murmelt er an meinen Lippen, will sich abwenden, aber ich lege eine Hand auf seinen Arm.

»Warte! Bitte bleib doch noch.«

Unsere Blicke treffen sich, verhaken sich ineinander, bis er schließlich leicht den Kopf schüttelt. »Daria ...«

Ich umfasse sein Gesicht mit beiden Händen, ziehe ihn zu mir herunter, um ihn zu küssen. Mein ganzer Körper gerät in Aufruhr. Vielleicht habe ich ein wenig Angst, diesen Schritt zu wagen, Angst vor seiner Reaktion, aber ich will es.

»Tyler«, gebe ich im gleichen Tonfall zurück. »Findest du nicht, wir haben genug Zeit verschwendet? Mit den ständigen Streitereien und der Rivalität. Wollen wir wirklich auf den richtigen Moment warten? Vielleicht liegt er längst hinter uns oder er findet genau jetzt statt. Bitte bleib.«

Einen Augenblick zögert er noch, dann zieht er mich an sich, um mich leidenschaftlich zu küssen. Ohne sich von mir zu lösen, stößt er die Tür zum Schlafzimmer auf, vergräbt eine Hand in meinem Haar und lässt die andere meine Wirbelsäule entlangwandern. Heiße Schauer erschüttern meinen Körper, als seine Lippen über meinen Hals gleiten und seine Finger am Reißverschluss meines Kleides verweilen.

Wortlos nicke ich, spüre, wie er den Verschluss öffnet und der

Stoff über meine nackte Haut gleitet, bis hinunter zu meinen Füßen. Ich bin seinem Blick zum zweiten Mal schutzlos ausgeliefert und obwohl ich Unterwäsche trage, ist dieser Moment so viel intensiver als die Begegnung im Badezimmer. Mein Herz rast, mein Bauch kribbelt. Die Schmetterlinge tanzen wild herum, aber ich weiß nicht, ob das etwas Gutes ist. Mit zitternden Händen öffne ich den obersten Knopf seines Hemdes, stelle mich auf die Zehenspitzen, um ihn zu küssen. Ich muss ihn spüren, bevor ich einen Rückzieher mache.

Er ahnt, was ihn mir vorgeht, streichelt mich, während ich ihn ausziehe, bis auch er nur noch in Boxershorts vor mir steht und ich seine Muskeln unter meinen Fingerspitzen fühle. Vorsichtig hebt er mich hoch, lässt mich auf die Matratze sinken. Zwischen den leidenschaftlichen Küssen erkundet er meinen Körper mit den Händen, mit seiner Zunge. Ich vergesse alles um mich herum, bis er die Nachttischlampe anschaltet.

»Nicht!«, flehe ich, will das Zimmer wieder in Dunkelheit tauchen, aber er schüttelt den Kopf.

»Ich will dich sehen, Prinzessin.« Bevor ich protestieren kann, legen sich seine Lippen erneut auf meine. Er streich mir über den Bauch, verharrt an den Bügeln meines BHs. Zögernd hebe ich den Oberkörper, damit er den Verschluss öffnen kann. Raschelnd landet das Kleidungsstück auf dem Boden, doch ich habe keine Zeit, mich unwohl zu fühlen oder nachzudenken. Seine Hände sind überall, streicheln rau über meine Haut, treiben mich in den Wahnsinn.

Mit jeder Berührung steigert er meine Lust, entlockt mir ein atemloses Stöhnen. Als ich die Lider aufschlage, bohrt sich sein brennender Blick in meinen. So voller Leidenschaft und Verlangen, aber auch unendlich liebevoll.

»Hast du ...«, beginne ich, verstumme aber, als er mich anlächelt. Offenbar weiß er genau, was ich fragen will.

»Natürlich, du kleiner Kontrollfreak.« Und dann sind seine Lippen wieder auf meinem Hals, wandern über meine Brüste, meinen Bauch. Seine Zunge umspielt meinen Bauchnabel, meine Brustwarzen, während er mir den Slip auszieht.

Er verwöhnt mich, bis ich nicht mehr denken kann, bis ich das Gefühl habe, jede seiner Berührungen könnte mich dem Höhepunkt zu nah bringen. Ich will nicht, dass es so schnell vorbei ist, will jede Sekunde genießen. Ich spüre seine Erregung an meinem Oberschenkel, weiß, dass es ihm ebenso geht. Als er seine Hand zwischen meine Beine schiebt, beiße ich mir auf die Unterlippe, kann ein Stöhnen nicht unterdrücken.

Ich stehe in Flammen, komme nicht dagegen an, winde mich unter ihm. Er soll aufhören, gleichzeitig aber immer weitermachen. Mein Atem geht stoßweise und ich bringe nur, beinah anklagend, ein einzelnes Wort hervor, als er von mir ablässt, um sich von seinen Boxershorts zu befreien, und sich ein Kondom überzieht: »Tyler!«

Sein leises Lachen foltert mich, sein Atem lässt meine Haut kribbeln. Was macht er mit mir? Für einen Augenblick lässt er von mir ab, dann ist er wieder da, spreizt mit einem Knie meine Beine. Ich wölbe ihm meinen Körper entgegen, bis ich seine Hände spüre und sein Glied in mich eindringt.

Keuchend kralle ich mich an seinen Schultern fest, vergrabe eine Hand in seinem Haar, um ihn zu mir herunterzuziehen. Stürmisch treffen unsere Lippen aufeinander, während er sich langsam – quälend langsam – in mir bewegt. Die Folter wird fortgesetzt und, Himmel, sie ist wunderbar süß. Bei jedem Stoß erschaudere ich, will immer mehr. Plötzlich dreht er sich so, dass ich auf ihm liege, richtet sich auf, um mich noch enger an sich zu ziehen. Jetzt habe ich die Kontrolle und das ist genau das, was ich brauche.

Ich entspanne mich vollkommen, zucke nicht einmal zusammen, als er mit den Fingern über meine Narben streicht. Jetzt quäle ich ihn, drücke Tyler zurück auf die Matratze und erkunde seinen Körper, während ich meine Hüften bewege, bis er aufstöhnt. Als ich mich zu ihm hinunterbeuge, löst er die Klammer in meinem Haar, das in dem sanften Licht wie flüssiges Gold herabfließt und unsere Gesichter wie einen Vorhang umschließt.

In diesem Moment ist er alles für mich, dieser Moment ist alles. Zum ersten Mal seit meinem Unfall kann ich mit einem Mann schlafen, ohne mich zu schämen, mich zu bedecken oder das Licht auszuschalten. Ich bin dankbar. So unendlich dankbar. Zu viele Gefühle schwappen über mich und hüllen mich ein, doch als seine Zunge meine Unterlippe entlang streicht, lasse ich alles los und gebe mich ihm hin.

12. Kapitel

Zwischen Angst und Verzweiflung

Barfuß tapse ich über die dunklen Dielen, nur mit Tylers Hemd und einem Slip bekleidet, ziehe die Vorhänge auf, um die Morgensonne hereinzulassen und mich im Zimmer umzusehen. Die Einrichtung ist mir gestern *irgendwie* entgangen. Blinzelnd betrachte ich die walnussfarbenen Möbel, das dunkelgraue Bett mit der türkisfarbenen Bettwäsche, passend zur Farbe der Tapete und Vorhänge. Meine Mutter kennt mich wirklich ganz genau, besser als ich es je gedacht habe.

Lächelnd drehe ich mich zu Tyler um, der immer noch zwischen den Laken liegt und so friedlich aussieht. Ich gehe zu ihm, streiche durch sein Haar und küsse ihn erst auf die Wange, dann auf den Mund. Er bewegt sich, grummelt leise.

»Wie spät ist es?«

»Wir haben verschlafen, was aber kein Wunder ist. Die Mischung aus Wein sowie ... dem danach und außerdem habe ich meinen Handywecker deaktiviert.« Als er sich aufrichten will, drücke ich ihn zurück auf die Matratze. »Langsam, Cowboy. Izzy und Javi haben alles im Griff. Wie wäre es also, wenn du mir das Badezimmer zeigst. Hat es eine Badewanne oder eine Dusche?«

»Finden wir es doch raus«, murmelt er schlaftrunken. Sekunden später schleicht sich ein anzügliches Grinsen auf sein Gesicht. Er steht auf und zieht mich mit sich ins Bad. Kaum fällt die Tür ins Schloss, drückt er mich gegen die Wand und knöpft mir das Hemd auf. Wieder sind seine Hände, seine Lippen überall, während er mich durch den Raum dirigiert.

Ich habe keine Chance, mich umzusehen, höre nur ein Prasseln, bevor ich das heiße Wasser auf meinem Körper spüre.

»Nimmst du die Pille?«, flüstert er an meinem Ohr, reißt mich weg von den Bildern der gestrigen Nacht.

»Hm?«

»Kondome und Duschen sind keine gute Kombination. Ich bin gesund und du sicher auch, also?« Er zieht eine Augenbraue nach oben, lässt den Blick verlangend über meine nackte Haut wandern, was mich beinahe in den Wahnsinn treibt.

Die Frage wabert durch meinen Kopf, während ich ihn anstarre und dabei zusehe, wie das Wasser über seine Brust rinnt, bis sich endlich eine Antwort formt. »Dreimonatsspritze. Und ja, ich bin gesund.«

Mehr braucht er nicht. Seine Lippen pressen sich auf meine, sein Körper drückt mich gegen die kalten Fliesen. Ich umschlinge seine Hüften mit den Beinen und halte mich an seinen Schultern fest. Wir küssen uns genauso leidenschaftlich wie gestern, als würden wir ertrinken, wenn wir uns nicht berühren könnten.

Ich nippe an meinem Kaffee und starre Javier über die Tasse hinweg an. Sein Vorschlag, dass Tyler und ich nach dem Frühstück die Zäune abreiten, hängt immer noch in der Luft, während mich alle anstarren. »Warum machst du das nicht mit Tyler? Oder von mir aus auch mit Izzy.«

»Und du drehst dann wieder deine Runden auf dem Reitplatz, ja?« Seine braunen Augen funkeln spöttisch, als er den letzten Muffin aus dem Korb nimmt und ein Stück davon abbricht. »In drei Wochen ist das Rodeo und wir müssen trainieren, Daria. Hast du nicht mit Matthew eine Wette abgeschlossen, wer von euch beim *Barrel Race* gewinnt? Ich habe dich reiten sehen, du hast keine Chance.«

Die Wahrheit tut weh.

Und ich kann nicht mal widersprechen, weil er den Nagel genau auf den Kopf trifft. Ich bin seit Wochen hier und obwohl ich die panische Angst überwunden habe, bin ich noch lang nicht so weit, das *Barrel Race* zu gewinnen. Sollte das irgendjemand herausfinden, bin ich geliefert. Nicht nur ich, sondern der gute Ruf meiner Mutter und des Gestütes. So darf ich auf keinen Fall beim Rodeo antreten, aber wenn ich mich nicht anmelde und nicht reite, wäre das genauso schlimm, denn Matt ahnt längst, was los ist. Die einzige Möglichkeit, meinen Kopf aus der Schlinge zu ziehen, besteht also darin, teilzunehmen und den Wettbewerb zu gewinnen. Ein Teufelskreis, dem ich nicht entkommen kann.

»Du musst es ihr nicht unter die Nase reiben, Javi«, beschwichtigt Tyler und wirft ihm einen warnenden Blick zu.

»Doch, genau das muss ich, sonst wird sie die Tatsachen verdrängen, bis das Rodeo vor der Tür steht, und dann sind wir alle so richtig am Arsch.« Nachdem Javier sich mit einer Hand durchs Haar gestrichen ist, stehen sie in alle Richtungen ab. Fehlt nur noch sein Grinsen, aber das bleibt aus. »Ich lasse mich für Silver Lane aufstellen, um zu helfen. Je mehr für das Gestüt starten und an den verschiedenen Wettkämpfen teilnehmen, umso höher das Preisgeld. Nur bringt das nichts, wenn Daria schlecht abschneidet oder jeder sieht, dass *Rebecca Evans' Tochter* beim Reiten versagt.«

Autsch. Und wieder direkt ins Schwarze.

»Das reicht jetzt, Jungs«, wirft Izzy gebieterisch ein, bevor Tyler die Diskussion fortsetzen kann. Das Feuer in ihrem Blick kenne ich noch von früher und ich weiß auch genau, was passieren wird, wenn ihr jemand widerspricht. Und da bin ich offenbar nicht die Einzige, denn was folgt, ist Schweigen. »Ihr redet über Daria, als wäre sie gar nicht da! Aber ihr habt beide recht. Das Rodeo könnte zu einem Problem werden und das weiß sie selbst. Sie denkt jedes Mal daran, wenn sie im Sattel sitzt, da müssen wir es ihr nicht unter die Nase reiben, klar?« Sie stupst ihren Bruder in die Seite, der beschämt nickt, und wirkt dabei äußerst zufrieden. Als sie mich ansieht, weiß ich, was sie sagen wird. »Du solltest mit Tyler die Zäune abreiten. Bei eurem Ausflug zum See ist doch alles gut gegangen und du kennst das Gelände besser als wir.«

Das hat mir bei meinem Unfall auch nicht geholfen, aber das behalte ich für mich. Seufzend blicke ich zu Tyler, der den Kopf gesenkt hält und in seine Tasse starrt, als gäbe es dort etwas Interessantes zu sehen. Er muss den beiden nicht zustimmen, es ist klar, wie er darüber denkt.

»Du liebst es, mich zu quälen, stimmt's?«, brumme ich und trinke den Rest meines Kaffees.

Seine Mundwinkel zucken, er beugt sich dicht zu mir herüber und flüstert: »Also, gestern und vor einer halben Stunde unter der Dusche hat es dir noch ziemlich gut gefallen, wenn ich mich richtig erinnere. Willst du dich wirklich beschweren?«

Meine Wangen werden flammend heiß und ich kann nur hoffen, Izzy und Javier haben davon nichts mitbekommen. Empört schnappe ich nach Luft, kann aber nichts gegen die Bilder tun, die in mir aufsteigen. Über diese Art von Qual beschwere ich mich sicher nicht und das weiß er, nach seinem Grinsen zu urteilen, auch. *Mistkerl!* Schnaubend lege ich ihm eine Hand auf die Brust und schiebe ihn zurück.

»Dann mal an die Arbeit.« Ich warte nicht auf Tyler, setze mir den Stetson auf und flüchte mich in den Stall zu Biscuit. Der Wallach begrüßt mich mit einem freudigen Wiehern und stellt die Ohren auf, als ich anfange, ihn zu striegeln. »Wenigstens bist *du* nett zu mir«, murmle ich und ertappe mich dabei, wie meine Gedanken immer wieder zurückwandern. Zur gestrigen Nacht und dem Moment im Badezimmer, den Küssen und Berührungen, den Gefühlen, die in mir wirbeln. Unwillkürlich muss ich lächeln und zugeben, dass ich, trotz aller Hindernisse, die noch vor mir liegen, glücklich bin. Und das fühlt sich verdammt gut an.

Wir reiten zuerst die Weide hinter dem Haus ab, um herauszufinden, weshalb Patch krank geworden ist. Doch ich kann weder schädliche Pflanzen entdecken noch einen Hinweis darauf, dass jemand versucht hat, der Stute absichtlich zu schaden. Und doch glaube ich noch immer nicht, dass es Tylers Schuld war.

Im Schritt lenken wir unsere Pferde in Richtung der Grenzkoppeln südlich des Hofes. Unsere Weiden sind, verglichen mit denen der Farmen um uns herum, noch grün. Wir nutzen sie nur selten, doch früher, als meine Großeltern noch Rinder hatten, gab es hier hunderte Tiere, die das Gras abgefressen und den Boden zertrampelt haben. Und wenn kein Regen fiel, wurde es brenzlig. Pachtverträge wurden zwischen den Farmern geschlossen oder sie gingen gemeinsam auf einen Trail. Der Zusammenhalt der Menschen in der Gegend wurde schon immer großgeschrieben und wer Hilfe brauchte, bekam diese auch. Nur in letzter Zeit ist das offenbar anders, sonst hätten die Martens ihre Ranch nicht verkaufen müssen. Der Ton ist rauer geworden, die Konkurrenz größer, nur sollte das unser Gestüt gar nicht betreffen.

In Gedanken versunken sehe ich zu Tyler, der den Blick auf den Zaun geheftet hat und regelmäßig absteigt, um die Pfosten und den Draht genauer zu betrachten. Ich wünschte, ich könnte genauso locker und selbstsicher im Sattel sitzen wie er, doch jedes Mal, wenn Biscuit eine unvorhergesehene Bewegung macht, klammere ich mich an den Sattelknauf und bekomme Herzrasen. Wenn ich etwas trinken will, steige ich ab, sobald Tyler schneller reitet, werde ich unruhig. Und meine Selbstzweifel werden mit jeder Minute größer.

»Entspann dich, Daria.«

»Sag das nicht immer so«, fauche ich, eine Hand am Sattel, in der anderen die Zügel. »Wenn es so leicht wäre ...« Den Rest des Satzes schlucke ich herunter, denn eigentlich ist es ziemlich einfach, würde ich nicht das Gefühl haben, jeden Moment zu fallen. *Wenn ich doch nur mein Gehirn ausschalten könnte!* »Hattest du mal einen Reitunfall?«

Er dreht sich zu mir um, die Augenbrauen zusammengezogen. »Ich bin ständig heruntergefallen, einmal auch richtig heftig. Bei einem *Barrel Race.* Mein Pferd ist weggerutscht, ich bin gegen eine Tonne geknallt und wurde mitgeschleift, aber es war nicht so wild. Ich konnte mich schnell aus dem Steigbügel befreien und hatte mir nur die Schulter ausgekugelt. So was passiert eben.«

»Und du bist natürlich sofort wieder in den Sattel gestiegen«, sage ich mit einem abfälligen Schnauben.

»Sobald es mir besser ging, ja. Aber das soll nicht heißen, dass ich dich nicht verstehen kann. Mir würde es genauso gehen, wenn ich diesen Unfall gehabt hätte.« Er lenkt Star näher an Biscuit heran, beugt sich zu mir, um mir einen Kuss auf den Mund zu hauchen. Bevor sich unsere Lippen berühren, flattert ein Vogel auf und die Pferde tänzeln zur Seite.

Erschrocken klammere ich mich fest, hasse mich selbst für meine Angst. Ein bitteres Lachen steigt aus meiner Kehle auf. »Nein, würde es nicht. Du wärst nicht einfach abgehauen und hättest alles zurückgelassen. So bist du nicht. Aber ich ... Ich bin damit nicht klargekommen.«

»Daria, du hast studiert.«

»Erinnerst du dich daran, dass du mich gefragt hast, ob ich das wirklich will? Mein toller Fünfjahresplan, eine eigene Praxis ...« Mir weht eine Haarsträhne ins Gesicht, doch ich traue mich nicht, die Hand vom Sattelknauf zu lösen, um sie mir hinters Ohr zu schieben. *Erbärmlich. Einfach erbärmlich!* »Du hattest recht, so wie immer. Damals hatte ich das Gefühl, ich wäre nur *Rebecca Evans' Tochter*, keine eigenständige Person und das ... es tat weh. Deshalb habe ich das Praktikum gemacht und mir in den Kopf gesetzt, Tierärztin zu werden. Und dann habe ich mich darin verbissen und gelernt wie eine Verrückte. Die Arbeit hat mir Spaß gemacht, aber jetzt weiß ich nicht mehr, was ich wirklich will. Ich weiß nicht, ob ich mit diesem Plan weitermachen soll.«

Die Haarsträhne weht mir in den Mund und jetzt habe ich keine andere Wahl, als meine Hand zu lösen und sie mir hinters Ohr zu klemmen. Sofort überkommt mich das Gefühl, ich würde das Gleichgewicht verlieren. Und vielleicht ist es auch so, zumindest innerlich. Ich wollte nur einen Sommer lang bleiben, doch seit ein paar Tagen nagen bohrende Zweifel an mir. Ich bin zu Hause. So fühlt es sich an, endlich, nach all der Zeit, und das will ich nicht aufgeben. Aber ich will nicht mehr nur *Rebecca Evans' Tochter* sein.

»Als ich damals mit Cloud ausgeritten bin, wollte ich nachdenken und mir darüber klarwerden, was ich wirklich will. Ob ich so einfach mein Leben in den Wind schießen sollte. Aber nach dem Unfall habe ich es nicht ertragen. Jeder wusste es und das Mitleid hat mich fuchsteufelswild gemacht. Und ich wollte nur noch weg.« Seit diesem Tag bin ich auf der Flucht vor der Vergangenheit und vor mir selbst.

Tyler reibt sich mit dem Handballen über die Stirn, stößt einen schweren Seufzer aus. »Das ist es also.«

»Was meinst du?« Irritiert sehe ich ihn an, bevor ich meine Aufmerksamkeit wieder nach vorn und auf Biscuit richte. Der Wallach ist ruhig, doch er ist mir schon einmal durchgegangen und ein zweites Mal möchte ich ungern auf dem Boden landen.

»Du hattest dich entschieden, hierzubleiben, dann ist etwas schiefgegangen. Und diese Entscheidung verbindest du mit allem. Mit deinem Pferd, mit dem Reiten und dem Unfall.« Er zügelt Star, leckt sich über die Lippen und zuckt mit den Schultern. »Hätte mir klar sein müssen, als ich zum ersten Mal gesehen habe, wie du Blaze ansiehst. Als würde es dich zerreißen.«

In meinem Magen zwickt es, doch er spricht einfach weiter, sieht mich mit diesem fürsorglichen Ausdruck in den Augen an. Er wartet, bis ich Biscuit neben der Stute meiner Mutter zum Stehen bringe.

»Deshalb sträubst du dich dagegen und wolltest nicht lang bleiben. Innerlich ist dir bewusst, dass deine Entscheidung nicht zu deinem Unfall geführt hat, aber dieses Gefühl ist tief in dir verankert, hat sich in dich eingebrannt.«

»Und immer, wenn ich im Sattel sitze, erinnere ich mich daran, dass ich eine falsche Wahl getroffen habe. Ist es das, was du glaubst? Das ist doch vollkommen absurd!« Ich steige ab, hole eine Wasserflasche aus der Satteltasche, um einen Schluck zu trinken. Mir ist heiß, meine Gedanken drehen sich wie in einem Kreisel und ich schlage ungeduldig nach einem Insekt, das vor meiner Nase herumschwirrt. »Als Hobbypsychologe bist du nicht zu gebrauchen.«

Schweigend lässt er sich aus dem Sattel gleiten, kontrolliert zwei der Balken und den Draht, bevor er zu mir kommt und die Arme um meine Hüften legt. Minutenlang sehen wir uns einfach nur an, bis er mich schließlich sanft küsst. Ich gebe nach, schmiege mich an seine Brust und bin enttäuscht, als er sich viel zu schnell von mir löst. Wir sind meilenweit von jedem anderen Menschen entfernt, ungestört. Die Sonne scheint auf uns herab, ein leichter Wind weht und verbreitet den Geruch von Gräsern und Blumen. Es ist wunderschön hier, atemberaubend, und ich will ganz sicher nicht mit ihm streiten, aber er ist noch nicht fertig.

»Hey, Prinzessin, ich will dir damit nicht wehtun, ich will dir helfen.« Tylers Hand wandert an meine Hüfte, verharrt auf dem nackten Streifen Haut zwischen meiner Jeans und dem T-Shirt. »Irgendwann musst du dich vielleicht entscheiden, aber noch nicht jetzt. Es ist gut, dass du hier bist, um deiner Mutter beizustehen, und es spielt keine Rolle, was nächstes Jahr ist. Nicht im Moment. Und selbst wenn du als Tierärztin arbeiten willst, wirst du in Silver Lane bleiben. Du hast nicht vor, wegzulaufen, und das ist das Wichtigste.«

Ich bin überrascht, als er nicht versucht, mich zu überreden, das Gestüt zu übernehmen. Er drängt mich nicht, würde meine Wahl wahrscheinlich respektieren. Etwas von dem Druck, den ich seit meiner Ankunft verspürt habe, löst sich auf. Nur ein wenig, aber doch genug, dass ich ein Lächeln zustande bringe.

Nach einem weiteren Kuss steigen wir wieder auf und reiten die Zäune ab. Der Wind frischt auf, weht einen anderen Geruch heran, den mein Gehirn sofort mit den trockenen Feldern in Verbindung bringt. Es hat seit Wochen nicht geregnet und ich wusste, das würde irgendwann passieren, doch der Hauch von brennendem Heu, der in der Luft liegt, erschreckt mich. Alarmiert suche ich den Himmel ab und entdecke eine dunkle Rauchwolke in der Richtung, in der *Silver Dream* liegt.

Nein!

Mein Herz trommelt schmerzhaft gegen meinen Brustkorb, meine Kehle schnürt sich zu. Das kann nicht sein. Das ist sicher nur Einbildung. Eine ganz andere Art von Angst breitet sich in mir aus, vernebelt meine Sinne. Vielleicht ist es gar nicht direkt beim Gestüt ...

»Tyler!« Meine Stimme bebt, ich will es nicht wahrhaben, aber die Anzeichen sind unverkennbar. Es brennt. Ich deute zu dem Rauch, der sich dunkel vom wolkenlosen Blau abhebt, während die Panik stärker wird. Wenn der Hof in Flammen steht, ist alles verloren.

Sofort treibt Tyler Star an, galoppiert zurück zum Gestüt. Ich überlege nicht lang, beuge mich nach vorn und gebe die Zügel frei, mehr muss ich nicht tun, damit Biscuit ebenfalls über die Koppel jagt. So schnell, dass die Umgebung vor mir verschwimmt und mein Herz einen Moment aussetzt, doch darauf kann ich jetzt nicht achten. Die Angst um die Ranch, die mir die Luft abschnürt, ist viel größer und mächtiger als die, vom Pferd zu fallen.

Der Wallach streckt sich unter mir, ich spüre seine Muskeln, seine

Kraft. Erinnerungen durchströmen mich, lösen sich aber auf, je näher ich dem Gestüt komme. Der Rauch breitet sich immer weiter aus, sticht schließlich in meiner Nase, lässt meine Augen tränen. Kurz vor dem Hof zügeln wir die Pferde, binden sie an den Zaun der vorderen Weide.

Flammen schlagen in den Himmel, leckten über das Holz der Scheune, in der das Heu und die Futtervorräte lagern. Sie brennt wie Zunder und Funken fliegen durch die Luft. Javier bespritzt das Gras mit Wasser, damit sich das Feuer nicht ausbreiten kann. Izzy kommt zu uns, reibt sich über das rußgeschwärzte Gesicht.

»Die Feuerwehr ist verständigt und müsste jeden Moment da sein. Wir haben gerade die Pferde auf die Koppeln gebracht und nichts gemerkt. Als der Geruch stärker wurde, konnten wir nichts mehr tun, die Scheune stand schon in Flammen.«

»Ja«, hauche ich voller Entsetzen und bin froh, dass keiner der beiden versucht hat, den Brand auf eigene Faust zu löschen. Wahrscheinlich hat es nur Minuten gedauert, bis das Feuer sich auf das Holz ausgebreitet hat, das Heu zerfressen hat. Unsere Reserven, bis der Winter hereinbricht. Das Futter, das ich erst bestellt und bezahlt habe, ist da drin. Es ist alles verloren und selbst wenn wir die Scheune wiederaufbauen und neue Vorräte kaufen, wird das einige tausend Dollar kosten. Ebenso viel wie der Umbau des Hauses oder sogar mehr.

Es ist vorbei. Zitternd presse ich mir eine Hand vor den Mund, lausche entsetzt dem Knistern der Flammen. Hitze prickelt auf meinem Gesicht, verätzt mir die Luftröhre. Und als sich ein Balken löst, stieben Funken auf und ich taumle zurück. Was soll ich jetzt machen?

Den letzten Rest meiner Ersparnisse opfern und auf meinen Plan verzichten? So könnte ich das Gestüt retten, aber diese Entscheidung kann ich nicht einfach so treffen, dafür bin ich nicht bereit. *Silver Dream* ist der Traum meiner Mutter, ihr ganzes Leben. Sie hat zwar erwähnt, sie würde verkaufen wollen, doch das hat sie nur gesagt, um mich dazu zu bringen, hierzubleiben. Niemals würde sie den Hof aufgeben, das würde sie vollkommen zerstören.

Ich sinke auf den Boden, verberge das Gesicht in den Händen und gebe mich meinen wirren Gedanken hin. Es zerreißt mich. Noch vor ein paar Stunden war ich auf einem Höhenflug, glücklich und zuversichtlich, aber jetzt falle ich in den Abgrund, kann mich nirgendwo festhalten. Der Rauch steigt mir in die Nase, bringt mich zum Würgen. Ich huste, habe nicht die Kraft, um aufzustehen.

Jemand zieht mich auf die Beine, trägt mich irgendwohin, aber ich bekomme nichts mit, halte die Lider geschlossen, während in mir ein Sturm wütet. So hilflos habe ich mich das letzte Mal gefühlt, als ich gezwungen war, Cloud beim Sterben zuzusehen. Mir graut es davor, Mom anzurufen, um ihr mein Versagen zu gestehen.

»Daria? Daria, sieh mich an, bitte!«

Als ich die Augen öffne, liege ich auf der Couch im Wohnzimmer des Cottages, Tyler kniet vor mir und in seinem Blick spiegelt sich die Verzweiflung, die mich lähmt. Sanft streichelt er mir über die Wange, zwingt sich zu einem Lächeln, das eher wie eine Grimasse aussieht.

»Die Feuerwehr ist da, um den Brand zu löschen.«

»Zu spät«, flüstere ich und schließe gequält die Lider. Der Rauch hängt mir immer noch in der Nase, hat sich in meinen Klamotten festgesetzt. Ich muss so schnell wie möglich duschen. »Wir haben nicht mehr viel Futter für die Pferde und auch keinen Platz, um neues zu lagern. Oder das Geld, um es zu bezahlen.«

»Daria ...«

»Es ist verrückt, oder? Erst wird Patch krank, es kommen kaum Aufträge, und dann brennt es plötzlich. Als wollte uns jemand sabotieren. Und irgendwie ahne ich auch, wer dahinterstecken könnte.« Mit einer Hand streiche ich mir die Haare aus dem Gesicht, stoße einen verzweifelten Laut aus. »Auf meinem Konto ... Ich könnte den Umbau des Hauses zahlen und die Rechnungen für ein paar Monate, aber das ... Wir brauchen die Einnahmen der letzten Wochen, um das wieder in Ordnung zu bringen, aber danach sind wir pleite und schaffen es nie, den Kredit abzubezahlen. Wir haben Anfang Juli.«

Tyler verschließt meine Lippen mit einem Kuss, löst sich seufzend von mir. »Wir geben nicht auf, Prinzessin! Und ich habe auch eine Idee, wie wir das Problem lösen können. Jetzt geh duschen, dann sehen wir uns die Bücher an und regeln das, okay?«

Ich wische mir über die tränenfeuchten Wangen. »Wie willst du das regeln? Ist dir eigentlich klar, was das für uns bedeutet? Die Versicherung wird nicht zahlen.«

»Das weißt du nicht.« Er gibt mir einen Kuss auf die Stirn, bevor er aufsteht. An der Wohnzimmertür hält er einen Augenblick inne. »Bin gleich wieder da.«

Mein Leben ist im Chaos versunken.

Draußen sind immer noch die Leute von der freiwilligen Feuerwehr aus Silver Lane und dutzende Nachbarn. Farmer, die in kleinen Gruppen zusammenstehen, Bewohner aus der Stadt und mitten drin Tyler, Izzy und Javier, die hektisch herumhetzen.

Nur ich stehe im Bademantel im Cottage, beobachte alles und fühle mich so unbeteiligt. Als würde mich das aufgeregte Treiben nichts angehen. Mit einem Seufzen ziehe ich die Vorhänge zu, nehme mir ein paar bequeme Klamotten aus dem Schrank und schlüpfe hinein. Die Zeit, mich zu verstecken, ist endgültig abgelaufen. Ich bin immer noch erschüttert, am Boden zerstört, aber da ist dieser kleine Funke von Hoffnung, der sich in mir hält. Vielleicht, weil Tyler so davon überzeugt ist, dass wir es hinbekommen, oder weil ich meiner Mutter nicht sagen will, es wäre vorbei. Keine Ahnung.

Sobald ich einen Fuß nach draußen setze, kann ich es riechen. Verbranntes Holz, Asche. Der Blick zur Scheune verursacht mir Übelkeit. Es steht nur noch ein Gerüst, das aussieht wie ein Skelett. Schwarze Balken, von denen Wasser tropft, mehr ist von dem Gebäude und Futter nicht geblieben.

»Daria, Kleine!« Gabrielle Archer schließt mich in ihre Arme und drückt mir einen Kuss auf die Wange, danach begrüßt mich auch ihr Mann Daniel. »Es ist so furchtbar, was passiert ist. Als Izzy anrief, sind wir sofort losgefahren.«

»Danke, dass ihr hier seid, aber das wäre wirklich nicht nötig gewesen.« Ich streiche mir eine feuchte Haarsträhne aus dem Gesicht und frage mich, wo mein Hut ist. Habe ich ihn bei dem Ritt verloren oder irgendwann später? »Javi hat mir erzählt, ihr hättet selbst ein paar Probleme. Ihr wollt einen Teil eurer Rinder verkaufen?«

Daniel streicht sich durch die braunen Haare, die sich an den Schläfen grau verfärbt haben, und wirft seiner Frau einen Blick zu. »Niemand hat dieses Jahr mit einer Dürre gerechnet. Es hätte längst regnen sollen, aber darauf können wir nicht mehr hoffen, dafür haben wir zu viel Vieh.«

»Nur sind die Preise im Moment nicht ideal. Ihr würdet eine Menge Geld verlieren.« Tausende Dollar. Und das könnte für einen Rinderbetrieb das Aus bedeuten. Ich muss an unsere Weiden denken, über die wir geritten sind, als Tyler und ich die Zäune überprüft haben. Es scheint Wochen zurückzuliegen, dabei sind erst wenige Stunden vergangen.

Gabrielle beißt sich auf die Unterlippe, sieht damit ihrer Tochter verdammt ähnlich. Die beiden könnten Schwestern sein. Nur die Fältchen um die Augen herum verraten ihr wahres Alter. »Mach dir darüber keine Gedanken, Kleines, ihr habt hier schon genug Sorgen.«

Mehr als genug, da hat sie recht, aber die Archers haben mich wie eine Tochter behandelt. Und meine Idee könnte uns allen eine Hilfe sein. »Wir haben vier freie Weiden, die wir im Moment nicht nutzen. Bei fünfzig Rindern pro Fläche könnte es ein paar Wochen funktionieren. Und nach dem Rodeo ist ja der Trail. Bis dahin müsstet ihr nicht zufüttern und auch nicht verkaufen.«

»Ein Weidepachtvertrag?« Daniel runzelt die Stirn, denkt einige Sekunden nach und wechselt erneut einen Blick mit seiner Frau. »Das haben wir seit Jahren nicht mehr gemacht. Lass uns heute Abend darüber reden, wenn es sich hier ein wenig beruhigt hat.«

Ich zwinge mich zu einem Lächeln, schlinge die Arme um meinen Körper und gehe weiter. Obwohl es warm ist und die Sonnenstrahlen auf meiner Haut kribbeln, fröstle ich. In meinem Kopf überschlagen sich unzählige Fragen, während ich mich der Scheune nähere. Wie konnte das passieren? Habe ich irgendetwas falsch gemacht? Oder steckt vielleicht doch mehr dahinter? Der Gedanke, jemand könnte uns sabotieren, lässt mich einfach nicht los.

Ich glaube nicht an Zufälle.

»Wir müssen sie abreißen.« Tyler legt mir einen Arm um die Schultern, drückt mir einen Kuss auf die Schläfe. Es tut gut, seine Wärme zu spüren, doch selbst jetzt breitet sich die Kälte in mir aus. Als würde ich von innen heraus erfrieren. »Keine Sorge, innerhalb einer Woche bekommen wir das hin, Prinzessin. Eine neue Scheune und dann können wir auch wieder Futter bestellen.«

Er klingt so zuversichtlich, dass ich mir von Herzen wünsche, ihm glauben zu können, aber ich habe kein gutes Gefühl. Das Auf und Ab in den letzten Wochen hat mich vollkommen ausgelaugt und ich weiß nicht, ob ich so weitermachen kann. Ob ich es will. Die Alternative wäre, meinen Plan voranzutreiben und ein zweites Mal alles und jeden im Stich zu lassen, an dem mein Herz hängt.

»Hast du irgendwo ein paar tausend Dollar, von denen ich nichts weiß? Denn die könnten wir ganz gut gebrauchen, da der Umbau uns schon die Konten leer fegen wird und ... Ich habe versagt, Tyler. Ich habe meiner Mutter versprochen, das Gestüt zu leiten und wieder in Schwung zu bringen, und jetzt ist es vorbei.« Stöhnend vergrabe ich das Gesicht an seiner Brust, kralle mich in sein Hemd. Für einen Moment kann ich alles andere aus meinem Gedächtnis verdrängen, bevor es schlagartig zurückkehrt und mich beinah in die Knie zwingt. Den nächsten Satz flüstere ich nur: »Wir müssen verkaufen.«

»So weit wird es nicht kommen«, verspricht er, drückt mich fest an sich. Als ich den Kopf hebe, erkenne ich die Entschlossenheit in seinen Augen, spüre den leisen Funken Hoffnung. Nur er schafft es, mich vor dem Absturz zu bewahren, aber dieses Mal wehre ich mich mit aller Kraft gegen dieses verheißungsvolle Gefühl. Noch eine Enttäuschung könnte ich nicht ertragen.

Ich stelle mich auf die Zehenspitzen und hauche ihm einen Kuss auf die Lippen, klammere mich an die Erinnerungen unserer gemeinsamen Nacht. Nur so bekomme ich ein halbwegs ehrliches Lächeln hin. »Warst du schon immer so ein Optimist?«

Er zuckt mit den Schultern. »Ich bin da, wenn du mich brauchst, erinnerst du dich? Und es hätte wesentlich schlimmer kommen können.«

»Allerdings«, stimme ich leise zu, betrachte ein letztes Mal die ausgebrannte Scheune und wende mich ab. In meinem Kopf habe ich längst eine Liste erstellt, was ich als Nächstes tun muss. Ein Anruf bei der Versicherung steht an erster Stelle und danach habe ich vielleicht genug Mut gesammelt, um Mom zu gestehen, was passiert ist. Oder ich verkrieche mich wieder im Cottage, zusammen mit Tyler. Die Aussicht auf Letzteres gefällt mir viel besser, aber irgendwann muss ich in den sauren Apfel beißen. »Könntest du die Show beenden? Gabrielle und Daniel bleiben noch zum Abendessen, aber die anderen sollten verschwinden.«

»Ich kümmere mich darum.« Er drückt sanft meine Hand, bevor er zu den Leuten hinüberschlendert.

Stöhnend reibe ich mir über die Augen, schleppe mich ins Haus und hole mir einen Kaffee aus der Küche. Das Zeug ist längst kalt, aber ich brauche dringend ein Aufputschmittel, damit ich mich nicht mehr so gerädert fühle.

In Moms Büro schalte ich den Computer ein, werfe einen Blick auf mein Konto, dann auf das des Gestütes. Der Kostenvoranschlag für den Umbau des Haupthauses liegt gut sichtbar auf der Schreibtischplatte, verhöhnt mich. Es ist nicht mal ein Taschenrechner nötig, um zu wissen, dass das Geld nicht reichen wird, um eine neue Scheune aufzubauen und Futter zu bestellen. Wir bräuchten ein Wunder und an die habe ich noch nie geglaubt. Und trotzdem rechne ich alles zweimal durch. Der Auftrag, für den wir im Voraus bezahlt wurden, das, was wir bisher eingenommen haben und möglicherweise beim Rodeo gewinnen könnten. Selbst dann sieht es nicht gut aus und wir würden wieder bei null anfangen und hätten vier Wochen weniger, um fünfundfünfzigtausend Dollar aufzutreiben.

Nach dem Anruf bei der Versicherung knirsche ich mit den Zähnen. Eine Zahlung würde es erst geben, wenn alles überprüft und bewiesen wurde, dass wir die Scheune nicht selbst in Brand gesteckt haben, was manchmal einen Monat dauern kann, vielleicht länger. Die Zeit haben wir nur leider nicht, denn in etwa sieben Tagen wird uns das Futter für die Pferde ausgehen. Noch einmal wähle ich die Nummer, um zu fragen, ob uns die Summe zurückerstattet wird, wenn wir sie auslegen.

»Hören Sie, Miss Evans, wir schicken morgen jemanden vorbei, der den Schaden begutachtet und mit dem Brandermittler der Feuerwehr spricht, aber die Auszahlung wird frühestens in vier Wochen erfolgen. Es tut uns wirklich leid, aber das ist nun mal Standard. Ob Sie die Reparaturen selbst vornehmen oder nicht, spielt keine Rolle.«

Ich verstehe, weshalb die Versicherung so vorgehen muss. Sonst könnte ja jeder seinen Hof in Brand setzen, um das Geld zu kassieren. Den Gedanken, jemand könnte das Feuer gelegt haben und so eine Auszahlung verhindern, verdränge ich entschlossen und bedanke mich bei der Frau, bevor ich das Gespräch beende.

Als die Tür aufgeht, hebe ich den Kopf und begegne Izzys Blick. Ihre Haare sind zerzaust, ihre Augen leicht gerötet und sie hat immer noch etwas Ruß auf der Stirn. Schuldbewusst beißt sie sich auf die Unterlippe. »Hier bist du! Ich habe dich ...«, sie stockt, sieht die Kaffeetasse auf dem Tisch. »Oh, also das Zeug solltest du nicht mehr trinken, das steht seit Stunden in der Küche.«

Ich ziehe eine Schulter nach oben. »Hauptsache Koffein.«

»Wenn du magst, mache ich dir einen neuen.« Sie will nach dem Becher greifen, hält aber inne, als sie meinen Blick bemerkt. »Daria, es tut mir so leid. Ich kann mir das nicht erklären, wir haben das Heu richtig gelagert. Vielleicht war es einfach zu warm.«

»Wir hatten schon höhere Temperaturen, seit ich wieder da bin.« Nachdenklich klopfe ich mit dem Stift auf dem Kassenbuch herum. Ihre Worte klingen genau wie die von Tyler, nachdem Patch die Kolik hatte. Als würde ich Izzy die Schuld daran geben, aber da ist noch etwas anderes, das an die Tür meines Unterbewusstseins klopft. »Hast du irgendetwas gehört?«

»Was meinst du?« Unsicherheit mischt sich in ihren Tonfall. Sie zieht sich einen Stuhl heran und setzt sich auf die andere Seite des Schreibtisches.

»Keine Ahnung. Ein Motorrad oder ein Auto zum Beispiel.« Es ist nicht nötig, einen Namen auszusprechen, Izzy weiß, wen ich damit meine. Überrascht öffnet sie den Mund, bringt aber kein Wort hervor. »Wir wissen, wie Edward Jameson ist.«

»Ja, aber Matt würde nie so weit gehen, Daria.« Sie senkt den Kopf, schiebt einen Stift hin und her.

»Er hat etwas zu mir gesagt. Von wegen, sein Vater würde sich freuen, wenn ich wieder mit ihm zusammenkomme. Und er wüsste von unseren Problemen und bietet seine Hilfe an.« Ich kaue auf meiner Unterlippe und versuche, den Gedanken zu fassen, der an meinem Unterbewusstsein kratzt. Irgendetwas mit meiner Mutter ... Ich denke an die Krankenhausbesuche und die Telefonate und plötzlich macht es klick. »Mom ist jedes Mal zusammengezuckt, wenn ich die Jamesons erwähnt habe.«

Immer noch hält sie den Kopf gesenkt, holt einmal tief Luft, bevor sie mich ansieht. »Er ist auch nicht gerade mein bester Freund und mir ist klar, dass sein Vater scharf auf das Gestüt ist ...« Egal, was sie sagen will, sie schluckt den Rest des Satzes herunter, nickt zögernd. »Vielleicht hast du ja recht, aber ich glaube, er hat nichts damit zu tun.«

Oder ich bin paranoid.

Doch Matts Vater traue ich alles zu. Es war wahrscheinlich Edward Jameson, der meiner Mutter den Gedanken in den Kopf gesetzt hat, es wäre besser, *Silver Dream* zu verkaufen, und jetzt will er auch mich weichklopfen.

Mit zu Fäusten geballten Händen starre ich aus dem Fenster zu der kleinen Koppel hinter dem Haupthaus. So einfach werde ich mein Zuhause nicht aufgeben! Mir bleiben noch etwas mehr als zwölf Wochen, um das Geld aufzutreiben und alles wieder in Ordnung zu bringen. Als ich mich zu Izzy umdrehe, spüre ich, wie ein Lächeln um meine Mundwinkel zuckt.

Edward Jameson kann vielleicht versuchen, mich fertigzumachen, aber ich bin nicht allein und ich habe mich verändert. Deshalb wird *Silver Dream* sich auch verändern. Den Anfang machen wir mit den Weidepachtverträgen.

»Du hast einen Plan, richtig?« Izzys Miene hellt sich auf, ihre braunen Augen funkeln aufgeregt.

»Habe ich doch immer.«

13. Kapitel

Ein unerhörtes Angebot

»Deiner Mutter würde das gar nicht gefallen«, bemerkt Izzy zwei Tage später.

Nach dem Thunder gestern die beiden Stuten gedeckt und Dr. Kramer noch einmal nach den Tieren gesehen hat, kann ich einen weiteren Punkt von meiner Liste streichen. Jetzt sitzen wir alle am Tisch, ich hatte genug Zeit, um über meinen Plan nachzudenken, bevor ich den anderen davon erzähle, aber es fällt mir schwer, denn Isabella hat recht. Mom hat für ihre Arbeit immer mit ihrem guten Namen geworben und niemals darüber nachgedacht, einen weiteren Trainer zu beschäftigen. Vielleicht, weil sie niemanden vertraut hat, oder einfach, weil der Name Rebecca Evans die beste Werbung für uns war. Aber gerade ist sie nicht da und es ist Zeit, dass sich etwas ändert. Und weil ich keine weiteren Angestellten bezahlen kann, müssen Isabella und Tyler eben lernen, die Pferde zu trainieren.

»Ihr habt doch gestern gehört, was die Frau von der Versicherung gesagt hat. Es gibt keine Spuren von Brandstiftung, aber das Geld bekommen wir erst in vier Wochen. Bis dahin können wir nicht nur darauf warten, mehr Aufträge zu bekommen, wir müssen auf die Rancher zugehen, um *Silver Dream* wieder als Trainingszentrum und Zuchtbetrieb aufzubauen.« Ich beiße mir auf die Unterlippe und trinke einen Schluck Kaffee, ehe ich weiterrede. »Wir brauchen mehr Pferde, mehr Futter und neue Interessenten. Ich kann zwar mit dem Farmerrat reden, bin aber mit Blaze beschäftigt und muss für das Rodeo trainieren, also wäre es wirklich gut, wenn sich jemand anderes um die Ausbildung von Sunlight kümmert.«

Die Fuchsstute kam Montagnachmittag an. Ein wunderschönes Tier, ruhig und an Menschen gewöhnt, weshalb es keine Probleme sein sollte, sie einzureiten und an die Kommandos zu gewöhnen.

»Nur Arbeit am Boden und Kommandos, ja?«, versichert sich Tyler mit gerunzelter Stirn und fährt sich durch die Haare. »Was, wenn wir es versauen?«

»Seht mir mit Blaze zu, baut Vertrauen zu der Stute auf. Und ich werde ja immer da sein, um euch zu helfen und im Notfall zu korrigieren. Genau so hat Mom es auch bei mir gemacht.« Die Tatsache, dass sie mich im Sekundentakt kritisiert hat, behalte ich für mich, denn damals hatte ich das Gefühl, alles falsch zu machen. Bis sie mich irgendwann, nach Wochen harter Arbeit, doch noch gelobt hat und ich vor Stolz beinah geplatzt bin. Bei dem Gedanken daran muss ich lächeln. »Einer von euch bildet Sunlight aus, der andere sieht erstmal zu.«

Javi nickt grinsend, beugt sich etwas vor. »Und ich werde dafür sorgen, dass Daria beim Rodeo weniger als vierzehn Sekunden braucht. Mit deiner bisherigen Zeit wirst du nicht mal einen Blumentopf gewinnen.«

Meine Antwort besteht nur aus einem abfälligen Schnauben, immerhin kann ich mich im Sattel halten und auch galoppieren. Nach dem stürmischen Ritt am Sonntag habe ich meine Angst verloren. Zumindest fast. Und das ist mehr als nur ein Fortschritt, obwohl es sich nicht so anfühlt, wenn wir alle zusammen für das *Barrel Race* trainieren. Ich schüttle den Gedanken ab und stehe auf.

»Hör auf zu quatschen und mach dich nützlich, Javi! Die Jungs von deinem Dad werkeln schon seit sieben, sie könnten sicher eine kleine Stärkung gebrauchen.« Mit dem Kopf nicke ich zu den Sandwiches und den zwei Thermoskannen Kaffee, die Izzy vorbereitet hat. »Ich werde heute noch mal mit Blaze am Boden arbeiten und sie an den Sattel gewöhnen. Also, wer von euch will Sunlight ausbilden?«

Izzys Blick schießt sofort zu Tyler, der ergeben die Hände hebt und stöhnt. In der Diele schlingt er mir einen Arm um die Taille, zieht mich an sich. Seine Bartstoppeln kratzen über meinen Hals und jagen mir Schauer über den Körper.

»Jetzt wirst du mir jedes Wort heimzahlen, nicht wahr?«, murmelt er, haucht einen Kuss in meinen Nacken.

»Darauf freue ich mich schon seit Tagen«, gebe ich zu und drehe lächelnd den Kopf. »Mal sehen, ob ich dich genauso verrückt machen kann wie du mich. Den Satz *Entspann dich, Daria* hast du mir ständig um die Ohren gehauen. Dafür wirst du büßen.«

Ein vieldeutiges Grinsen umspielt seine Lippen. »Ich dachte, das hätte ich längst wiedergutgemacht.« Während er das sagt, schiebt er eine Hand unter mein Shirt und fährt mit den Fingern meine Wirbelsäule entlang. Seit Samstag haben wir jede Nacht miteinander verbracht und doch fühlt es sich immer an, als wäre es das erste Mal. Bei jeder Berührung flattern die Schmetterlinge in meinem Bauch wild durcheinander und ich wünsche mir mehr. Viel mehr.

Er zieht eine Augenbraue nach oben. »Wieso siehst du mich so an?«

»Es ist nur ... Die Scheune stand in Flammen und du bist ganz ruhig geblieben und warst dir sofort sicher, dass alles wieder gut werden würde.« Langsam drehe ich mich in seinen Armen, um ihn forschend zu mustern. »Während ich dasitze und Plänen schmiede, handelst du einfach. Und irgendwie scheint es zu funktionieren.«

Für einen Moment weicht er meinem Blick aus, reibt sich über die Stirn. »Ich habe Erfahrung mit so was, das weißt du ja, und deshalb ... Pläne zu schmieden und jeden Schritt vorher festzulegen, damit kommt man auf dem Land nicht wirklich weit, Daria. Ich will dir ja nicht auf die Füße treten, aber es kann immer etwas schiefgehen. Du willst alles kontrollieren, nur ist das völlig unmöglich.«

Seine Worte klingen wie eine Belehrung. Ich weiche zurück, schlinge die Arme schützend um mich. »Ich will vorbereitet sein. Was ist daran schlecht?«

»Gar nichts«, sagt er schnell, streckt eine Hand nach mir aus und lässt sie seufzend wieder sinken. »Nur ist das Leben unberechenbar. Menschen und Tiere haben einen eigenen Willen, sie reagieren verschieden auf bestimmte Situationen, das lässt sich nicht vorhersehen.« Sein Blick wird weicher und er verschränkt seine Finger mit meinen, reibt mit dem Daumen über meine Haut. »Deine Idee ist gut. Mit mehreren Trainern sind wir besser aufgestellt und können mehr Aufträge annehmen, aber du hättest uns das auch am Montag sagen können, statt erst zwei Tage darüber nachzudenken und irgendwas zu planen.«

»Ich war mir nicht sicher, ob es funktionieren kann. Immerhin haben wir im Moment ...«

Er legt mir einen Finger auf die Lippen, um mich zum Schweigen zu bringen. »Genau das meine ich. Manchmal müssen wir ein Risiko eingehen, manchmal sind wir gezwungen, schnelle Entscheidungen zu treffen. Ja, wir sind auf neue Kunden angewiesen, aber das lässt sich ganz einfach lösen. Im Internet gibt es Foren, in denen Trainer gesucht werden, wir könnten eine Homepage oder eine Facebookseite einrichten, Werbung machen. Wir brauchen andere Ansätze, aber wir sollten nicht zu viel darüber nachdenken, sonst gewinnen am Ende die Zweifel.«

Mein Blick fliegt zu einer der Schwarz-Weiß-Aufnahmen an der Wand, die meinen Großvater mit zwei Cowboys bei einem Trail zeigt. Damals war er noch ziemlich jung und hätte sicher niemals gedacht, was mal vierzig Jahre später aus seiner Farm werden würde, doch

Mom hat etwas riskiert. Statt weiterhin Rinder zu züchten, hat sie den Hof umgebaut, um ihren Traum zu verfolgen. Ich war mal genau wie sie, habe einfach in den Tag hineingelebt und die Dinge auf mich zukommen lassen, nur habe ich auf schmerzhafte Weise erfahren, welche Folgen das haben kann. Ein spontaner Ausflug, ein kleiner Fehler ...

Was ist nur aus mir geworden?

Früher habe ich all das geliebt. Aufzustehen und nicht zu wissen, was der Tag bringen wird. Das war aufregend und ein Teil meines Lebens, aber jetzt ertrage ich das nicht mehr. Ich bin ständig verkrampft und rechne mit irgendwelchen Katastrophen, um nicht kalt erwischt zu werden.

»Daria?«, flüstert Tyler.

»Du hast recht.« Ich sehe ihn an, zucke hilflos mit den Schultern. »Aber ich hasse das Gefühl, dass mir alles entgleitet und ich nur dabeistehen kann, machtlos. Wie bei Patch oder bei dem Feuer.«

Entschieden schüttelt er den Kopf, sagt mit rauer Stimme: »Wenn du nicht gewesen wärst, wäre Patch an der Kolik gestorben. Vertrau einfach ein wenig mehr auf dein Herz und denk nicht so viel nach. Du bist hier aufgewachsen, du weißt schon, was zu tun ist.«

Von draußen dringen gedämpfte Geräusche herein. Das Rufen von Männern, Nägel, die eingeschlagen werden, und Holz, das zurechtgesägt wird. Daniel Archer hat uns seine Hilfe angeboten, um die Scheune abzureißen und wiederaufzubauen. Eigentlich hat er nur mit Tyler geredet, ich weiß nur etwas über den Weidepachtvertrag, den wir aufgesetzt haben.

»Was hast du mit Daniel ausgemacht? Er hat uns das Material sicher nicht umsonst überlassen.«

»Nach dem Rodeo gehen einige der Farmer auf einen großen Trail, drei Wochen. Ich habe versprochen, ich würde ihnen helfen, ohne Bezahlung versteht sich.« Als er meinen wütenden Blick bemerkt, drückt er mir einen Kuss auf die Lippen. »Von der Abmachung haben wir doch alle was.«

»Nur du nicht«, gebe ich aufgebracht zurück und stemme beide Hände gegen seine Brust, um ihn von mir wegzuschieben. Wenn er so dicht bei mir steht, wird meine Wut nur verpuffen.

Plötzlich lacht er, breitet die Arme aus. »Ich wohne hier, habe genug zu essen und werde auch noch bezahlt. Glaubst du wirklich, ich würde nur eine Sekunde zögern, wenn ich Rebecca und dir irgendwie helfen kann? Lass es einfach mal zu, Prinzessin. Du musst dir darüber nicht mehr den Kopf zerbrechen.«

Seufzend gebe ich nach, falle ihm dankbar um den Hals. Eine Diskussion würde bei ihm nichts bringen, da kann ich mir den Atem auch sparen.

Als ich nach draußen gehen will, bemerke ich den Stetson, der auf dem alten Schuhschrank liegt. Es ist der, den Tyler mir geschenkt hat. Ein überraschter Laut kommt mir über die Lippen und ich streiche mit den Händen über das Lederband.

»Ich bin gestern noch mal ausgeritten, um danach zu suchen.« Er setzt mir den Cowboyhut auf den Kopf und grinst mich an. »Ohne das Ding siehst du zu sehr nach Großstadt-Prinzessin aus.«

Kopfschüttelnd folge ich ihm in Richtung Stall, bleibe aber stehen, als ich Daniel sehe, der zu uns herüberwinkt.

»Guten Morgen, Kleine! Bereit, die Rinder auf eure Weiden zu bringen?«

So viel zu meinen Plänen für den Tag. Im ersten Moment will ich protestieren, doch dann begegne ich Tylers Blick und nicke nur.

Das Leben ist eben unberechenbar.

Lachend treibe ich Biscuit an, um hinter einem der Rinder herzujagen. Der Wallach ist an die Arbeit mit Vieh gewöhnt, da meine Mutter ihn selbst ausgebildet hat, und ich brauche gar nichts zu machen, um zu zeigen, was er tun soll. Wir schneiden der jungen Kuh den Weg ab und lenken sie zurück zur Herde.

Die Luft ist erfüllt vom Blöken der Kälbchen, die nach ihren Müttern suchen, der Wind raschelt durch das hohe Gras am Rand der Viehtriebroute und Schmetterlinge flattern über die Felder. Irgendwo erklingt der Ruf eines Falken.

Das hier ist genau die Art von Freiheit, nach der ich mich gesehnt habe, als ich in der Großstadt gefangen war.

Wir sind von Natur umgeben, lassen uns Zeit, um die kleine Herde über die Weiden zu führen. Es ist lang her, seit ich das zum letzten Mal gemacht habe, und doch fühlt es sich vertraut an. Ich sitze im Sattel, in einer Hand die Zügel, die andere liegt locker auf meinem Oberschenkel. Blinzelnd sehe ich zu Javier hinüber.

»Du siehst langsam wirklich wieder wie ein echtes Cowgirl aus«, ruft er mir zu. Spöttisch tippt er sich an seinen Hut und hält die Rinder auf seiner Seite in Schach, doch auf seinen Lippen blitzt ein zufriedenes Grinsen auf. »Genau wie früher.«

Ich verdrehe nur die Augen, lenke Biscuit zu dem schmalen Fluss hinunter, der *Silver Dream* von der Ranch der Archers trennt, und behalte die Tiere im Blick. Der Wasserlauf ist nicht besonders tief, aber ein paar der Kälber brechen immer wieder aus.

Das Wasser gluckert über einige Steine, fließt gemächlich dahin, während sich die Sonne darin spiegelt. Am anderen Ufer stehen zwei Bäume, die genügend Schatten spenden, um eine kurze Verschnaufpause einzulegen. Wortlos deute ich nach oben und warte auf Javis Nicken, ehe ich hinter die Herde reite, um die Rinder in die richtige Richtung zu lenken.

»Aber nur fünf Minuten«, wirft er ein und runzelt die Stirn. »Pass auf, dort drüben ist es etwas steiler. Vielleicht solltest du absteigen und ...«

Bevor er mich noch weiter belehren kann, treibe ich den Wallach an, der bereitwillig durch das Wasser trabt, und lehne mich im Sattel nach vorn. Sekunden später bin ich auf der Böschung, steige ab und hole den Proviant aus der Satteltasche, den Izzy uns mitgegeben hat.

»Glaubst du, die anderen sind schon wieder auf dem Hof?«

Javier lehnt sich gegen einen der Bäume, lässt die Rinder nicht aus den Augen, die sich in kleinen Gruppen zusammengefunden haben, um die Pause zum Grasen zu nutzen. »Wir haben die längere Strecke, also gut möglich. Tut dir eigentlich der Hintern weh? Wir müssten seit über zwei Stunden im Sattel sitzen und ein Teil der Herde wartet noch bei Dad auf uns.«

»Mir geht's gut«, behaupte ich, obwohl ich tatsächlich erschöpft bin. Es ist etwas anderes, die Zäune abzureiten oder einen Ausritt zu machen, und ich habe die Anstrengung unterschätzt. Und die Weitläufigkeit. »Das alles hat mir so gefehlt.«

»Was genau?«, neckt Javi mich, kippt ein wenig Wasser auf ein Tuch, um sich damit über das Gesicht zu wischen. »Dir den Hintern wund zu reiben, meine Gesellschaft oder doch dein altes Leben?«

Mein altes Leben.

Bei ihm klingt das, als wäre ich eine ganz andere Person, seit ich wiedergekommen bin. Ich schüttle den Gedanken ab, lasse meinen Blick über die Felder schweifen. »Einfach alles.«

Er wird ernst, stößt sich von dem Baumstamm ab. »Irgendwie hatte ich Angst, du würdest hier vor Langeweile umkommen. Ich meine, es gibt keine Partys und bis auf die regionalen Feste und Rodeos herrscht tote Hose. Für jemanden aus der Stadt muss das echt ätzend sein.«

Ich zucke mit den Schultern, trinke einen Schluck Wasser und schiebe die Flasche zurück in die Satteltasche. »Sechs Jahre machen mich noch nicht zu einer Städterin, Javi. Du kannst dir nicht vorstellen, wie sehr ich die Ruhe und die ... na ja, die ganze Atmosphäre vermisst habe. Keine Hektik, niemand, der die Straße entlanghetzt und in sein Handy brüllt. Silver Lane ist mein Zuhause und daran wird sich nie etwas ändern.«

Ein erleichterter Ausdruck huscht über seine Miene, doch er geht nicht weiter darauf ein, schwingt sich wieder in den Sattel. »Na komm, die Rinder treiben sich nicht von allein.«

Schnaubend stelle ich einen Fuß in den Steigbügel und ziehe mich auf Biscuits Rücken. »Da sind ein paar Ausbrecher, um die kümmere ich mich.« Der Wallach wirft den Kopf hoch und verfällt in einen leichten Galopp. Wir umrunden die drei Kühe mit ihren Kälbern, bis sie sich in Bewegung setzen.

Eine halbe Stunde später blicken wir von einem Hügel hinunter auf *Silver Dream*. Von hier aus ist der Zaun der östlichen Weide schon zu sehen, leider auch ein Wagen der Jamesons, der sich langsam nähert.

»Ärger in Sicht«, rufe ich Javier zu und ich trabe nach unten, um das Tor zu öffnen. Ich löse den Karabiner und stoße es auf, ohne dem Auto einen zweiten Blick zuzuwerfen. Die Herde trottet die Böschung hinab auf die Koppel, dicht dahinter Javier, der das Gesicht verzieht, bevor er das Gatter wieder schließt.

»Der Alte höchstpersönlich, hm?«

»Sieht so aus«, murmle ich, steige ab, um Edward Jameson entgegenzugehen. Einen Arm auf einen Pfosten gestützt, betrachtet er die Rinder und nickt mir zum Gruß zu. »Mr Jameson, was verschafft mir die Ehre?«

»Unter den Farmern macht die Tatsache schon die Runde, dass du einen Pachtvertrag abgeschlossen hast. So was machen wir eigentlich nicht mehr.« Seine blauen Augen versprühen eine unangenehme Kälte, als sie sich auf mich richten. »Jede Ranch sollte auf eigenen Füßen stehen und eure Familie gehört nicht zum Farmerrat.«

Ich zucke mit den Schultern, als würde mich sein Auftritt unbeeindruckt lassen, dabei fröstle ich innerlich. Der Mann ist mir einfach nicht geheuer. »Ich dachte, es spricht nichts dagegen, alte Traditionen wieder aufleben zu lassen. Wir haben ungenutztes Land und die Archers zu viel Vieh, um es bis zum Trail durchzubringen.«

»Aber du weißt nicht, wie wir untereinander Geschäfte machen«, kritisiert er, einen Mundwinkel spöttisch gehoben, während er zu den Rindern nickt. »Es wäre deine Pflicht gewesen, den Rat zu informieren und einen Vertrag mit dem Farmer abzuschließen, der die besten Konditionen bietet.«

Und das wäre dann ganz sicher er gewesen. Schweigend sehe ich zu Javi herüber, der zu weit weg ist, um etwas von der Unterhaltung mitzubekommen. Gut!

»Ich bin nicht meine Mutter, Mr Jameson. Auf *Silver Dream* wird sich einiges ändern, unter anderem auch, was ihre *Regeln* betrifft. Sollte mich ein Farmer um Hilfe bitten, egal, worum es dabei geht, werde ich mein Möglichstes tun, immerhin sind wir eine Gemeinschaft. Es hilft niemandem, wenn die Betriebe in unserer Gegend langsam zugrunde gehen, nicht wahr?«

Die Schärfe in seinem Blick nimmt zu. »Wir sind Konkurrenten, Daria. Das mag euer Gestüt nicht betreffen, aber für uns dreht sich alles um unsere Existenz.«

»Ganz genau«, gebe ich fröhlich zurück und lächle ihn strahlend an. Der alte Sack kann mich mal kreuzweise, wenn er glaubt, ich würde zusehen, wie die Ranch der Archers vor die Hunde geht. »Und hinter dieser Existenz stehen Familien. Denken sie nur an die Martens, die alles verloren haben. Ihre Tiere, ihre Farm, ihr Zuhause. So etwas sollte nicht passieren, wenn wir es genauso gut verhindern können.«

Eine Weile sagt keiner von uns ein Wort, sodass die Geräusche um uns herum ohrenbetäubend wirken. Das Zirpen der Grillen, die Rinder, selbst ein zwitschernder Vogel. Hier draußen ist es niemals wirklich still, aber plötzlich habe ich das Gefühl, jeder Laut würde durch Watte gedämpft. Edward Jamesons Blick lässt mich schaudern und bei dem Unterton in seiner Stimme stellen sich mir die Nackenhaare auf.

»Solltet ihr euch nicht um eure eigenen Probleme kümmern? Kranke Pferde, ein Brand ... Das wirkt auf potentielle Kunden wohl nicht sehr vertrauensvoll.«

Mein Lächeln gefriert, doch ich halte es weiter aufrecht, um ihm nicht zu zeigen, wie verunsichert ich bin. Seine Worte strahlen eine Zufriedenheit aus, die meinem Verdacht neue Nahrung gibt, und plötzlich habe ich Angst. Wozu ist er noch fähig, um das zu erreichen, was er will?

Schweigend zieht er einen Umschlag aus seinem Jackett, legt den

Kopf schief und streicht mit den Fingern über das Papier. Nach einem langen Blick über das Gelände des Gestüts blitzt etwas in seinen Augen auf. Den gleichen Ausdruck habe ich schon mal gesehen. Wie ein Raubtier, das seiner Beute auflauert.

»Deine Mutter hat eine Kopie bekommen. Die Entscheidung liegt bei ihr, aber ich fände es gut, wenn du und deine Freunde euch darauf vorbereiten könnt, wenn sie mein Angebot annimmt. Und das wird sie.« Noch einmal nickt er mir zu, bevor er den Umschlag auf den Pfosten legt und mit federnden Schritten zu seinem Geländewagen geht.

Mir dreht sich der Magen um, während ich auf das Kuvert starre. Zögernd greife ich danach, balle die freie Hand zur Faust. Jedes seiner Worte, alles was er tut, ist pures Gift. Und bei dem Gedanken, wie anfällig meine Mutter für seine Bemerkungen momentan sein könnte, wird mir schwindelig. Mich kann er damit vielleicht nicht beeindrucken, aber am Ende bin ich auch nicht diejenige, die eine solche Entscheidung trifft.

Und plötzlich ist da diese Gewissheit, dass ich mit meiner Ahnung vollkommen recht habe. Ich kann nichts beweisen, aber ich bin sicher, Edward Jameson wird uns unter Druck setzen, bis wir gar keine andere Wahl mehr haben, als das Gestüt an ihn zu verkaufen.

Wütend wische ich mir über die Wangen und wirble herum, kralle mich an dem Dokument fest, würde es am liebsten in Fetzen reißen. Ich muss den Umschlag nicht öffnen, um zu wissen, dass er einen Kaufvertrag enthält.

Ich muss telefonieren, sofort!

Wir sitzen um den Küchentisch, der Umschlag in der Mitte, der Vertrag liegt vor mir. Ganz langsam blättere ich ihn durch, während meine Augen über die Worte und Zahlen huschen, die auf dem blütenweißen Papier stehen. Fassungslos und zitternd lege ich das Angebot schließlich beiseite.

»Woher hat er dieses verdammte Gutachten? *Silver Dream* ist wesentlich mehr wert als zweihundertfünfzigtausend Dollar!«

»Na ja, das ist eine ziemlich hohe Summe und im Augenblick ...«

»Nein«, schneide ich Javi das Wort ab, funkle ihn warnend an. »Es interessiert mich nicht, wie viel es im Moment wert ist. Dieses Land gehört meiner Familie seit Generationen und es steckt eine Menge ... Ich glaube das einfach nicht!«

Was eine glatte Lüge ist, immerhin habe ich ja irgendwie damit gerechnet, dennoch hat es mich eiskalt erwischt. Vor allem die Klauseln auf der letzten Seite, nach denen Mom und ich das Vorrecht haben, weiter hier zu wohnen, allerdings als Angestellte des Gestütes. Als Arbeiter auf unserem eigenen Grund und Boden!

Hastig trinke ich einen Schluck Wasser, versuche meine wirren Gedanken zu ordnen und die leise Stimme in meinem Kopf zu ignorieren, die mir zuflüstert, dass es leichter wäre. Wir könnten den Kredit abzahlen und müssten uns nie wieder irgendwelche Sorgen machen, weil die Entscheidungen nicht mehr in unserer Hand liegen würden. Dafür wäre Matt mein Chef. Ich kann mir sein zufriedenes Grinsen schon ganz genau vorstellen, wenn er mich herumkommandiert. Das könnte ich nicht ertragen.

Seufzend lasse ich die Schultern kreisen und streiche mit den Fingern über den Anhänger meiner Kette. Er liegt kühl an meinem Hals, bringt Erinnerungen an dem Tag zurück, als ich das Schmuckstück gekauft habe.

»Was hat deine Mom dazu gesagt?« Izzys Stimme zittert leicht, als hätte sie Angst vor meiner Antwort.

»Sie denkt, es wäre vielleicht besser so«, flüstere ich, schlucke schwer. Deshalb auch meine Zweifel. Es sind die meiner Mutter. Das Telefonat mit ihr ist völlig aus dem Ruder gelaufen und schließlich habe ich einfach aufgelegt, um nicht mehr hören zu müssen, was sie sagt. »Aber sie wird nichts entscheiden, bevor sie nicht aus der Klinik zurückkommt.«

Somit bleiben mir immerhin noch ein paar Wochen, in denen ich die Möglichkeit habe, um ihr zu beweisen, dass ich es schaffen kann. Dass ich gut genug bin, um in ihre Fußstapfen zu treten. Und nur wegen einem Fetzen Papier werde ich ganz sicher nicht alles hinschmeißen.

Mit fester Stimme sage ich den anderen, dass wir erst einmal so weitermachen wie bisher. Izzy wird in mein altes Zimmer ziehen und Tyler seine Sachen ins Gästezimmer des Cottages bringen, damit die untere Etage umgebaut werden kann. Alles ist geplant, alles wird gut.

Seufzend gehe ich zum Cottage hinüber, setze mich an den kleinen Schreibtisch und streiche mit den Fingern über meinen Laptop. Meine Mutter hat Tyler sogar aufgetragen, mir ein eigenes Büro einzurichten, sie hat alles dafür getan, mich hier zu halten, will mir die Leitung von *Silver Dream* aber nicht überlassen. Ständig sendet sie mir widersprüchliche Signale, die ich irgendwie entwirren soll, um herauszufinden, was sie von mir erwartet. Dabei habe ich nicht mal eine Ahnung, was ich selbst will. Mein Magen zieht sich schmerzhaft zusammen, als ich auf die Ordner starre, die ich aus dem Haupthaus herübergeholt habe, auf die Bilder und die anderen Sachen, die bisher in ihrem Büro gestanden haben. Für den Umbau musste ich alles ins Cottage bringen.

Als ich den Kopf hebe, sehe ich meinen Fünfjahresplan. Tyler hat die Pinnwand an die Wand geschraubt, direkt daneben die zweite, die eine Foto-Collage meiner Erinnerungen zeigt.

Sechs Jahre lang habe ich mir ausgemalt, wie meine eigene Tierarztpraxis aussehen soll, doch jetzt ist dieses Bild verschwommen. Es verblasst ganz langsam und in ein paar Wochen wird es vielleicht vollkommen verschwunden sein.

Ohne nachzudenken, greife ich nach dem Mobilteil des Telefons auf dem Schreibtisch und wähle die Nummer. Nach dem dritten Läuten nimmt sie ab.

»Kylie? Hey, ich bin's Daria. Hast du kurz Zeit? Es gibt da einige Dinge, über die ich gern mit dir reden würde.«

Nachdem wir ein wenig geplaudert haben und ich ihr eine Zusammenfassung von den vergangenen Wochen gegeben habe, komme ich auf das eigentliche Thema zu sprechen. Meine Sorgen und Ängste platzen aus mir heraus, bis ich mich irgendwie leer fühle.

»Was denkst du?«, frage ich schließlich und betrachte den Himmel vor dem Fenster, der orange glüht. Es ist schon spät und ich sollte den anderen helfen, die Pferde in den Stall zu bringen. Stattdessen verkrieche ich mich mal wieder, um zu grübeln. Ob Tyler recht hat und ich zu viel nachdenke, mich von meinen Zweifeln zerfressen lasse?

»Du wärst eine wundervolle Tierärztin, Daria«, sagt sie sanft. Der Satz klingt, als würde ein fettes *Aber* folgen und genau so ist es auch. »Aber ich weiß nicht, ob dich der Job glücklich machen würde.«

»Mir hat es bei euch doch gut gefallen.«

Sie seufzt, hat wahrscheinlich den Kopf schräg gelegt. »Als du mir von dem Gestüt erzählt hast, den Ausritten und all dem Drum und Dran, hast du auf mich fröhlich gewirkt. Die ganzen Geschichten aus deiner Kindheit ... Es ist, als wärst du jetzt genau da, wo du hingehörst. Was auch immer dich nach L.A. getrieben hat, es ist nicht mehr da.«

Unruhig rutsche ich auf dem Stuhl herum, springe auf, um das Fenster zu öffnen, und mache mich daran, ein wenig aufzuräumen.

Als ich die Hand nach einer der Kisten ausstrecke, in denen Moms Pokale stecken, halte ich inne. Der Drang, Ordnung zu schaffen, ist auch nur ein Teil meiner Kontrollsucht. Zähneknirschend setze ich mich zurück an den Schreibtisch.

»Wie meinst du das, Kylie?«

»Ich glaube einfach, dass sich deine Prioritäten verschoben haben und du wieder im Gleichgewicht bist. Vergiss mal für eine Sekunde deine Pläne und sag mir, was du willst. Nicht für die Zukunft, sondern genau jetzt, in diesem Augenblick.«

»Das alles wieder gut wird.« Es ist ein kindlicher Gedanke, doch der erste, der mir in den Sinn kommt. Ich will die Augen schließen und aus diesem endlosen Albtraum aufwachen.

Sie seufzt. »So habe ich es nicht gemeint. Du musst mir nicht gleich antworten, Daria, aber bitte denk darüber nach.«

Bevor ich auflege, bedanke ich mich bei ihr, und lehne mich mit geschlossenen Augen zurück, um über ihre Worte zu nachzudenken. Ich habe immer alles getan, um meine Ziele zu erreichen, habe mir meine Zukunft ausgemalt und darüber vergessen, den Moment zu leben. Wie in Los Angeles. Nach sechs Jahren habe ich kaum etwas von der Stadt gesehen. Mache ich das jetzt auch?

Nicht ganz, aber nur, weil Tyler und Izzy es nicht zulassen. Weil die Situation es nicht zulässt. Bis Ende Oktober kann ich keine Zukunftspläne machen, weil ich hier gebraucht werde, doch immer, wenn ich an die Zeit danach denke, ist da nur eine dunkle Lücke.

»Was will ich in diesem Augenblick?«, murmle ich vor mich hin, sehe den Vertrag und den braunen Umschlag vor meinen Augen. Tief in mir drin spüre ich es, kann es mir nur nicht eingestehen. Meine Entscheidung würde alles durcheinanderwirbeln und dann gibt es nichts mehr, an das ich mich klammern kann.

Ich klappe den Laptop auf, logge mich bei Facebook ein und starre auf den Button neben meinem Profil. *Neue Seite erstellen.* Während ich auf den Monitor blicke, schwirren mir Tylers Worte durch den Kopf und meine Atmung beschleunigt sich, als ich auf den Link klicke. Es braucht nur wenige Minuten, bis ich einen Text entworfen habe und Bilder online stelle. Mein erster Post besteht aus einem Video, auf dem ich Blaze trainiere, einer Begrüßungsfloskel und einer Beschreibung, was wir anbieten.

Zucht und Ausbildung von Quarter Horses. Hier ein kleiner Blick hinter die Kulissen: unsere Trainerin Daria Evans, mit ihrer Stute Blaze.

Wie ferngesteuert fülle ich ein Impressum aus und verlinke es auf der Seite, danach erstelle ich eine Liste mit den Leistungen und Preisen und tippe noch einen kurzen Post zu dem Rodeo, das in zwei Wochen stattfinden wird. Den Link teile ich in verschiedene Gruppen, die sich mit Pferden beschäftigen, und logge mich aus.

Als ich die Haustür öffne, stoße ich beinah mit Tyler zusammen. Er hat die Stirn gerunzelt, stützt sich mit einer Hand am Türrahmen ab.

»Hey.«

»Hey«, sage ich mit einem Lächeln. »Tut mir leid, dass ich euch nicht geholfen habe, aber ich ... Du hast da etwas gesagt und ich wollte es mal versuchen.«

»Könntest du das genauer ausführen? Ich habe so vieles gesagt.« Grinsend zieht er eine Augenbraue in die Höhe, sieht mich mit seinem typischen, undurchdringlichen Blick an, bei dem mein Herz jedes Mal flattert. »Was hast du angestellt?«

Verlegen starre ich auf meine staubigen Stiefel, spüre, wie mir heiß wird. Vielleicht hätte ich doch noch warten und mir mehr Gedanken machen sollen.

»*Silver Dream* hat jetzt eine eigene Facebookseite. Ich weiß schon, was du sagen wirst, aber ich dachte ...«

»Gut«, gibt Tyler zurück, schiebt eine Hand unter mein Kinn, um mich dazu zu bringen, ihn anzusehen. »Dann bist du ja endlich mal ins kalte Wasser gesprungen.«

»Aber ich ...«

Seine Finger wandern in meinen Nacken, sanft zieht er mich an sich, um mich zu küssen. »Daria, ich habe dir schon mal gesagt, dass du aufhören sollst, immer über alles nachzudenken. Es ist eine Chance und du hast sie genutzt, also fang jetzt nicht an zu zweifeln.«

Ich gehe zu der kleinen Bank, lasse mich in die Polster sinken und beiße mir beschämt auf die Unterlippen. »Das ist nicht so einfach, wie du es hinstellst.«

Lachend setzt er sich neben mich, zieht mich auf seinen Schoß. »Entspann dich, Prinzessin, und lass die Dinge einfach auf dich zukommen. Vielleicht kommen ja schon in den nächsten Tagen die ersten Aufträge rein.«

Schweigend sitzen wir da, bis das Verandalicht automatisch anspringt, als es um uns herum dunkel wird. Von hier kann ich sehen, dass in der Küche des Haupthauses noch Licht brennt, der Stall dagegen ist genauso finster wie das Gerüst der neuen Scheune. In der Schwärze sieht es aus wie ein riesiges totes Tier, dessen blanke Knochen hervorstehen. Unheimlich.

Mücken schwirren um uns, ihr leises Surren nistet sich in meinen Ohren ein und ich bekomme das Gefühl, als würden winzige Insekten unter meine Haut krabbeln.

»Was hältst du davon, wenn du im Cottage einziehst«, sage ich plötzlich, den Blick auf eine der Lampen gerichtet. Mein Puls beschleunigt sich, Blut rauscht in meinen Ohren, so gespannt bin ich auf seine Antwort. Es ist zu früh, um über so etwas zu reden, immerhin sind wir erst ein paar Wochen zusammen. Aber wir haben so viel Zeit verloren ...

»Bin ich das nicht schon?« Sein warmer Atem streift über meine Wange, als er sich vorbeugt und mich schließlich auf die Bank schiebt, damit er mich ansehen kann. Forschend. Fragend.

»Ja, bis das Haupthaus fertig ist. Aber ich meine ...« Ich könnte jetzt sagen, dass ich mich einsam fühlen würde, wenn ich ganz allein in dem kleinen Häuschen wohnen müsste, doch das wäre nur eine Ausrede. »Es ist groß genug für uns beide, findest du nicht?«

Amüsiert sieht er mich an, lacht lauthals. »Ist das die umständliche Version der Frage, ob ich mit dir zusammenziehen würde?«

Verlegen zucke ich mit den Schultern, sehe überall hin, nur nicht zu ihm. Bei keiner meiner bisherigen Beziehungen bin ich so weit gekommen und weiß deshalb nicht, ob es richtig ist oder ich einen riesigen Fehler mache. Tja, so etwas passiert, wenn ich spontan bin. Meine Wangen fühlen sich an, als würden sie glühen, und als ich endlich den Kopf zu ihm drehe, erwarte ich, dass er ablehnt. Weil es albern ist. Und auch ziemlich merkwürdig, immerhin wohnen wir ja beide schon irgendwie zusammen.

Als er mich küsst, verschwinden meine Zweifel und ich bekomme meine Antwort. Er trägt mich ins Cottage, setzt mich vorsichtig auf der Matratze ab, ohne seine Lippen von meinen zu lösen. Ich spüre sein Gewicht auf mir, schlinge ihm die Arme um den Nacken, während er ganz langsam mein Hemd aufknöpft.

Noch nie hat sich eine Entscheidung so gut angefühlt.

14. Kapitel

Der Countdown läuft

Es sind nur noch wenige Tage, bis das Rodeo beginnt, doch schon jetzt scheint die ganze Stadt dem aufgeregten Fieber verfallen zu sein. An jeder Straßenecke und in jedem Laden gibt es etwas Besonderes. Ginas *Baked Joy* bietet Gebäck in Form von Sätteln, Gürtelschnallen und Pferden an. Marcy hat für dieses Wochenende eigens eine Schmuckkollektion hergestellt und bei Tom gibt es alles an Klamotten, was das Herz eines Cowboys höherschlagen lässt. Inklusive Fransenhemden und neuer Stiefel.

Tyler senkt den Kopf und presst sich eine Hand vor den Mund, um sein Grinsen zu verbergen. Ich bin weniger nett, starre Javier nur an und breche in Gelächter aus. Er sieht aus wie die schlechte Karikatur eines Cowboys, zu viele Fransen, zu enge Jeans. Es ist wirklich ein Wunder, dass er sich überhaupt bewegen kann.

»Warum nimmst du das Hemd nicht gleich in Rosa?«, pruste ich und wische mir verstohlen eine Träne aus dem Augenwinkel. Bevor er sich umziehen kann, hole ich mein Handy heraus und mache ein Foto. »Mom wird begeistert sein!«

»Kleine Hexe«, zischt er mir zu und verschwindet wieder in die Umkleidekabine, wobei er watschelt wie ein Pinguin.

»Geh und hilf ihm, sonst werden wir in fünf Stunden noch hier herumhängen«, raune ich Tyler zu und hauche ihm einen Kuss auf die Lippen. »Ich sehe mich solang ein wenig um.«

Was gar nicht so einfach ist, weil der Laden beinah aus allen Nähten platzt. So voll ist es hier nicht mal bei einem Ausverkauf, doch so kurz vor dem Rodeo brauchen die Reiter neue Klamotten, die etwas mehr hermachen als die, die sie zum Arbeiten anziehen.

Mit einem abfälligen Schnauben schiebe ich mich in die einzige Ecke des Geschäfts, in der niemand herumsteht. Ganz normale Jeans zum halben Preis, weil Tom sie in den nächsten Tagen nur schwer loswerden wird. Ich suche mir ein paar davon heraus und werfe einen sehnsüchtigen Blick zu dem Ständer mit den Hemden, der von einigen mir unbekannten Frauen belagert wird. Es hat also schon angefangen. Alle Reiter in einem Umkreis von hundert Meilen kommen nach Silver Lane, um bei den Wettbewerben anzutreten oder wenigstens zuzusehen. Unsere sonst so ruhige Stadt ist im Ausnahmezustand und wahrscheinlich wird frühestens nächste Woche wieder ein wenig Ruhe einkehren.

Plötzlich sehe ich ein bekanntes Gesicht bei den Hemden und bedeute Tara, sich nicht von der Stelle zu rühren, bis ich bei ihr bin. Nach einigen Minuten habe ich mich endlich so weit zu ihr durchgekämpft, dass sie mich hören kann.

»Kannst du bitte ein paar von den Hemden für mich heraussuchen? Größe S, zweimal beige und dreimal hellblau.«

Sie lacht, sucht mir die gewünschten Oberteile heraus und drückt sie mir in die Hand. »So unterscheiden sich die Einheimischen von den Fremden.«

»Klar, wir wollen billige Arbeitsklamotten, während sich alle anderen so benehmen, als wäre bald eine Modenschau«, stimme ich zu und sehe sehnsüchtig zur Kasse, die von fünf Leuten belagert wird, die irgendetwas mit Tom diskutieren. Armer Kerl. In einer Lücke zwischen zwei Männern erhasche ich einen kurzen Blick auf die Straße und Izzy, die mir ein Zeichen gibt, dass sie in der Bäckerei warten wird.

Einen Kaffee könnte ich jetzt auch gut gebrauchen. Und eine kleine Verschnaufpause von dem ungewohnten Trubel. Statt mich noch mal zu den Jungs durchzukämpfen, schicke ich Tyler einfach eine Nachricht und bahne mir einen Weg zur Kasse, bis ich wenigstens in Rufweite des Ladenbesitzers bin.

»Hey, Tom, kannst du das für mich anschreiben? Fünf Jeans und fünf Hemden.« Ich halte den Stapel Klamotten hoch, warte bis er sich eine Notiz gemacht hat, und stopfe alles in eine Tüte.

»Heute keine Stiefel?«, fragt er über die Köpfe seiner anderen Kunden hinweg und verdreht die Augen, als sich ein bulliger, junger Mann genervt räuspert.

»Vielleicht morgen.«

Keuchend stolpere ich die Stufen hinunter und atme einmal tief durch. Normalerweise liebe ich es, bei Tom zu stöbern, der leisen Musik zuzuhören und mit ihm zu plaudern, aber heute schien der Laden auf die halbe Größe geschrumpft. Es war stickig, stank nach Schweiß und die Leute waren so laut, dass ich nicht mal sagen kann, ob das Radio überhaupt lief. Meine Hoffnung, dass es wenigstens in Ginas Bäckerei ein wenig ruhiger ist, wird zunichtegemacht, noch bevor ich das Lokal betrete.

»Daria!« Izzy kommt mir entgegen und hält grinsend zwei Tüten und vier Kaffeebecher, die in einer Papphalterung stecken, hoch. Ich nehme ihr etwas ab und folge ihr zu der kleinen Wiese vor der Polizeiwache, auf der ein paar Bänke stehen. »Unglaublich, wie viele Menschen plötzlich durch die Stadt schwirren.«

»Ätzend. Erinnert mich zu sehr an die Hektik in L.A. und die habe ich so was von gehasst.« Grollend beiße ich in ein Croissant und suche den Becher mit meinem Namen. Der Geschmack von Karamell stimmt mich versöhnlicher und während ich darauf warte, dass die Wirkung des Koffeins einsetzt, beobachte ich die Leute und Autos.

Pferde werden durch die Gegend geführt und eine Frau Mitte dreißig versucht, einen schwarzen Hengst aus einem Hänger zu laden. Das Tier ist nervös, weigert sich, die Laderampe herunterzulaufen.

»Es sind irgendwie mehr Teilnehmer als sonst, kann das sein? Der Parkplatz rund um das Rodeogelände ist sicher schon überfüllt, sonst würde sie ihr Pferd nicht mitten in der Stadt abladen.« Izzy blickt nachdenklich zu der Frau hinüber, streicht sich eine Strähne aus dem Gesicht. »Wo wollen sie die ganzen Pferde unterbringen?«

Mir kommt eine Idee. Hastig schlinge ich mein Essen herunter, trinke einen Schluck Kaffee und springe auf. »Bin gleich wieder da.«

Langsam schlendere ich über den Rasen und bleibe wenige Schritte vor dem Hänger stehen, die Daumen in die Taschen meiner Jeans gehakt. Von hier aus kann ich das Geschehen besser beobachten und höre, was gesprochen wird. Mittlerweile sind zwei Leute bei dem Tier, es wird hitzig diskutiert, was den Hengst noch unruhiger werden lässt. Mag sein, dass beide erfahrene Reiter sind, doch mit dem Pferd wirken sie mehr als nur überfordert.

»Sie machen ihn nervös, wenn Sie so um ihn herumstehen«, sage ich irgendwann, bekomme aber nur genervte Blicke zugeworfen. Das kenne ich schon. Keiner der mich sieht, traut mir irgendetwas zu, weil ich noch zu jung bin. Jedenfalls jünger als die beiden vor mir. Die Frau wirft ihre dunklen Haare über die Schulter, packt den Führstrick fester und zieht daran. Der Hengst reißt den Kopf hoch, bäumt sich etwas auf und weicht zurück, wodurch der Hänger bedrohlich wackelt.

»Ehrlich, sie engen ihn total ein.«

»Wir wissen, was wir tun, Mädchen«, kanzelt der Mann mich ab, ohne mich anzusehen. Er geht hinter das Pferd, hebt eine Hand, um ihm einen Klaps zu geben.

»Sieht nicht so aus. Wenn sie das machen, wird er davonstürmen.

Seit wann haben Sie ihn denn?« Ich mache einen Schritt auf den Anhänger zu, höre die Musik aus dem offenen Autofenster plärren.

»Erst seit einigen Wochen, aber als ich ihn gekauft habe, war er lammfromm!« Endlich gibt die Frau auf, kommt aus dem Hänger und winkt ihren Begleiter heraus. »Er lässt sich toll reiten, ist aber manchmal ein wenig ... temperamentvoll.«

So kann man das natürlich auch ausdrücken. Ich würde eher das Wort *unberechenbar* benutzen, doch das behalte ich für mich. Es kommt nie gut an, jemanden zu sagen, dass er sich das falsche Tier gekauft hat.

»Schalten sie das Radio aus und dann brauche ich ein Tuch.« Als sich niemand rührt, seufze ich genervt, gehe zu dem Hengst und halte ihm vorsichtig eine Hand hin. Zögernd streckt er den Hals, um an mir zu schnuppern. Bei meinen leisen Worten zucken seine Ohren und er tänzelt etwas, aber sobald ich ihn streichle, wird er ruhiger. »Radio aus.«

Endlich wird es still. Um uns herum haben sich einige Leute versammelt, die mir neugierig dabei zusehen, wie ich das Tuch um die Augen des Pferdes binde, während ich immer weiter mit ihm spreche. »Du bist so ein Hübscher. Hab keine Angst, dir wird nichts passieren, versprochen. Es ist alles gut!«

Ich nehme den Führstrick und setze einen Fuß auf die Rampe. Der Hengst senkt den Kopf, bebt am ganzen Körper, doch dann bewegt er sich zögernd. Schritt für Schritt führe ich ihn über die Laderampe, bis wir schließlich auf der Wiese stehen und ich ihm das Tuch abnehme.

»Das hast du toll gemacht«, flüstere ich ihm zu, kraule ihn hinter den Ohren. »Er hat sich eine Belohnung verdient, finden Sie nicht? Mit Druck werden sie bei einem solchen Pferd nicht weit kommen. Er muss lernen, Ihnen zu vertrauen, sonst wird er sich immer wieder so aufführen.«

»Ja, natürlich ... Ich ... Danke«, stammelt sie, streckt mir eine Hand entgegen, die ich lächelnd schüttle. »Ich bin Ivana und das ist mein Verlobter Sean. Das war wirklich unglaublich.«

Das Lob klingt ziemlich gönnerhaft, doch ich lächle trotzdem, zucke mit den Schultern. »Ich bin Daria Evans. Meine Mutter züchtet Quarter Horses und bildet sie auch aus, da habe ich einiges gelernt.«

»*Rebecca Evans' Tochter*?«, ruft jemand aus der umstehenden Menge.

Ein anderer hat ein Handy in der Hand und wedelt damit herum. »Ich habe die Facebookseite gesehen, scheint ein seriöses Angebot zu sein.«

»Haben Sie noch Ställe frei? Uns wurde mitgeteilt, dass es keine Plätze mehr gibt.«

Mein Plan geht auf, nur leider habe ich ihn nicht ganz durchdacht. Wir haben zwar 40 freie Boxen, aber keine Zimmer für die Besitzer. Ich erkläre den Leuten das kleine Problem, erzähle ihnen von dem Unfall meiner Mutter und dass unser Haus gerade umgebaut wird. Irgendjemand winkt großzügig ab.

»Bin mit einem Zelt angereist, wäre gar kein Problem für mich. Was würde die Unterbringung kosten?« Der Mann hat einen breiten, texanischen Akzent, ist wahrscheinlich erst Ende dreißig, doch die Arbeit im Freien ist ihm deutlich anzusehen.

Ich schiebe eine Hand in die Hosentasche. »Mit Verpflegung für Sie und Ihr Pferd ... Fünfzig Dollar pro Nacht.«

»Wären dreihundert für mich. Ich zahle im Voraus.« Er holt seine Geldbörse heraus, zählt drei Hundertdollarscheine ab und lässt sich den Weg zum Gestüt erklären, bevor er in Richtung Rodeogelände davongeht.

Noch mehr Leute treten an mich heran, drücken mir Geld in die Hand oder fragen mich nach den Abläufen auf unserem Hof. Zwei von ihnen kann ich in den Zimmern im Haupthaus unterbringen, dafür müssen Izzy und Javi nur ein paar Tage im Cottage einziehen.

Ivana schürzt die Lippen, wechselt einen Blick mit ihrem Verlobten. »Wir könnten uns Schlafsäcke besorgen.«

»Besser, Sie bleiben hier«, rate ich ihr und deute auf den Hengst. »Bis er seine Angst vor dem Verladen nicht verloren hat, sollten Sie ihm so wenig Stress wie möglich aussetzen. Und arbeiten Sie mit ihm, um sein Vertrauen zu gewinnen.« Ich schiebe ein Lächeln nach und laufe rasch zurück zu Izzy. Tyler und Javi sind inzwischen auch mit ihren Einkäufen fertig und sehen mir erwartungsvoll entgegen.

»Wir sollten einige Lebensmittel besorgen, in den nächsten Tagen haben wir ein paar Gäste.« In wenigen Worten erkläre ich ihnen, was gerade passiert ist, doch mein Grinsen verblasst, als ich den Ausdruck in Tylers Augen bemerke. Erst jetzt wird mir bewusst, dass ich die Aktion mit den anderen hätte besprechen müssen. »Es war nur eine spontane Eingebung, ich wollte euch nicht übergehen ...«

»Ganz ruhig, Prinzessin, das war eine geniale Idee! Dann fahren Javi und Izzy in den Supermarkt, während wir uns um die Gäste kümmern, hm?« Um seine Mundwinkel zuckt ein Lächeln, als er die Arme um meine Hüften schlingt und mich herumwirbelt. »Genau das meine ich mit *etwas riskieren*. Schön, dass du mir zuhörst.«

»Das bedeutet nur mehr Arbeit«, meckert Javier und stopft sich einen halben Donut in den Mund, seine nächsten Worte gehen in einem undeutlichen Nuscheln unter, bis er schließlich schluckt. »Und ich werde nicht mal bezahlt.«

»Hör auf zu jammern!« Izzy boxt ihn in die Seite, wirft ihren Kaffeebecher schwungvoll in den Mülleimer und klatscht in die Hände. »Das wird genial! Wir können dabei zusehen, wie die trainieren.«

»Die uns auch«, gibt Javi patzig zurück. Das Geplänkel geht weiter, bis die beiden außer Hörweite sind.

»Du hast kein gutes Gefühl dabei, oder?« Tyler mustert mich forschend, einen Arm noch immer um meine Taille geschlungen.

»Doch. Es fühlt sich nur so seltsam an, nicht alles bis ins Detail durchgeplant zu haben.« Verlegen beiße ich mir auf die Unterlippe, spüre ein eigenartiges Kribbeln in meinem Magen. Die Idee ist vielleicht gut, aber sie könnte auch in einer Katastrophe enden und davon hatten wir nun wirklich genug. »Es sind ja nur ein paar Tage.«

»Und es ist eine klasse Werbung für das Gestüt.« Beruhigend legt er eine Hand auf meine Wange und lächelt. »Ich bin stolz auf dich, Daria. Du hast dich auf dein Gefühl verlassen und nicht groß nachgedacht. Ein kleiner Fortschritt.«

»Klein?« Als ich die Nase rümpfe, lacht er und drückt mir einen Kuss auf die Lippen. Wir schlendern zu meinem Pick-up, um uns auf den Weg nach *Silver Dream* zu machen. Die Tüte mit den Klamotten verstaue ich im Fußraum, lehne mich zurück und lasse meine Gedanken schweifen.

Jetzt ist es zu spät für irgendwelche Zweifel, also schiebe ich sie beiseite und atme tief durch. Was uns fehlt, wäre ein Sieg beim *Barrel Race*, aber die Konkurrenz war noch nie so groß wie dieses Jahr. Und einige der Reiter sehen wie richtige Profis aus.

Der Texaner stützt sich mit den Unterarmen auf den Zaun des Reitplatzes und sieht mir beim Training mit Blaze zu. Es hat ein paar Tage gedauert, sie an den Sattel zu gewöhnen, doch nachdem das geschafft war, hatte ich keine Probleme mehr. Die Stute vertraut mir vollkommen und lernt schnell, aber ich bin immer noch unsicher, ob ich mit ihr wirklich beim *Barrel Race* teilnehmen sollte. Vielleicht sollte ich die Wette vergessen und stattdessen Tyler mit ihr antreten lassen.

»Ein schönes Pferd. Selbst ausgebildet?« Der Mann, der sich mir als William vorgestellt hat, kratzt sich an der Stirn, lehnt sich ein wenig vor.

»In den letzten sechs Wochen, ja.« Ich setze mich im Sattel auf, gebe Blaze die Hilfen für den Galopp und spüre, wie sie sich unter mir streckt. Wir ziehen eine enge Kurve, wechseln die Richtung und umrunden dann eines der Fässer.

»Eine gute Ausbildung braucht Zeit.« Er nickt mir anerkennend zu und streicht sich durch die blonden Haare. »Kein Zögern, keine Unsicherheit. Das Pferd ist auf dich geprägt und wird einen anderen Reiter nur schwer akzeptieren.«

Und damit hat er mein Problem perfekt zusammengefasst.

In den letzten Wochen habe ich intensiv mit Blaze gearbeitet, habe mir ihr Vertrauen verdient. Am Samstag findet der Wettbewerb statt und bis dahin bleiben nur noch drei Tage. Tyler ist zwar ein hervorragender Reiter, doch es bleibt nicht mehr genug Zeit, um die beiden aneinander zu gewöhnen. Nur ich kann mit ihr an den Start gehen.

Ich reite um die anderen Fässer herum, bis ich das Kleeblatt komplett habe, das es zu formen gilt, und zügle Blaze dicht am Zaun. »Möglich, aber ich habe das Gefühl, nicht genug Übung zu haben, um mit ihr anzutreten.«

»Übung ist schön und gut, aber Pferd und Reiter müssen eine Einheit bilden.« Er zieht ein Kaugummi aus seiner Hosentasche und schiebt es sich in den Mund. »Vertrau ihr, wie sie dir vertraut, dann wird sie für dich ihr Bestes geben.«

»Hey, Will«, ruft eine Frau zu ihm herüber. Sie schüttelt den Kopf, als würde sie an seinem Verstand zweifeln, während ihre braunen Augen meine Haltung mustern. »Weißt du, wem du da Tipps gibst? Die Kleine hat das *Barrel Race* mehrere Jahre in Folge gewonnen. Beim ersten Mal war sie zwölf.«

»Wie kommt es eigentlich, dass Sie zu diesem Rodeo angereist sind?« Die Frage beschäftigt mich schon seit Stunden. Nachdenklich streichle ich Blaze und betrachte die beiden. »Normalerweise nehmen nur regionale Reiter daran teil.«

»Das Preisgeld, Schätzchen.« Die Frau nimmt ihren Hut ab und holt einen Zettel heraus. »Vor sechs Wochen wurde es verzehnfacht und überall lagen diese Flyer aus.«

Ich strecke mich zu ihr, um das orangefarbene Papier zu überfliegen, und reiße erstaunt die Augen auf. Bullenreiten zehntausend Dollar Prämie, Barrel Race fünftausend. Auch bei den anderen Wettkämpfen winken stolze Preise. Aber so viel Geld ... Edward Jameson.

Er muss von der Wette zwischen Matt und mir erfahren haben und setzt jetzt alles daran, damit ich das Rennen nicht gewinne. Wie sollte ich auch gegen so gute Reiter wie William und Carina bestehen?

Wut breitet sich in mir aus. Ich lenke Blaze durch das Gatter und nicke Javi zu, der mit einer Stoppuhr bewaffnet auf dem Zaun sitzt.

»Äh ... Bist du dir sicher, dass du nicht später mit Biscuit trainieren willst? Lass doch erst mal Izzy und Patch ...«

»Nimm einfach die Zeit!«

»Daria«, ruft Tyler und treibt Star zu mir herüber. »Das habe ich nicht mit Risiko gemeint, klar? Blaze ist noch nicht so weit. Ihr beide seid noch nicht so weit.«

Ich rücke meinen Hut zurecht, atme tief durch. »Vertrau mir, ja? Sie ist mein Pferd, ich kenne sie besser als irgendwer sonst. Wir werden das schaffen.«

Sekundenlang sehen wir uns an, bis er schließlich nickt. »Dann zeig uns mal, was du draufhast, Prinzessin.«

»Habt ihr jetzt alle den Verstand verloren?«, wirft Javi ein. Auf seiner Stirn hat sich eine steile Falte gebildet. »Wir hatten einen Plan, schon vergessen?«

»Ich nehme die Zeit.« Tyler reitet zu Javier und streckt fordern eine Hand aus, doch der schüttelt nur den Kopf.

»Gut, wenn ihr es so haben wollt«, grummelt er und hält die Stoppuhr hoch. »Bereit, wenn du es bist, Daria.«

Konzentriert wende ich Blaze, bringe ein wenig mehr Abstand zwischen uns und den Reitplatz, um einen besseren Anlauf zu haben, und galoppiere los. Noch bevor ich durch das Gatter jage, habe ich mich für die linke Tonne entschieden. Ich reite eine enge Rechtskurve, lenke mein Pferd auf die andere Seite und umrunde das zweite Fass in der anderen Richtung. Jetzt nur noch das letzte. Ohne einen Gedanken an die Zeit zu verschwenden, treibe ich Blaze weiter an, beuge mich über ihren Hals und gebe die Zügel frei. Wir sind so schnell, dass um mich herum alles verschwimmt und wir wieder durch das Tor sind, ehe es mir bewusst ist.

Blut rauscht in meinen Ohren, als ich die Stute zügle und mit klopfenden Herzen zu Javi reite. Hat er meine Zeit schon angesagt? Unsicher blicke ich in die Gesichter der anderen, erkenne aber die gleiche gespannte Erwartung, die mich durchflutet.

»Jetzt spuck es aus!«, knurrt Tyler, ist kurz davor, Javier die Stoppuhr einfach aus der Hand zu reißen. »Es war ein guter Ritt, oder?«

»Erinnerst du dich an deine 14,56 Sekunden? Ziemlich schnell, nicht wahr?« Javi hält ihm die Anzeige hin und grinst bis über beide Ohren. »Aber dahin musst du erst mal kommen.«

Tyler pfeift beeindruckt, wirft mir ein breites Grinsen zu. »14,24. Wann bist du denn so gut geworden?«

»Nicht meine beste Zeit«, murmle ich nur, bin aber selbst begeistert. In den letzten Wochen habe ich es nie in unter zwanzig Sekunden geschafft, was nicht mal annähernd das ist, was ein Profireiter schaffen kann. Einer der Rekorde liegt bei 13,35 und ich kann nur hoffen, dass keiner meiner Gegner so gut ist. Doch ein Blick zu William genügt, um mir meine Illusion zu rauben. Er wirkt nicht mal beunruhigt, lächelt mir freundlich zu. Tja, ihn werde ich ganz sicher nicht schlagen, egal, wie schnell ich reite.

Seufzend wische ich mir den Schweiß von der Stirn, lobe Blaze für ihre Leistung und steige ab. »Für heute hast du es geschafft, mein Mädchen. Jetzt hast du dir ein wenig Ruhe verdient.«

Ich warte nicht ab, bis Izzy und die anderen weitertrainieren, sondern führe die Stute in den Stall. Eine Weile bleibe ich noch bei ihr, ehe ich mich daranmache, die Pferde zu füttern und mir selbst etwas zu essen zu holen, bevor unsere Gäste ihr Training beenden. Mit einem Glas Eistee und zwei Sandwiches mache ich es mir auf der Veranda des Cottages gemütlich und beobachte von hier aus die Reiter.

Das Preisgeld könnten wir wirklich gut gebrauchen, doch die Chancen, dass einer von uns das Rennen gewinnt, sind eher gering. Im Kopf rechne ich durch, wie viel wir inzwischen mit den Aufträgen und anderen Einnahmen zusammen haben. Knapp zwanzigtausend in sechs Wochen. Bleiben drei Monate, in denen wir das restliche Geld auftreiben müssen. Wenn es gut läuft, können wir noch zwölf Aufträge schaffen, dazu die Weidepacht und die Decktaxe für Thunder. Könnte hinkommen, aber auch nur, wenn wir genug Kunden bekommen. Es haben sich zwar schon einige Interessenten gemeldet, nur leider zu wenige.

»Schmiedest du wieder einen deiner berühmten Pläne?« Tyler lässt sich neben mich fallen, schnappt sich eins der Sandwiches und beißt hinein. In seinem Hemd ist ein großer Riss.

»Was hast du denn da gemacht?«

»Bin heute Morgen am Zaun hängen geblieben, als ich nach den Rindern gesehen habe«, entgegnet er und wischt sich mit dem Handrücken über die Lippen. »Sieht alles gut aus, Daniel ist ziemlich zufrieden, auch wenn ihm der Farmerrat zusetzt.«

Schnaubend trinke ich einen Schluck von meinem Eistee. »Die können mich mal! Das sind nur alte Säcke, die ihren eigenen Vorteil herausschlagen wollen. Meine Mutter hat sich von ihnen vielleicht auf der Nase herumtanzen lassen, weil sie die einzige Frau war, aber ich lasse mir das sicher nicht gefallen.«

Eine seiner Augenbrauen zuckt in die Höhe. »Rebecca hat nicht vor denen gekuscht, sie ist nur ausgetreten. War möglicherweise ein Fehler, aber du solltest ihr keinen Vorwurf machen.«

Ich lehne mich gegen seine Brust, seufze schwer. »Tue ich ja auch nicht. Mom hat gemacht, was sie für richtig hielt, aber der Pachtvertrag mit Daniel ist eine gute Idee.«

Er nimmt mir den Eistee ab, nippt daran und stellt das Glas auf den Tisch. »Das sehe ich genauso, Daria. Also, worüber machst du dir Sorgen?«

Nachdem ich es ihm gesagt habe, drückt er mir einen Kuss auf die Wange und versucht, meine Bedenken zu zerstreuen. Und als das nicht klappt, zieht er mich näher an sich. Seine Lippen wandern über meinen Hals, während er eine Hand unter mein Hemd schiebt.

»Diese Art von Ablenkung wird uns auch nicht helfen«, protestiere ich schwach, bin kurz davor, meine Zweifel einfach in eine Kiste zu sperren.

»Für den Moment muss das reichen«, raunt er mir zu, hebt mich hoch und trägt mich ins Badezimmer. »Was glaubst du, wie lang haben wir, bevor Izzy und Javi hier aufschlagen?« Grinsend schließt er die Tür ab, wirft seinen Hut in eine Ecke und schlüpft aus den Stiefeln.

Ich beobachte, wie er sein Hemd aufknöpft, ganz langsam, aufreizend. »Hm, vielleicht eine Stunde.«

»Dann sollten wir keine Zeit verschwenden«, murmelt er. Sein Blick bohrt sich in meinen, als er seinen Gürtel löst.

Lächelnd gebe ich nach, küsse ihn und öffne den Reißverschluss seiner Jeans. »Ich kann es schon jetzt kaum erwarten, bis wir das Cottage wieder für uns haben.«

Bevor ich noch mehr sagen kann, verschließt er meine Lippen mit einem leidenschaftlichen Kuss und vertreibt auch den letzten Rest meiner Sorgen.

Ungehalten trommle ich gegen die Tischplatte. »Was soll das heißen, Sie verkürzen unsere Frist?« An dem nasalen Tonfall erkenne ich den

Filialleiter der Bank, mit dem ich öfter telefoniert habe. Seine blasierte Art macht mich rasend und es kostet mich jedes Fünkchen Selbstbeherrschung, nicht ausfallend zu werden. »Wir haben einen Vertrag!«

»In dem ausdrücklich erwähnt wird, dass die Bank als Kreditgeber die Frist jederzeit anpassen oder den Vertrag aufkündigen kann, sobald sich die Vermögensverhältnisse des Kreditnehmers wesentlich verschlechtern oder der Wert der angegebenen Sicherheit erheblich sinkt. Aufgrund der letzten Ereignisse sind wir zum Handeln gezwungen, Miss Evans. Ihre Liquidität ist gefährdet.«

»Aber die Versicherung wird uns in ein paar Wochen auszahlen, wir haben neue Aufträge und ...« Ich komme gar nicht dazu, ihm zu erklären, was ich alles dafür tue, um die Schulden abzubezahlen.

»Miss Evans«, der ungeduldige Unterton verursacht mir Bauchschmerzen, »Sie haben nicht zum ersten Mal Schwierigkeiten. Kranke Pferde, ein Brand. Wie wollen Sie einen Betrieb führen und gleichzeitig genug Geld abzweigen, um das Darlehen zu tilgen?«

Zähneknirschend stehe ich auf, reiße die Kühlschranktür auf und gieße mir etwas Milch in meinen Kaffee. »Vor ein paar Wochen haben Sie noch gesagt, wir hätten Zeit bis Ende Oktober.«

»Das war, ehe Ihre Scheune in Flammen aufging und Ihre Futterbestände sich in Rauch auflösten.«

»Danke für die kleine Erinnerung, aber wir haben das längst gelöst!« Mein Tonfall klingt schärfer, als beabsichtig, und ich atme tief durch, bevor ich versöhnlicher sage: »Hören Sie, Mr Winthrop, wir haben einen Vertrag. Wenn Sie wollen, kann ich Ihnen die Bedingungen ja vorlesen.«

»Den habe ich mit einer gewissen Rebecca Evans abgeschlossen. Ihrem Ruf hatte Sie es zu verdanken, dass wir Ihrem Betrieb überhaupt einen Kredit in der Höhe bewilligt haben. Nun fällt sie jedoch auf unbestimmte Zeit aus und unser Institut kann sich nicht auf das Wort Ihrer Tochter verlassen.«

Beinah hätte ich gelacht, obwohl mir mehr nach Weinen zumute ist. Wie hypnotisiert starre ich in meinen Kaffee, überlege fieberhaft, wie ich den Typen umstimmen kann, doch mir fällt einfach nichts ein. Ich bin nun mal nicht Rebecca Evans und ich kann ihnen weder die Erfahrung noch die Erfolge meiner Mutter bieten. Als Izzy hereinkommt, gebe ich ihr ein Zeichen, schnappe mir meine Tasse und verziehe mich in das kleine Büro. Javi hat sich nicht mal die Mühe gemacht, die Schlafcouch wieder einzuklappen. Seufzend setze ich mich hin, raufe mir die Haare.

»Bis wann haben wir Zeit, um Ihnen den Scheck zu schicken? Oder das Geld zu überweisen?«

»Stichtag ist der dreißigste September. Es tut mir wirklich leid, Ihnen diese schlechten Nachrichten zu überbringen, aber mein Chef ...« In seiner Stimme ist nicht mal ein Hauch von Mitleid und ich glaube auch nicht, dass sein Boss hinter dieser plötzlichen Änderung steht, sondern jemand ganz anderes.

»Was ist mit einer Anzahlung?«, platze ich heraus, klammere mich an den letzten Funken Hoffnung, der mir noch einfällt. »Wenn wir einen Teil der Schulden sofort zahlen, könnten Sie die Frist dann noch etwas verlängern? Oder wenigstens bis Oktober laufen lassen?«

»Wie gesagt, es tut mir wirklich leid für Sie, Miss Evans, aber da kann ich nichts für Sie tun.« Er bringt irgendwelche Paragraphen vor, von denen ich keine Ahnung habe, und legt auf, bevor ich reagieren kann.

Schäumend vor Wut werfe ich das Telefon auf die Tischplatte, wandere unruhig im Zimmer herum und raufe mir die Haare.

Vier Wochen weniger, um weitere fünfundzwanzigzigtausend Dollar zu beschaffen. Langsam wird die Option, das Gestüt zu verkaufen, zur einzigen Möglichkeit, um das zu schaffen. Was für ein *Zufall.*

Das Gefühl, dass irgendetwas nicht stimmt, verursacht mir Bauchschmerzen, aber ich bin zu verzweifelt, um noch klar denken zu können.

Noch zwei Tage bis zum Rodeo und ich kann an nichts anderes mehr denken als diese dämliche Frist. Edward Jameson ist wirklich ein Meister darin, die unsichtbaren Fäden zu ziehen, um uns *Silver Dream* wegzunehmen. Er setzt darauf, dass Mom und ich irgendwann verzweifelt genug sind und nicht länger überlegen.

Langsam richte ich mich auf, gehe zum Schreibtisch und nehme den Vertrag vom Tisch. Auf der letzten Seite prangt seine schwungvolle Unterschrift, daneben ein freies Feld, unter dem der Name meiner Mutter steht. Das könnte dem Mistkerl so passen!

Ich stopfe das Dokument in den Aktenvernichter und lausche mit leiser Befriedigung dem sirrenden Geräusch, mit dem das Gerät das Dokument in Streifen schneidet. Danach wähle ich Moms Handynummer.

»Hallo, Schätzchen! Bereitet ihr euch alle auf das Rodeo vor?« Ihre Stimme klingt erschöpft, doch sie versucht, es vor mir zu verbergen. »Wie läuft es auf dem Hof?«

»Gut!« Ich erzähle ihr vom Wiederaufbau der Scheune, den

Umbauten des Haupthauses, die in den nächsten Tagen endlich abgeschlossen sind und auch von dem Weidepachtvertrag. »Daniel hätte seine Rinder verkaufen müssen und uns bringt es ein wenig Geld.«

»Was hat der Farmerrat dazu gesagt?«

»Begeistert waren die jedenfalls nicht, aber das ist egal. Mom, hör zu, lass dich bitte nicht von Edward Jameson unter Druck setzen.«

Eine Weile diskutieren wir über das Thema, wie jedes Mal, wenn wir telefonieren. Doch heute lege ich nicht einfach auf, sondern presse die Lippen aufeinander und überlege mir meine nächsten Worte ganz genau.

»Dieses Land gehört unserer Familie schon seit Generationen. Mom, du weißt, wie schwierig es manchmal war. Erinnere dich an die Geschichten, die Grandpa uns erzählt hat. Dieses eine Jahr, als die Ernte schlecht war, die Rinder krank geworden sind und die Hälfte davon eingegangen ist. Damals hat niemand an einen Verkauf gedacht.« Nervös schiebe ich einen Stift herum, starre aus dem Fenster. »Ich will nicht, dass wir ... Mom, bei dem Gedanken, Matthew Jameson auf unseren Hof herumstolzieren zu sehen, wird mir übel!«

Einige Sekunde ist es vollkommen still in der Leitung. Es fühlt sich an wie eine Ewigkeit und mir krampft sich der Magen zusammen, während ich mir ihre Antwort vorstelle.

»So geht es mir auch, Schätzchen. Aber ich hatte gestern ein Telefonat mit der Bank und sie haben ...«

»Ja, die haben mich schon informiert«, gebe ich seufzend zurück und streiche mir die Haare aus dem Gesicht. Hinter meiner Stirn machen sich die ersten Vorboten von Kopfschmerzen bemerkbar. »Ende September. Aber wir haben schon die Hälfte des Geldes zusammen und Tyler und Izzy helfen mir bei der Ausbildung der Pferde.«

Erneutes Schweigen, dieses Mal noch eine Spur angespannter, dann: »Daria ...«

»Mom, ich weiß«, schneide ich ihr das Wort ab, zwinge mich dazu, ruhig zu bleiben. »Es war allmählich Zeit für eine Veränderung. Wir haben jetzt eine Facebookseite und die kommt ziemlich gut an. Für die drei Wochen nach dem Rodeo haben wir schon einen neuen Auftrag.« Nachdem ich ihr alles erklärt habe, bleibt sie skeptisch. Wir reden noch eine Weile, bis sie irgendwann meinen wunden Punkt anspricht.

»Was ist danach, Daria? Tyler und Izzy kommen vielleicht mit den einfachen Pferden zurecht, aber wer kümmert sich um die Problemfälle? Wer bildet unsere Jährlinge aus? Ich war fast zwanzig Jahre das Gesicht von *Silver Dream*, habe mir einen Ruf aufgebaut. Wer wird für mich einspringen?«

Jedes ihrer Worte versetzt mir einen kleinen Stich. Mir ist bewusst, was sie jetzt von mir hören will, aber ich zögere, obwohl ich nicht mal weiß, weshalb. Am Ende des Sommers werde ich kaum alles hinwerfen, um meinem Plan nachzujagen. Dafür habe ich zu viel in das Gestüt investiert, dafür ist mir der Hof zu wichtig.

»Ich werde nicht einfach gehen, falls du das meinst«, sage ich schließlich und betrachte eines der Bilder auf dem Schreibtisch. Es zeigt mich und Cloud, bei unserem dritten Rodeo, die einzige Erinnerung an ihn, die ich nicht aus meinem Leben gestrichen habe. Izzy steht grinsend neben mir, hat einen Arm um meine Schultern gelegt, während Javi den Pokal durch die Luft schwenkt. »Ich bin hier zu Hause, Mom.«

Es ist das erste Mal, dass ich ihr gegenüber diese Andeutung mache, dabei denke ich schon so lang darüber nach, versuche herauszufinden, was ich will. Kylie hat gesagt, ich würde es wissen, wäre nur nicht bereit, es zuzugeben. Aber bisher hat mich auch niemand danach gefragt. Bis auf Mom natürlich.

»Ich werde nicht wieder gehen«, bekräftige ich noch einmal, lecke mir über die Lippen. Wie gern würde ich ihr versprechen, die Leitung des Gestüts zu übernehmen, aber noch bin ich nicht bereit, diese Worte auszusprechen. »Nach dem Rodeo komme ich dich besuchen und dann reden wir in Ruhe. Aber bitte lass dich von diesem Mistkerl nicht einschüchtern.«

»Seinetwegen mache ich mir ganz sicher keine Sorgen«, erklärt sie, klingt wesentlich fröhlicher als zu Beginn unseres Telefonates. »Hast du noch weitere Aufträge bekommen?«

»Nein, nur noch der nach dem Rodeo. Bailey kam vor ein paar Stunden an, damit ich mich schon mal mit ihr vertraut machen kann. Aber ich bin sicher, sie wird es mir leicht machen. Sie ist seit eineinhalb Jahren in Beritt und soll jetzt nur als Arbeitspferd ausgebildet werden.« Etwas, dass ich zuletzt vor über sechs Jahren gemacht habe.

Meine Mutter scheint meine Unsicherheit zu spüren, denn sie wechselt abrupt das Thema: »Wie läuft es eigentlich zwischen dir und Tyler?«

Lachen drehe ich mich vom Fenster weg und erzähle ihr von den letzten Tagen. Meine Anspannung verfliegt, während ich über ihn rede, und nach dem Gespräch ziehe ich meinen Terminkalender heran, um mir den dreißigsten September rot zu markieren. Acht Wochen, dann wird sich entscheiden, ob sich die Arbeit gelohnt hat und ob wir unser Zuhause behalten dürfen. Bei dem Gedanken daran fröstle ich kurz, straffe die Schultern und schlendere in die Küche, um den anderen zu sagen, was sich ergeben hat.

15. Kapitel

Wie der Vater so der Sohn?

»Zeig mir mal den Programmzettel. Javi? Javi!« Ich sehe ihm dabei zu, wie er sich den Rest seiner Zuckerwatte in den Mund stopft und sich das Zeug von den Lippen leckt. »Du hast drei Hotdogs gegessen und ... Mir wird schon allein vom Zusehen schlecht!«

Izzy lacht, bahnt sich einen Weg durch die Menge und hüpft über einen Haufen Pferdeäpfel. Vor dem Stand von Gina bleibt sie stehen und lässt sich auf eine der freien Bänke fallen. »In den letzten Jahren hat er sich immer erst nach dem *Tie-Down Roping* übergeben, also keine Sorge.«

Die beiden fangen sofort an zu streiten, weshalb ich Javier den Programmzettel einfach wegnehme, um selbst einen Blick darauf zu werfen. Das Bullenreiten ist am Sonntag, die anderen Disziplinen verteilen sich über den heutigen Freitag oder finden morgen statt. Und jeden Abend gibt es eine Tanzveranstaltung. Das Rodeo war schon früher ein Highlight des Sommers.

Tara läuft an mir vorbei, eine Hand auf ihrem Bauch, und winkt mir zu. Mark hat schützend einen Arm um sie gelegt und flüstert ihr irgendetwas zu, das sie zum Lachen bringt. Lächelnd drehe ich mich wieder zu Javier und Izzy, die aber immer noch damit beschäftigt sind, zu streiten.

Kurz überlege ich, ob ich etwas sagen soll, dann hole ich die Kamera heraus und halte alles für meine Mom fest. Mit einem Becher Kaffee bewaffnet, schiebe ich mich durch die Menge, fotografiere die Stände und die Reiter, summe die Musik mit, die aus den Lautsprechern kommt.

Kinder laufen kreischend herum oder stellen sich beim Ponyreiten an, der Kuchenwettbewerb ist längst in vollem Gange. Gina winkt mich zu sich herüber und reicht mir ein Stück von ihrem Apfelkuchen.

»Hier, probier mal! Schickes Outfit, Kleine.«

»Danke. Izzy hat mir den Rock geliehen, ich bin irgendwie nicht für das Rodeo ausgerüstet, wenn ich nicht gerade im Sattel sitze.« Ich beiße von dem Kuchen ab und seufze genießerisch. »Gott, Gina, der schmeckt himmlisch!«

»Danke.« Sie streicht sich durch die kurzen blonden Haare, zwinkert mir verschwörerisch zu. »Sag Bescheid, wenn du zu deiner Mutter fährst, dann backe ich ihr einen Kirschkuchen, den mag sie am liebsten.«

Wir plaudern, bis ich den Apfelkuchen gegessen habe. Als ich mich schon abwenden will, hält sie mich zurück und runzelt die Stirn.

»Wo hast du denn deinen Freund gelassen?«

»Der ist gerade bei den Pferden. Gibst du mir ein Stück für ihn mit? Und vielleicht einen Becher Kaffee?«

Lächelnd drückt sie mir beides in die Hand und wendet sich einem der Preisrichter zu, während ich mich wieder durch die Menge schiebe. Es dauert eine Ewigkeit, bis ich endlich bei dem Bereich ankomme, der für die Reiter vorgesehen ist. Einige davon machen sich schon für das *Saddle Bronc Riding* warm, bei dem man sich acht Sekunden auf einem nicht eingerittenen Pferd halten muss. Eine Disziplin, der ich nicht besonders viel abgewinnen kann.

»Hey, Cowboy, ich habe dir etwas mitgebracht«, begrüße ich Tyler, der zwischen Biscuit und Whisper, Javis Stute, steht. Grinsend dreht er sich um, mustert mich von oben bis unten, bevor er mir Kaffee und Kuchen abnimmt. Sein Blick verharrt auf dem nackten Streifen Haut über meiner Hüfte, dort, wo ich das Shirt so verknotet habe, damit meine Narben nicht zu sehen sind. »Sag nichts, es ist so verdammt heiß!«

»Allerdings«, murmelt er und setzt sich auf einen Heuballen, um den Apfelkuchen zu essen und nippt immer mal an dem Becher Kaffee. Mit seinen dunklen Jeans und dem schwarzen Hemd sieht er wahnsinnig gut aus und sein Grinsen bringt meine Wangen zum Glühen. »Wo sind Javi und Izzy?«

Ich verlagere das Gewicht, zucke mit den Schultern. »Streiten sich irgendwo. Ich habe es nicht mehr ausgehalten und bin herumgelaufen, um alles festzuhalten. Nur du fehlst noch.« Als ich mit der Kamera herumfuchtle, verzieht er das Gesicht zu einer Grimasse. »Ach komm, es ist für meine Mutter.«

»Gut, aber nur, wenn ich auch ein paar Bilder von dir machen darf. Und von uns.« Er wirft den Pappteller weg, winkt William herüber und bittet ihn, uns zu fotografieren. Zuerst legt Tyler nur einen Arm um meine Hüften, seine Finger an meiner nackten Haut, dann zieht er mich auf seinen Schoss und küsst mich sanft. »Ich freue mich schon auf heute Abend, Prinzessin«, raunt er mir zu und lächelt in die Kamera. Nach einigen weiteren Aufnahmen bedanken wir uns bei dem Cowboy und sehen uns die Fotos an, die ich bisher gemacht habe.

Der Geruch von Heu und Pferden liegt in der Luft, die Musik wird von einem Gewirr anderer Geräusche übertönt. Von hier ist die Stimme des Ansagers gerade noch zu hören, der das *Pony Race* kommentiert. Ein kleiner Wettbewerb, der jedes Jahr stattfindet und ähnlich abläuft, wie das *Barrel Race*, nur dass er für alle Kinder unter zwölf veranstaltet wird. Normalerweise reiten die Älteren bei dem richtigen Rennen mit, doch da dieses Mal viele Profireiter an den Start gehen, wird es morgen Früh eine Veranstaltung für die Zwölf- bis Sechzehnjährigen geben.

»Sehen wir uns später den Hütehund-Wettbewerb an?« Ich ziehe den Programmzettel aus meiner Handtasche und streiche ihn glatt. »Der ist irgendwann nach dem *Tie-Down Roping*, da kann Javi die Pferde zurück zum Hof bringen.«

Tyler schüttelt den Kopf und wirft den leeren Kaffeebecher und die Serviette in einen Mülleimer. »Er nimmt dieses Jahr mit seinem Hund Blue teil. Sieh es dir ruhig an, ich kümmere mich um alles.«

Enttäuscht verziehe ich das Gesicht, beiße mir nachdenklich auf die Unterlippe. »Wenn ich dir dabei helfe, könnten wir es noch rechtzeitig zurückschaffen. Komm schon, Tyler, das ist einer der Programmpunkte, die man unbedingt sehen muss! Ganz besonders, wenn Javi mitmacht. Er hat ewig davon geträumt, diesen Preis zu gewinnen.«

Vom Platz ertönt ein kollektives Aufstöhnen und aus den Lautsprechern kommt die Ansage, dass eins der Kinder ein Fass umgeworfen hat und jetzt fünf Strafsekunden bekommt, wenig später gibt es dennoch tosenden Beifall. Gespannte Erwartung liegt in der Luft, weil in ein paar Minuten der nächste Wettbewerb beginnt. Um uns herum bricht hektisches Treiben aus, während sich die Reiter für ihren Auftritt vorbereiten.

Ich lasse die Atmosphäre einen Moment auf mich wirken, sauge alles in mich auf. Während meines Studiums bin ich nie beim Rodeo aufgetaucht, habe mich auf dem Gestüt versteckt und gearbeitet, um meinen Erinnerungen zu entkommen. Und einer Begegnung mit Izzy und Matt. Jetzt kommt mir meine Reaktion so albern vor. Ich habe mich von jedem, den ich kenne, distanziert, nur um dem Schmerz zu entgehen, statt mich ihm zu stellen.

»Also?«

Tyler senkt den Kopf, nestelt an dem Strohballen herum. »Ich weiß nicht, Daria. Es macht mir nichts aus, mich um die Pferde zu kümmern, während ihr euch das alles anseht. Für mich ist das irgendwie nichts.«

»Warum das denn? Warte, hat irgendjemand etwas zu dir gesagt?« Ein ungutes Gefühl beschleicht mich.

»Du weißt doch, was Matthew die ganze Zeit über mich erzählt«, stellt er klar und sieht mich bedeutungsvoll an. Hinter seiner ausdruckslosen Miene erkenne ich seine Unsicherheit, diese Verletzlichkeit, die mich so neugierig macht. »Die Leute hier halten mich dank ihm für einen Schwerverbrecher.«

»Unsinn! Niemand hier glaubt auch nur ein Wort von dem, was er von sich gibt. Denk doch nur mal an Gina oder Taras Eltern oder Daniel. Die Menschen respektieren dich.«

»Und hinter meinem Rücken reden sie. Ich weiß doch genau, wie es in so einer Kleinstadt läuft, Daria. Sie lieben *dich*. Mich akzeptieren sie nur, weil ich mit dir zusammen bin.« Von der Seite sieht er mich mit einem distanzierten Ausdruck an, reibt sich über die Stirn. »So war's nicht gemeint.«

Ich fühle mich vor den Kopf gestoßen, rutsche ein wenig von ihm ab, den Blick fest auf dem Aufwärmplatz gerichtet. Ivana hat einige Probleme mit ihrem Hengst und es ist nur allzu offensichtlich, dass dieses Pferd noch nie an einem Rodeo teilgenommen hat. Die vielen Menschen und lauten Geräusche machen es nervös und ich hoffe wirklich, sie kann ihn bei den Wettbewerben im Zaum halten.

»Mir ist schon klar, wie die Leute hier auf Fremde reagieren, okay? Sie sind prinzipiell misstrauisch und heißen nicht gleich jeden mit offenen Armen willkommen, aber bei dir ist das was anderes. Nicht, weil du für meine Mutter arbeitest oder mit mir zusammen bist.« Unsicher zupfe ich an einer Haarsträhne herum, bevor ich ihn ansehe. Bei ihm hört es sich an, als wäre er ein Projekt für mich. »Du hast dich in die Gemeinschaft eingebracht und den Menschen geholfen, deshalb mögen sie dich. Was ist nur plötzlich los mit dir? Ich sollte jetzt besser mal nach Javi und Izzy sehen ...«

Als ich aufstehe, legt er eine Hand auf meinen Arm. »Daria, hör zu, ich habe nicht gemeint ...«

»Ich habe dich schon verstanden. Du glaubst, die Leute tun *mir* einen Gefallen und sind nur deshalb nett zu dir. Oder denkst du, *ich* tue dir einen Gefallen?« Meine Stimme zittert ganz leicht, aber ich kann nichts dagegen tun.

»Nein! Es ist ... kompliziert.« Flehend sieht er mich an, doch ich löse mich aus seinem Griff, weiche einen Schritt zurück.

»Du könntest ja mal versuchen, es mir zu erklären! Da ist übrigens Javier. Ihr solltet euch für das *Tie-Down Roping* aufwärmen, lass uns einfach später reden, ja?« Seufzend beuge ich mich zu ihm und drücke ihm einen raschen Kuss auf den Mund. Für Zärtlichkeiten bin ich gerade wirklich nicht in Stimmung. »Viel Glück, Cowboy.«

Er nickt nur, leckt sich über die Lippen, bevor er sanft meine Hand drückt. Wortlos steht er auf, grüßt Javi und macht sich dann daran, Biscuit vorzubereiten.

Nachdenklich mache ich Fotos und schlendere weiter über den Festbereich. Einige der Buden erinnern mich an einen Jahrmarkt, wie das Dosenwerfen oder der Schießstand, andere sind wieder typisch für diese Gegend. Es werden Souvenirs verkauft, an jedem zweiten Stand gibt es etwas zu essen und überall hängen Luftballons. Auf der Tanzfläche tummeln sich schon ein paar Leute und wiegen sich im Takt der Musik, ihre Stiefel erzeugen einen dumpfen Klang auf den Holzbrettern.

Ich geselle mich zu Gabrielle und Daniel, die wie zwei frisch Verliebte wirken. Wir reden eine Weile über die Arbeit und andere Dinge, während ich in Gedanken immer noch bei dem Gespräch mit Tyler bin. Er hat gesagt, die Leute würden ihn als einen Außenseiter betrachten.

Irgendwann mache ich mich wieder auf die Suche nach Izzy, komme an der Arena vorbei, in der das *Saddle Bronc Riding* schon in vollem Gange ist. Ein Reiter fliegt nach knapp fünf Sekunden aus dem Sattel, rappelt sich auf und grinst, obwohl er die vorgegebene Zeit nicht geschafft hat. Die Menge jubelt dennoch.

Alles Idioten.

Fast so dämlich wie die, die beim Bullenreiten mitmachen. Mit einem verächtlichen Schnauben kehre ich zu Ginas Stand zurück, um mir noch einen Kaffee zu holen. An ihrer Schürze flattert die blaue Schleife, die zeigt, dass sie den Kuchenwettbewerb gewonnen hat. Keine große Überraschung.

»Glückwunsch«, murmle ich und nehme den Kaffeebecher entgegen.

Weil ich Izzy nirgends finden kann, setze ich mich auf eine Bank und strecke seufzend die Beine aus. Meine Stiefel sind staubig und mir läuft der Schweiß über die Stirn. Durch die vielen Menschen und die pralle Sonne komme ich mir vor wie ein Hähnchen auf dem Grill.

»Hey, Süße!« Matt setzt sich grinsend neben mich, prostet mir mit einem halb leeren Becher Bier zu. »So ganz allein? Wo hast du deinen üblichen Anhang gelassen? Und diese Lusche, die du deinen Freund nennst?«

Der hat mir gerade noch gefehlt. Abfällig nicke ich zu seinem Becher. »Solltest du dich nicht auf den Wettbewerb vorbereiten, statt dir auch noch die letzten Gehirnzellen wegzusaufen?«

Er lacht vergnügt, streckt einen Arm aus und streift mich an der Schulter. »Ich arbeite jeden Tag mit Rindern, für mich ist das ein Kinderspiel. Wie läuft es eigentlich auf dem Hof?«

Ich drehe den Kopf so schnell zu ihm herum, dass mir ganz schwummrig wird. Zähneknirschend gebe ich zurück: »Nichts Neues fürchte ich. Nur ein krankes Pferd, eine abgebrannte Scheune und ein Haufen Schulden, aber das weißt du ja längst. Was steht bei euch sonst noch auf dem Plan? Einen Unfall verursachen, unser Futter vergiften, unseren Ruf zerstören?«

Sein Blick ist vollkommen verwirrt, während er eine Augenbraue in die Höhe zieht. Seufzend lehnt er sich nach hinten, streift mich wieder an der Schulter. »Ich weiß ehrlich nicht, wovon du da redest.«

»Ach nein?«, fauche ich ungehalten, klammere die Finger so fest um meinen Kaffeebecher, dass der Deckel abspringt und mir etwas von dem heißen Getränk über die Hand läuft. »Ich weiß genau, welches hinterhältige Spiel du und dein Vater treiben, damit Mom sein Angebot unterschreibt. Also lass deine Lügen!«

»Was für ein Angebot?« Er beugt sich ruckartig nach vorn, runzelt skeptisch die Stirn und ist mir so nah, dass ich unwillkürlich fröstle. Er legt mir eine Hand auf den Arm, drückt leicht zu. »Wovon zum Teufel redest du eigentlich?«

Entweder ist er ein guter Schauspieler oder er hat wirklich keine Ahnung, dass sein Vater uns ein Kaufangebot gemacht hat. Vielleicht weiß er nicht mal, dass Edward hinter den ganzen Aktionen steckt.

Ich will ihm die Nase brechen, ihn von mir stoßen, weil er mich berührt, schüttle aber nur seine Finger ab. Sekundenlang sehe ich ihn an, bevor ich mich dazu durchringe, ihm alles zu erzählen. »Du hattest also keinen Schimmer?«

»Nein!« Er sieht ehrlich überrascht aus und auch irgendwie entsetzt. Nachdenklich streicht er sich durch die blonden Haare, schüttelt den Kopf. »Ich habe von allem nur am Rande mitbekommen, aber von dem Angebot wusste ich gar nichts. Und sollte der Alte wirklich dahinterstecken, worauf ich wetten würde, wird er erst aufhören, wenn Rebecca unterschreibt.«

Mir wird schlecht. Sollte Edward Jameson den Ruf des Gestütes schädigen wollen, ist das Rodeo der perfekte Zeitpunkt dafür. Matt weicht meinem Blick aus, wirkt plötzlich so ernst wie nie zuvor.

»Sag ihm ...«

»Daria, du glaubst doch nicht ernsthaft, mein Vater würde einen Pfifferling auf das geben, was ich ihm sage?« Kurz berührt er mich an der Schulter, verzieht entschuldigend das Gesicht. »Du solltest vorsichtig sein. Ich weiß, wie mein Vater wirklich tickt, und skrupellos ist da noch eine nette Bezeichnung.«

Jetzt macht er mir Angst, besonders der düstere Ausdruck in seinen Augen, doch ehe ich meine Gedanken sortieren kann, kippt er den Rest seines Biers herunter, bevor er in der Menge verschwindet und mich beunruhigt zurücklässt.

Eine Sekunde denke ich darüber nach, zu Sheriff Danes zu gehen und ihm alles zu erzählen, doch es gibt leider keine Beweise. Aber wenigstens weiß ich, dass Matt nicht hinter den ganzen Katastrophen steckt, mit denen *Silver Dream* zu kämpfen hat. Mir kommt seine Warnung in den Sinn und von einem Augenblick auf den anderen wird mir eiskalt.

So schnell wie möglich laufe ich zum Übungsplatz, denke nicht weiter nach und schlüpfe zwischen den Latten hindurch.

»He, runter da!«, brüllt mir jemand zu, während ich einem anderen Reiter ausweiche. Plötzlich werde ich gepackt und nach oben gezogen, hänge halb im Sattel.

»Was machst du denn hier?«, fährt Tyler mich an und zieht mich in eine aufrechte Position, bevor er Biscuit in eine Ecke zu Izzy lenkt, die mich mit aufgerissenen Augen ansieht. »Dich hätte jemand über den Haufen reiten können!«

Ich klettere auf den Zaun und winke Javi heran, erwidere Tylers vorwurfsvollen Blick.

»Daria ...«

Die drei reden auf mich ein, bis ich abwehrend die Hände hebe. »Das war blöd von mir, ich hab's verstanden! Aber ich will, dass ihr die Sattelgurte überprüft und den Rest der Ausrüstung auch. Ist mit den Pferden alles in Ordnung oder benehmen sie sich irgendwie komisch?«

Javi stöhnt genervt auf und Izzy schüttelt den Kopf, sieht mich mit einem mitleidigen Ausdruck an. »Daria, nicht schon wieder.«

Leise erzähle ich ihnen von meinem Gespräch mit Matt und bitte sie, alles noch einmal zu kontrollieren. »Er hat zwar nichts damit zu tun, glaubt aber ebenfalls, dass sein Vater dahintersteckt«, füge ich hinzu und verschränke die Arme vor der Brust.

Während Javi und Tyler die Sättel überprüfen, herrscht angespanntes Schweigen. Izzy schließt kurz die Augen und schluckt schwer.

»Ich kann nicht fassen, dass Edward Jameson so weit gehen würde. Was hat Matt denn genau gesagt?«

Seufzend zucke ich mit den Schultern. »Gar nichts. Er wusste ja nicht mal von dem Kaufangebot seines Vaters.«

Tylers Blick wird distanziert. »Du glaubst ihm? Was ist, wenn er lügt und doch hinter allem steckt?«

Ich will etwas sagen, schüttle dann aber nur den Kopf. Matthew hat aufrichtig gewirkt, ohne sein übliches Gehabe, und da war dieser Ausdruck, den ich nicht einmal beschreiben kann. Wahrscheinlich war er zum ersten Mal wirklich ehrlich zu mir.

»Es hat sich nichts geändert, hörst du? Vertrau mir«, bitte ich ihn leise und sehe ihn flehend an, doch er weicht mir aus.

Izzy sieht zuerst mich an, dann Tyler, bemerkt die Anspannung, die in der Luft liegt. »Was machen wir jetzt?«

»Wir müssen vorsichtig sein. Vor allem morgen, wenn Daria beim Rennen antritt.« Javi schwingt sich wieder in den Sattel, rückt seinen Cowboyhut zurecht. »Mädels, ihr solltet euch schon mal gute Plätze suchen, gleich geht's los.«

Izzy rutscht vom Zaun, blickt wartend zu mir auf, aber ich bleibe sitzen, sehe noch mal zu meinem Freund, der so tut, als wäre er beschäftigt.

»Tyler?«, flüstere ich mit einem Kloß im Hals.

Endlich hebt er den Kopf, klettert auf den untersten Balken und stützt sich mit beiden Händen neben mir ab. Einen Augenblick verharrt er so, dann legen sich seine Lippen zärtlich auf meine. Ich schlinge die Arme um seinen Nacken, zögere den Kuss hinaus, bis das *Tie-Down Roping* angekündigt wird und ich mich von ihm lösen muss.

»Keine Sorge, Prinzessin, ich vertraue dir«, raunt er mir zu, bevor er zu Biscuit geht und sich in den Sattel schwingt. Ein Lächeln huscht über seine Züge und er zwinkert mir schelmisch zu. »Ich bin besser als er.«

»Das bist du.« Nach einem letzten Blick springe ich vom Zaun und folge Izzy auf die Tribüne. Wir setzen uns in die Mitte der Reihe neben ihre Eltern, um das Geschehen genau beobachten zu können. Mit klopfendem Herzen hole ich meine Kamera heraus, bete dafür, dass nichts Schlimmes passiert. Tyler ist ein fantastischer Reiter, aber wenn Edward seine Finger im Spiel hat, bedeutet das gar nichts.

Ivana ist eine der ersten Teilnehmer.

Nachdem das Kalb aus seiner Startbox gelaufen ist, wird nach einigen Sekunden auch das Gatter ihrer Chute geöffnet. Am Anfang sieht alles gut aus, Ivana kreuzt den Weg des Kälbchens, wirft ihm das Lasso über und befestigt es am Sattelknauf. Doch sie hat Probleme dabei, ihr Pferd zu zügeln, und braucht etwas, bis es steht und sich das Seil strafft, wodurch das Kalb auf die Seite geworfen wird. Während sie auf das am Boden liegende Tier zuläuft, um Vorder- und Hinterbeine mit einem Strick zusammenzubinden, werden die Rufe der Menge immer lauter und plötzlich macht der Hengst einen Satz nach hinten.

Damit keines der Tiere verletzt wird, eilt ein Cowboy herbei, um das Pferd zu beruhigen und das Seil vom Sattel zu lösen. Durch den Lautsprecher ertönt die Ansage, dass Ivana aufgrund des Fehlers disqualifiziert wird.

»Sie hat ihn ja kaum unter Kontrolle«, murmelt Izzy und fällt in den verhaltenen Beifall ein. »Das Pferd scheint noch nie bei einem Rodeo gestartet zu sein.«

Ich sage nichts dazu, beobachte nur Ivana, die mit verkrampfter Miene zu ihrem Hengst geht und ihn vom Platz führt. Vielleicht ist sie eine gute Reiterin, aber mit einem temperamentvollen Tier wie diesem hat sie sich ziemlich überschätzt. Es braucht monatelanges Training, ehe sie erneut irgendwo starten kann, ohne sich zu blamieren.

Keiner der anderen Reiter leistet sich einen solchen Fehler. Und es ist spannend, die Anzeige anzustarren, auf denen die Zeiten aufleuchten. Schließlich ist Javier an der Reihe, liefert einen tadellosen Ritt ab und hebt, kaum dass er dem Kälbchen die Beine zusammengebunden hat, die Hände. Wenige Sekunden später sitzt er wieder im Sattel und löst das Lasso vom Knauf.

»Er war nicht schnell genug.« Izzy wirft einen enttäuschten Blick auf sein Ergebnis.

»Hey, er reitet hier immerhin gegen Profis«, tröste ich sie und nicke zu Matt, der als Nächstes starten wird. »Hauptsache, er ist besser als der.«

Matthews Auftritt ist gut. Jede seiner Bewegungen strotzt nur so vor Selbstbewusstsein, doch dann verfehlt sein Wurf das Kalb und ihm gehen wertvolle Sekunden verloren. Zufrieden betrachte ich die Tafel. Vier Plätze hinter Javier. Grinsend mache ich ein Bild von der Anzeige und winke Matt zu.

»Ich glaube, das ist der schönste Augenblick des Tages«, frohlocke ich.

Izzy stupst mich in die Seite. »Dann hast du Tyler noch nie richtig reiten sehen.«

Irritiert runzle ich die Stirn. Natürlich habe ich ihn reiten sehen! »Was meinst du mit *richtig*?«

Sie nickt zu den Startboxen. Biscuit steht in einer davon, wirkt ebenso ruhig wie Tyler, der auf das Signal zum Start wartet. Sekunden später flitzt das Kälbchen durch die Arena, danach geht alles rasend schnell.

Matts Worte klingen mir in den Ohren: »Ich arbeite jeden Tag mit Rindern, für mich ist das Ganze ein Kinderspiel.« In dem Augenblick erinnere ich mich daran, dass Tyler auf einer Ranch aufgewachsen ist. Wahrscheinlich hat er das schon hunderte Male gemacht, um ein Kalb von der Herde zu trennen.

Begeistert klatsche ich in die Hände und rufe seinen Namen. Als die Zeit gestoppt wird, halte ich die Luft an und springe auf. Izzy fällt mir jubelnd um den Hals.

»Zweiter Platz«, stoße ich atemlos aus. »Er hat es auf den zweiten Platz geschafft!«

Es folgen nur noch zwei Reiter, die ihm diesen Rang streitig machen könnten, aber ich bin sicher, das werden sie nicht schaffen.

»Ich glaube, wir haben gerade fünftausend Dollar gewonnen.«

Izzys Worte bringen mich völlig aus dem Takt. An das Preisgeld habe ich gar nicht mehr gedacht. Sofort beginne ich wieder zu rechnen, doch dann kommt mir eine ganz andere Idee. Hastig verabschieden wir uns von Gabrielle und Daniel und laufen zu unseren Pferdehängern, vor denen sich eine Menschentraube gebildet hat. Geschrei dringt zu mir durch und ich höre deutlich Matts Stimme.

Der Augenblick der Freude ist vorbei und während ich mich durch die Leute schiebe, beginnt mein Herz wild zu rasen. Das Gefühl, von einer Katastrophe zur nächsten zu schlittern, drückt auf meine Schultern und ich sehne mich danach, mein Glück zu genießen. Wenigstens für ein paar Tage. Nur ein paar verdammte Tage!

Irgendwann kann ich Tyler sehen, der sich mit Matthew über den staubigen Boden wälzt. Wie in Zeitlupe ballt er eine Hand zur Faust und holt zu einem Schlag aus. Ich will nach vorn stürzen, um die beiden auseinanderzureißen, werde aber von Izzy zurückgehalten.

»Javi, jetzt steh da nicht so rum, tu irgendwas«, brüllt sie ihrem Bruder zu und schnauzt dann die umstehen Leute an, sie sollen sich gefälligst um ihren eigenen Kram kümmern.

Nachdem Javier es geschafft hat, die beiden zu trennen, baue ich mich vor Matt auf, funkle ihn wütend an.

»Bevor du mir eine Predigt hältst ...«, beginnt er, doch ich versetze ihm einen Stoß gegen die Rippen.

»Was verdammt noch mal ist eigentlich los mit dir?«, zische ich und blicke kurz über die Schulter. Tyler wischt sich mit dem Handrücken das Blut von der Lippe, verschränkt die Arme vor der Brust. »Alles in Ordnung?«

»Bestens. Aber sorg dafür, dass er verschwindet. Ich fahr zurück zum Gestüt, wir sehen uns dann später.« Er verriegelt die Rampe des Hängers und steigt in den Geländewagen. Sekunden danach rollt das Auto vom Platz.

Als Javi und Izzy zu mir kommen wollen, winke ich ab und stampfe von der Menge weg, wohlwissend, dass Matt mir folgt. Ich bleibe erst stehen, als wir beinah in der Stadt sind, wirble aufgebracht zu ihm herum.

»Ich will kein Wort hören, klar? Langsam geht mir das alles so richtig auf die Nerven. Deine dämlichen Sprüche, die Selbstgefälligkeit. Du bist schon genau wie dein Vater, ist dir das eigentlich bewusst? Machst du das alles, um deinem Daddy zu gefallen?«

Stöhnend lehnt er sich gegen einen Baum, beobachtet mich aus dem Augenwinkel. »Ich habe nach dir gesucht und das hat deinem tollen Freund so gar nicht gepasst!«

»Warum nur? Vielleicht, weil du Gerüchte über ihn verbreitest?«, höhne ich und knirsche mit den Zähnen. Ich sollte einfach gehen, bevor ich die Kontrolle verliere, aber ich bin wie festgewachsen.

Heute sollte ein schöner Tag werden, das letzte Wochenende vor dem Trail, doch wie immer versaut Matt mir das. Wo er auch auftaucht, stiftet er Chaos und zieht seine kleine Show ab.

»Kannst du nicht damit aufhören? Das mit uns ist vorbei und daran wird sich nichts ändern, also spar es dir, Tyler ständig zu provozieren!«

»Tut mir leid«, gibt er mit einem Schulterzucken zurück. »Aber ich wollte dir etwas Wichtiges sagen und da ist es ... ein wenig eskaliert.«

Seine Gelassenheit macht mich fuchsteufelswild. Mit zwei Schritten bin ich bei ihm, doch er lässt sich nicht von meinem Verhalten beeindrucken.

»Hast du mit deinem Vater geredet?«

»Nein, aber ich habe mich umgehört und du liegst vollkommen richtig. Er hat etwas mit der Sache zu tun. Der Brand, die Kolik ...«, murmelt er, spannt die Muskeln an. »Was uns angeht, Daria: Das ist durch, aber ich bin nicht der Einzige, der es vermasselt hat, oder erinnerst du dich nicht mehr daran?«

Mich durchzuckt eine Erinnerung an den Tag, als wir uns so gestritten haben. Vor meinem Unfall. Ich sehe Izzy und Matt, die sich vor meinen Augen küssen und alles dafür tun, um mich zu provozieren. Und dann habe ich Matt gesagt, dass er wie sein Vater ist, der seine Frau bei jeder Gelegenheit gedemütigt hat. Amy Jameson hat die Launen ihres Mannes immer ertragen, seine Seitensprünge und alles andere, doch hinter verschlossenen Türen hat sie ihren Kummer im Alkohol ertränkt, bis sie irgendwann an Leberversagen gestorben ist. Genau das habe ich Matt an den Kopf geworfen und ihn gefragt, ob sie sich wohl auch seinetwegen ins Grab getrunken hat.

Plötzlich wird mir kalt und ich beiße mir beschämt auf die Unterlippe, erwidere seinen wütenden Blick. »Ich hätte das nicht sagen dürfen«, flüstere ich.

»Hättest du nicht, nein.« Er zuckt mit den Schultern, als wäre es ihm egal, doch ich weiß, dass meine Worte ihm zugesetzt haben. Vielleicht tun sie das immer noch. »Aber das spielt jetzt ja keine Rolle mehr, nicht wahr?«

»Matt, ich ... Ich war damals für dich da! Ich habe versucht, dir zu helfen, aber du hast mich ständig von dir gestoßen und irgendwann ganz aus deinem Leben gestrichen. Also gib mir nicht die Schuld daran.«

Er macht einen Schritt auf mich zu, lacht freudlos auf und schüttelt den Kopf. »Ich konnte dein Mitleid nicht ertragen, Daria. Und ja, ich wollte dir wehtun, nachdem du mich abserviert hast, aber was du ...«

»Ich habe Schluss gemacht, weil du mit meiner besten Freundin geschlafen hast!«, fahre ich ihn an, weiß aber gleichzeitig, dass ich nicht unschuldig an dem bin, was danach war.

»Und du hast gesagt, ich wäre für den Tod meiner Mutter verantwortlich!«, brüllt er plötzlich, packt mich am Handgelenk. »Sie war der wichtigste Mensch in meinem Leben und die Einzige, die mich vor meinem Vater beschützt hat. Du weißt nicht, wie er ist, Daria. Du hast ja keine Ahnung.«

Zitternd senke ich den Kopf, höre auf, wehre mich nicht gegen seinen festen Griff. Schon früher habe ich manchmal die Nerven verloren und mit Worten um mich geworfen, ohne nachzudenken, aber bei ihm bin ich wirklich zu weit gegangen.

»Es tut mir leid«, flüstere ich und sehe ihm zögernd in die Augen. Endlich lässt er mich wieder los, reibt sich mit einer Hand über das Gesicht. »Ich habe das nur so gesagt, Matt. Es stimmt nicht.«

Seine Schultern sacken nach vorn, als würde er die Kraft verlieren, aufrecht zu stehen. »Mag sein, aber es hat mich heftiger getroffen, als du dir vorstellen kannst. Ist ja auch egal.«

Minutenlang herrscht Schweigen, ich weiche etwas zurück, reibe mein schmerzendes Handgelenk.

»Deine Mom war krank, dich trifft daran keine Schuld. Damals war ich wütend, ich wollte dich nie so verletzen.«

Ein merkwürdiger Ausdruck tritt in seinen Blick. »Doch, das wolltest du und so war es schon immer, Daria.« Er legt den Kopf in den Nacken, blinzelt in den blauen Himmel. »Manchmal wünsche ich mir, wir wären nie zusammengekommen und einfach Freunde geblieben. Das hätte alles so viel leichter gemacht.«

»Daran können wir nichts mehr ändern. Aber«, ich zögere kurz, warte, bis er mich ansieht, und zucke verlegen die Schultern, »vielleicht können wir es ab jetzt besser machen. Werde nur nicht so wie dein Vater, das hätte deine Mom nicht gewollt.«

Unsere Blicke treffen sich ein letztes Mal, bevor er sich abwendet und zwischen den Ständen verschwindet. Ich bleibe noch einige Minuten stehen, um einen klaren Kopf zu kriegen, und schlendere langsam zur Tribüne.

Meine Gedanken wandern immer wieder zu dem Tag zurück, als ich mich mit Izzy gestritten habe. Was ich ihr und Tyler entgegengeschleudert habe.

Matt hat recht: Ich weiß, was ich sagen muss, um anderen wehzutun, aber ich habe nie darüber nachgedacht, wie verletzend meine Worte wirklich sind. Ich denke an den enttäuschten Ausdruck in Tylers Augen, beiße mir auf die Unterlippe. Er hat meine Entschuldigung angenommen, doch was wird er tun, wenn so etwas noch einmal vorkommt?

Eine halbe Stunde später sitze ich mit Izzy auf einer Bank, tief in Gedanken versunken, als Tyler sich neben mich gleiten lässt und mir einen Arm um die Hüften legt.

»Hey, hast du nicht gesagt, du wolltest dir den Wettbewerb nicht ansehen?« Ich versuche mich an einem Lächeln, das kläglich scheitert und sich eher wie eine Grimasse anfühlt.

»Dann habe ich meine Meinung wohl geändert.«

»Ist bei dir alles in Ordnung?«, murmle ich. Vorsichtig berühre ich seine aufgeplatzte Lippe, und kuschle mich an seine Brust.

»Halb so wild. Wahrscheinlich schlägst du härter zu als er.«

Der Scherz entlockt mir ein Lächeln. »Es ist schön, dass du da bist.«

Wortlos umfasst er mein Kinn, küsst mich. Nachdem wir Javier und Blue dabei zugesehen haben, wie sie Rinder zusammentreiben und die anderen Aufgaben bewältigen, nimmt er meine Hand und führt mich zu einem Stand, an dem Steaks und Würstchen verkauft werden. Mit zwei Bechern Cola und vier Hotdogs setzt er sich zu mir, sieht mich erwartungsvoll an. »Hat der Mistkerl irgendwas gesagt?«

Ich lasse mir mit der Antwort Zeit, fülle meinen Magen und wische mir mit einer Serviette über die Lippen, bevor ich ihm alles erzähle. »Und er hat recht damit, Tyler. Ich tue jedem weh, das ist so eine Art Schutzmechanismus. Und bei dir habe ich das auch schon gemacht. Ich habe gesehen, wie verletzt du deswegen warst, und habe einfach immer weitergeredet. Es tut mir so leid. Als du mir erklären wolltest, weshalb du dich so als Außenseiter fühlst, hätte ich dir zuhören sollen.«

Er nimmt meine Hand, streichelt mit dem Daumen über meine Haut und lächelt. »Wir sagen alle mal Dinge, die wir später bereuen, so etwas ist nur menschlich. Zugegeben, du gehst ziemlich unter die Gürtellinie und das, was du zu ihm gesagt hast ...«

»Ich weiß«, unterbreche ich ihn, zupfe mit den Fingern an einer Serviette herum und reiße sie in kleine Fetzen. »Vertraust du mir deshalb nicht? Da ist irgendeine Sache, die dich belastet, aber du redest nie darüber. Ist es, weil ich dich so vor den Kopf gestoßen habe?«

Seufzend lehnt er sich zurück, reibt sich über die Stirn. »Vertrauen hat damit nichts zu tun, Daria. Es ist wirklich nicht so einfach zu erklären und hat mit meinem Einsatz in Afghanistan zu tun. Und dem, was danach passiert ist. Nicht mit dir, glaub mir.«

Einige Sekunde herrscht Schweigen, ehe ich schließlich nicke und mich an seine Schulter lehne.

Geheimnisse sind trügerisch. Sie geben uns das Gefühl von Sicherheit, aber ich weiß, dass sie uns zerstören können. Beziehungen kaputtmachen. Nur habe ich ihm versprochen, nie zu fragen. Und so schwer es mir auch fällt, ich halte mich daran und hoffe, dass er es mir erzählt, bevor das, was zwischen uns ist, zerbricht.

16. Kapitel

Sieger der Herzen

Am nächsten Tag bin ich ein einziges Nervenbündel. Als ich mir vor der Fahrt in die Stadt noch einen Kaffee einschenken will, nimmt Tyler mir die Tasse ab und schüttelt den Kopf.

»Noch mehr Koffein und du gehst durch die Decke.«

»Mir ist so unglaublich schlecht«, jammere ich und lehne mich gegen die Anrichte. Vielleicht hätte ich nicht frühstücken sollen. Oder gar nicht erst aufstehen. »Wenn ich einen Fehler mache, werden es alle sehen. Und Blaze ... Sie ist noch nicht so weit. Sie war nie bei einem Rodeo. Was ist, wenn es mir so ergeht wie Ivana? Oder schlimmer? Da sind Profis, gegen die ich antreten muss, Tyler! Professionelle *Barrel Racer* und ich bin seit sechs Jahren nicht mehr geritten und habe nur ein paar Tage mit meinem Pferd trainiert. Das ist verrückt. Einfach wahnsinnig. Ich kann das nicht!«

»Hol erst mal Luft, Prinzessin.« Schmunzelnd legt er mir eine Hand in den Nacken, zieht mich an sich. »Wie viele Tassen Kaffee hast du schon getrunken?«

»Nicht genug.«

»Mehr als genug, würde ich sagen«, widerspricht er und drückt mir einen Kuss auf die Nase. »Hör zu, wenn Blaze zu nervös ist oder du kein gutes Gefühl hast, startest du eben mit Biscuit. Vergiss diese dämliche Wette!«

Als ich protestieren will, legt er mir einen Finger auf die Lippen. »Vergiss die Leute und den Ruf deiner Mutter und alles andere. Streich es aus deinem Gedächtnis, es ist nicht wichtig. Konzentrier dich nur auf dein Pferd und dich selbst.«

»Ich kann nicht gewinnen.«

»Niemand erwartet, dass du den ersten Platz belegst. Gib einfach dein Bestes, damit die Leute sehen, was du draufhast. Du bist Daria Evans und sitzt schon dein ganzes Leben lang im Sattel.«

»Hey«, ruft Javi von draußen und hupt zwei Mal. »Wenn ihr nicht bald eure Hintern ins Auto schiebt, kommen wir noch zu spät, also Tempo!«

Stöhnend vergrabe ich mein Gesicht in Tylers Shirt. »Seit er den Hütehund-Wettbewerb gewonnen hat, ist er unerträglich.«

Tyler lacht nur und zieht mich aus dem Haus. Bevor er in den Geländewagen steigt, schenkt er mir noch ein aufmunterndes Lächeln. Die anderen Reiter sind längst losgefahren, das Gestüt wirkt beinah verlassen. Ich winke José, einem von Daniels Arbeitern, zu, der schon gestern nach den Pferden gesehen hat, und schiebe mich auf den Beifahrersitz meines Pick-ups, damit sich unsere Wagenkolonne in Bewegung setzen kann. Drei Autos, zwei Pferdehänger und jede Menge Ausrüstung.

»Du siehst so blass aus«, kommentiert Izzy mit hochgezogenen Augenbrauen und lenkt den Wagen in die Einfahrt. »Hast du schlecht geschlafen?«

»Gar nicht trifft es besser«, murmle ich und fummle am Radio herum, bis ich einen Sender gefunden habe, der mir gefällt. Meine Hände zittern, das Frühstück liegt mir schwer im Magen und das Koffein macht mich hibbelig. Vielleicht hätte ich doch selbst fahren sollen, dann hätte ich wenigstens keine Zeit, um mir alle möglichen Dinge auszumalen, die schiefgehen könnten. Von Strafsekunden über eine Disqualifikation bis hin zu einem Sturz. Wahlweise kann es natürlich auch passieren, dass meine Nerven versagen und ich nicht mal bis an den Start komme. Aber ganz egal, was geschieht, eins ist mir schon jetzt klar: Den Auftrag von Edward Jameson werde ich unter keinen Umständen bekommen, dafür wird der Alte sorgen.

Blaze steht vollkommen ruhig in der Mitte des Übungsplatzes, nur ihre Ohren zucken hin und her, um auf jedes Geräusch zu achten. Bisher zeigt sie keine Anzeichen von Nervosität und regiert auf jede Zügelhilfe, die ich ihr gebe. Mit ein wenig Schenkeldruck setzt sie sich in Bewegung, fällt in einen lockeren Trab. Konzentriert lenke ich sie um eines der Fässer herum und spüre bohrende Blicke auf mir. Am Zaun stehen einige Männer und beobachten mich, darunter – wie könnte es auch anders sein? – Edward Jameson.

»Hey, Kleine, du machst eine super Figur da oben«, ruft Abe mir zu und entblößt bei seinem Grinsen eine Zahnlücke. »Und irgendwoher kenne ich das Pferd doch ... Hey, Ed, war das nicht deine?«

»Ja, genau!«, stimmt ein anderer ein und nickt so heftig, dass ihm beinah sein Hut vom Kopf fällt. »Unberechenbares Vieh, hast du gesagt, wolltest es zum Schlachter bringen. Sieht aus, als hätte Daria ganze Arbeit geleistet.«

Plötzlich muss ich gegen die Tränen ankämpfen. Das Rennen hat noch nicht mal angefangen und schon jetzt reden die Leute über mich, bestärken mich. Diese Art von Zusammenhalt habe ich, bei allem, was bisher gewesen ist, fast vergessen.

»Ach, Abe, du Schmeichler. Das liegt alles nur an dem Sattel, den du für mich gemacht hast. Er ist hervorragend, wie immer.« Mit einer Hand streiche ich über das weiche Leder, treibe Blaze in die andere Richtung, weg von den Männern des Farmerrates. Einige von ihnen sind vielleicht nett, doch der Großteil steht nun mal hinter dem, was Edward Jameson anordnet, immerhin ist er der Vorsitzende.

»Achtung!«, höre ich plötzlich Matthews Stimme, zügle Blaze und drehe mich im Sattel um. Mit offenem Mund starre ich zu Ivana und ihrem Hengst, die in vollem Galopp über den Platz preschen. Matt kann in letzter Sekunde ausweichen und auch die anderen Reiter lenken ihre Pferde näher an den Zaun heran.

Das ist ganz und gar nicht gut.

»Setzen Sie sich aufrecht hin!«

»Zügel aufnehmen, Mädchen!«

»Ruhig bleiben!«

Von überallher kommen irgendwelche Ratschläge, doch Ivana scheint sie kaum zu hören. Ihr Gesichtsausdruck ist verkniffen, während ihr Hengst sich in die Kurve legt und stolpert. Gemeinschaftliches Aufstöhnen und Luftanhalten, bis das Pferd sich wieder fängt und weiter über den Platz stürmt.

Aus dem Augenwinkel sehe ich einen anderen Reiter, der sich vor Ivana setzt und sein Tempo drosselt, damit auch der Hengst langsamer wird. Nach wenigen Sekunden ist es vorbei, Ivana rutscht aus dem Sattel, weicht einige Schritte von ihrem Pferd zurück und sinkt zitternd auf die Knie, während sich William um das Tier kümmert.

»Sie sollte bei gar keinem Wettbewerb mehr starten«, murmelt Javi, der Whisper neben mir zum Stehen gebracht hat.

»Dank ihr sind alle Pferde nervös«, murrt ein anderer Reiter und sieht Ivana verärgert an.

Ich habe das Bedürfnis, vom Pferd zu springen und mich irgendwo zu verkriechen, damit mir nicht etwas Ähnliches passiert, aber Blaze ist verhältnismäßig ruhig, setzt sich wieder in Bewegung. Leise rede ich mit ihr, beuge mich vor, um ihren Hals zu streicheln, und begegne dabei Edward Jamesons Blick, der auf seinen Sohn einredet. Als er zu mir nickt, flattert mein Magen. Matt schüttelt den Kopf, treibt seinen Wallach zu mir herüber und reitet neben mir her.

»Was hat er dir aufgetragen? Meinen Sattelgurt anschneiden oder doch etwas anderes?«, zische ich zwischen zusammengepressten Zähnen.

»Rechne einfach damit, dass bei deinem Ritt irgendetwas passiert. Ich bin erst nach dir dran, also kann ich ihn kaum aufhalten.« Er wirft mir einen eigenartigen Blick zu, schweigt einige Minuten, ehe er schließlich seufzt. »Gute Arbeit mit der Stute.«

Bevor ich darauf reagieren kann, galoppiert er schon auf eins der Fässer zu. Sekunden später ist Tyler an meiner Seite, beäugt Matt misstrauisch.

»Was wollte er?«

»Mich davor warnen, dass bei meinem Ritt irgendwas passieren wird. Dieser Mann ist einfach skrupellos.« Ich sehe Tylers starre Miene und füge hinzu. »Keine Sorge, ich werde aufpassen.«

»Gut! Es wird gleich losgehen und ich bin einer der Ersten, also ... viel Glück, Prinzessin, und denkt dran: Nicht nachdenken.« Er lehnt sich zu mir herüber, haucht mir einen Kuss auf die Lippen. Für mehr reicht es nicht, weil Biscuit nervös herumtänzelt.

Lächelnd tippe ich mir gegen meinen Hut. »Dir auch viel Glück, Cowboy.«

Als der erste Reiter aufgerufen wird, blende ich alles aus. Ich will weder hören, wie gut sie sind, noch, welche Fehler sie vielleicht machen.

Nach und nach leert sich der Übungsplatz, bis schließlich nur noch William, Matt und ich auf unseren Start warten. Klasse, einer der besten Reiter startet nach mir, damit verliere ich den einzigen Vorteil, denn eine späte Startposition bietet: Die Zeit der schnellsten Ritte zu kennen, um sie zu unterbieten. So steigt nur meine Nervosität.

Stöhnend werfe ich einen Blick auf die Anzeigetafel. Zwei Reiter haben es in unter vierzehn Sekunden geschafft, mit William wären es drei. Und der einzige Wert, den ich vielleicht schlagen könnte, liegt bei 13,94 Sekunden. Einfach unmöglich!

»Und als nächste Reiterin: Daria Evans auf Golden Blaze, eine junge Stute, die von der Reiterin selbst ausgebildet wurde«, dröhnt es aus den Lautsprechern, gefolgt von tosendem Applaus.

»Hey, viel Glück.« Matt nickt mir zu und wendet sich dann ab. »Und sei vorsichtig!«

Ich lenke mein Pferd vom Übungsplatz zu der mit Gattern abgetrennten Bahn, die einen fliegenden Start ermöglicht. Als das Signal erklingt, treibe ich sie zu einem gestreckten Galopp, nehme sie zurück, ehe wir in einer engen Runde das erste Fass hinter uns lassen und auf das zweite zustürmen. Pfiffe und Rufe ertönen aus dem Publikum, doch ich konzentriere mich nur auf mein Pferd und den Ritt. Kurz bevor wir die dritte Tonne erreichen, ertönt ein lauter Knall. Blaze' Ohren stellen sich nach vorn und sie spannt die Muskeln an, aber als ich nicht reagiere, galoppiert sie einfach weiter. Sobald wir den Parcours geschafft haben, lehne ich mich im Sattel nach vorn, gebe die Zügel frei und feuere mein Pferd an, bis wir aus der Arena sind.

Mein Herzschlag beschleunigt sich, mir ist schwindlig und Erinnerungen stürmen auf mich ein. An Cloud und unser letztes Rodeo, an den Sturz. Schließlich kann ich Blaze zügeln, rutsche von ihr herunter und taumle einige Schritte. Irgendjemand führt mich zu einem Heuballen, auf den ich mich fallen lasse.

»Kleines, was ist denn los?« Gabrielle umfasst mein Gesicht, wischt mir über die feuchten Wangen. »Es ist ja alles gut, du warst einfach fantastisch! Daniel hat deinen Ritt auf Video aufgenommen, damit du ihn deiner Mutter zeigen kannst.«

»Blaze ...«

»Javier kümmert sich um das Pferd, keine Sorge.« Als sie zur Seite tritt, sehe ich Izzy und Tyler auf mich zukommen.

Meine Freundin umarmt mich stürmisch, strahlt mich an. Dann ist Tyler da, zieht mich auf die Füße und hält mich fest, bis ich mich ein wenig beruhigt habe.

»Ist es schon vorbei? Wie habe ich abgeschnitten?« Als mir keiner antwortet, hebe ich den Kopf, starre sekundenlang auf die Anzeigetafel und spüre grenzenlose Enttäuschung aufwallen. »14,21 Sekunden ... Das ist nur der vierte Platz ...«

Kein Sieg, kein Preisgeld, nicht mal eine gute Platzierung. Ich habe versagt.

»Das ist doch unwichtig.« Isabella macht eine wegwerfende Handbewegung und strahlt über das ganze Gesicht. »Jeder in der Stadt weiß, dass Blaze mal Edward Jameson gehört hat und dass er sie an den Schlachter verkaufen wollte, weil sie so unberechenbar ist. Du bist für diese Leute eine Heldin! Ich habe einige sagen hören, auch deine Mutter hätte das nicht besser hinbekommen.«

»Aber ich habe die Wette verloren. Wir werden keine Aufträge von den Jamesons bekommen.« Noch immer kann ich nicht klar denken, werde von diesem ernüchternden Gefühl eingehüllt.

Izzy verdreht die Augen, drückt aufgeregt meinen Arm. »Verstehst du denn nicht? Mit Blaze haben wir ein Paradebeispiel deiner Arbeit.

Wenn wir die Geschichte und dazu das Video online stellen, brauchen wir keine Aufträge von diesem Mistkerl!«

Tylers Lippen streifen über meine Wangen, leise raunt er mir ins Ohr: »Sie hat recht, Prinzessin. Du warst fantastisch und die Leute sind total aus dem Häuschen. Vergiss die Jamesons, denk an das, was du erreichen wolltest. Du hast allen gezeigt, wie gut du als Trainerin bist, und sie sehen dich nicht mehr nur als *Rebecca Evans' Tochter*.«

Vielleicht in Silver Lane, will ich abwiegeln, sage jedoch nichts. Es ist ein Anfang, sogar ein sehr guter. Und wenn wir es richtig anstellen, bekommen wir möglicherweise wirklich einige Aufträge. Nicht nur in den nächsten Wochen, sondern auch darüber hinaus. Es könnte unsere Chance sein, das Gestüt bekannt zu machen. Vorausgesetzt, ich bin bereit, dauerhaft als Trainerin einzuspringen, mit meinem Namen zu werben, so wie Mom es in den letzten zwanzig Jahren mit ihrem getan hat.

Bisher habe ich mich davor gedrückt, aber jetzt ist die Zeit gekommen, um eine Entscheidung zu treffen. Ich kann nicht abwarten, bis die Frist der Bank verstrichen ist. Ob wir es nun schaffen, das Geld aufzutreiben oder nicht, spielt keine Rolle. Entweder ich wähle das Leben, das ich jahrelang bis ins kleinste Detail geplant, an das ich mich geklammert habe, oder ich gehe ein Risiko ein, um den Traum meiner Mutter fortzusetzen. Einen, der auch mal meiner war.

Und all das führt mich zu einer ganz anderen Frage: Wer bin ich? Wer will ich sein?

»Daria?« Tyler reißt mich aus meinen Gedanken, mustert mich besorgt, bevor er mich zärtlich küsst. »Es gibt keinen Grund, enttäuscht zu sein. Wir sollten das feiern.«

»Ja«, murmle ich, während in mir immer noch ein Kampf tobt. »Darauf sollten wir anstoßen.«

Der restliche Tag zieht im Schnelldurchgang an mir vorbei. Nachdem ich mich umgezogen habe, hat die halbe Stadt mir zu meiner Leistung gratuliert, mich in Gespräche verwickelt oder Interesse daran angemeldet, ein Pferd von mir ausbilden zu lassen. Es ist wie ein verrückter Traum, unwirklich und berauschend zu gleich. Ich habe das *Barrel Race* vielleicht nicht gewonnen, aber den Bewohnern von Silver Lane ist das völlig egal.

Irgendwann sind alle Wettkämpfe für heute beendet und die Menschen strömen zum Festzelt, aus dem laute Musik dröhnt, gemischt mit Gelächter. Als ich das Zelt betrete, bleibe ich wie angewurzelt stehen und starre auf ein Banner, auf dem in riesigen Buchstaben *Happy Birthday, Daria!* steht.

»Oh mein ...« Peinlich berührt sehe ich zwischen meinen Freunden hin und her, die mich verschmitzt angrinsen. Wie konnte ich das vergessen?

Irgendjemand beginnt zu singen, immer mehr Leute fallen ein, klatschen und jubeln. Auf einem der Tische steht eine Geburtstagstorte, auf der Kerzen brennen, daneben sitzt eine breit grinsende Gina.

»Herzlichen Glückwunsch zum Geburtstag, Prinzessin«, murmelt Tyler an meinem Ohr und überreicht mir eine längliche Schachtel. »Hier, ein kleines Geschenk, ich hoffe, es gefällt dir.«

Vollkommen überrumpelt werde ich von Freunden und Nachbarn umarmt, bekomme noch andere Päckchen, die sich neben dem Kuchen stapeln. Tyler steht am Rand der Menge, die Hände in die Hosentaschen geschoben und lächelt mich an. Während ich mich frage, wie ich meinen Geburtstag vergessen und nichts von all dem hier bemerken konnte, wird mir ein Becher Bier in die Hand gedrückt.

»Auf die Siegerin der Herzen«, brüllt jemand, woraufhin der Ruf dutzende Male wiederholt wird.

Als es endlich ruhiger ist und die meisten mit der Torte beschäftigt sind, setze ich mich an den Tisch und ziehe die rote Schachtel zu mir heran. Mit den Fingerspitzen streiche ich über das goldene Logo. *Marcys Jewelry.* Neugierig nehme ich den Deckel ab, blinzle ein paarmal, bevor ich den Kopf hochreiße.

»So etwas habe ich noch nie bei Marcy im Laden gesehen.«

Ein unsicheres Grinsen umspielt Tylers Lippen. »Könnte daran liegen, dass sie es extra für mich angefertigt hat. Du sollst nie wieder vergessen, wie sehr du dein Leben hier liebst, Daria.«

Vorsichtig hole ich das Armband heraus und betrachte die verschnörkelte Gravur. *Silver Dream.* Mir schießen Tränen in die Augen. Glaubt er den wirklich, ich würde die letzten Wochen vergessen können? Vergessen *wollen*?

»Ich liebe dich, Tyler Wyatt«, flüstere ich erstickt und halte ihm das Schmuckstück hin, damit er es mir ums Handgelenk legt. Das Silber fühlt sich kühl auf meiner Haut an.

Er umfasst mein Kinn, küsst mich zärtlich. »Ich liebe dich auch, Daria Evans.«

Mein Herz macht einen freudigen Hüpfer und ich schmiege mich enger an ihn, wehre mich nicht mal dagegen, als er mich auf die Tanzfläche führt, obwohl ich mich gestern Abend erfolgreich um jeden Tanz gedrückt habe. Es wird ein langsamer Song gespielt, bei dem wir uns eng umschlungen im Takt wiegen.

Lichterketten werden angeschaltet, als die Sonne dem Horizont entgegensinkt und die Stimmung immer ausgelassener wird. Widerstrebend tanze ich auch mit Mark und Javi, lasse mich herumwirbeln und flüchte schließlich wieder zurück zu unserem Tisch, völlig außer Atem.

»Du weißt echt nicht, wie man feiert«, kommentiert Javier mit einem verächtlichen Schnauben und erntet Gelächter für seine Bemerkung.

»Wie wäre es mit einem schnelleren Tanz, Prinzessin«, fordert mich Tyler heraus und grinst, als ich das Gesicht verziehe.

Ich hebe meinen Becher in die Höhe. »Vielleicht, wenn das hier Tequila wäre.«

Der Ausdruck in seinen Augen verändert sich, hält mich in einem Strudel aus Verlangen und Verheißung gefangen. »Wenn das Tequila wäre, würdest du nicht um einen Body Shot herumkommen.«

Tara und Izzy lachen, Javi stößt einen spöttischen Pfiff aus, zieht die Augenbrauen hoch.

»Hört, hört! Die Show würde ich mir nicht entgehen lassen.«

Hitze steigt in mir auf, während ich Tylers Blick erwidere und gar nicht auf die Bemerkungen der anderen eingehe. Dieses Spiel kenne ich nur zu gut. In den Semesterferien haben unsere Zusammenstöße immer mit einer solchen Herausforderung angefangen, aber die kam eigentlich meistens von mir. Jetzt bin ich diejenige, die in die Ecke gedrängt wird und reagieren muss. Ein aufgeregter Schauer fährt mir die Wirbelsäule herunter.

Na schön, Cowboy, wie du willst!

»Das würdest du machen? Hier und jetzt vor den ganzen Leuten?«, hake ich ungerührt nach.

»Aber sicher doch, wenn du dich traust.«

Schnaubend springe ich vom Tisch, eile durch die Menge und winke Mr Merano heran. Mit gerunzelter Stirn lauscht er meiner Bitte, überlegt kurz und holt dann ein Schnapsglas heraus.

»Das ist nur eine Ausnahme, weil du Geburtstag hast, Kleine«, verkündet er, während er eine Zitronenscheibe abschneidet und mir einen Salzstreuer hinstellt. »Sonst gibt es hier nur Bier und Cocktails.«

»Weiß ich doch, Mr Merano«, gebe ich zurück und trage alles zu den anderen. Triumphierend stelle ich das Glas vor Tyler ab und grinse, als ich seine verdatterte Miene bemerke. »Was, traust du dich doch nicht? Dann schwächen wir es etwas ab.«

Ich streiche mir die Haare zur Seite, lege den Kopf schief und reibe mit der Zitrone über meinen Hals, bevor ich Salz auf die Stelle streue. Aus dem Augenwinkel sehe ich, wie Javi eine Hand nach meiner Kamera ausstreckt. »Solltest du das fotografieren, bist du ein toter Mann«, warne ich ihn, nehme die Zitronenscheibe in den Mund und blicke auffordernd zu Tyler.

Er zögert nur eine Sekunde, dann beugt er sich vor und leckt über meine Haut, kippt den Tequila herunter und beißt in die Zitronenscheibe. Kaum habe ich die Schale ausgespuckt, liegen seine Lippen wieder auf meinen und er zieht mich eng an sich. Verlangen durchströmt mich und ich wünsche mir, dass wir zu Hause wären, im Cottage. Allein.

»Gut gespielt, Prinzessin«, raunt er, nachdem er sich von mir gelöst hat. Sein Blick ist verhangen, seine Stimme rau. »Aber dieses Spielchen beherrsche ich auch.« Tyler hebt mich hoch, trägt mich auf die Tanzfläche und macht den DJ mit einem Pfiff auf sich aufmerksam. Sekunden später hört das langsame Lied auf und wird durch einen schnelleren Countrysong ersetzt. *Hopeless Case* von Rebecca Lavelle.

»Oh nein!«, stoße ich hervor, doch er wirbelt mich herum, während uns alle anstarren. »Ich warne dich, Tyler, wenn du das tust, was ich denke, das du tun willst ...«

»Entspann dich einfach«, gibt er mit einem Lachen zurück, zwinkert mir zu.

Irgendjemand fängt an, im Rhythmus zu klatschen und nach wenigen Augenblicken stimmen andere ein. In meinen Ohren dröhnt es und ich kann die Musik kaum noch hören, lasse mich von Tyler führen. Als ich schon glaube, mit heiler Haut davonzukommen, umschlingt er meine Hüften, macht einen Schritt nach hinten und beugt sich zu mir runter. Mein Hut landet auf dem Boden, doch ich habe keine Zeit, länger darüber nachzudenken. Der Kuss lässt mich vor Leidenschaft schaudern, aber der Jubel, den er auslöst, erfüllt mich mit einem Gefühl grenzenloser Freude.

»Du Mistkerl!«, fahre ich ihn an, als er mich freigibt, muss aber gegen meinen Willen lachen. »Oh Gott, das habe ich schon ewig nicht mehr gemacht.«

»Einen Kerl in der Öffentlichkeit küssen?«

»Tanzen.« Ich atme einmal tief durch und streiche mir die Haare aus dem Gesicht.

Mit einem Zwinkern hebt er meinen Stetson auf und setzt ihn mir wieder auf. »Und war es wirklich so schlimm? Wer weiß denn, wie viele unsere Tequila-Aktion beobachtet haben? Dürfte wesentlich peinlicher sein, oder? Darüber hast du nicht nachgedacht, hm?«, frotzelt er grinsend.

»Nein«, gebe ich stöhnend zu und bin erleichtert, als er mich aus dem Zelt zieht. Der Wind fühlt sich kühl an, wirbelt meinen Rock auf. »So etwas passiert, wenn ich spontan bin.«

»Was? Dass du Spaß hast?«, neckt er mich und führt mich zu Ginas geschlossenem Stand. Um uns herum ist alles dunkel, nur von Festzelt schimmert ein wenig Licht herüber. Grillen zirpen, begleiten jeden unserer Schritte mit ihrer Melodie. Tyler setzt sich auf eine der Bänke, legt den Kopf in den Nacken. »Sieh dir das an. Das gibt dem Wort Freiheit eine ganz andere Bedeutung.«

Ich betrachte die schimmernden Sterne am samtschwarzen Himmel, spüre, was er meint. So hart das Leben hier draußen auch ist, in solchen Momenten spielt es keine Rolle. Von der Natur umgeben zu sein, sich ihrem Willen zu beugen und sonst niemandem, das ist ein berauschendes Gefühl.

»Du freust dich schon auf den Trail, oder?«

Er dreht mir das Gesicht zu. »Ja. Ich wünschte nur, du würdest mitkommen. Es wäre genau das Richtige für dich.«

»Drei Wochen im Sattel, in einem Schlafsack übernachten und von Mücken terrorisiert werden? Solche Ausflüge klingen romantischer, als sie am Ende sind. Und ich kann nicht einfach weg, wir haben Aufträge und ...«

»Ich weiß, Daria. Und mir ist schon klar, dass es nicht möglich ist, aber wer sagt dir, dass du eine Pause brauchst, wenn ich nicht da bin, hm? Du wirst dich doch nur in den Unterlagen vergraben und mit deinen Sorgen und Problemen auseinandersetzen.« Mit den Fingerspitzen streicht er meine Schulter entlang, zieht eine Spur von Küssen über meine Haut.

»Izzy wird schon auf mich aufpassen ...«

»Was, wenn ich eine Möglichkeit finde?«

»Keine Chance, das bekommst selbst du nicht hin. Schlimm genug, dass wir einen Arbeiter zu wenig haben, aber ich kann nicht einfach alles vernachlässigen. Wir würden zu wenig verdienen! Ich habe alles schon ausgerechnet und ... Denk an den Auftrag, den ich bekommen habe!«

Er legt mir einen Finger auf die Lippen, seufzt. »Das dürfte dein geringstes Problem sein, immerhin soll das Pferd an den Umgang mit Rindern gewöhnt werden. Da würde sich der Trail doch anbieten.«

Es ist so verlockend. Unterwegs in der Natur mit hunderten Rindern, die Arbeit von echten Cowboys. Ich erinnere mich gut an dieses Erlebnis. Immer auf dem Sprung, abends am Lagerfeuer sitzen und den Geschichten lauschen, in den Tag hineinleben und alles auf sich zukommen lassen.

»Ich kann trotzdem nicht einfach weg. Mom verlässt sich darauf, dass ich mich um den Hof kümmere. Und außerdem will ich da sein, wenn sie aus der Rehaklinik entlassen wird. Du hast recht, es wäre toll gewesen, aber es passt einfach nicht.«

Tyler nickt. »Das verstehe ich doch. Es war auch nur ein Gedankenspiel.« Er haucht mir einen Kuss auf die Lippen. »Aber dann versprich mir wenigstens, dass du dir ab und zu mal freinimmst und vielleicht einen Ausritt mit Isabella machst.«

»Versprochen.« Bei seinem skeptischen Gesichtsausdruck muss ich lachen. »Ich werde mir Mühe geben. Kommst du morgen Abend mit zu dieser dämlichen Farmerratssitzung?« Ich schlinge die Arme um die Knie, werfe ihm einen flehenden Blick zu.

»Geht es um deinen Weidepachtvertrag mit Daniel?«

»Und um irgendwelche Verordnungen. Hast du vergessen, wer den Vorsitz hat? Wer weiß, was Edward Jameson sich wieder hat einfallen lassen, um uns zu ruinieren.«

»Was es auch ist, zusammen werden wir es durchstehen«, versichert er leise und verschließt meine Lippen mit einem glühenden Kuss.

Wir bleiben aneinandergekuschelt auf der Bank sitzen, bis sich irgendwann die meisten Leute auf den Heimweg machen und Izzy und Javi zu uns stoßen. Ich beschließe, die fröhliche Stimmung nicht zu zerstören und verdränge jeden Gedanken an unsere Probleme.

»Noch einen Tag«, stöhnt Javier und wuchtet einen der Sättel in den Pick-up. »Noch eine Disziplin, dann ist es endlich vorbei. Keine Ahnung, wieso ich mich jedes Jahr aufs Neue auf diesen Zirkus freue und nie daran denke, wie anstrengend es ist.«

»Du sitzt die meiste Zeit rum und stopfst dir irgendwas in den Mund«, stichelt Isabella. Sie verdreht die Augen, führt Biscuit in den

Hänger und wartet, bis ich Whisper ebenfalls verladen habe. »Der einzige Körperteil, den du beanspruchst, ist dein Magen.«

»Hey, ich muss heute noch das Cutting überstehen und morgen geht es zum Trail, also ein wenig mehr Mitgefühl bitte!« Er klopft sich auf den Bauch und seufzt theatralisch. »Da wird nicht so viel Zeit zum Essen bleiben.«

»Hilft vielleicht dabei, den Bauchansatz wieder loszuwerden«, feixe ich und kneife ihm in die Seite. »Du hast echt zugelegt.«

»Nicht nur Frauen stopfen sich voll, wenn sie eine Trennung überwinden.«

»Mir kommen die Tränen.«

»Du bist eine Hexe«, brummelt er und streckt mir die Zunge heraus. »Ich bin froh, dass ich dich drei Wochen nicht ertragen muss.«

»Du sie?« Tyler schnaubt, zieht die Plane über die Ladefläche des Pick-ups und befestigt sie an den Riemen. »Die Frage ist eher, wie *ich* dich ertragen soll, wenn du den lieben langen Tag nur jammerst.«

»Du läufst gleich bis zur Stadt, Wyatt!«

»Alles klar, *Archer*. Können wir dann? Ich fahre.« Tyler klimpert mit den Schlüsseln und setzt sich grinsend hinters Steuer.

»Männer«, murmelt Izzy kopfschüttelnd und schnallt sich an. »Manchmal benehmen sie sich wie Kinder.«

Mit einem zustimmenden Schnauben starte ich den Motor und lenke mein Auto hinter dem Geländewagen her. Auf der Fahrt werfe ich Isabella immer wieder einen Seitenblick zu. Seit wir beim Frühstück über den Trail gesprochen habe, hat sie kaum etwas gesagt.

»Jetzt sag nicht, du hast so schlechte Laune, weil du Javi vermissen wirst«, ziehe ich sie auf und schalte in einen höheren Gang.

»Darum geht es nicht.«

Verwirrt blicke ich kurz zu ihr hinüber. »Was ist dann mit dir los? Du warst gestern Abend schon so komisch. Nein, eigentlich seit ... Oh nein, ich dumme Kuh! Es ist wegen Logan, habe ich recht?«

»So ähnlich. Ich finde es wirklich toll, dass du dich so gut mit Tyler verstehst, ihr seid ein süßes Paar. Aber immer, wenn ich euch zusammen sehe, weiß ich, dass ich das nie haben kann. Logan wohnt in Washington DC, wir haben beide viel zu tun und sehen uns nur für wenige Wochen im Jahr. Das ist nicht mal eine Fernbeziehung.« Sie zuckt mit den Schultern, atmet einmal tief durch. In ihren braunen Augen liegt Traurigkeit. »Es ist gar nichts.«

Bei allem, was Isabella mir bisher über Logan Dashner erzählt hat – und was ich selbst über das Internet herausgefunden habe –, sind sie vollkommen unterschiedlich. Er ist wahrscheinlich einer dieser Bürohengste aus der Großstadt, mit teuren Autos und vollen Konten und Izzy ... Tja, Izzy ist ein Mädchen aus der Kleinstadt, die ihr ganzes Leben hart gearbeitet hat. Doch für ein paar Wochen im Jahr spielen diese Gegensätze keine Rolle, denn dann kommt er nach Silver Lane und die beiden verbringen ihre Zeit miteinander.

Ich kann mir mittlerweile kaum vorstellen, wie es sich anfühlen würde, Tyler nur so selten zu sehen. Briefe und Telefonate sind eben nicht dasselbe, wie jemanden zu umarmen, ihn zu küssen.

»Habt ihr je darüber geredet? Also, wie das zwischen euch weitergehen soll?« Ich drossle das Tempo, biege in die Hauptstraße von Silver Lane und fahre im Schneckentempo auf das Rodeogelände.

Sie schüttelt energisch den Kopf, kaut auf ihrer Unterlippe herum. »Ich will ihn nicht zu etwas drängen. Immerhin würde ich auch ablehnen, wenn er mich fragt, ob ich zu ihm nach Washington ziehe. Es kann nicht funktionieren, Daria.«

»Sag das nicht. Vielleicht geht es ihm genau wie dir und er wünscht sich, dass mehr daraus wird, will aber nichts von dir verlangen. Ihr solltet wirklich darüber reden.« Ich parke den Pick-up in eine Lücke neben dem Geländewagen, bleibe einen Moment sitzen. »Er kommt doch Ende November her, nicht wahr?«

»So ist es geplant.«

»Gut. Und statt dich dieses Jahr mit ihm in einen der Bungalows am See zurückzuziehen, sollte er mal erleben, wie dein Alltag so aussieht.« Aufmunternd lege ich ihr eine Hand auf die Schulter. »Er würde nicht jeden Winter in diesem kleinen Kaff verbringen, wenn er dich nicht wirklich lieben würde, Izzy. Keiner, der noch bei Verstand ist, verbringt den Winter in Silver Lane! Es ist bitterkalt, manchmal fällt der Strom aus und von den Schneestürmen will ich gar nicht anfangen.«

Endlich zeigt sich ein zögerndes Lächeln auf ihren Lippen. »Ich habe es vermisst, mit dir über so was zu reden. Über irgendetwas zu reden.«

»Ja, ich auch. Ich hätte wissen müssen, dass eine wahre Freundschaft nicht so leicht zu Bruch geht. Und es tut mir leid, wie ich dich behandelt habe.«

Sie lächelt nur, bevor sie aus dem Wagen springt, um den Jungs beim Abladen zu helfen. Als ich die Tür öffne, umfängt mich sofort diese typische Rodeoatmosphäre. Verschiedene Gerüche liegen in der Luft, es wird gebrüllt und Leute rennen herum. Irgendwie erinnert es mich an L.A. und doch fühle ich mich hier wesentlich wohler. Ohne den Verkehrslärm und die Abgase.

Mein Handy piepst fordernd. Im Display steht *Mom*. Wir haben gestern ganz kurz miteinander telefoniert, als sie mir zum Geburtstag gratuliert hat, aber sie wollte mich nicht vom Feiern abhalten und hat das Gespräch schnell beendet.

»Hey, Mom!« Ich winke den anderen zu und verziehe mich wieder ins Auto, um meine Mutter besser zu verstehen. »Wir sind gerade ...«

»Schätzchen, ich habe das Video von deinem Ritt gesehen!«, unterbricht sie mich aufgeregt. »Du warst unglaublich und dann hattest du nur sechs Wochen, um dein Pferd auszubilden. Oh, ich bin so stolz auf dich.«

Es ist erst das zweite Mal, dass sie diese Worte zu mir sagt. Mir schießen Tränen in die Augen und ich höre nur mit halbem Ohr zu, als sie mir von der Facebookseite und den Kommentaren vorschwärmt. Seit sie aus dem Koma aufgewacht ist, klang sie nicht mehr so zuversichtlich.

»Du bist stolz auf mich?«, schniefe ich und wische mir hastig über die Wangen.

»Aber natürlich. Das war ich immer.«

Ein Schluchzen platzt aus mir heraus, während ich mit tränenverschleiertem Blick nach draußen starre. Mir war nicht bewusst, wie sehr mich dieser einfache Satz aus dem Konzept bringen würde, wie dringend ich mich danach gesehnt habe, das von ihr zu hören.

»Oh, Schatz, aber das solltest du wissen! Du bist eine großartige Trainerin, das war mir immer klar.«

»Aber du hast ... Ich durfte niemals einen Auftrag übernehmen. Ich dachte, du würdest es mir nicht zutrauen.« Im Handschuhfach krame ich nach einer Packung Taschentücher und schniefe wieder.

»Daria, da ging es mir nur um die Kunden. Ich wollte nicht, dass sie uns schlechte Arbeit vorwerfen, weil sie dir nichts zutrauen. Denk doch nur an Cloud.« In ihrer Stimme liegt ein Lächeln. »Ich habe nie an dir gezweifelt.«

Endlich habe ich ein Taschentuch aus der Verpackung gefummelt, wische mir damit über das Gesicht und stoße einen ungläubigen Laut aus. Zögernd erzähle ich ihr von Tylers Geschenk und was es in mir ausgelöst hat.

»Er kennt dich besser, als du dich selbst«, schmunzelt sie. Ich kann mir vorstellen, welcher Ausdruck jetzt über ihre Züge huscht. »Wir alle wissen, dass du auf Silver Dream gehörst, aber am Ende ist es natürlich deine Entscheidung.«

»Ich würde wirklich gern, aber ... Ich glaube, ich brauche noch etwas Zeit.«

»Das verstehe ich doch, mein Schatz. Und egal, ob du das Gestüt nun übernimmst oder an deinem Plan festhältst ... Ich bin wirklich verdammt stolz auf dich.«

»Oh Mom, ich vermisse dich so. Ich kann es kaum erwarten, dass du endlich nach Hause kommst, ich dich umarmen kann und wir ... Es ist alles nur halb so schön, wenn ich es nicht mit dir teilen kann. Wann wirst du aus der Reha entlassen?«

»Ungefähr in dreieinhalb Wochen. Sobald ich zurück bin, machen wir es uns auf der Veranda gemütlich und dann erzählst du mir alles.«

Nachdem ich das Gespräch beendet habe, putze ich mir die Nase und lehne den Kopf gegen den Sitz. *Ich bin stolz auf dich.* Sie hat es wirklich gesagt.

Als jemand an die Scheibe klopft, zucke ich erschrocken zusammen.

»Hey, wenn du nachts nicht schlafen kannst, versuch es doch mal damit, die Finger von Tyler zu lassen«, meckert Javi und verdreht die Augen. »Die Arbeit macht sich nicht von alleine.«

17. Kapitel

Endlose Weite

»Oh nein, das wird nichts, Kleine«, murmle ich vor mich hin, setze mich im Sattel auf und gebe Bailey mehr Zügel. Die Stute hat in den letzten Tagen schon einiges dazugelernt, senkt den Kopf, geht mit jeder Bewegung des Rindes mit, bis es schließlich aufgibt und zur Herde zurückläuft. Ich warte noch ein paar Sekunden, bevor ich mich den anderen Ausbrechern zuwende, die nach einer saftigeren Futterquelle suchen. »Na los, zurück zu euren Freunden, hopphopp!«

Die Kühe rühren sich nicht von der Stelle, schlagen nur mit den Schwänzen nach den lästigen Insekten, die auch um mich herumschwirren, und grasen weiter. Eigentlich sollte ich nach vier Tagen im Sattel, ungemütlichen Nächten im Schlafsack, in denen ich mir den Hintern abgefroren habe, und dem Essen aus der Dose genervt sein, aber ich liebe es. Ich liebe jede einzelne Sekunde.

Und ohne Tyler wäre das alles gar nicht möglich gewesen. Er hat drei Arbeiter von den umliegenden Farmen aufgetrieben, die Isabella auf dem Gestüt unterstützen. Angeblich waren sie meiner Mutter noch einen Gefallen schuldig, wahrscheinlicher ist jedoch, dass er dafür irgendeine Gegenleistung erbringen muss. Doch selbst dann war ich noch skeptisch, wollte eigentlich gar nicht mit auf den Viehtrieb. Bis Daniel mir ein Angebot gemacht hat, das ich nicht ausschlagen konnte: Für das Wohl der Tiere zu sorgen. Dadurch bekomme ich nicht nur ein Gehalt, sondern auch die Möglichkeit, mich als Tierärztin vor den Männern zu beweisen.

»Hey, hey, hey«, rufe ich den Rindern zu, lenke Bailey ein paarmal um sie herum und halte direkt auf sie zu. Sie folgen ihrem Fluchtinstinkt, suchen Schutz bei der Herde, die eine halbe Meile vor uns dahinzieht. Seufzend reite ich durch das Gras, schließe mich wieder dem Trail an und werfe einen Blick zu Javi, der die andere Seite abreitet.

Die Luft ist erfüllt vom Blöken der Tiere und aufgewirbeltem Staub, die Sonne strahlt vom wolkenlosen Himmel herab und nur der laue Wind verspricht ein wenig Milderung von der drückenden Hitze.

Mit dem Handrücken wische ich mir über die Stirn, drehe mich im Sattel, um meine Wasserflasche herauszuziehen. Das Wasser ist warm, fühlt sich aber wohltuend auf meinen trockenen Lippen an. Noch eine Meile, dann haben wir unser heutiges Nachtlager erreicht und bekommen endlich etwas zu essen, was besonders Javi freuen wird. Es dauert vielleicht noch eine Stunde, bis ich aus dem Sattel steigen und mir den Dreck vom Körper waschen kann. Bei dem Gedanken an eine Dusche fange ich fast an zu sabbern. Auch wenn es nur eine provisorische Vorrichtung ist, die an einem Ast hängt und durch ein paar Bettlaken vor den Blicken anderer geschützt ist, freue ich mich darauf, mir den Staub von der Haut zu waschen.

»Hey, Prinzessin, hast du schon genug von allem?«, zieht Tyler mich auf. Er lenkt Biscuit neben Bailey und stupst mir grinsend gegen die Schulter. »Oder gibst du zu, dass es eine gute Idee war?«

»Sei nicht so selbstgefällig. Aber ich bin wirklich froh, dass du nicht lockergelassen hast.« Kurz überlege ich, ob ich mir den letzten Rest meines Wassers aufsparen sollte, entscheide mich aber dagegen. Ich bin beinah am Verdursten und nehme den Ritt zum Versorgungswagen gern in Kauf. »Hey, ich reite nach hinten zu Gabrielle und Daniel, brauchst du auch noch irgendwas?«

»Nein, aber du könntest Javier ein Sandwich besorgen. Schon schlimm genug, dass ihm Matt zugeteilt wurde. Sieh dir nur mal seinen leidenden Gesichtsausdruck an.« Tyler steckt sich zwei Finger in den Mund, stößt einen gellenden Pfiff aus und winkt zu Javi hinüber, dessen Antwort aus dem erhobenen Mittelfinger besteht. »Charmant.«

Tja, wer hätte denn ahnen können, dass Edward Jameson einen Teil seiner Herden und einige seiner Männer mit auf den Trail schickt? Wahrscheinlich steckt wie immer noch etwas anderes dahinter, weshalb ich Isabella gesagt habe, sie soll mich sofort anrufen, wenn er auf *Silver Dream* auftaucht.

Ich boxe Tyler in die Seite. »Hör auf, ihn zu ärgern. Bin gleich wieder da.«

Bevor ich Bailey wende, drücke ich ihm einen Kuss auf die Lippen. Er schlingt einen Arm um mich, holt mich beinah aus dem Sattel. »Tyler, lass das!«

»Wir übernachten heute in der Nähe eines Sees. Weißt du, was mir da in den Sinn kommt?« Seine raue Stimme verursacht ein aufgeregtes Kribbeln in meinem Magen und sein Blick bohrt sich glühend unter meine Haut. »Wir könnten schwimmen gehen.«

Mit der Nase streicht er meinen Hals entlang, stoppt, bevor sich unsere Lippen berühren. Ich beuge mich ein wenig vor, um ihn zu küssen. Seine Bartstoppeln kratzen über meine Haut, rauben mir den Verstand, bis ich glaube, vor Verlangen zu vergehen.

»Klingt toll«, keuche ich, schiebe ihn widerwillig von mir, um wieder klar denken zu können. Wie schafft er es nur, mich jedes Mal aus der Reserve zu locken? Hastig wende ich Bailey und galoppiere in entgegengesetzte Richtung davon, höre ihn lachen.

Mistkerl.

Eine Viertelmeile hinter dem Trail fahren die beiden Versorgungswagen, in denen alles transportiert wird, was wir zum Übernachten brauchen. Vorräte für drei Wochen, Schlafsäcke, Erste-Hilfe-Kästen und unsere Klamotten. Außerdem noch Futter für die Pferde.

Gleich nachdem ich die letzten Rinder passiert habe, zügle ich Bailey und drehe mich um. Der Trail zieht durch eine weite Ebene, im Hintergrund die sanft ansteigenden Berge. Für einen Augenblick halte ich die Stute an und nehme die Umgebung in mich auf. Das Rauschen des Windes im Gras, zwei Schmetterlinge, die umeinander herumtanzen und deren Flügel in der Sonne leuchten. Und plötzlich weiß ich nicht mehr, wie ich all das hinter mir lassen konnte, um in eine überfüllte Großstadt zu ziehen.

Nach meinem Unfall habe ich nicht nur Cloud verloren, sondern auch mich selbst. Ich habe mir sechs Jahre eingeredet, jemand anderes zu sein, etwas anderes zu wollen als dieses Leben, doch im Grunde bin ich einfach nur weggelaufen. Vor den Erinnerungen und dem Schmerz, vor einer zweiten Chance. Und erst durch meine Freunde habe ich erkannt, wo ich zu Hause bin, für was mein Herz schlägt. Wozu sollte ich jeden Tag in einer Tierarztpraxis arbeiten wollen, wenn ich genauso gut das machen könnte, was ich schon als Kind geliebt habe? Etwas, das nicht nur ein Teil meines Lebens war, sondern mein Lebensinhalt.

Ich berühre das silberne Armband an meinem linken Handgelenk. Ein Geschenk, damit ich nie wieder vergesse, wie sehr ich *Silver Dream* liebe. Vielleicht hat meine Mutter recht und Tyler kennt mich wirklich besser als ich mich selbst.

Lächelnd trabe ich auf die beiden Transporter zu und gebe Gabrielle ein Zeichen zum Anhalten.

»Hey, mir ist das Wasser ausgegangen und ein Snack für zwischendurch wäre auch nicht übel. Gibst du mir vier Sandwiches und ein paar Wasserflaschen?«

Während sie mir alles in eine Umhängetasche packt, steige ich ab, damit wir in Ruhe über die geplante Route des Tracks und die Probleme, die wir in den letzten Tagen hatten, reden können. Mehreren Kälbern musste ich ein Aufbaupräparat verabreichen, damit sie den ersten Tag überstehen. Doch seit Montag konnten sie in Ruhe grasen und in den zwei restlichen Wochen werden die Rinder sicher einiges an Gewicht zunehmen. Die größte Herausforderung ist es, genügend Wasserstellen für die Herde zu finden, da durch die Dürre viele kleinere Gewässer ausgetrocknet sind.

»Wir kommen den Bergen langsam zu nah und das gefällt mir gar nicht. Wenn das Gelände zu unwegsam wird, könnten sich die Tiere ernsthaft verletzen. Vielleicht solltest du morgen Früh mit Tyler nach einer alternativen Route suchen«, schlägt Daniel vor, der sich zu uns gesellt hat.

Sorgfältig taste ich Baileys Beine ab und kontrolliere ihre Hufe, während Gabrielle die Tasche an meinem Sattel befestigt. »Bisher halten sich die Pferde gut, aber ich habe Angst, dass sie sich bei der Hitze überanstrengen.«

Er nickt, scheint meine Sorge zu teilen. »Gut, dass wir gleich unser Lager aufschlagen.« Nach einem letzten Gruß steigen die beiden wieder in die Pick-ups und ich schwinge mich wieder auf Baileys Rücken, treibe die Stute an, um den Trail wieder einzuholen, und schiebe mich dieses Mal an der rechten Flanke entlang.

»Was machst du hier? Das ist nicht deine Position«, fährt Matt mich an. Sein Blick ist eisig, doch davon lasse ich mich nicht einschüchtern.

Ich ziehe eins der Sandwiches aus der Tasche und werfe es ihm zu. »Habe ich gern gemacht«, gebe ich zurück, bevor ich zu Javi trabe und ihm ebenfalls eins der Brote hinhalte. »Was hat der denn wieder für ein Problem?«

»Du bist ein Engel«, murmelt Javier mit vollem Mund, schlingt das Sandwich innerhalb von Sekunden hinunter und spült mit einem Schluck Wasser nach. »Ach, keine Ahnung. Sein Daddy hat ihn angefunkt, um ihm Dampf zu machen, oder so.«

»Das hat er doch schon heute Morgen.«

Kopfschüttelnd reite ich nach hinten, um auf meine Position zu wechseln, winke Alan, einem der Drag-Riders, zu. »Alles klar bei euch Männern?«

»Sicher, macht Spaß, Staub zu fressen«, grummelt der, muss dann aber grinsen, wodurch die Narbe an seinem Kinn deutlicher hervortritt. »Na, immerhin dürfen wir deshalb im Zelt pennen.«

Lachend werfe ich ihnen Wasserflaschen zu und schnaube verständnislos. Am Ende der Herde herzutrotten und auf die kranken und schwachen Rinder zu achten, ist ein undankbarer Job, weshalb diese Position jeden Tag ein anderer Reiter bekommt. Früher oder später wird Daniel auch mich dafür einteilen, worauf ich ehrlich gesagt verzichten könnte.

Alan bemerkt meinen Gesichtsausdruck und deutet ihn richtig. »Ne, Kleine, keine Sorgen, der Boss wird dich nicht nach hinten schicken.«

»Wieso nicht? Weil ich eine Frau bin?«, gebe ich schärfer zurück, als beabsichtig, doch er lacht nur.

»Ne, hat damit nichts zu tun, glaub mir. Aber wir haben alle gesehen, wie viel Spaß du dabei hast, Ausbrecher einzufangen, da haben wir gesagt, du bist vom Staubschlucken verschont. Ist zu schön, dich wieder strahlen zu sehen nach der ganzen Scheiße.«

Als Kind habe ich es immer gehasst, wenn mich die Männer verhätschelt haben oder anders behandelten als die Jungs, aber dieses Mal werde ich mich darüber nicht beklagen. Dankend tippe ich mir an die Krempe meines Cowboyhutes und reite auf meinen Posten. Tyler ist nirgendwo in Sicht, jagt wahrscheinlich ein paar Rindern nach. Wenige Minuten später kann ich die ersten Ausbrecher sehen, die zurück zur Herde trotten, aber er bleibt verschwunden.

Besorgt greife ich nach dem Funkgerät und stelle den Kanal ein, auf dem ich nur ihn erreichen kann. »Hey, Cowboy, alles klar oder bist du vom Pferd gefallen?«

Es rauscht und knistert im Lautsprecher, dann endlich ein Knacken, ehe seine Stimme erklingt. Leise und mechanisch verzerrt: »Alles in Ordnung, eines der Kälbchen steckt fest, bin gleich zurück.«

Lächelnd hänge ich mir das Gerät zurück an meinen Gürtel und richte meinen Blick auf die Rinder. Kurz bevor wir den See erreichen, stößt Tyler wieder zu uns, dreckverschmiert und grinsend treibt er das Kalb zur Herde.

»Leute? Wir lassen die Tiere trinken, aber übernachten ungefähr eine halbe Meile östlich vom See. Rick, Milo, Matt und ich übernehmen die erste Nachtschicht, danach übernimmt der Boss mit Ben, Javi und Carlos. Ach ja, Tyler, Daria, ihr reitet morgen Früh die verschiedenen Routen ab, lasst euch nicht zu lang Zeit, wir starten wie immer gegen zehn.«

»Alles klar, Bobby«, gebe ich durch und höre, wie die anderen Cowboys meinem Beispiel folgen. Und dann, ganz unvermittelt, kann ich den See riechen, bevor er überhaupt in Sicht kommt. Obwohl es noch eine Weile dauern kann, bis die Rinder getrunken haben und alles aufgebaut ist, freue ich mich auf eine kleine Erholung.

Erst nachdem die Sonne untergegangen ist, kommt das Lager langsam zur Ruhe. Zwischen den Schlafplätzen und der Herde stehen die beiden Pick-ups, damit wir keine böse Überraschung erleben, sollten die Tiere in Panik geraten. Die Flammen des Lagerfeuers werfen düstere Schatten, das Holz knackt leise und Funken stieben durch die Luft.

»Wisst ihr, jetzt wäre ein Marshmallow genau das Richtige«, stöhnt Javi, wälzt sich in seinem Schlafsack hin und her. »Warum haben wir die alle schon gegessen?«

»Wenn du mit *wir* dich meinst, kannst du dir die Frage selbst beantworten, Blödmann. Ich habe jedenfalls nichts von dem Zeug gesehen«, knurrt Matt.

»Da hat er recht«, stimmt Tyler zu und tarnt sein Lachen mit einem Hustenanfall. »Die Tüten standen immer direkt neben deinem Platz, Javi. Der Einzige, der sich damit vollgestopft hast, bist du.«

Es ertönt ein leises Gerangel, verhaltenes Fluchen, gefolgt von einem Stöhnen. »Hör auf, Archer, ich warne dich, ich muss zu den Rindern.«

»Jungs, würdet ihr euch bitte nicht wie Achtjährige im Sommercamp benehmen?«, fahre ich die beiden an, kann aber in der Dunkelheit nicht sehen, was sie treiben. »Es gibt Leute, die sich ausruhen wollen.«

»Damit kannst du nicht dich meinen, du plapperst selbst im Schlaf«, murrt Matt. »Archer, Pfoten weg von meinen Sachen!«

»Ich rede nicht ihm Schlaf«, protestiere ich und drehe mich zu Tyler, der dicht neben mir liegt. Sein Atem streicht über meine Wange und er unterdrückt immer noch ein Lachen. »Rede ich im Schlaf?«

Ein dreifaches *Ja* schalt mir entgegen. Sofort wird mir ganz heiß und ich frage mich, über was ich wohl quassle, während mein Unterbewusstsein durch meine Träume wandelt. Von was habe ich geträumt? Dem Unfall oder Tyler? *Oh, bitte nicht ...*

»Dann streitet doch einfach weiter. Idioten«, grummle ich und vergrabe mein Gesicht in der Kapuze meines Pullis.

»Schon gut, hier.« Das Rascheln von Papier erklingt, gefolgt von Javis zufriedenem Kauen. »Nur einen. Wenn ich zurückkomme und du hast meine Schokoriegel gefressen, reitest du die nächsten Tage am Ende des Trails.«

Matts Schritte entfernen sich, verklingen ganz langsam. Die Männer, die über Nacht die Rinder bewachen, unterhalten sich, aber sonst ist nur lautes Schnarchen zu hören.

Tyler legt einen Arm um mich, wartet, bis auch Javier eingeschlafen ist, bevor er flüstert: »Komm mit, Prinzessin.«

So leise wie möglich schlüpfe ich in meine Stiefel, stehe auf und schleiche hinter ihm her. Dunkelheit umgibt uns, doch erst nachdem wir einige Büsche erreicht haben, schaltet Tyler die Taschenlampe an und führt mich in dem schmalen Lichtstrahl zum See.

»Was hast du mit den Decken und Handtüchern vor?«, flüstere ich argwöhnisch, stolpere über einen Stein, der im hohen Gras nicht zu erkennen war. Es dauert ein paar Minuten, dann ist nichts mehr von dem Lager zu sehen und die Geräusche klingen nur gedämpft zu uns herüber.

»Ein wenig Geduld bitte«, gibt er in normaler Lautstärke zurück, geht am Ufer des Sees entlang, bis er eine einigermaßen geschützte Stelle gefunden hat, und lässt die Decken auf den Boden fallen. Eine davon breitet er auf dem Gras aus, bevor er sich zu mir herumdreht und mich an sich zieht.

»Wir wollten doch schwimmen gehen.«

»Ich ...« Unsicher starre ich auf die Wasseroberfläche, die beinah schwarz wirkt. Die Sterne und die schmale Sichel des Mondes spiegeln sich darin, der Wind verzerrt das Bild, sodass der Eindruck entsteht, irgendetwas würde sich in dem See bewegen. Es ist unheimlich, aber die Verlockung ist zu groß. »Ja.«

»Gut«, murmelt er, schiebt beide Hände unter meinen Pullover und zieht ihn mir über den Kopf. Bevor ich reagieren kann, liegen seine Lippen auf meinen und er streichelt mit den Fingern über meinen Rücken. Als Nächstes landet mein Top auf dem Boden und ein Windhauch streicht kühl über meine nackte Haut. Lächelnd schlüpfe ich aus meinen Stiefeln, umfasse sein Gesicht und intensiviere den Kuss, blende alles andere aus.

Während wir uns gegenseitig ausziehen und liebkosen, wandern meine Gedanken zurück zu unserer ersten Begegnung, den ständigen Streitereien und dem Konkurrenzkampf. Ich fahre mit den Fingerspitzen die Konturen seiner Bauchmuskeln entlang, bis ich den Bund seiner Boxershorts erreiche, und schiebe sie ganz langsam über seinen Hintern. Er führt mich zum See und einen Augenblick später spüre ich das Wasser über meine Haut lecken. Obwohl es lauwarm ist, beiße ich mir schaudernd auf die Unterlippe.

Tylers Hand wandert über meine Hüfte, die Wirbelsäule hinauf und legt sich in meinen Nacken. Obwohl es zu dunkel ist, um den Ausdruck in seinen Augen zu erkennen, fühle ich seinen Blick auf mir, lege einen Arm um seine Schultern.

»Ich kann immer noch nicht glauben, dass ich mich von dir habe überreden lassen«, murmle ich, streiche mir eine Haarsträhne aus dem Gesicht.

»Zum Nacktbaden?« Er zieht eine Spur aus Küssen über meinen Hals, verharrt dicht über meinen Lippen.

»Nein. Zu all dem hier.« Mit einem Arm deute ich auf die Umgebung und zu unserem Lager hinüber. »Der Trail. Du hattest vollkommen recht, es tut mir wirklich gut und es macht mir verdammt viel Spaß.«

»Ist mir nicht entgangen, Prinzessin.«

Ich ignoriere den selbstgefälligen Unterton in seiner Stimme, schlinge die Beine um seine Hüften. Als wir uns küssen, treffen sich unsere Zungen zu einem leidenschaftlichen Spiel. Überall, wo er mich berührt, werde ich von Hitze durchflutet, der Wind kühlt meine nasse Haut, doch innerlich verglühe ich beinahe Unsere Küsse werden fordernder, verlangender und irgendwann halte ich es nicht mehr aus, will ihn in mir spüren.

»Tyler«, stoße ich hervor, reibe mich an seiner Erektion, um ihm klarzumachen, was ich will. Als er lacht, fühle ich die Vibration seines Körpers, stöhne gequält und presse meine Lippen auf seine, bis er schließlich nachgibt.

Mit einer Hand stützt er mich, fängt die Wildheit meiner Küsse ab, bis sie zärtlicher werden und wir in einen gemeinsamen Rhythmus kommen. Ich schließe die Augen, gebe mich dem Augenblick hin und lausche meinem trommelnden Herzschlag, der sich noch weiter beschleunigt, als seine Zunge über meine Brustwarzen streicht. Immer wieder finden sich unsere Münder und er flüstert meinen Namen mit rauer Stimme, während ich mich an seinen Schultern festhalte.

Ich genieße jede einzelne seiner Berührungen und die Gefühle, die mich durchströmen, ebenso wie sein sinnliches Stöhnen. Als mich der Höhepunkt überwältigt, sinke ich zitternd in seinen Armen zusammen und vergrabe meine Finger in seinen Haaren.

So bleiben wir noch einen Moment stehen, bevor er mich aus dem Wasser trägt. Nachdem er sich von mir gelöst hat, wickele ich mich in eines der Badetücher ein und lasse mich neben ihm auf die Decke fallen. Aneinandergekuschelt liegen wir da, betrachten den Sternenhimmel.

Dieser Moment ist so wunderschön, dass ich Angst davor habe, etwas zu sagen und ihn so zu zerstören. Stattdessen lege ich den Kopf auf seine Brust, lausche dem gleichmäßigen Schlagen seines Herzens.

»Daria?«

»Hm?«, murmle ich und spüre, wie die Müdigkeit ihre warmen Arme um mich legt.

»Was wirst du tun, wenn Rebecca wirklich verkauft?«

Mit einem Schlag bin ich wieder vollkommen wach, richte mich auf. »Lass uns bitte nicht darüber reden, ja?«

»Irgendwann müssen wir darüber reden.« Tyler zieht mich zu sich herunter, drückt mir einen Kuss auf die Nasenspitze. »Es ist ein Worst-Case-Szenario, aber es könnte passieren, oder nicht? Sag mir, was du dann tun wirst, Prinzessin.«

Mir schnürt sich die Kehle zu und als ich ihm endlich antworte, klingt meine Stimme erstickt. »Ich kann nicht.«

Seine Muskeln spannen sich an, Schweigen schiebt sich zwischen uns wie eine Mauer. Meine nassen Haare streifen über seine Brust, als ich mich mit einer Hand auf dem Boden abstütze, versuche, den Ausdruck in seinem Gesicht zu erkennen.

»Seit Mom es angesprochen hat, denke ich darüber nach und stelle mir die gleiche Frage, aber ich kann es mir nicht vorstellen, verstehst du? Selbst als ich in L.A. gewohnt habe, wusste ich, dass ich immer nach Hause kommen konnte. Und der Gedanke, kein Zuhause mehr zu haben ...« Ich lehne meine Stirn gegen seine, hole zitternd Luft. »Ich kann nicht darüber reden, Tyler, weil ich es nicht ertrage, auch nur daran zu denken. Es tut zu weh.«

»Du hast deinen Plan«, erinnert er mich. Einen Moment betrachtet er mich, dreht dann jedoch den Kopf, um meinem Blick auszuweichen. Es ist, als würde er sich vor meiner Antwort fürchten.

Habe ich den? Kann ich nach allem, was passiert ist, was ich erlebt und getan habe, zurück und so tun, als wäre ich noch die Frau, die ich vor zwei Monaten war? Ich bin Daria Evans, das war ich immer, aber ich habe vergessen, was es bedeutet, ich selbst zu sein. Mich hinter Plänen zu verstecken und mein Leben durchzuorganisieren, schien so einfach und das war es auch. Nur jetzt ist es kompliziert, weil ich nicht mehr weiß, was ich wirklich will.

Doch vielleicht habe ich das schon längst erkannt.

»Mir hat mal jemand gesagt, das Leben ist unberechenbar und lässt sich nicht planen.« Mit den Fingerspitzen streiche ich seinen Kiefer entlang. »*Silver Dream* darf nicht verkauft werden und ich tue alles dafür, damit es niemals so weit kommt. Alles. Und würde Daniel mich nicht für den Job bezahlen, wäre ich auch nie mitgekommen.«

Jetzt richtet sich Tyler auf, streicht sich durch seine nassen Haare. Von einem Moment auf den anderen ist er so unsicher wie ein kleiner Junge, seine Stimme nicht mehr als ein Flüstern: »Was meinst du mit *alles*?«

Ich lege meine Hände auf seine Wangen, küsse ihn zaghaft, bevor ich aufstehe, um mich anzuziehen. »Bitte vertrau mir einfach, Cowboy. Genauso, wie ich dir vertraut habe.«

Kurz nach Sonnenaufgang muss ich mich schon wieder in den Sattel schwingen, während die meisten noch schlafen. Der Wind hat aufgefrischt, pfeift durch die Kronen der Bäume und wirbelt Staub auf. Ich ziehe mir einen Pullover über und blinzle in die Richtung, die ich nehmen soll. Etwa eine Meile vom Camp entfernt, verläuft ein Fluss, den wir heute überqueren müssen oder dessen Verlauf wir folgen. Hauptsache, weg von den Bergen.

»Ich reite über den Flusslauf und du nach Osten. Kanal acht, wie immer.« Tyler setzt einen Fuß in den Steigbügel, doch Biscuit tänzelt herum, wirft den Kopf nach oben. »Was hat er denn nur?«

Nachdem ich Baileys Sattelgurt noch einmal nachgezogen habe, laufe ich zu dem Wallach und halte ihn fest, rede leise auf ihn ein, bis er endlich stillsteht. »Er mag den Wind wohl nicht, also sei bitte vorsichtig.«

Er beugt sich zu mir, um mich zu küssen, bevor er sich in den Sattel zieht. »Du aber auch. Bei dem Wetter sind die Tiere schnell nervös. Sollte Bailey durchgehen ...«

»Ich schaffe das schon«, beruhige ich ihn, steige ebenfalls auf und lenke die Stute in östlicher Richtung davon. »In zwei Stunden wieder hier!«

Es dauert nicht lang, bis ich das Camp hinter mir lasse und einen weiten Bogen zum Fluss schlage. Der Wind zerrt an meinen Klamotten, macht mich ganz unruhig. Als Bailey scheut, reiße ich mich zusammen, zügle das Tempo und sehe mich genau um. Die Strecke ist eben, wenig Bäume und ausreichend frisches Gras, aber als ich am

Flusslauf ankomme, erlebe ich eine Enttäuschung. Die Ufer sind viel zu steil, um die Herde daran entlangzuführen. Erst nach über zwei Meilen wird das Flussbett flacher und bietet eine ungefährliche Wasserquelle für die Rinder.

Ich gebe die Informationen an Bobby durch und frage ihn, ob er etwas von Tyler gehört hat.

»Bei ihm sieht es genauso aus, nur würde uns das dichter an die Berge heranführen. Wir treiben die Herde in einem Bogen nach Osten, machen am Fluss Rast und reiten bis zum Abend weiter an seinem Lauf entlang. Komm wieder zurück, damit du noch was zwischen die Zähne bekommst, bevor wir starten.«

Der Wind hat ein wenig nachgelassen, doch manchmal wirbelt eine stürmische Böe Dreck auf, lässt ihn auf mich herabprasseln wie Regen. Als ich das Lager endlich sehen kann, atme ich erleichtert auf. Tyler winkt mir zu und reicht mir einen Becher Tee, als ich von Baileys Rücken rutsche.

»Das wird ein verdammt ungemütlicher Ritt«, prophezeie ich und nippe an dem heißen Getränk. »Der Wind wird noch zunehmen und wir werden alle Hände voll damit zu tun haben, die Rinder zusammenzuhalten.«

Nachdem ich der Stute das Zaumzeug und den Sattel abgenommen habe, gebe ich ihr ein wenig Heu und kraule sie hinter den Ohren, bevor ich mich zu den anderen ans Lagerfeuer setze.

Die Gespräche drehen sich nur darum, ganz besonders vorsichtig zu sein, da die Rinder durch das stürmische Wetter unruhig sind. Daniel ist besorgt, will, dass wir heute langsamer reiten als an den vorangegangenen Tagen.

»Eine Herdenpanik ist wirklich das Letzte, was wir gebrauchen können.« Er wischt sich mit dem Handrücken über den Mund, sieht prüfend zum Himmel auf. »Passt auch mit den Pferden auf.«

Ich löffle meinen Bohneneintopf und trinke einen Becher von dem scheußlichen Instantkaffee, eine schwarze Brühe, in der sich das Pulver nie vollständig aufzulösen scheint. Die Hälfte davon kippe ich weg, bevor ich mir noch etwas Tee hole und meinen Kram zusammenpacke.

»Vielleicht wird es ja regnen?« Javi verzieht das Gesicht, zieht sich eine Jacke über sein Shirt. »Wobei ich gut darauf verzichten könnte, bis wir wieder zurück sind.«

»Es ist nur ein wenig windig, also heul nicht gleich rum«, kommentiert Matt mit einem abfälligen Schnauben.

Die beiden fechten ein Blickduell aus, bis schließlich das Signal zum Satteln der Pferde ertönt und sie keine Zeit mehr zum Streiten haben.

Genervt schnalle ich meinen Schlafsack am Sattel fest und schwinge mich auf Baileys Rücken. Während die Point-Riders die Leittiere nach vorn treiben, warte ich geduldig, bis sich der Trail formiert hat, erwidere Tylers Grinsen.

Ein heftiger Windstoß rüttelt an den Bäumen in der Nähe, einer der Äste knickt ab, landet krachend auf dem Boden. Die Rinder blöken und einige von ihnen brechen aus der Herde aus. Einen Moment bin ich wie erstarrt, beobachte die Tiere mit klopfendem Herzen und hoffe schon, dass sie sich wieder beruhigen, doch plötzlich stürmen sie wild durcheinander. Flüche erklingen, als die Herde Richtung der Berge rast, sich aufspaltet.

»Nach vorn«, brüllt Bobby und treibt sein Pferd an. »Passt sie ab, bevor sie am Flussufer sind, und haltet sie verdammt noch mal zusammen.«

Es bleibt keine Zeit, um nachzudenken.

Ich lenke Bailey an den außer Kontrolle geratenen Rindern entlang, lasse sie durch das Gras galoppieren und lehne mich nach vorn, als die Stute über einen umgestürzten Baum springt.

Das Donnern von Hufen und das panische Brüllen der Tiere dröhnt durch die Luft, durch den aufgewirbelten Staub ist kaum etwas zu sehen, weshalb ich mich an den Rufen der Cowboys orientiere. Mit flatterndem Herzschlag treibe ich Bailey an, führe sie in einem Bogen um die Herde herum, um die Rinder besser abzupassen, bevor sie den Fluss erreichen und versuchen, ihn zu überqueren.

»Wir müssen nach vorn«, höre ich Tyler brüllen, erkenne Javier und Matt auf der anderen Seite.

In meinen Gedanken spielen sich dutzende Horrorszenarien ab: von stolpernden Pferden, Stürzen und anderen Katastrophen. Wenn wir sie nicht rechtzeitig umlenken, werden wir viele der Tiere verlieren.

Das Flussufer kommt in Sicht, die Herde ist nur noch eine halbe Meile von der steilen Böschung entfernt, stürmt direkt darauf zu.

»Komm schon, Bailey, schneller«, feuere ich die Stute an, schnalze auffordernd mit der Zunge. Endlich lichtet sich der Staub und ich kann die ersten Rinder sehen, lenke mein Pferd dichter an die Tiere heran. Vor mir reitet Bobby, Tyler hinter mir.

Wir setzen uns an die Spitze des Tracks, bringen uns zwischen den

Fluss und die panischen Rinder, die im letzten Moment herumschwenken und in östlicher Richtung davonjagen. Mein keuchender Atem übertönt alle Geräusche und mir rinnt der Schweiß die Wirbelsäule hinab. Ich nehme die Zügel etwas auf, lehne mich im Sattel zurück und schließe mich den anderen Cowboys an, die einen Kreis um die Rinder ziehen und die Herde zusammenhalten, bis sie sich endlich beruhigt.

»Javi, du reitest mit Daria, Tyler und Matt nach Westen, um nach Ausbrechern zu suchen. Verteilt euch ein wenig, damit euch nichts entgeht, wir führen die Tiere langsam nach Osten, bis ihr zu uns stoßt.« Bobby reibt sich stöhnend über das Gesicht, brüllt den anderen Anweisungen zu, damit sich der Trail wieder sammeln kann.

»Wir nehmen die Strecke zurück, ihr bleibt beim Fluss.« Matt nickt Javier zu, der Whisper nur widerwillig in die Richtung lenkt, aus der wir gekommen sind. »Gebt es durch, wenn ihr irgendwelche Probleme habt.«

Nachdem die beiden außer Sicht sind, zügle ich Bailey, atme ein paarmal tief durch. Mein Herz klopft noch immer wie wild. Es ist alles so schnell gegangen.

»Alles klar, Prinzessin?« Tyler berührt mich sanft an der Schulter, runzelt besorgt die Stirn. »Du siehst etwas blass aus.«

»Ich brauch nur einen Moment.«

Fünf Minuten später habe ich endlich nicht mehr das Gefühl, jeden Augenblick aus dem Sattel zu kippen. Langsam folgen wir den Flusslauf nach Westen, suchen nach verstreuten Rindern. Als das Gelände ansteigt, streckt Tyler eine Hand aus.

»Da sind sie! Um die kümmere ich mich, reite du noch etwas weiter, vielleicht findest du ja noch ein paar.« Er galoppiert davon, umkreist die Tiere und treibt sie zur Herde zurück.

Kurz bevor ich ebenfalls umkehren will, ertönt ein gequältes Blöken. Ich lenke die Stute dichter an das steile Flussufer heran, werfe einen Blick hinunter. Zwei der Rinder liegen am Boden, eines versucht aufzustehen, brüllt immer wieder, das andere rührt sich nicht.

»Oh nein«, murmle ich, taste nach dem Funkgerät. »Hey, hier Daria. Ich bin noch am Fluss, westliche Richtung, kann mal jemand mit einem Gewehr zu mir kommen?«

»Wie viele?« Matts Stimme klingt gepresst.

»Zwei.«

»Wir hatten hier auch schon drei. Bleib dort, wir sind gleich da.«

Mit einem schweren Seufzer steige ich ab, rutsche die Böschung herunter, um nach den Tieren zu sehen. Meine Stiefel platschen durch das flache Wasser, als ich mich ihnen vorsichtig nähere. Die Rinder leben noch, aber das eine hat sich das Rückgrat gebrochen, bei dem zweiten ist es ein Hinterlauf. Keins von ihnen hat eine Chance.

Es dauert, bis ich Hufgetrappel hören kann, Sekunden später sind die beiden Männer an meiner Seite, Matt hält das Gewehr in einer Hand, untersucht die Tiere selbst noch mal, während Javi und ich nur dastehen.

»Drei von unseren, zwei von euch«, murmelt Matt in seine Richtung. »Wer weiß, wie viele es noch erwischt hat.«

»Die zählen gerade nach.« Javi schließt für einen Moment die Augen. »Was für eine Scheiße! Soll ich?«

»Nein, ich mach das schon. Neuntausend Dollar verloren, mein Vater wird ausflippen.« Matt lädt das Gewehr durch und legt an, den Finger am Abzug, verharrt er eine Weile regungslos.

»Das ist nicht deine Schuld. So etwas kann nun mal passieren und das weiß dein Vater.« Ich beobachte ihn, warte darauf, dass er endlich abdrückt, doch nach mehreren Minuten lässt er das Gewehr sinken, sagt nichts, als Javi es ihm abnimmt.

Matthew und ich steigen die Böschung hinauf und halten die Pferde. Bei jedem der beiden Schüsse zucke ich zusammen und beiße mir auf die Unterlippe, bevor ich Matthew eine Hand auf den Arm lege. »Lasst uns zurückreiten.«

»Ohne den Trail wären die Verluste wesentlich höher gewesen und mit so was haben wir ja gerechnet«, meint Javi irgendwann.

»Ich weiß, okay? Ist ja nicht so, als würde er es nicht verschmerzen können, immerhin kann er mit den restlichen Rindern einen guten Preis erzielen. Und trotzdem wird er mir das vorhalten.«

Vor uns stoppen die beiden Versorgungswagen, um uns mit Wasser und anderen Vorräten auszurüsten. Die Stimmung ist gedrückt und bis wir wieder beim Trail sind, fällt kein einziges Wort.

Ich reite neben Tyler, frage ihn, ob es weitere Verluste gab.

»Insgesamt zehn. Einige der Kälber wurden überrannt und totgetrampelt, ein paar fehlen, aber Rick und Alan sind schon unterwegs, um die letzten Ausbrecher einzufangen.« Er reibt sich über die Stirn, zuckt mit den Schultern. »Immerhin ist niemand verletzt worden, also Glück im Unglück würde ich sagen.«

Er hat recht, aber vor uns liegen noch über zwei Wochen des Trails und wenn sich das wiederholt, war das ganze Unternehmen ein riesiger Reinfall.

Das ist die Schattenseite dieses Geschäfts. Ständig kann irgendetwas schiefgehen, Tiere werden krank, Unfälle passieren und von einem Moment auf den anderen kann ein Farmer alles verlieren, für das er jahrzehntelang gearbeitet hat. Doch niemand von ihnen würde sein Leben so einfach hinter sich lassen, wie ich es getan habe, selbst wenn sich ihnen hundert Hindernisse in den Weg stellen.

»Tyler?«

»Was denn, Prinzessin?« Um seine Mundwinkel spielt ein Lächeln und er schenkt mir einen dieser liebevollen Blicke, die mein Herz jedes Mal höherschlagen lassen.

»Denkst du, ich habe einen Fehler gemacht, als ich gegangen bin? Ich hätte bleiben sollen und ... Ach, keine Ahnung.« Unsicher sehe ich zu ihm hinüber, rutsche im Sattel herum. »Vielleicht wäre dann alles ganz anders gekommen.«

Er greift nach meiner Hand, verschränkt seine Finger mit meinen. Eine Weile reiten wir so nebeneinander her, betrachten die Rinder, die ebenso ruhig dahinziehen wie in den letzten Tagen. Als wäre nie etwas gewesen.

»Vielleicht würden wir uns gar nicht kennen, Daria. Es ist doch nur wichtig, dass du zurückgekommen bist, also hör auf, darüber nachzudenken. Schau nach vorn und lass die Vergangenheit hinter dir.« Lächelnd stützt er sich auf meinem Sattel ab, gibt mir einen schnellen Kuss.

»Und wo wärst du, wenn wir uns nicht kennen würden?«

In seinen Blick schleicht sich wieder diese eigenartige Zurückhaltung. Er lehnt sich nach hinten, bringt ein wenig Abstand zwischen uns. »Wahrscheinlich immer noch in meiner ganz persönlichen Hölle.«

18. Kapitel

Ein letzter Blick

Die nächste Woche vergeht ohne irgendwelche Vorkommnisse, von dem Anruf von Edward Jamesons mal abgesehen, der nicht nur seinem Sohn die Hölle heiß macht, sondern auch Daniel. Die Stimmung bleibt weiterhin gedrückt und wir sind besonders vorsichtig, reiten die Routen ab und achten in jedem Augenblick auf das Verhalten der Rinder.

Als wir endlich unser Nachtquartier aufgebaut haben, lässt sich Javier neben Matt ins Gras fallen, stupst ihm gegen die Schulter. »Hör auf, so ein Gesicht zu ziehen, Alter, das macht mich ganz nervös.«

»Nenn mich nicht *Alter*!«, knurrt der, boxt zurück. Ein Lächeln legt sich auf seine Lippen, nur für einen Moment, bevor sein mürrischer Ausdruck zurückkehrt.

»Hey, zwei Wochen weg von deinem Dad und du kannst grinsen, nicht zu fassen. Hast du noch ein paar von diesen Schokoriegeln?«

»Schleimst du dich deshalb bei mir ein?«

»Nein!« Javi schüttelt den Kopf, schafft es aber nicht, ernst zu bleiben. »Na ja, vielleicht. Aber ich habe wirklich gedacht, es wäre viel schlimmer, dich auf der Pelle zu haben. Und dass du dich irgendwann mit Tyler prügeln würdest.«

»Der nervt mich nicht annähernd so sehr wie du, um das mal klarzustellen.« Matt holt einen Schokoriegel aus dem Rucksack, wirft ihn Javi zu und bietet dann auch Tyler und mir einen an.

»Ein richtiger Kaffee mit Karamellsirup wäre mir lieber«, murmle ich, wickle das Papier ab und beiße in die Schokolade. »Das mache ich gleich als Erstes, wenn ich wieder nach Hause komme. Noch bevor ich mir ein Schaumbad einlasse.«

Tyler schnaubt amüsiert, wuschelt mir durchs Haar. »Es ist süß, dass du glaubst, du würdest etwas anderes fertigbringen, als tot ins Bett zu fallen.«

Ich strecke ihm nur die Zunge heraus, lecke mir die Schokolade von den Fingern. Es wäre gelogen, wenn ich sage, dass ich die Anstrengungen von zwei Wochen im Sattel nicht spüren würde. Die Nächte sind zu kurz, die Temperaturen zu hoch und manchmal habe ich Mühe, wachzubleiben. Aber abgesehen von dem Vorfall bin ich immer noch ziemlich begeistert. Es ist wie ein unwirkliches Abenteuer.

»Ich werde ein riesiges Steak essen. Mit Kartoffeln und Knoblauchbrot.« Javi rümpft die Nase, als Gabrielle ihm die Schüssel mit gebackenen Bohnen reicht. »Das Zeug hier kann ich langsam nicht mehr sehen.«

Tyler schüttelt lachend den Kopf, streckt die Beine aus. »Bei dir dreht sich doch wirklich alles nur ums Essen.«

»Und bei dir um Daria«, brummt Javi und verdreht die Augen, bevor er sich Matthew zuwendet. »Was willst *du* denn machen, sobald wir wieder zurück sind?«

Eine Weile sind nur das Knistern des Feuers und die Gespräche der anderen zu hören. Matt starrt so intensiv in die Flammen, als würde er die Antwort darin finden, und fährt sich schließlich durch die Haare, die in diesem Licht rötlich wirken.

»Was passieren wird und was ich machen *will*, sind zwei verschiedene Dinge«, murmelt er mit gesenktem Kopf. »Er hat schon am Telefon klargemacht, was er jetzt erwartet.«

Wieder herrscht für einige Minuten Schweigen, während wir unsere Ration Bohnen verdrücken und der leisen Musik lauschen, die aus einem der batteriebetriebenen Radios erklingt.

»Warum gehst du nicht einfach?«, fragt Tyler schließlich und wirft Matt einen merkwürdigen Blick zu.

»Was?« Die Schärfe in diesem einen Wort jagt mir einen Schauer über den Rücken. Bittend lege ich Tyler eine Hand auf den Arm, doch er lässt sich nicht davon abhalten, weiterzureden.

»Du weißt, was für ein Arschloch dein Vater ist, du weißt, was er Daria alles angetan hat, und hast trotzdem nur zugesehen. Und offenbar lässt du dir selbst einiges von ihm gefallen. Warum?«

»Hey, wer ist für die erste Nachtschicht eingeteilt?«, startet Javi einen Versuch, das Gespräch in eine andere Richtung zu lenken.

»Es ist ganz einfach, *Tyler*«, Matthew dehnt den Namen, betont jede einzelne Silbe, bleibt dabei aber gelassen. »Er und mein Bruder sind das, was von meiner Familie übrig ist. Ich kann nicht einfach weg, ich habe eine gewisse Verantwortung.«

»Du lässt dich von ihm prügeln wie ein Hund!«

»Okay, Jungs, das reicht jetzt«, flehe ich. Eine Hand klammere ich um Tylers Arm, die andere strecke ich abwehrend aus. Ich bin nicht die Einzige, die sich vor einer Prügelei fürchtet, auch Javier ist sichtlich angespannt. »Könnt ihr das nicht lassen?«

Matthew richtet seinen Blick auf mich, runzelt die Stirn. Seine Kiefermuskeln mahlen und unter seinem Auge zuckt ein Muskel. Er steht kurz vor der Explosion, aber dann holt er tief Luft. »Was sollte ich deiner Meinung nach tun, Klugscheißer?«

»Tyler, hör jetzt bitte auf«, beschwöre ich ihn.

»Nein, schon gut, Daria, wir unterhalten uns nur. Ich will wissen, was er zu sagen hat.« Matt zieht eine Augenbraue hoch, verschränkt abwartend die Arme vor der Brust. »Also?«

»Von wegen unterhalten!« Aufgebracht springe ich auf, sehe zwischen den beiden hin und her. »Ihr wartet doch nur darauf, aufeinander loszugehen.«

Ich laufe zu den Pferden, begrüße Bailey und vergrabe mein Gesicht an ihrem Hals. Gespannt lausche ich in die Dunkelheit, höre aber weder Gebrüll noch irgendwelche anderen lauten Geräusche. Mein Herz hämmert und als schließlich Schritte erklingen, fahre ich herum und funkle die Gestalt an, die den Strahl einer Taschenlampe auf mich richtet. Mit einer Hand schirme ich meine Augen ab, bis ich Matt erkenne.

»Wo ist Tyler?«

»Hat die erste Nachtschicht. Wie du übrigens auch, aber keine Sorge, Javier ist für dich eingesprungen.« Er lehnt sich gegen einen Baum, beobachtet mich eine Weile. »Wir haben nur geredet.«

»Oh, wirklich? Dann hast du nicht wieder einen Grund gesucht, um dich mit ihm zu prügeln?«, höhne ich und verteile das Heu. »So wie beim Rodeo?«

Er schiebt eine Hand in die Hosentasche, lässt den Strahl der Taschenlampe über den Boden wandern und bleibt lang still.

Die Pferde wiehern leise, scharren mit den Hufen und machen sich über das Heu her, das ich ihnen gegeben habe. Einige Minuten bleibe ich bei ihnen, taste ihre Beine ab und überprüfe, ob alles in Ordnung ist.

»Ich bin nicht sein größter Fan, aber irgendwie hat er ja recht«, durchbricht Matt das Schweigen.

Ein überraschter Laut kommt über meine Lippen. Wortlos laufe ich zu ihm, nehme ihm die Taschenlampe ab und leuchte ihm damit ins Gesicht.

»Lass den Quatsch, Daria!«

»Wollte nur noch mal sichergehen, dass ich auch wirklich mit Matthew Jameson rede, denn das, was du da sagst, passt so gar nicht zu dir.«

Schnaubend nimmt er mir die Stablampe wieder ab, legt den Kopf schief und macht einen Schritt nach vorn. »Recht hat er trotzdem und ich habe echt keine Ahnung, was ich ... Sag mal, hörst du das auch?«

Angestrengt lausche ich in die Stille, kann das Röhren eines Motors hören, der sich langsam dem Lager nähert. »Wer zum Teufel ist so dämlich, bei Nacht durch die Gegend zu fahren?«

»Der Einzige, der auch genau weiß, wo wir sind«, gibt Matt stöhnend zurück und geht auf die Scheinwerfer zu, die durch die Dunkelheit schneiden. Einige der anderen Cowboys versammeln sich bei den Versorgungswagen und blicken dem Neuankömmling entgegen.

Minuten später steigt Edward Jameson aus seinem Geländewagen und begrüßt Daniel und Gabrielle abschätzig. »Wollte mich selbst überzeugen, dass alles in Ordnung ist und so eine Katastrophe nicht noch mal vorkommt. Ich habe sechs verdammte Rinder verloren, weil deine Arbeiter zu unfähig sind, ihren Job zu machen.«

Daniel hebt abwehrend die Hände und setzt zu einer Erklärung an. »Ed, das war eine Herdenpanik, die hätte niemand verhindern können.«

»Jetzt geht's los«, murmelt Matt mir zu und verzieht das Gesicht. Und tatsächlich erhebt Mr Jameson schwere Anschuldigungen und verlangt, dass ihm der Verlust ersetzt wird.

»Wir haben auch vier Tiere verloren«, wirft Gabrielle ein, erntet aber nur ein abfälliges Schnauben. »Das gehört zum Geschäft dazu.«

Die Diskussion geht weiter, wird immer hitziger, während Matthew neben mir rot anläuft und sich durch die Menge schiebt. Ich folge ihm mit einigem Abstand, beiße mir auf die Unterlippe, als er sich in das Gespräch einmischt.

»Ich bin nicht so erfolgreich geworden, weil ich solche Verluste hinnehme, Junge«, kanzelt Edward den Einwurf seines Sohnes ab. »Es sind nicht deine Rinder, also halt dich gefälligst raus. Und von dir erwarte ich, dass du den Schaden begleichst, Daniel. Von mir aus zieh es den Arbeitern vom Lohn ab.«

Empörtes Murren wird laut. Neben mir spuckt Alan verächtlich in den Staub. Wenn das so weitergeht, werden die Männer morgen Früh keinen Finger mehr rühren. Wozu, wenn sie dafür nicht bezahlt werden?

»Dad, du warst nicht dabei! Du hast nicht jeden Tag im Sattel gesessen, sondern warst zu Hause. Deine Kontrollanrufe sind schlimm genug, aber dass du hier auch noch auftauchst ...« Weiter kommt Matt nicht, weil sein Vater ihm die Faust ins Gesicht schlägt und ihn mit eisigem Blick mustert, während er zu Boden fällt. Sofort schiebt Daniel sich dazwischen, während Gabrielle und ich Matt wieder auf die Füße helfen.

»Geht zu Javi und den anderen und helft ihnen bei den Rindern, wir klären das«, raunt sie mir zu und lächelt verkniffen.

»Aber ...«

»Schon gut, Daria, geht einfach.«

Matthew schnaubt, zieht mich hinter sich her, bis ich nichts mehr von der Unterhaltung hören kann. Er lässt mich erst los, als wir vor Tyler stehen, der fragend eine Augenbraue hochzieht und von seinem Pferd steigt.

»Was ist los?«, will auch Javi wissen, der den anderen beiden Cowboys ein Zeichen gibt, damit sie die Herde im Blick behalten, und ebenfalls aus dem Sattel springt.

Im Moment sind die Rinder ruhig, viele haben sich hingelegt oder grasen in aller Ruhe, weshalb wir uns ein Stück entfernen, um zu reden.

»Mein Vater ist aufgetaucht und will, dass deine Eltern ihm seine Verluste ersetzen«, zischt Matt, tastet mit den Fingern über seine Wange. »Da hast du doch noch eine Prügelei bekommen, hm?«

»Ich kann nicht glauben, dass er dich geschlagen hat«, flüstere ich und scharre verlegen über den Boden. Bei dem Gedanken daran, dass es vielleicht nicht das erste Mal war, wird mir schwindelig. Matthew und ich kennen uns, seit wir Kinder waren, und doch hatte ich keine Ahnung, wie schlimm es wirklich bei ihm zugeht. »Macht er das auch mit Andrew?«

»Seinem Goldjungen? Ich bitte dich.« Ein verbitterter Unterton mischt sich in seine Stimme, den er mit einem Räuspern kaschieren will. Er sieht zuerst Tyler an, dann Javier und mich, reibt sich mit beiden Händen über das Gesicht. »Du hast recht, Daria, ich bin wie er.«

Nachdem er in der Dunkelheit verschwunden ist, legt sich Schweigen um uns, bis Tyler seufzt.

»Ich glaube nicht, dass ich das jetzt sage, aber: Irgendwie tut er mir leid.«

»Mir auch«, murmle ich und starre zu einer der Lampen, die im Lager aufgestellt sind. Um das Licht herum schwirren Motten und Mücken, werfen unheimliche Schatten auf den Boden. »Wie kann ein Vater nur sein eigenes Kind so behandeln?«

Javi stößt ein verächtliches Grunzen aus. »So war er doch zu seiner

Frau auch.«

Wortlos stehen wir zusammen, bis Tyler einen Arm um mich legt und mir sanft über die Wange streicht. »Leg dich schlafen, Prinzessin«, raunt er mir zu, schiebt einen Finger unter mein Kinn und gibt mir einen schnellen Kuss. »Wir haben noch ein paar anstrengende Tage vor uns.«

Langsam gehe ich zum Lager zurück, werfe einen Blick zu Matthew, der mir den Rücken zugedreht hat, bevor ich in den Schlafsack schlüpfe und seufzend die Augen schließe.

»Du bist nicht so wie er«, flüstere ich schließlich. »Noch nicht zumindest. Lass es einfach nicht so weit kommen.«

Als er nicht reagiert, drehe ich mich auf die Seite und versuche, die ganze Sache aus meinem Kopf zu verdrängen. Leider kann ich Edward Jamesons Stimme immer noch hören. Erst als es um mich herum ruhig wird, schaffe ich es, einzuschlafen.

»Yeah, geschafft!«, brüllt Javi und reckt eine Faust in die Luft. »Fette, zufriedene Rinder.«

»Bevor du dich aus dem Sattel schwingst und ins Land der Träume verschwindest: Die Herden müssen getrennt werden oder ist dir das entgangen?«, dämpft Bobby seine Freunde und grinst hämisch. »Los, Leute, wir sind ja bald fertig! Alle Viecher mit blauen Ohrmarken rüber zu den Jamesons.«

»Ich habe die Schnauze ja so was von voll«, meckert Javier so leise, dass nur ich ihn hören kann. »Mein Arsch fühlt sich an wie ein ...«

»Das will jetzt wirklich keiner wissen, Archer.« Matt verdreht die Augen, muss aber grinsen. »Mann bin ich froh, dich nicht mehr jeden Abend jammern zu hören.«

»Bist du dir sicher? Ich glaube, du wirst mich vermissen.«

»Könnt ihr vielleicht später weiterflirten?«, erkundige ich mich genervt, separiere eins der Rinder mit gelber Ohrmarke und treibe es zu den Pferchen. »Ich will nach Hause in mein Bett.«

»Bett?« Tyler grinst über das ganze Gesicht. »Was ist aus deinem Bad geworden, Prinzessin?«

Als ich nicht antworte, brechen Javi und Matt in schallendes Gelächter aus.

»Ihr seid ätzend. Hey, sollen wir dir dabei helfen, die Tiere rüberzutreiben?«

Matt winkt ab. »Lasst mal gut sein, Rick und Carlos sind ja auch noch da, zu dritt schaffen wir das schon.«

»Denk über das Angebot meines Vaters nach«, rät Javi, tauscht einen Blick mit Tyler, bevor er Whisper antreibt.

Irritiert halte ich einen Moment inne, drehe mich im Sattel herum. »Worüber redet ihr?«

»Ich erklär es dir später, Prinzessin.«

Schnaubend wende ich mich wieder den Rindern zu, wische mir den Schweiß von der Stirn. Die Temperaturen sind in der letzten Woche nicht unter die Dreißig-Grad-Marke gefallen und während wir unterwegs waren, hat es nur einmal kurz geregnet. Ein kleiner Schauer, der nach wenigen Minuten schon vorbei war. An der kritischen Lage ändert das gar nichts. Wenigstens ist in den nächsten Tagen ein Wetterumschwung angesagt.

Nach einer Stunde haben wir es endlich geschafft, die Herden zu trennen. Ich winke Gabrielle und Daniel zum Abschied zu und drehe mich zu Javier. »Bleibst du hier oder kommst du mit rüber?«

»Ein paar Tage kann ich euch bestimmt noch helfen, aber sobald die Viehauktionen starten, pack ich meinen Kram zusammen.« Er verzieht das Gesicht, kippt sich den Rest aus seiner Wasserflasche über den Kopf. »Zum Glück habt ihr mehr als ein Badezimmer.«

Der Ritt zurück nach *Silver Dream* zieht sich in die Länge und jetzt, wo ich keine Aufgabe mehr habe, spüre ich die Anstrengungen der letzten Wochen am ganzen Körper. Meine Schultern fühlen sich an, als wären sie aus Stein, mein Hintern tut weh und bei jeder Bewegung protestieren meine Muskeln. Ich sehne mich nach einer heißen Dusche und meinem weichen Bett, kann mich kaum noch auf etwas anderes konzentrieren. Die Unterhaltung der Jungs rauscht an mir vorbei, während ich immer wieder heftig blinzle, um nicht einzuschlafen.

Endlich kommt der Hof in Sicht. Wir reiten an der vorderen Koppel entlang. Auf der anderen Seite des Zaunes trabt Blaze neben uns her, wiehert zur Begrüßung, worauf Biscuit, Whisper und Bailey lautstark antworten. Die Pferde freuen sich noch mehr darüber, wieder zu Hause zu sein, als wir und das kann ich ihnen nicht verübeln, immerhin haben sie den Großteil der Arbeit gemacht. Sie haben sich einige Tage Pause verdient.

Die Tür des Haupthauses fliegt auf, Izzy stürmt über die Veranda und springt die Stufen hinunter, um zu uns zu stürmen. Vor dem Stall steige ich aus dem Sattel und bekomme ihren ganzen Schwung ab. Wir stolpern ein paar Schritte nach hinten, bevor ich mein Gleichgewicht finde und sie fest umarme.

»Ihr seid wieder da! Ich habe euch so vermisst.« Sie drückt mir einen Kuss auf die Wange und begrüßt auch ihren Bruder und Tyler.

Zwei der Arbeiter von einer anderen Farm kommen ebenfalls zu uns herüber, kümmern sich um die Pferde. Mike nimmt mir die Zügel von Bailey ab, zwinkert mir zu und führt die Stute Richtung Stall. »Wir bleiben bis heut' Abend, dann seid ihr uns los.«

Seufzend nehme ich meinen Cowboyhut ab und sehe mich auf dem Hof um. Alles liegt ruhig und friedlich vor mir, genau so, wie es sein sollte. Ich will Isabella fragen, ob es irgendwelche Probleme gab, doch ich bin viel zu erledigt, um mich zu konzentrieren. Das alles hat auch bis morgen Zeit.

Ich schleppe mich ins Cottage, lasse die dreckigen Stiefel auf der Veranda und werfe den Hut in eine Ecke. Mein Gehirn ist so auf eine Dusche fixiert, dass ich nichts anderes mehr mitbekomme. Als sich jemand räuspert, fahre ich erschrocken herum und starre den Typen, der vor dem Gästezimmer steht, mit offenem Mund an.

»Was zum ... Wer bist du? Und wie zum Teufel kommst du in mein Cottage?«

»Hi, ich bin Niklas, Tylers Bruder. Du musst Daria sein, es freut mich, dich kennenzulernen.« Grinsend streckt er mir eine Hand entgegen, wartete geduldig, während ich ihn von oben bis unten mustere.

Ein Bandshirt von Linkin Park, das ihm ein paar Nummern zu groß ist, und abgewetzte Turnschuhe. Doch bis auf die Klamotten sieht er Tyler ziemlich ähnlich. Die gleichen dunklen Haare und graugrünen Augen, die diesen intensiven Blick draufhaben. Nur der Bart fehlt. Und der mürrische Gesichtsausdruck.

»Äh ... ja. Hey ...« Mehr bekomme ich nicht heraus, weil die Tür aufgestoßen wird und Tyler wie erstarrt stehen bleibt. Im ersten Moment ist er vollkommen überrascht, dann breitet sich ein beinah panischer Ausdruck in seinem Gesicht aus. So habe ich ihn noch nie gesehen. Immer, wenn er von Niklas sprach, klang es so liebevoll, aber sein Verhalten passt nicht dazu. Es wirkt, als würden sich die beiden nicht besonders gut verstehen.

»Was zum Teufel machst du hier?«, flüstert er und weicht vor seinem Bruder zurück.

Der blinzelt heftig, sieht zwischen Tyler und mir hin und her. »Wir haben vor ein paar Wochen telefoniert, schon vergessen?«

»Das war aber keine Einladung, plötzlich hier aufzuschlagen, verdammt noch mal! Pack deinen Kram und fahr nach Hause, Nick.« Als der nicht reagiert, reißt Tyler die Tür zu dem Gästezimmer auf, macht eine auffordernde Handbewegung. »Sofort!«

Ich stehe nur da, beobachte die beiden und weiß nicht, was ich davon halten soll. Da ist etwas in seinem Blick, was ich auch vorher schon bemerkt habe. Wenn ich das Thema angeschnitten habe, über das er nicht reden wollte.

»Jetzt wartet doch mal! Zufällig würde ich gern wissen, was hier los ist. Also?« Ich sehe Niklas, der sich voller Unbehagen über das Kinn reibt, mit gerunzelter Stirn an. »Wie lang bist du denn schon hier?«

»Seit ungefähr zwei Wochen.« Er zuckt mit den Schultern, wagt es nicht, seinen älteren Bruder anzusehen. »Es sind Semesterferien und ich dachte, ich könnte mal vorbeischauen. Tyler hat mir so viel über das Gestüt erzählt. Und über dich. Ich war neugierig.«

»Nick«, wirft Tyler warnend ein, doch ich lege ihm beschwichtigend eine Hand auf den Arm.

»Hey, ich habe Isabella ein wenig geholfen. Hätte nicht gedacht, dass du gleich ausflippst, wenn du mich siehst. Die Sache ist doch schon so lang her.«

»Würde mir vielleicht mal jemand sagen, was hier los ist?«, stoße ich aus, als die beiden sich stur ansehen. Mein Magen kribbelt unangenehm und ich fühle mich wie ein Eindringling. Zwischen ihnen muss etwas Schreckliches vorgefallen sein, von dem ich keine Ahnung habe.

»Nein.« Das ist Tylers einzige Reaktion, bevor er im Badezimmer verschwindet, hinter sich die Tür abschließt und mich einfach so stehen lässt.

Niklas zuckt nur mit den Schultern, geht in das Gästezimmer. »Ich sollte besser meine Sachen packen.«

Unsicher bleibe ich noch einen Moment im Flur stehen, streiche mir durch die Haare und verstehe überhaupt nichts mehr. Nachdem ich mir ein paar saubere Klamotten herausgesucht habe, verziehe ich mich ins Haupthaus. Javi besetzt das untere Bad und Izzy ist irgendwo auf dem Hof unterwegs, weshalb ich mir ziemlich verlassen vorkomme. Es ist eigenartig, plötzlich so allein zu sein, wo ich drei Wochen kaum eine ruhige Minute hatte und immer von anderen Menschen umgeben war.

Ich lasse mir Zeit beim Duschen, schrubbe mich richtig ab und wasche mir die Haare mehrmals, ehe ich beinah eine ganze Flasche Conditioner aufbrauche. Danach fühle ich mich ein wenig besser.

Zumindest bin ich sauber.

In der Küche riecht es verführerisch nach Kaffee, doch bevor ich mich dem Drang nach Koffein ergebe, sehe ich mich in den Räumen um, die für meine Mutter umgebaut wurden. Die Wand zwischen dem Büro und Izzys Zimmer wurde eingerissen, die Möbel sind so gestellt, dass ein Rollstuhl überall durchpasst. Dort, wo früher Tyler geschlafen hat, ist jetzt Moms Arbeitszimmer. Auch das Badezimmer wurde vollkommen umgestaltet: Eine ebenerdige Dusche und eine Badewanne mit einer Tür beherrschen den Raum. An der Toilette wurden Griffe angebracht und auf der Veranda gibt es Rampen, die nach draußen führen.

Die Handwerker haben wirklich ganze Arbeit geleistet.

Seufzend bleibe ich stehen, lasse mir die Szene zwischen Tyler und seinem Bruder noch einmal durch den Kopf gehen. Ich sollte mich nicht einmischen, aber ich habe das Gefühl, als würde etwas ganz furchtbar falsch laufen, und das kann ich einfach nicht ignorieren.

»Schläfst du mit offenen Augen«, stichelt Javi gutmütig und hält mir eine Tasse Kaffee hin. »Sieht alles ziemlich anders aus, nicht wahr?«

Allerdings. Das Haus ist rollstuhlgerecht eingerichtet, Star reagiert inzwischen nur auf Stimme und Zügel und wir haben einen Sattel, der es meiner Mutter ermöglicht, zu reiten. Ich hoffe, diese kleinen Dinge erleichtern es Mom, sich hier wohlzufühlen, mit ihrer Situation klarzukommen. In ein paar Tagen wird sie endlich wieder zurückkommen. Doch das ist es nicht, was im Moment meine Gedanken beherrscht.

»Ich mache mir mehr Sorgen um Tyler.« Ich schnuppere an dem Milchkaffee, bevor ich einen Schluck trinke. Es schmeckt wie der Himmel auf Erden! »Du hast Karamell reingemacht?«

Javi grinst nur, runzelt die Stirn und starrt zum Cottage hinüber. »Was ist da eigentlich los? Izzy hat erzählt, Niklas wäre vor zwei Wochen aufgetaucht und hätte hier mitgeholfen, da sollte sich Tyler doch freuen, oder nicht? Ich meine, die beiden sind Brüder.«

Tja, wenn ich nur wüsste, was los ist. Ich habe versprochen, nie danach zu fragen, aber aus meiner anfänglichen Neugier ist ein viel stärkeres Gefühl geworden, dass mich beinah zerreißt. Wenn er nicht endlich mit mir darüber redet, weiß ich nicht, wie das mit uns funktionieren soll, und das versetzt mir einen schmerzhaften Stich. Ich liebe ihn, doch so geht es nicht weiter.

Ich zucke nur mit den Schultern und sehe dabei zu, wie Niklas seine Taschen in den Kofferraum eines staubigen *Chevrolet Captiva* wirft. Er diskutiert immer noch mit seinem Bruder, aber Tyler bleibt hartnäckig, steht mit verschränkten Armen da und scheint nur darauf zu warten, dass Nick endlich verschwindet. Bevor der einsteigt, dreht er sich zu Javi und mir, kommt zu uns herüber, um sich zu verabschieden.

»War nett, euch kennenzulernen, auch wenn es nur ein kurzes Vergnügen war«, brummt er mit einem verlegenen Grinsen und umarmt mich. »Er hat mir viel von dir erzählt. Also, nimm ihm das nicht übel, die Geschichte ist kompliziert.«

»Das sagt er mir auch ständig«, schnaube ich und drücke ihn leicht. »Ich weiß nicht, was hier läuft, aber es wäre schön, wenn du mal wiederkommst.«

Nick zuckt nur mit den Schultern, winkt zu Izzy hinüber und bleibt dicht vor Tyler stehen. Die beiden reden so leise miteinander, dass ich kein Wort verstehen kann, obwohl Tylers Miene noch mehr zu versteinern scheint. Sekunden später springt Niklas in den Wagen und rollt langsam die Einfahrt entlang.

»Fragt einfach nicht«, grollt Tyler nur und verschwindet im Cottage.

Javi zieht eine Augenbraue in die Höhe, runzelt die Stirn und legt mir eine Hand auf den Rücken. »Lassen wir ihm etwas Zeit, um runterzukommen.«

Aber ich bin mir gar nicht so sicher, ob Zeit dabei helfen wird, die Fronten zu klären. Was auch immer mit ihm los ist, scheint ihn schon sehr lang zu quälen. Als wäre eine alte Wunde wieder aufgerissen.

Ich kenne dieses Gefühl und frage mich, weshalb er mich unbedingt ausschließen will. Verletzt verdränge ich die Gedanken, nippe an meinem Kaffee und gehe schließlich doch ins Cottage hinüber.

Tyler ist im Wohnzimmer, liegt ausgestreckt auf der Couch und hält seinen Blick auf den Fernseher gerichtet. Als ich mich zu ihm setze, rückt er ein Stück zur Seite.

»Hör zu, vielleicht geht mich die ganze Sache nichts an und ich weiß noch, was ich dir versprochen habe, aber seit ich wieder hier bin, habe ich etwas Wichtiges gelernt. Familie und Freunde sollte man nicht einfach so ziehen lassen. Du hast doch immer so liebevoll von Niklas gesprochen, aber als du ihn vorhin gesehen hast, warst du panisch.« Ich lege ihm eine Hand auf die Brust, warte, bis er mich ansieht, und verspüre wieder einen Stich.

»Du verstehst das nicht, Daria«, brummt er nur, blinzelt ein paarmal.

»Dann schließ mich nicht aus! Weißt du eigentlich, wie es sich anfühlt, wenn jemand, den du liebst, leidet und du ihm nicht helfen kannst?« Hastig wische ich mir über das Gesicht, versuche, das Beben meiner Stimme zu unterdrücken, aber ich bin erschöpft. Und verletzt. »Er ist dein Bruder.«

Tyler reibt sich über die Stirn, legt mir einen Arm um die Hüften. »Wir sind beide müde, Prinzessin. Lass uns nicht jetzt darüber reden.«

Ich schlucke die Tränen hinunter, löse mich von ihm und gehe ins Schlafzimmer. Ich habe es versucht, mehr kann ich nicht tun.

Benommen wache ich mitten in der Nacht auf und wälze mich im Bett herum. Ich brauche einen Moment, bis mir bewusst wird, was mich aus dem Schlaf gerissen hat. Eine Tür fällt ins Schloss, etwas klappert zu Boden, gefolgt von einem leisen Fluch. Mit einer Hand taste ich die Matratze neben mir ab, aber dort, wo Tyler gelegen hat, ist nur noch die Wärme seines Körpers zu spüren. Er ist nicht da.

Blinzelnd werfe ich einen Blick auf den Wecker. Drei nach fünf. Zu früh, um aufzustehen. Zumindest für die tägliche Arbeit.

Murmelnd schäle ich mich aus dem Laken, ziehe mir einen Morgenmantel an und tapse durch das Cottage. Die Sonne ist noch nicht aufgegangen und alles ist in ein diffuses Dämmerlicht getaucht. Vor dem Gästezimmer bleibe ich stehen, doch auch dort ist niemand, das Bett darin ist unberührt.

Mit klopfendem Herzen gehe ich auf die Veranda, stütze mich auf das Geländer und sehe, wie Tyler eine Tasche im Kofferraum von Javis Wagen verstaut. Es ist, als würde sich die Szene mit Niklas wiederholen, nur dass der sich nicht heimlich davongeschlichen hat.

»Tyler?«

Er hebt nicht einmal den Kopf, wirft die Klappe zu und eilt zur Fahrerseite.

»Was zum ...? Tyler, warte!« Barfuß laufe ich die Verandastufen hinunter, zucke zusammen, als sich kleine Steinchen in meine Fußsohlen bohren. Mein Herz verkrampft sich schmerzhaft, ich wünschte, ich hätte nie etwas zu ihm gesagt. »Was tust du da?«

»Geh wieder ins Bett, Daria.« Seine Stimme klingt so distanziert wie früher und als er mich ansieht, wirken seine Augen völlig ausdruckslos.

»Es tut mir leid«, platze ich heraus, raufe mir durch die Haare.

»Wenn ich etwas falsch gemacht habe …«

»Nein, hast du nicht. Ich brauche nur Zeit.«

Ich bleibe stehen, schlinge mir die Arme um den Körper und versuche zu begreifen, was hier passiert, doch ich verstehe es einfach nicht. Sekundenlang sehen wir uns nur an, dann steigt er ins Auto und rast mit quietschenden Reifen davon. Ein letzter Blick, ohne eine Erklärung oder Entschuldigung. Mehr habe ich nicht bekommen.

»Was soll das heißen *Er ist mit meinem Wagen weg*?«, brüllt Javi eine Stunde später, lässt sein Frühstück unangetastet und stürzt nach draußen. Nach ein paar Minuten kommt er zurück, rauft sich die Haare. »Scheiße, ich lass die Ersatzschlüssel nie wieder unter der Sonnenblende. Wo ist er hin? Und wann will er wieder da sein?«

Ich zucke hilflos mit den Schultern, verdränge den Schmerz, der mein Herz umklammert. »Er hat nichts gesagt und geht auch nicht ans Telefon. Ich habe ihm schon mehrere Nachrichten draufgesprochen.«

»Das darf doch alles nicht wahr sein! Er hat uns sitzen lassen?« Javi tigert durch die Küche, wirft mir immer wieder einen Blick zu, als würde ich ihm irgendwas verheimlichen. »Aber warum?«

Das ist eine der Fragen, die mich so quälen und auf die ich einfach keine Antwort finde. Um nicht in Tränen auszubrechen, zucke ich noch einmal mit den Schultern und schlinge das Rührei in mich hinein.

»Hat er einen Zettel hinterlassen oder so was?« Izzy sieht mich hoffnungsvoll an, doch als ich den Kopf schüttle, schleicht sich ein mitleidiger Ausdruck auf ihr Gesicht. »Ich bin sicher, dafür gibt es eine Erklärung.«

»Na, auf die bin ich aber gespannt«, knurrt Javi und setzt sich endlich wieder an den Tisch. »Und wenn sie nicht verdammt gut ist, werde ich ihm eine verpassen. Er hat meinen Wagen gestohlen!«

Um nicht weiter darüber nachzudenken, stürze ich mich in die Arbeit. Zuerst kümmere ich mich um den Papierkram und die Anfragen, die in den letzten Wochen hereingekommen sind. Isabella hat zwar schon einiges erledigt, aber ich will noch mal alles prüfen. Die Zahlungen für den Auftrag sind eingegangen und auch die Weidepachtverträge zahlen sich langsam aus. Der Kontostand von *Silver Dream* steht im Moment bei knapp achtundzwanzigtausend Dollar. Fehlen noch siebenundzwanzigtausend in fünf Wochen, was eigentlich kein Problem sein sollte, doch jetzt fehlt uns ein Trainer.

Wieder wähle ich Tylers Nummer, dieses Mal springt sofort die Mailbox an. Ich warte seine Ansage ab, hole tief Luft. »Tyler ... Ich weiß nicht, was mit dir los ist und weshalb du gegangen bist, aber was ich gesagt habe, tut mir leid. Ich brauche dich, das weißt du. Nicht nur ... Das hat nichts mit dem Gestüt zu tun, hörst du? Sag mir einfach, was los ist. Bitte. Ruf zurück.«

Blinzelnd starre ich auf die Unterlagen, die Schrift verschwimmt vor meinen Augen und ich kämpfe hartnäckig gegen die Tränen an. Plötzlich höre ich seine Stimme, die flüstert: *Ich bin immer für dich da, wenn du mich brauchst.*

Wo bist du nur, Tyler? Ich brauche dich genau jetzt und du bist nicht da.

Schluchzend vergrabe ich mein Gesicht in den Händen, atme tief durch, um mich zu beruhigen. Mein Blick fällt auf meinen Fünfjahresplan, der noch an der Pinnwand über meinem Schreibtisch hängt. Mit einem Stöhnen zerre ich ihn herunter, reiße das Papier in kleine Stückchen.

Ich weiß, wer ich bin, was ich will, nur habe ich mir das alles anders vorgestellt. Ich wollte mit Tyler darüber reden und es meiner Mutter erzählen, sobald sie nach Hause kommt. Es sollte eine Willkommensparty geben, mit leckerem Essen und Musik. Und mal wieder werde ich vom Leben in den Arsch getreten. Ich habe diese ständigen Rückschläge und Komplikationen so satt! Wut bringt meinen ganzen Körper zum Beben, ich bin kurz davor, noch mal seine Nummer zu wählen, um ihm die Meinung zu sagen, halte mich aber zurück. Meine Worte würden ihn nur verletzen und das ist das Letzte, was ich will.

19. Kapitel

Gib niemals auf!

Die nächsten drei Tage ziehen an mir vorbei. Während ich die Party für meine Mom vorbereite und in Arbeit versinke, finde ich nur wenig Zeit, um an Tyler zu denken. Doch immer, wenn ich es tue, wähle ich wie ferngesteuert seine Nummer. Inzwischen habe ich ihm schon mindestens zwanzig Nachrichten hinterlassen, keine davon hat er beantwortet, wahrscheinlich nicht mal abgehört.

Von mir selbst genervt, stopfe ich mein Handy in die Tasche, binde mir einen Pferdeschwanz und zupfe meine beigefarbene Bluse zurecht. Das silberne Armband funkelt in einem Sonnenstrahl, der durch das Schlafzimmerfenster scheint. Einen Moment denke ich darüber nach, Tylers Geschenk abzunehmen, bringe es aber nicht fertig.

»Okay, Leute, ich gehe jetzt. In ungefähr vier Stunden bin ich wieder da, bis dahin muss alles erledigt sein. Gina bringt ihre Kuchen vorbei, Mrs Merano kümmert sich um das Essen und ...«

Javi umarmt mich, klopft mir beruhigend auf die Schulter. »Alles gut, Kleine, wir machen das. Fahr du zu deiner Mom.«

Ich drücke ihn fest an mich, flüstere ihm zu: »Danke, dass du noch hier bist, um zu helfen. Ohne dich würden wir das gar nicht schaffen.«

»Mache ich doch gern, du gehörst immerhin zur Familie.« Er drückt mir einen Kuss auf die Wange, schiebt mich auf den Fahrersitz. »Und jetzt los, Izzy ist schon in die Stadt gefahren, um die Dekoration zu holen.«

Mein Lächeln fühlt sich falsch an und ich fahre schnell vom Hof, um nicht in Tränen auszubrechen. Meine Wut ist vollkommen verflogen und ich bin einfach nur traurig. Ich weiß nicht, ob Tyler überhaupt zurückkommen wird. Muss er irgendwann wohl oder übel, weil die meisten seiner Sachen noch hier sind. Aber wird er sie nur abholen oder bleibt er? Ist er meinetwegen weg oder gibt es einen anderen Grund? Und wo zum Teufel ist er?

Ich straffe die Schultern, konzentriere mich auf die Fahrt. Zwei Stunden lang schaffe ich es, nicht an ihn zu denken, doch als ich vor der Reha-Klinik parke, ziehe ich als Erstes mein Handy hervor und wähle seine Nummer.

»Hey, ich bin's. Mal wieder. Mom kommt heute nach Hause, ich bin schon in Helena, um sie abzuholen. Tyler, bitte ruf mich an, ja?«

Mehr kann ich nicht tun.

Mit einem mulmigen Gefühl steige ich aus dem Wagen, blinzle in den Himmel, über den einige flauschige Wolken wandern. Es ist nicht mehr ganz so warm, aber noch immer deutet nichts auf den angekündigten Regen hin.

Vor den Türen der Klinik bleibe ich stehen, starre an dem Gebäude hinauf, das wie ein Klotz in der Landschaft wirkt. Die Gärten sind weitläufig und sorgsam gepflegt, auf einem kleinen Teich schnattern Enten, dennoch herrscht hier die typische Krankenhausatmosphäre, die mir Unbehagen bereitet.

Ich drücke die schwere Klinke nach unten und schiebe mich in die klimatisierte Eingangshalle. Fröstelnd gehe ich zur Anmeldung und lächle der Frau dahinter zu, bemühe mich, den Geruch nach Desinfektionsmittel zu ignorieren.

»Was kann ich für Sie tun?«, flötet sie gut gelaunt, tippt nebenbei irgendetwas in ihren Computer.

»Mein Name ist Daria Evans, ich möchte gern meine Mutter abholen.« Nervös fummle ich an meiner Bluse herum, blicke zu den flackernden Leuchtstoffröhren. Irgendwie ist es hier unheimlich. Ein krasser Gegensatz zu der Idylle, die auf dem Gelände herrscht.

»Natürlich. Einen Moment Geduld bitte. Setzen Sie sich ruhig, ich sage einem der Pfleger Bescheid.« Lächelnd nickt sie zu einer Ecke, in der einige Stühle stehen, und greift nach dem Telefonhörer.

Seufzend lasse ich mich auf einen der Plastikstühle fallen und sehe mir die Bilder an den Wänden an. Landschaften, Stillleben und ein Portrait von dem Mann, der die Klinik eröffnet hat. Um mir die Zeit zu vertreiben, lese ich den Text an der Tafel neben dem Gemälde.

Ein leises *Ping* ertönt, als sich die Türen eines Fahrstuhls öffnen. Ein junger Pfleger schiebt eine Frau im Rollstuhl heraus, witzelt mit ihr herum. Die beiden lachen.

Ich brauche eine Sekunde, um meine Mutter zu erkennen. Das Bild von ihr, wie sie im Krankenhaus von Silver Lane lag, hat sich in mein Gedächtnis gebrannt und passt nicht zu der Frau, die ich vor mir sehe.

Sie trägt eine knielange Jeans, ein hellblaues Top und weiße Sneakers. Ihre Wangen leuchten rosig und ihre Haare umfließen seidig ihr herzförmiges Gesicht.

»Mom? Du ... Wow, du siehst einfach fantastisch aus!« Verunsichert gehe ich auf sie zu, umarme sie lang und kämpfe gegen den Sturm der Gefühle, der in mir tobt. »Hast du eine andere Frisur?«

»Gefällt sie dir?« Ihre Augen funkeln amüsiert, während sie nun auch mich betrachtet. »Du bist dünn geworden, Schätzchen. War der Trail so anstrengend?«

Mir entschlüpft ein ungläubiges Lachen. Nachdem der Pfleger uns bis zu Izzys Auto gebracht hat, die dafür meinen Pick-up genommen hat, verabschiedet er sich. Ich will protestieren, weil er meiner Mutter nicht beim Einsteigen geholfen hat, doch da hat sie schon die Beifahrertür geöffnet, legte eine Hand um die Einstiegshilfe und die andere auf eine Lehne des Rollstuhls. Ehe ich reagieren kann, hat sie sich auf den Beifahrersitz geschoben.

»Schätzchen, kannst du den Rollstuhl im Kofferraum verstauen? Warte, der lässt sich zusammenklappen, da der Hebel an der Rückseite.«

Ich brauche mehrere Anläufe, bevor ich das Teil so verstaut habe, dass die Klappe richtig einrastet. »Hat dir den deine Krankenversicherung spendiert?«

»Den und regelmäßige Physiotherapiesitzungen.« Als ich mich hinters Steuer setze, beobachte ich sie aus dem Augenwinkel.

»Mom, du ...« Wie soll ich ihr nur erklären, wie sehr sie sich verändert hat, ohne sie vor den Kopf zu stoßen? Um ein wenig Zeit zu gewinnen, schnalle ich mich an und starte den Motor. »Dir scheint es gut zu gehen?«

Sie lacht, streicht sich durch die blonden Haare. »Weil ich gelernt habe, mit diesem Ding umzugehen oder weil ich so fröhlich bin?«

»Beides.«

»Mir blieb ja keine andere Wahl, als mich meinem Schicksal zu fügen. Manchmal ist es unendlich schwer, besonders jetzt, wo ich wieder nach Hause komme. Aber ich freue mich so sehr, dich zu sehen, mein Schatz. Und ich will alles wissen!«

Auf der Fahrt nach Silver Lane reden wir über das Gestüt, ihre Therapie und andere Dinge, doch irgendwann fällt die Sprache auf Tyler und ich weiß nicht, was ich antworten soll. *Ja, Mom, ich habe es geschafft, ihn zu vergraulen?* Besser nicht.

»Er ist weg, Mom«, flüstere ich erstickt, schlucke die aufkeimenden Tränen herunter. »Sein Bruder war da und das hat ihn wohl ziemlich aufgewühlt. Am nächsten Morgen ist er mit Javis Auto davongebraust und seitdem herrscht Funkstille.«

In ihren Blick tritt ein verständnisvoller Ausdruck, als wüsste sie genau, weshalb er abgehauen ist und womit er sich herumquält. Mein Griff um das Lenkrad wird fester, meine Fingerknöchel treten hervor und ich ringe mit mir. Sie weiß etwas, könnte mir das alles erklären. Aber ich will es gar nicht von ihr hören, sondern von ihm.

»Gib ihm Zeit, mein Schatz. Er wird zurückkommen.« Damit scheint das Thema beendet. Sie starrt eine Weile aus dem Fenster, bevor sie anfängt, mich über den Trail auszufragen.

Den Rest der Fahrt halte ich meine Antworten so kurz wie möglich und unterdrücke die Frage, die mir schwer auf der Zunge liegt. Als wir endlich vor dem Haupthaus ankommen, bin ich vollkommen verwirrt und würde die Party am liebsten absagen, doch dafür ist es leider zu spät. Kaum sitzt Mom in ihrem Rollstuhl, strömen die Leute heraus, um sie willkommen zu heißen. Musik erklingt, Getränke werden verteilt. Mom sieht mich mit einem dankbaren Lächeln an und umarmt Gabrielle zur Begrüßung, sodass ich mich davonstehlen kann, um die größte Überraschung vorzubereiten.

»Warte, ich helfe dir. Willst du Biscuit nehmen?« Izzy blickt mich abwartend an, bis ich ein Nicken zustande bringe und den Spezialsattel aus der Kammer hole. Star tänzelt nervös herum, ihr grau gesprenkeltes Fell glänzt und sie zuckt mit den Ohren.

»Sie ist wieder da«, flüstere ich der Stute zu, lege ihr den Sattel auf und schnalle ihn sorgfältig fest, bevor ich ihr das Gebiss ins Maul schiebe. »Und sie hat dich vermisst.«

Nach ein paar Minuten erscheint Javi vor der Box, lehnt sich zu mir herein. »Alles klar, ihr könnt.«

Mein Herz überschlägt sich beinah vor Aufregung und innerlich zittere ich wie Espenlaub, aus Angst, Mom könnte sich nicht darüber freuen. Oder vielleicht will sie gar nicht mehr reiten?

Alle Augen sind auf mich gerichtet, als ich Star aus dem Stall führe und vor der Rampe zum Stehen bringe, die Abe uns empfohlen hat.

»Daria ... Was ist das?« Meine Mutter blinzelt heftig, rollt langsam heran. Isabella hilft ihr auf das Podest und drückt die Bremsen des Rollstuhls herunter.

»Es ist ganz einfach.« Ich klopfe auf die hohe Rückenlehne des Sattels. »Hier lehnst du dich an, deine Beine werden mit den Gurten festgeschnallt und dann kannst du wieder auf Stars Rücken sitzen. Willst du es mal versuchen? Wir reiten auch nicht weit, nur ein kurzes Stück ...« Als ich nur noch stammle, beiße ich mir auf die Unterlippe, beobachte Moms Gesichtsausdruck.

In ihren Augen schimmern Tränen, ein unsicheres Lächeln zuckt um ihre Mundwinkel. »Natürlich will ich!«

Erleichtert drücke ich Javier die Zügel in die Hand, stelle mich neben das Podest und erkläre ihr genau, was sie tun soll. Sie stützt sich an der Rückenlehne ab, während ich ihr rechtes Bein über den Sattel lege und festschnalle. Izzy macht auf der anderen Seite genau das Gleiche.

»Wie fühlt es sich an?«

»Merkwürdig ...« Eine einzelne Träne rollt über die Wange meiner Mutter. Hastig wischt sie sie ab, lacht. »Ich hätte nie gedacht, dass ich jemals wieder auf einem Pferd sitzen würde.«

Ich schwinge mich auf Biscuits Rücken und erzähle ihr, wie ich auf die Idee gekommen bin und wie sich Tyler damit herumgeschlagen hat, ihre Stute an Zügel und Stimme zu gewöhnen. Mom schnalzt stirnrunzelnd mit der Zunge und strahlt, als Star sich in Bewegung setzt.

Wir lassen den Hof hinter uns, reiten an einer der Koppeln entlang. Erst nur im Schritt, doch dann wird meine Mutter mutiger, galoppiert schließlich sogar über die Felder. Auf einer Anhöhe zügelt sie ihr Pferd, dreht es so, dass wir einen wunderbaren Blick auf das Gestüt haben. Wehmütig sieht sie zu unserem Hof hinunter und bevor sie es ausspricht, weiß ich genau, was sie sagen will.

»Du willst immer noch verkaufen, nicht wahr?«

»Daria, uns bleibt gar nichts anderes übrig.« Sie legt mir eine Hand auf die Schulter, blickt flehend zu mir herüber. »Sieh mich an! Wie soll ich ein Pferd trainieren oder mich um die Arbeiten kümmern, die anfallen? Dazu bin ich einfach nicht mehr in der Lage.«

»Aber ich«, setzte ich an, doch sie spricht weiter, schüttelt entschieden den Kopf.

»Am Freitag habe ich den Farmerrat zu uns eingeladen. Wahrscheinlich wird *Silver Dream* von Edward Jameson übernommen. Es ist das Beste so.«

Das Beste für wen?, will ich schreien, bringe aber kein Wort heraus. In mir zerbricht etwas, während sie darüber redet, dass sie mir jeden Cent, den ich die letzten Monate ausgegeben habe, zurückzahlen wird.

Ich will weinen und brüllen, mich irgendwo verkriechen, um meine Gedanken zu sortieren, reite aber neben ihr zurück zum Hof. Isabella und Javi helfen meiner Mutter aus dem Sattel, die sich sofort wieder ihren Gästen widmet, ein strahlendes Lächeln auf den Lippen, während ich mich zusammenkrümme.

Es war alles umsonst.

Die Arbeit, die Rückschläge, die wir erlitten haben, die Hoffnung, an die ich mich geklammert habe. Ein stechender Schmerz flammt in meinem Herzen auf, ich kann nicht mehr denken, wende Biscuit und treibe ihn an, bis er über die Felder galoppiert. Weg von den lachenden Menschen, der fröhlichen Musik und meiner Mom, die mit ihren Worten das zerstört hat, für das ich so hart gekämpft habe. Es ist, als würde auf mir ein Fluch liegen. Kaum treffe ich eine Entscheidung, die mein ganzes Leben umwirft, passiert irgendetwas, das mich in die Flucht treibt.

Tränen verschleiern meinen Blick und als Biscuit schließlich stehen bleibt, bin ich genau dort, wo ich nie wieder hinwollte. Hinter mir liegt eine Blumenwiese und wenige Schritte vor mir fällt ein steiler Abhang in das Tal herunter, in dem sich der Silver Pond ausstreckt.

Ich springe aus dem Sattel, taumle zur Kante und starre hinunter. Irgendwo hier ist Cloud abgerutscht, hat mich mit in den Abgrund gerissen. Stöhnend setze ich mich ins Gras, stelle mich den Bildern, die auf mich einstürzen, dem Schmerz, der mich durchzuckt.

Stundenlang bleibe ich so sitzen, hänge meinen Gedanken nach, bis es langsam dämmert.

»Was soll ich denn nur tun?«, flüstere ich schließlich und wische mir über die feuchten Wangen.

Als ich auf den Hof ankomme, sind die Leute weg, in der Küche des Haupthauses brennt Licht, doch ich schleiche mich in das Cottage, werfe mich auf mein Bett und wähle mal wieder Tylers Nummer.

»Du musst zurückkommen«, schluchze ich voller Verzweiflung. »Mom will das Gestüt verkaufen und ich ... ich weiß einfach nicht, was ich tun soll. Mir ist egal, warum du gegangen bist, du musst es mir nicht erzählen, aber bitte komm nach Hause. Ich brauche dich!«

Am nächsten Morgen fühle ich mich, als hätte es die letzten zwei Monate nicht gegeben. Ich gehe den anderen aus dem Weg, stehe extra früh auf, um die Ställe auszumisten und die Pferde zu füttern. Meine Gedanken kreisen nur noch darum, was ich meiner Mutter sagen kann, damit sie es sich anders überlegt.

»Hey, wenn du kein Mädchen wärst, würde ich dir eine verpassen.« Javi verstellt mir den Weg in die Futterkammer, funkelt mich aufgebracht an. »Wo zum Teufel warst du gestern? Deine Mom war krank vor Sorge!«

»Ach, und hat sie euch schon gesagt, dass sie verkaufen will, hm?«, zische ich, schiebe mich an ihm vorbei. »Oder wollte sie sich das für eine besondere Gelegenheit aufheben?«

Seine Wut verraucht, er nimmt mir drei der Heunetze ab und hängt sie in die Boxen. Schweigend arbeiten wir weiter, bis alle Pferde gefüttert sind.

»Und jetzt?«, durchbricht er schließlich das Schweigen.

»Tja, gute Frage, aber die kann ich dir auch nicht beantworten. Was soll ich denn noch tun? Ist ja nicht so, als hätte ich die letzten Wochen auf der faulen Haut gelegen und ...« Schluchzend lehne ich mich gegen eine der Boxentüren. »Ich habe alles getan, um ihr zu zeigen, dass ich es schaffen kann!«

Er nimmt mich in den Arm, streicht mir tröstend über den Rücken. »Ach, Kleine, nicht weinen. Rede noch mal mit ihr.«

»Und was soll ich sagen?«

Hilflos zuckt er mit den Schultern, schiebt mich von sich. »Das weiß ich auch nicht, aber du bist eine Evans und die geben nicht auf. Nie!« In seinen braunen Augen funkelt felsenfeste Überzeugung. »Du hast so viel geschafft, Daria, obwohl es dir niemand zugetraut hat, da kannst du jetzt nicht das Handtuch werfen.«

Beim Frühstück lasse ich Moms Predigt über mich ergehen, den Blick starr auf meinen Teller gerichtet. Jedes ihrer Worte ist wie ein Schlag ins Gesicht und irgendwann halte ich es nicht mehr aus.

»Tut mir leid, dass du dir Sorgen gemacht hast, aber du wirst vielleicht verstehen, weshalb ich es nicht ertragen konnte, mit dir zu feiern! Ich habe mir den Arsch aufgerissen, wir alle. Tyler, Izzy und Javi. Wir haben wie die Verrückten gearbeitet, haben das Cottage renoviert, das Haus umbauen lassen. Und egal, was passiert ist, wir haben nicht aufgegeben, dabei gab es mehr als genug Tiefschläge. Verdammt, Mom, ich reite wieder, ich habe Pferde ausgebildet und den ganzen Laden geschmissen.« Aufgebracht fuchtle ich mit den Händen herum, reibe mir über das Gesicht. »Mir geht es nicht um Geld oder sonst was, aber ich ... Was soll ich noch tun, um dir zu zeigen, dass ich es kann? Du hast gesagt, du wärst stolz auf mich!«

Beim letzten Satz überschlägt sich meine Stimme und ich beiße mir auf die Unterlippe, um nicht in Tränen auszubrechen. Izzy und Javi werfen sich einen Blick zu, bevor sie aus der Küche huschen und uns allein lassen.

»Ich bin stolz auf dich, Schätzchen. Mehr, als du dir vorstellen kannst.« Sie bugsiert den Rollstuhl um den Tisch herum, greift nach meiner Hand. »Aber ich bin nutzlos. Du kannst dir nicht ausmalen, wie schwer es mir fällt, *Silver Dream* aufzugeben. Nur ist es noch schwerer, hierzubleiben und einfach nur zuzusehen.«

Einen Moment herrscht Schweigen, es dehnt sich aus, während ich versuche zu verarbeiten, was sie gesagt hat. Die Worte schwirren durch meinen Kopf und die Bedeutung wird mir nur ganz langsam klar.

»Du willst weg von hier?«

Ihr Griff wird etwas fester, Tränen laufen ihr über das Gesicht. »Das Gestüt war mein Leben, aber«, sie klopft mit der freien Hand auf die Lehne des Rollstuhls, »das ist es jetzt nicht mehr. Ich könnte es nicht ertragen, jeden Tag vor Augen zu haben, was ich verloren habe.«

Zögernd lecke ich mir über die Lippen, denke an die Tage zurück, in denen ich mich genauso gefühlt habe. Ich war der Überzeugung, jemand, der nicht reiten kann, gehöre nicht auf ein Gestüt. Wie viel schlimmer muss sich meine Mutter dann fühlen? Sie kann nicht laufen, nicht bei der täglichen Arbeit helfen. Daran habe ich überhaupt keinen Gedanken verschwendet, während ich hier alles organisiert habe. Mal wieder habe ich nur an mich selbst gedacht, daran, wer ich bin und was ich will.

Sie legt mir eine Hand auf die Wange, lächelt gequält. »Jetzt kannst du deine Pläne verfolgen, Schatz. Deinen Traum.«

»Und wenn das hier mein Traum ist?«, flüstere ich und mache eine ausladende Geste, um den Hof zu umfassen.

»Aber du willst Tierärztin werden.«

»Das habe ich mir eingeredet, ja. Dabei habe ich aber etwas Wichtiges vergessen.« Ich trinke einen Schluck Kaffee, um mich zu beruhigen, wickle mir eine Haarsträhne um den Finger und hebe langsam den Kopf, um ihr in die Augen zu sehen. »*Silver Dream* ist mein Zuhause und ich liebe es von ganzem Herzen. Als Kind wollte ich genauso sein wie du, war aber nur ... Niemand hat mich ernst genommen und ich hatte Angst, für immer in deinem Schatten zu stehen. Deshalb bin ich weg. Nicht wegen Dad oder um Tierärztin zu werden. Ich hatte einfach nur Angst, nicht gut genug zu sein.«

Es bleibt lang still, dann zieht sie mich an sich, umarmt mich fest. Als sie sich von mir löst, wischt sie sich mit dem Handrücken über die Wangen.

»Ich will hier nicht weg, Mom.« Schniefend drücke ich ihre Hand, sehe sie flehend an. »Aber ich verstehe, wie du dich fühlst, ehrlich. Hilflos und nutzlos. Nur bist du das nicht. Am Telefon habe ich dir gesagt, dass wir dich brauchen, und so war es auch gemeint.« Ruhig versuche ich, ihr zu erklären, wie ich mir das alles vorgestellt habe, nachdem die Schulden bei der Bank beglichen sind. Das Zuchtprogramm ganz langsam wiederaufbauen, mehr Werbung für die Ausbildung der Pferde machen. »Du musst uns dabei helfen Mom, ich schaffe das nicht ohne dich! Wir sind ein Team.«

Zögernd fährt sie sich durch die Haare, weicht meinem Blick aus. »Gib mir ein paar Tage, um darüber nachzudenken.«

»Gut, aber unterschreib bitte nichts, ohne vorher etwas zu sagen, ja?« Ich stehe auf, drücke ihr einen Kuss auf die Wange. »Hast du eigentlich schon dein neues Büro gesehen?«

»Ihr wollt mich doch verarschen«, jammere ich und schiebe den Sattel zurecht. »Nur weil es morgen regnen soll, flippen plötzlich alle aus. Mein Gott, können wir den Freitag nicht einfach überspringen?«

»Regnen soll es heute, für morgen ist ein Sturm angesagt.« Javi schwingt sich auf Whispers Rücken. »Deshalb will mein Vater zur Sicherheit die Rinder in die Ställe treiben. Wir fangen auf der östlichen Koppel an, sammeln die anderen ein und bringen sie rüber.«

Bei ihm klingt das, als wären wir nach fünf Minuten wieder zu Hause und könnten uns um unseren eigenen Kram kümmern, in Wahrheit wird es ewig dauern.

»Und dann sollten *wir* uns auf das Unwetter vorbereiten«, fügt Izzy hinzu und lenkt Patch vom Hof. »Die Fensterläden anschrauben, das Dach überprüfen. Soll ziemlich heftig werden.«

Auch das noch.

Vor meinen Augen sehe ich genau, was wir alles reparieren dürfen, sobald sich das Wetter beruhigt hat. Wieso kann es nicht einfach nur regnen? Ein paar Tropfen, ein kleines Gewitter und das war's. Damit würde ich mich zufriedengeben. Stattdessen wird schon von Sturmwarnung gesprochen und ständig ruft jemand an, um zu fragen, ob wir auch genug Decken oder Batterien haben.

Dieser verdammte Sommer ist doch zum Kotzen!

»Vielleicht haben wir ja Glück und das Wetter hält uns Edward Jameson vom Leib«, frohlocke ich, öffne das Gatter der Ostweide und seufze bei einem Blick auf die Rinder. Natürlich haben sie sich über das ganze Feld verteilt.

»Ich glaub, der lässt sich von so was nicht aufhalten.«

»Danke für deine Zuversicht, Javi, du bist wirklich der Beste.«

»Weiß ich. Und jetzt los, bringen wir sie nach Hause.«

Während wir zweihundert Rinder zusammentreiben, zieht sich der Himmel über uns zu. Dunkle Wolken türmen sich auf und es wird von einem Moment auf den anderen dämmrig. Aus der Ferne erklingt leises Donnergrollen, Blitze zucken am Horizont.

Es dauert fast zwei Stunden, bis wir auf der Ranch der Archers sind und die Kühe in einen der riesigen Ställe gebracht haben. Gerade als Daniel das Tor schließt, fallen die ersten Regentropfen, prasseln schwer auf den Boden herab. Nach einigen Minuten gießt es wie aus Eimern, der Wind heult über die Weiden, peitscht mir den Regen ins Gesicht. Als wir endlich wieder auf dem Hof sind, bin ich patschnass und bis auf die Knochen durchgefroren.

Ich reibe Biscuit trocken, gebe ihm ein wenig Heu als Belohnung und helfe dabei, die anderen Pferde hereinzuholen. So langsam kann ich verstehen, weshalb die Leute so besorgt auf das nahende Unwetter reagieren. Sollte der strömende Regen erst der Anfang sein, stehen uns ein paar höllische Tage bevor.

»Schatz, du solltest unter die Dusche springen und dir etwas Trockenes anziehen«, begrüßt mich Mom, kaum dass ich in die Küche stolpere. Sie weicht meinem Blick aus, kramt in einem der Schränke. »Ich habe euch was zu essen gemacht und setze schnell noch Tee auf.«

»Danke, aber du musst uns nicht ... Kamen irgendwelche Anfragen rein?« Würde sie laufen können, hätte sie die Pferde von den Koppeln geholt, statt uns zu bekochen. Ich schlucke mein schlechtes Gewissen herunter, zupfe an meinem durchnässten Shirt. »Bin gleich wieder da.«

Von der Veranda des Cottages kann ich das Klingeln des Telefons hören, renne in das kleine Büro und nehme ab. »*Silver Dream*, Zucht und Ausbildung für Quarter Horses, was kann ich für Sie tun?«, stoße ich atemlos hervor, fahre durch meine nassen Haare.

»Hallo, Prinzessin.«

Mein Herz setzt für einen Schlag aus, um doppelt so schnell seinen Dienst wiederaufzunehmen. Weil mir so schwummrig ist, lasse ich mich auf den Stuhl fallen, hole zischend Luft. »Tyler?«

»Ich habe es schon auf deinem Handy versucht, aber das ist offenbar aus.«

»Genauso wie deins in den letzten Tagen«, gebe ich tonlos zurück.

»Seit Sonntag kein Ton, aber immerhin weiß ich jetzt, dass es dir gut geht.«

»Es tut mir leid. Ich habe meine Nachrichten eben erst abgehört.« Einige Sekunden dringt nur sein schweres Atmen zu mir durch.

»Wo bist du?« In meinem Kopf wirbeln die Gedanken durcheinander, meine Gefühle fahren Achterbahn, bleiben schließlich bei Erleichterung stecken. Es tut so gut, seine Stimme zu hören!

»In Wyoming, bei meinen Eltern. Hör zu, Daria, ich kann verstehen, wenn du wütend bist, aber es gab da eine Sache, die ich erledigen musste. Ich hätte sonst nicht weitermachen können.«

Zitternd starre ich auf das Bild von uns beiden, streiche mit den Fingern darüber. Isabella hat es am Abend meiner Geburtstagsfeier aufgenommen, als wir so wahnsinnig glücklich waren. Als er mir gesagt hat, dass er mich liebt.

»Es ist mir egal, Tyler. Du musst es mir nicht erzählen, solang du nach Hause kommst. Und ich bin auch nicht wütend, ich habe mir nur Sorgen gemacht. Na ja, vielleicht bin ich ein wenig sauer, weil du einfach so abgehauen bist, aber das ist nichts gegen Javi.« Sein leises Lachen wärmt mein Herz, unwillkürlich muss ich lächeln. »Du kommst doch zurück, oder?«

»Natürlich! Morgen bin ich wieder da und dann reden wir über alles, versprochen. Ich vermisse dich, Prinzessin.«

»Ich dich auch«, flüstere ich, meine jedes Wort ernst. »Aber mach das bitte nie wieder, verstanden? Wenn du es mir erklärt hättest ...« Bevor ich etwas Falsches sage, halte ich inne, schlucke.

»Das wollte ich ja, aber zuerst musste ich es aus der Welt schaffen. Es war nie meine Absicht, dir wehzutun. Verdammt, ich war ein Idiot und es tut mir leid. Wir reden morgen darüber, ja?«

»Klar«, hauche ich nur, ehe die Verbindung abbricht. Eine Weile sitze ich nur da, warte auf die Wut, doch die bleibt aus. Stattdessen bin ich erleichtert, dass er sich überhaupt bei mir gemeldet hat.

Beim Essen erzähle ich den anderen von dem Anruf, versuche, meine Vorfreude zu dämpfen, muss aber die ganze Zeit grinsen. Als ich mir ein Stück Lasagne in den Mund schiebe, schnaubt Javi.

»Willst du den morgigen Tag immer noch überspringen? Mann, ich hoffe für ihn, mein Auto ist heil, sonst dreh ich durch! Hast du ihn danach gefragt?«

»Nein«, murmle ich mit vollem Mund, zucke entschuldigend mit den Schultern. »Hat sich nicht ergeben.«

»Hat sich nicht ... Na, danke auch. Ich hoffe, du hast ihm wenigstens Dampf unterm Hintern gemacht, weil er einfach so abgehauen ist. Hast du doch, oder? Auch nicht? Verdammt Mädel, du bist echt blind vor Liebe.«

Schlagartig wird mir ganz heiß. Ich will mich verteidigen, bringe aber kein Wort hervor. Vielleicht hat er ja recht, aber ich freue mich eben darauf, dass Tyler zurückkommt. Obwohl dadurch nicht wieder alles in Ordnung ist.

Mom schmunzelt, zwinkert mir zu. »Es wird nicht am Tisch geflucht, Javier Archer!«

»Entschuldige, Rebecca. Die Lasagne schmeckt übrigens himmlisch, das Beste, was ich in den letzten Wochen gegessen habe.« Er geht in Deckung, als Isabella eine Scheibe Brot nach ihm wirft.

Eine Weile sehe ich mir das seelenruhig an, nehme mir noch eine zweite Portion von der Lasagne und begegne Moms fragendem Gesichtsausdruck. »Das ist ganz normal, so was nennt sich Geschwisterliebe. Gib ihnen ein paar Minuten Zeit, dann legt sich das von allein.«

Entspannt lehne ich mich zurück, trinke einen Schluck Saft und werfe einen Blick nach draußen. Der Himmel ist dunkel, doch der Regen hat ein wenig nachgelassen. Wie die sprichwörtliche Ruhe vor dem Sturm. Das Training wird für die nächsten Tage wohl ausfallen, zumindest bis der Reitplatz trocken ist. Im Grunde können wir nur herumsitzen und abwarten.

Schnaubend räume ich den Tisch ab, während Javi und Izzy immer noch streiten. Als ich Javis Teller nehmen will, gibt er mir einen Klaps auf die Finger. »He, sieht es aus, als wäre ich fertig?«

»Dann beeile dich, wir haben noch was zu tun oder willst du warten, bis es wieder wie aus Eimern gießt?« Ich schneide ihm eine Grimasse und wende mich an Mom. »Haben wir genug Kerzen unten im Keller?«

Sie runzelt die Stirn. »Ich bin mir nicht sicher, das letzte Mal hatten wir vor vier Jahren eine Sturmwarnung, als du in den Semesterferien hier warst. Erinnerst du dich?« Bei meinem Gesichtsausdruck lacht sie, drückt meinen Arm. »Du hast den Keller schon immer gehasst.«

»Dort ist es dunkel, kalt und ungemütlich. Und außerdem hat ein gewisser Jemand mir ständig Schauergeschichten erzählt.« Bevor Javi sich ein drittes Mal von der Lasagne nimmt, reiße ich ihm den Teller aus den Fingern und stelle ihn in die Spülmaschine. »Los, hoch auf den Dachboden, die Fensterläden schleppen sich nicht von selbst!«

»Dann geh du nach unten«, entgegnet er schnaubend und schnappt sich eine der Waffeln, die meine Mutter gemacht hat. »Oder traust du dich nicht?«

»Geschwisterliebe, hm?« Mom drückt meine Hand und hält mich zurück, ehe ich Javi nachjagen kann. Unsere Blicke treffen sich und das leichte Lächeln auf ihren Lippen steckt mich an. »Es ist so schön, dich hier zu haben, Schatz. Es war immer schwer für mich, dich nach den Semesterferien gehen zu lassen.«

Ich wünschte, sie hätte mir das früher gesagt, dann wäre ich vielleicht gar nicht erst gegangen. Und genau deshalb hat sie wohl auch geschwiegen. »Habe ich mich eigentlich für das Cottage bedankt? Tyler hat mir erzählt, wie lang du das geplant hast.«

»Es ist schön, dass du dich so freust. Und jetzt ab in den Keller.« Grinsend zwinkert sie mir zu und deutet auf die Tür, die hinab ins Dunkle führt.

Izzy versteckt ihr Feixen hinter ihrer Lockenmähne, springt auf. »Ich helfe Javi.«

»Na super«, brumme ich, schalte das Kellerlicht ein und öffne zögernd die Tür. Natürlich ist die Glühbirne immer kaputt, genau wie vor vier Jahren. Das ist schon mal ein Punkt auf der Liste von Dingen, die wir bis morgen erledigen müssen.

20. Kapitel

Ein Sturm zieht auf

Gestern haben wir es nicht mal geschafft, die Fensterläden am Cottage anzubringen. Die verdammten Dinger sind so schwer, dass Izzy und ich sie nicht mal zusammen hochheben konnten, damit Javi sie anschrauben konnte. Deshalb hat Daniel uns heute zwei seiner Arbeiter vorbeigeschickt, die sich darum kümmern, den Hof auf den Sturm vorzubereiten. Und während Isabella ihrem Bruder dabei hilft, die Futterkammer aufzufüllen, fahre ich in die Stadt, um alles zu kaufen, was uns noch so fehlt.

Die Regale im General Store sehen aus, als hätte jemand den Laden ausgeräumt. Annie lächelt mir zu, bevor sie sich Mrs Merano zuwendet und ihre Einkäufe abkassiert. Mit der Liste in der einen Hand und einem Korb in der anderen laufe ich durch die Reihen, schnappe mir Batterien, Kerzen und Lebensmittel, die man nicht unbedingt kochen muss und die bei einem Stromausfall nicht verderben würden.

»Annie, habt ihr noch ein paar Decken da?« Schnaufend wuchte ich den vollen Einkaufskorb auf die Theke, packe eine Handvoll Schokoriegel dazu.

»Warte, ich schau schnell im Lager nach.« Sie verschwindet für einige Minuten in einem der hinteren Räume, kommt mit zwei Wolldecken zurück. »Das ist alles, was da ist. Durch die Sturmwarnung ist unser halber Laden leer. Vielleicht gibt es an der Tankstelle noch welche, falls du mehr brauchst.«

»Wird schon gehen«, winke ich ab und warte, bis sie meine Kreditkarte durchgezogen hat. »Richte deinen Großeltern und John einen Gruß von mir aus, ja? Bis bald.«

Sie hält mir die Tür auf und winkt mir kurz zu, bevor sie sich wieder ihren anderen Kunden widmet.

Meine Stiefel platschen durch das Wasser auf dem Gehweg, ein schwacher Nieselregen benetzt meine Haut. Die Temperatur ist auf unter zwanzig Grad gesunken und der Wind lässt mich frösteln. Als ich versuche, den Autoschlüssel aus der Hosentasche zu ziehen, rutscht er mir aus den Fingern und landet, wie sollte es auch anders sein, in der tiefsten Pfütze weit und breit.

»Oh, verdammter Mist! Das darf doch alles nicht wahr sein«, fluche ich, will mich bücken, wobei mir eine der Tüten entgleitet. Jemand fängt sie ab, zieht mich etwas zurück und lacht.

»Ganz ruhig, Prinzessin, ich mache das schon.« Tyler fischt den Schlüssel aus dem Dreckwasser, öffnet eine der Hintertüren des Geländewagens und nimmt mir auch die zweite Tüte ab. Als die Einkäufe verstaut sind, dreht er sich lächelnd zu mir herum. Da ist wieder dieser liebevolle Ausdruck in seinen Augen, der mein Herz flattern lässt. »Hey, willst du mich nicht begrüßen?«

»Du ... Was ...«, stammle ich, bin immer noch wie erstarrt. »Ich dachte, du kommst erst heute Abend?«

Er zuckt mit den Schultern, stupst mir gegen die Nasenspitze. »Als ich von der Sturmwarnung gehört habe, bin ich die ganze Nacht lang durchgefahren und habe nur ein paar kleine Pausen gemacht. Du hättest gestern etwas sagen können, Daria.«

»Ich wollte dich nicht drängen.« Zögernd mache ich einen Schritt auf ihn zu, spüre, wie mein Magen sich verkrampft, als er mich in den Arm nimmt. Unsere Lippen treffen sich zu einem stürmischen Kuss. Wir waren nur sechs Tage getrennt, doch durch das Schweigen hat es sich wie eine Ewigkeit angefühlt. Meine Tränen mischen sich mit den Regentropfen, die mir über die Wange laufen. »Du bist wieder da!«

»Und so schnell werde ich auch nicht wieder gehen, versprochen.« Noch einmal küsst er mich, hebt mich hoch und wirbelt mich durch die Luft. Mein Blick fällt auf Javis *Chevrolet Impala* und ein Stöhnen bleibt mir in der Kehle stecken.

»Oh ... Das Auto sieht aus, als wäre es in einem Schlammloch versunken! Er wird dich umbringen. Und dich zwingen, jeden Radkasten und jede Zierleiste zu putzen und zu polieren.«

Tyler setzt mich lachend ab, zuckt mit den Schultern. »Es ist doch nur ein Wagen. Lass uns zum Gestüt fahren, damit wir in Ruhe reden können.«

Bei den Worten spüre ich einen unangenehmen Druck auf meiner Brust. Ich lege eine Hand auf seine Wange, sehe ihn sekundenlang an. »Ja, ich fahre dir nach.«

Im Cottage ist es vollkommen dunkel. Der Regen trommelt gegen die Fensterläden und der Wind jault um das Gebäude, während ich im Wohnzimmer das Licht anschalte und ein paar Handtücher aus dem Bad hole. Plötzlich bin ich nervös, traue mich nicht, vor Tyler aus meinen nassen Klamotten zu schlüpfen. Wir haben uns nicht mal gestritten, aber als er gegangen ist, hat sich etwas verändert und genau das steht zwischen uns.

»Vielleicht sollten wir den anderen sagen, dass du wieder da bist«, flüstere ich schließlich, nachdem ich mich trocken gerubbelt habe. Meine Sachen kleben unangenehm auf der Haut, mir ist kalt und ich bin durcheinander. Seit Tagen warte ich auf diesen Augenblick, aber jetzt, wo er endlich mit mir reden will, fühle ich mich unwohl, würde am liebsten die Flucht ergreifen.

Er hält mich zurück, drückt mich auf das Polster der Couch und schlingt mir eine Decke um die Schultern. Sein liebevoller Blick ruht auf mir, doch da ist auch noch ein anderer Ausdruck in seinen Augen: Unsicherheit.

»Mir wäre es lieber, wenn wir erst mal miteinander reden«, murmelt er, streicht sich durch seine nassen Haare, die ihm in die Stirn hängen. Irgendwann in den letzten Tagen muss er sich rasiert haben, aber die Stoppeln wachsen schon wieder nach, kratzen über meine Wange, als er mich näher zu sich zieht. »Ich habe dich verletzt und das tut mir leid, so unendlich leid, Daria. Als Niklas hier aufgetaucht ist ...« Er hält inne, wendet gequält den Blick ab. Ein schwerer Seufzer kommt über seine Lippen.

Mit den Fingern fahre ich die Konturen seines Kiefers entlang, ringe mich endlich dazu durch, ihm die Frage zu stellen, die mich beinahe zwei Monate lang beschäftigt hat. »Was ist damals passiert, nachdem du im Dienst angeschossen wurdest, Tyler?«

Leise beginnt er, von seinem Einsatz zu erzählen, geht dabei aber nicht ins Detail. Einigen Wochen nach seiner Operation durfte er nach Hause, wurde ehrenhaft aus dem Militärdienst entlassen. Seine Stimme zittert merklich, als er von den ersten Tagen berichtet, in denen er bei seiner Familie war.

Bei seinem Anblick flattert mein Herz. Ich wickle mich fester in die Decke, lege ihm eine Hand auf den Arm. Es dauert, bis er weiterspricht, doch ich gebe ihm die Zeit, die er braucht, setze ihn nicht unter Druck.

»Das Problem ist, dass sie dich zurückschicken, dir ein paar Wochen Reha verordnen und danach ... danach musst du allein klarkommen.« Er streicht mir über das Schlüsselbein, hebt nur zögernd den Blick. Der Schmerz darin raubt mir beinah den Atem. »Ich war nicht auf das vorbereitet, was mit mir passiert ist, Prinzessin. Es hat mich kalt erwischt.«

Plötzlich bin ich mir gar nicht mehr so sicher, ob ich wirklich hören will, was er durchgemacht hat. Jedenfalls werde ich diese Geschichte nicht ohne einen großen Becher Tee überstehen. Sanft lege ich ihm eine Hand auf die Schulter, drücke ihm einen Kuss auf die Lippen. »Bin gleich zurück.«

In der Küche schalte ich den Wasserkocher ein, öffne die Schublade, in der Tyler einige Tafeln Schokolade aufbewahrt. Nervennahrung ist jetzt genau das Richtige.

Ich hänge je einen Beutel Früchtetee in die Tassen, gieße das Wasser darüber und atme den Geruch ein. Während der Tee zieht, wirbeln meine Gedanken durcheinander. Wir haben in den letzten Monaten so viel zusammen durchgestanden, dass es mir wie Jahre vorkommt. Und ohne ihn hätte ich all das nicht geschafft. Was auch immer er mir sagen will, jetzt ist er derjenige, der mich braucht.

Als ich wieder im Wohnzimmer bin, reiche ich ihm einen der Becher, kuschle mich in die Decke und lehne mich auf der Couch zurück, warte, bis er so weit ist, um seine Geschichte zu erzählen.

»Danke.« Er schiebt sich ein Stück der Vollmilchschokolade in den Mund und umfasst die Tasse mit beiden Händen. »Ich konnte nicht mehr schlafen, hatte Panikattacken und war paranoid. Bei jedem Geräusch bin ich zusammengezuckt, habe in allem eine Bedrohung gesehen. Meine Nerven waren jede Sekunde bis zum Zerreißen gespannt. Sie nennen es PTBS, posttraumatische Belastungsstörung, aber keiner, der es nicht selbst erlebt hat, kann auch nur annähernd verstehen, was das bedeutet.«

»Tyler ...« Ich stelle meinen Becher beiseite, lege ihm sanft eine Hand auf die Wange. In diesem Augenblick ist er so verletzlich, dass in mir das Verlangen brennt, ihn zu beschützen. »Du musst es mir nicht erzählen.«

Schweigen breitet sich zwischen uns aus. Er nimmt einen Schluck von seinem Tee, stellt die Tasse neben meiner ab und zieht mich auf seinen Schoß, drückt sein Gesicht an meine Schulter. Seine Arme liegen so fest um meinen Körper, dass es fast wehtut, doch ich sage nichts, streiche ihm über den Nacken. Als er fortfährt, ist seine Stimme nur noch ein Flüstern.

»Ich habe mit meiner Waffe unter dem Kopfkissen geschlafen und eines Nachts wurde ich von einem Geräusch geweckt. Mir war nicht mehr bewusst, wo ich bin. Während ich durchs Haus schlich, war ich wieder in Afghanistan und als ich hinter mir etwas gehörte habe ...« Seine Atmung beschleunigt sich und er stößt zischend die Luft aus, hebt ruckartig den Kopf. »Es war Niklas. Als ich zu mir kam, lag er am Boden, blutend. Daria, ich habe meinen kleinen Bruder angeschossen! Danach habe ich meine Sache gepackt und bin abgehauen, durch die Gegend gezogen.«

»Und irgendwann hier gelandet«, murmle ich, nachdem er eine Weile nichts gesagt hat. Geschockt streiche ich mir die Haare aus dem Gesicht, greife nach meinem Tee und nippe vorsichtig an dem heißen Getränk, um ein wenig Zeit zu gewinnen. Ich muss das, was er mir erzählt hat, erst einmal verarbeiten.

Unsere Blicke treffen sich, doch bevor er etwas sagen kann, küsse ich ihn, schmiege mich in seine Arme. Er muss mir nicht erklären, was Niklas' Besuch in ihm ausgelöst hat, das kann ich mir auch so vorstellen.

Eine Ewigkeit sitzen wir nur da, essen die Schokolade und trinken unseren Tee. Immer wieder finden unsere Lippen zueinander, streicheln seine Hände über meinen Körper. Er erzählt mir von seiner Therapie und wie er nach der ganzen Sache wieder Kontakt zu seiner Familie gesucht hat, es aber nie übers Herz brachte, ihnen gegenüberzutreten.

»Deine Mom hat mir wirklich sehr geholfen und die Treffen mit den anderen Soldaten, aber ich musste mit meinen Eltern reden, mit Niklas. Und ich wollte nicht ... Ich habe schlimme Dinge getan, Daria. Menschen getötet, beinah meinen Bruder umgebracht. Ich bin nicht der, für den du mich hältst, aber das konnte ich dir nicht sagen. Ich wollte dich nicht verlieren.« Tyler reibt sich mit dem Handballen über die Stirn, sieht mich unsicher an.

Ich setze mich auf, lehne mich gegen ihn. Mit dem Daumen streiche ich über seine Unterlippe, werde von meinen Gefühlen für ihn überwältigt. Die Sache hat ihn fast zerrissen und ich wünsche mir nur, er hätte es mir schon früher erzählt. Doch was hätte ich tun können?

»Bitte hör auf, so etwas zu sagen, Tyler! Nichts, was du dort getan hast, war falsch. Du hast deinem Land gedient und ...« Mit beiden Händen umfasse ich sein Gesicht, zwinge ihn dazu, mich anzusehen. Ich will, dass er sieht, was ich für ihn empfinde. Wie froh ich bin, ihn wieder bei mir zu haben. Nein, ich habe mich ganz sicher nicht in ihm getäuscht. »Du bist genau der, für den ich dich halte! Ist dir eigentlich bewusst, dass ich die letzten Monate ohne dich niemals durchgestanden hätte? Du warst für mich da, hast mir Hoffnung gegeben. Weißt du, wie viel du mir bedeutest? Ich bin keine oberflächliche Großstadt-Prinzessin und ich würde dich nie für das, was du getan hast, verurteilen. Es wird Zeit, dass du lernst, mir zu vertrauen, Cowboy.«

Das Licht flackert einige Sekunden lang, eine heftige Windböe rüttelt an den Fensterläden, gegen die der Regen trommelt. Die ersten Vorboten des Sturms sind zurück und dieses Mal werden sie nicht wieder verschwinden. Die Vorräte liegen immer noch im Wagen und ich habe keine Ahnung, ob die anderen es geschafft haben, alles zu erledigen. Doch das ist im Augenblick auch nicht so wichtig.

Ich drücke Tyler einen zärtlichen Kuss auf den Mund, streichle ihm über die Wange. »Danke, dass du mir davon erzählt hast. Ich kann mir gar nicht vorstellen, wie schwer das alles für dich gewesen ist und immer noch sein muss. Und hätte ich es gewusst, dann hätte ich nie ...« *Diese ganzen verdammten Nachrichten auf seiner Mailbox hinterlassen.*

»Daria?« Unsicher sieht er mich an, leckt sich über die Lippen, ehe er seine Finger mit meinen verschränkt. »Ist zwischen uns alles in Ordnung?«

Seine Verletzlichkeit zerreißt mir beinahe das Herz. Ich schlinge ihm die Arme um den Nacken und halte ihn minutenlang fest. »Ich liebe dich, Tyler. Ich werde für dich da sein, dir zuhören und dir beistehen, wenn du mich brauchst. Und ich kann verstehen, warum du gegangen bist. Das Wichtigste ist doch, dass du jetzt wieder da bist.«

Eine Stunde später habe ich den Keller so gemütlich eingerichtet, wie es nur möglich ist, und hoffe, dass wir nur eine Nacht dort unten verbringen müssen. Einer von den Jungs wird Mom hinuntertragen müssen, wenn es so weit ist.

Nachdem ich das letzte Feldbett aufgebaut habe und die Decken zurechtgelegt sind, gehe ich wieder nach oben. Das Licht flackert ständig, der Wind jault und die Temperaturen sind noch weiter abgesunken. Obwohl es erst Nachmittag ist, hat sich tiefe Dunkelheit über den Hof gelegt und die schwarzen Wolken erinnern an einen Horrorfilm.

Die alten Balken im Haus knacken, quälen mich mit Visionen davon, wie das Dach einbricht und wir unter Beton und Holz begraben werden. Ich hasse nicht nur den Keller, sondern auch die Unwetter, die manchmal über diese Gegend hinwegziehen. In mir steigt wieder der Drang auf, irgendetwas aufzuräumen, stattdessen konzentriere ich mich darauf, genug Luft in meine Lunge zu bekommen.

»Vielleicht sollten wir schon jetzt nach unten gehen.« Mom runzelt besorgt die Stirn und zieht sich die Fleecejacke enger um die Schultern, bevor sie den Regler am Herd einstellt, um Tee zu kochen. »Da draußen klingt es ziemlich stürmisch.«

Das Licht flackert erneut, heftiger dieses Mal und von einer Sekunde auf die andere ist das Haus in völlige Dunkelheit getaucht. Kein Lichtstrahl, nicht mal irgendwo das Blinken eines Lämpchens, sondern nur undurchdringliche Finsternis.

Mein Herz rutscht mir vor Angst bis in die Kniekehlen und einen Moment kann ich mich nicht von der Stelle rühren. Wie sehr ich das doch hasse. Der jaulende Wind, der klingt, als würde draußen ein Ungeheuer heulen. Es ist so düster, dass meine Fantasie mit mir durchgeht. Schaudernd lege ich eine Hand auf den Tisch, nur damit ich spüre, ob er wirklich noch da ist.

»So ein Mist«, fluche ich, ziehe mein Handy heraus und benutze das mickrige Leuchten, um die Taschenlampen und Kerzen hervorzukramen. »Ja, wir sollten schon jetzt nach unten, wer weiß was als Nächstes kommt. Izzy, Javi seht ihr bitte noch mal nach den Pferden?«

Javier hält inne, in der Hand eine Waffel, die er sich gerade in den Mund stopfen wollte. »Da draußen gießt es wie aus Eimern und die Wege bestehen nur aus Schlamm! Und äh, hörst du das?«

Meine Mutter lacht, knufft ihn in die Seite. Hinter seinem Rücken zwinkert sie uns verschwörerisch zu. »Oh, hast du immer noch Angst vor Gewittern?«

»Was? Nein!« Die Worte kommen zu schnell aus ihm heraus, er senkt den Kopf und schnaubt abfällig. »Wir füttern die Pferde und sehen nach, ob alles in Ordnung ist. Als hätte ich vor irgendetwas Angst ...«

Genau in dem Moment schlägt in der Nähe ein Blitz ein. Das Geräusch geht mir durch Mark und Bein und wir zucken alle zusammen. Das Unwetter muss jetzt schon beinah über uns sein.

»Tyler, kannst du ein paar Sachen aus dem Cottage holen, die wir brauchen könnten? Decken und warme Klamotten, denn das wird eine verdammt ungemütliche Nacht. Pack am besten alles in Müllsäcke, damit nichts nass wird.« Mit einer Taschenlampe bewaffnet laufe ich in die Diele, ziehe mir die Regenjacke über und stopfe meine Haare in die Kapuze. »Ich schalte den Generator an. Mom, sobald der Strom wieder da ist, versuch mal, bei den Nachbarn durchzuklingeln, vielleicht funktionieren die Leitungen ja noch.«

Als ich die Tür öffne, wird sie mir aus der Hand gerissen und gegen die Wand geschleudert. Fluchend mache ich mich so klein wie möglich und blinzle in den Regen, der mir ins Gesicht wirbelt. Es fühlt sich an, als würde meine Haut mit spitzen Nadeln traktiert. Golfballgroße Hagelkörner schlagen auf dem Boden, trommeln auf das Dach der Veranda. Der Schuppen, in dem der Generator steht, ist nur wenige Schritte entfernt, doch er könnte genauso gut meilenweit weg sein.

Meine Stiefel versinken im Matsch und während ich mich vorwärts kämpfe, zerrt der Wind an meiner Jacke, bringt mich aus dem Gleichgewicht. Mit steifen Fingern fummle ich an dem Riegel der Tür herum, bekomme ihn erst beim zweiten Anlauf auf. Ich stemme mich gegen die Böen, brauche meine ganze Kraft, um die Holztür wieder hinter mir zuzuziehen. Über mir knarzt und knackt es so heftig, dass mir ein Schauer die Wirbelsäule hinabjagt. Der Lichtkegel der Taschenlampe wandert über die schmutzigen Regale, Staub wirbelt durch den Raum. Überall stehen Benzinkanister und in der Mitte thront der riesige Generator.

Ich kontrolliere noch einmal den Füllstand, obwohl ich schon zwei Kanister in den Behälter gekippt habe. Der Tank ist immer noch voll, doch als ich am Ventil drehe, rührt es sich keinen Millimeter.

»Nicht gerade beruhigend«, murmle ich. »Jetzt komm, du dämliches Scheißding, gestern ging es doch auch!« Mit Ach und Krach.

Auch nach einer Minute lässt es sich nicht bewegen. Ich überlege, es mit einem Brecheisen zu versuchen, habe aber Angst, es abzubrechen. Wenn der Generator nicht funktioniert, sitzen wir wahrscheinlich tagelang im Dunkeln, ohne Telefon.

»So eine verdammte Scheiße.« Genervt will ich wieder ins Haus, um Tyler oder Javi zu holen, rüttle an der Tür. »Oh nein! Das gibt's doch jetzt nicht.« Mit meinem gesamten Gewicht werfe ich mich dagegen, bekomme jedoch nur ein jämmerliches Ächzen. Die Fenster sind alle verrammelt und bei den tosenden Geräuschen wird mich ganz sicher niemand hören.

Wütend trete ich gegen die Tür, reiße Schränke und Schubladen auf, bis ich einen Lappen und etwas Schmieröl gefunden habe. Ein stechender Geruch steigt mir in die Nase, bringt mich zum Würgen, während ich das Öl mit den Fingern auf dem Ventil verteile und mir genervt über die Stirn wische. Es dauert eine gefühlte Ewigkeit, doch dann rührt sich das Ding endlich. Meine Hände verkrampfen sich, weil ich das Zulaufventil so fest umklammere, Schweiß rinnt mir über den Körper, obwohl ich vor Kälte zittere. Irgendwann ist es geschafft und ich drücke den Schalter, warte auf das surrende Rattern des anspringenden Motors.

Nichts.

»Willst du mich verarschen?«

Etwas kracht auf das Dach, schabt darüber hinweg. Schaudernd lege ich den Kopf in den Nacken, lausche dem bedrohlichen Tosen des Sturms. Ganz sicher werde ich nicht in diesem winzigen, dreckigen Verschlag übernachten. Wie kann es überhaupt sein, dass das Ding gestern noch lief und heute alles schiefgeht?

Weil es uralt ist, flüstern eine Stimme in meinem Kopf.

»Okay, Zündkerzen, Zündkerzen. Wo sind diese blöden Zündkerzen?« In mir bricht schon Panik aus, weil ich befürchte, dass wir gar keine mehr haben. Und natürlich ist das die einzige Sache, die ich vorher nicht überprüft habe. Schnaufend wische ich mir Spinnweben aus dem Gesicht, leuchte in den Regalen und ziehe die Schubladen auf. »Ach, Scheiße!«

Ich fuchtle wild mit der Taschenlampe herum, lasse meinem Frust freien Lauf, bis ich in der Ecke neben den Kanistern einen Karton entdecke. Ganz oben liegt eine Schachtel mit Zündkerzen.

Nachdem ich sie ausgetauscht habe, atme ich tief durch. Mein Finger schwebt über dem Schalter und ich drücke ihn langsam nach unten. Sofort blinkt eine kleine Lampe in einem beruhigenden Grün und der Motor springt an.

Erleichtert stoße ich die Luft aus, wische mir die Hände an der Hose ab und drehe mich zur Tür. Mein triumphierendes Grinsen versiegt, als ich vergeblich versuche, aus dem Schuppen rauszukommen. Ich stemme mich gegen das Holz, packe die Türklinke mit beiden Händen und drücke, so fest ich kann, überlege, ob ich mich noch einmal dagegen werfen soll.

Jetzt könnte ich eins der Funkgeräte gebrauchen, die wir bei dem Trail benutzt haben.

»Kommt schon Leute, ich bin bestimmt seit einer halben Stunde weg. Wie wäre es, wenn ihr mal nach mir sucht?« Irgendetwas poltert gegen die Tür und ich weiche instinktiv zurück. »Das hier ist ein stabiles Gebäude, Daria, es wird nicht zusammenstürzen, also bleib ruhig.«

Mein Handy zeigt keinen Empfang an. Nur Notrufe. Natürlich

könnte ich bei der Feuerwehr anrufen, doch die haben sicher mit richtigen Notfällen zu tun. Wer weiß, wie es auf den anderen Höfen oder in der Stadt aussieht?

Der Sturm rüttelt an der Tür, jault, als wolle er den Schuppen niederreißen. Ich verziehe mich in eine Ecke, lausche zitternd dem Regen, der auf das Blechdach donnert, und den Schlägen der Hagelkörner. Es ist eiskalt und ich spüre, wie meine Muskeln zittern, um mich warmzuhalten.

Plötzlich glaube ich, eine Stimme zu hören, die meinen Namen ruft. Oder bilde ich mir das nur ein?

Zögernd gehe ich wieder auf die Tür zu, schlage mit der flachen Hand dagegen und lausche angestrengt.

»Daria?«

Ich kann die Worte kaum verstehen, sie werden vom Heulen des Windes verschluckt. »Tyler? Die verdammte Tür klemmt!«

»Warte ... dich raus.«

Einige Minuten ist es vollkommen still und ich fürchte schon, dass mir mein Gehirn einen grausamen Streich gespielt hat, doch da höre ich etwas über das Holz schaben und leises Gemurmel.

»Lasst euch nur Zeit. Ich meine, ich bin am Erfrieren und vielleicht ein wenig panisch, aber sonst ist ja alles bestens. Trinkt ruhig noch ein Tässchen Tee.« Stöhnend raufe ich mir die Haare, gehe auf und ab, bis sich die Tür ein paar Fingerbreit öffnet. Durch den kleinen Spalt prasselt Regen herein und der Wind bläst mir ins Gesicht. Der Strahl meiner Taschenlampe fällt auf ein grau-grünes Auge. »Tyler! Holt mich bitte hier raus!«

»Das versuchen wir ja, aber die Tür klemmt.«

Wirklich? Da wäre ich ja von selbst nicht draufgekommen.

Ich betrachte die schmale Lücke zwischen Tür und Rahmen. Wäre ich eine Maus, würde ich vielleicht durchpassen, als Katze auch noch. Leider bin ich ein Mensch und kann nicht mal meinen Arm durchquetschen.

»Zieht stärker. Nur so viel, dass ich rauskomme.«

»Sie soll aufhören zu meckern«, höre ich Javi ächzen. »Dadurch geht's nicht schneller.«

Ein Blitz zuckt über den dunklen Himmel, gleich darauf folgt ein Donnerschlag, der in meinen Ohren nachhallt. Die Luft scheint vor elektrische Spannung zu knistern.

Ganz langsam wird der Spalt größer, die Jungs fluchen und keuchen, aber irgendwann bewegt sich die Tür gar nicht mehr. Jetzt ist die Lücke immerhin so breit, dass ich mich vielleicht durchschieben kann. Ich lasse es auf einen Versuch ankommen, quetsche mich seitlich hindurch, spüre den Druck auf meinen Brustkorb.

Tyler greift nach meiner Hand, zieht sanft daran. Schmerz zuckt durch meine Schulter und meine Hüfte schabt schmerzhaft über das Holz, aber ich beiße die Zähne zusammen, stemme eine Hand gegen die Tür und stolpere endlich nach draußen.

»Mach sie wieder zu. Wenn der Generator ausfällt, sind wir am Arsch«, brülle ich Javi zu, weiche einem Ast aus, der durch die Luft geschleudert wird. Unwetter ist vielleicht ein wenig untertrieben für das Getöse, das über uns hinwegfegt.

»Stell dir das mal nicht so einfach vor ...«

Als ich etwas erwidern will, drückt Tyler mich an die Wand des Schuppens, bringt seine Lippen dicht an mein Ohr. »Geh zurück ins Haus, wir machen das schon.«

Ich nicke nur, richte den Kegel der Taschenlampe in die Richtung, in der ich das Haupthaus vermute, doch er wird vom Regenschleier verschluckt. Taub und blind kämpfe ich mich vorwärts, bis ich endlich die Veranda sehe. Die Fliegengittertür hängt nur noch an einer Angel, knallt ständig gegen die Fassade. Mit letzter Kraft drücke ich die Haustür ins Schloss, lehne mich schwer atmend dagegen. Die Räume liegen in völliger Dunkelheit, nur unter der Kellertür dringt ein Streifen Licht hervor.

Als das Telefon klingelt, zucke ich erschrocken zusammen und schnappe mir das Gerät. »Hallo?«

Leises Rauschen, dann erklingt Ginas Stimme wie aus weiter Ferne. »Hallo ... Sirenen ... Warnung. Bei euch ... in Ordnung?«

»Was? Ich verstehe dich ganz schlecht.«

»Die Sirenen heulen, es gibt eine Tornadowarnung!«, wiederholt sie noch einmal. Knisternde Geräusche übertönen ihre nächsten Worte, ehe die Verbindung abbricht und nicht mal ein Freizeichen zu hören ist.

Hat sie *Tornado* gesagt?

Mein Herzschlag beschleunigt sich und ich hetze zur Haustür. Bevor ich sie aufreißen kann, kommen Javi und Tyler herein, triefend nass und mit Schlamm bespritzt.

»Runter in den Keller, sofort! Für Silver Lane und Umgebung wurde eine Tornadowarnung rausgegeben.« Nachdem Tyler die Tür wieder zugezogen hat, schiebe ich den Riegel vor, begegne Javiers entsetztem Blick.

»Ich muss meine Eltern anrufen.«

»Die Leitungen sind tot.«

»Was? Aber ... ich muss zu ihnen!« Er macht einen Schritt zur Haustür, streckt eine Hand nach der Klinke aus.

Tyler reißt ihn zurück. »Hast du den Verstand verloren, du kannst da jetzt nicht raus!« Die beiden ringen miteinander, landen auf dem feuchten Dielenboden. »Du kannst nichts tun!«

»Javi, hör mir zu«, bitte ich, knie mich neben ihn und warte, bis er sich nicht mehr gegen Tylers Griff wehrt. »Es gibt eine Notfallkette, deine Eltern wissen wahrscheinlich längst Bescheid. Wer weiß, wie oft Gina schon versucht hat, bei uns durchzukommen.«

»Und wenn nicht?«, brüllt er mich an, stößt Tyler von sich und richtet sich auf. »Was, wenn sie keine Ahnung haben?«

»Wir fahren sofort rüber, sobald es möglich ist, versprochen.« Ich lege ihm eine Hand auf die Schulter, erwidere seinen zornigen Blick. »Du würdest es nicht mal bis zu ihnen schaffen.«

Widerstrebend steht er auf, schüttelt meine Finger ab und verschwindet in der Küche. Tyler und ich folgen ihm in den Keller hinunter, in den einzigen Raum, der uns halbwegs Schutz bietet. Die Stimmung ist gedrückt und als Mom mich erleichtert in den Arm nimmt, kann ich Izzy und Javi nicht in die Augen sehen.

Wie würde ich mich fühlen, wenn meine Mutter nicht hier wäre und ich keine Ahnung hätte, wie es ihr geht? Was, wenn Gabrielle oder Daniel etwas passiert? Oder jemand anderem? Mit zugeschnürter Kehle setze ich mich auf eins der Feldbetten, wickle mich in eine Decke und sehe dankbar zu Tyler auf, als er sich neben mich setzt. Wenigstens ist er hier. Wir verschränken unsere Finger miteinander und plötzlich ist es egal, dass er einfach abgehauen ist. Solang er nur bei mir bleibt, spielt es keine Rolle, was vorher war.

Es herrscht angespanntes Schweigen. Nur die Stimme eines Radiomoderators und der tobende Sturm sind zu hören. Atemlos lauschen wir den Berichten über die Verwüstungen, die das Unwetter bisher angerichtet hat: Überflutete Straßen, entwurzelte Bäume und mehrere tausend Haushalte ohne Strom. Der Tornado fegt westlich von Silver Lane über die Landschaft, hinterlässt eine Schneise der Zerstörung. Genau in dieser Richtung liegen unser Gestüt und die anderen Farmen.

Oh mein Gott ...

Ich begegne Javis Blick, halte ihm einige Sekunden stand, bevor ich in eine Ecke starre. Egal, was ich jetzt sage, es würde nur wie eine Floskel wirken, also bleibe ich still, raufe mir die Haare.

Inzwischen muss es längst Nacht sein. Das letzte Mal, als die Zeit durchgegeben wurde, war es kurz vor neun und das ist schon eine Weile her. Es ist merkwürdig, hier zu sitzen und den Berichten zu lauschen, ohne wirklich zu wissen, was draußen vor sich geht. Es fühlt sich so surreal an.

Meine Gedanken sind bei den Menschen, die ich kenne. Daniel und Gabrielle, den Bewohnern der Stadt, selbst bei Matt. Ich hoffe von ganzem Herzen, dass es ihnen gut geht, sehne den Augenblick herbei, wenn wir endlich aus dem Keller und zu den Archers fahren können.

Das hier ist die letzte Katastrophe in einer langen Reihe von niederschmetternden Ereignissen. Ich könnte es vielleicht ertragen, wenn der Hof zerstört wird, doch wenn jemandem, den ich liebe, etwas zustößt ... Darüber will ich nicht einmal nachdenken.

Ich lehne meinen Kopf an Tylers Schulter, schließe für einen Moment die Augen. Beruhigend streicht er mir über die Haare, hält mich fest.

Irgendwann springt Javi auf, schaltet das Radio ab und legt sich auf eins der Feldbetten. Wortlos dreht er uns den Rücken zu. Auch Izzy kuschelt sich in eine Decke, wischt sich eine Träne aus dem Augenwinkel. Tyler steht auf, um meiner Mutter zu helfen, damit sie sich ebenfalls hinlegen kann. Als er wieder neben mir sitzt, haucht er mir einen Kuss auf die Lippen.

»Du solltest versuchen zu schlafen. Wir können alle ein wenig Ruhe gebrauchen.«

Wir legen uns auf eine der Decken, kuscheln uns aneinander. Nach einigen Minuten sind nur noch tiefe Atemzüge zu hören, aber ich kann einfach nicht einschlafen. Der jaulende Wind macht mich nervös und obwohl mich das Prasseln des Regens normalerweise beruhigt, wirkt es dieses Mal bedrohlich.

Das letzte Mal, als ich mich so hilflos gefühlt habe, bin ich einen Abhang hinuntergestürzt und habe unsere Scheune in Flammen aufgehen sehen. Das hier fühlt sich genauso schrecklich an. Bei dem Gedanken daran, wie panisch Blaze und die anderen Pferde sind, schnürt sich mir die Kehle zu.

Schließlich versinke ich in einen unruhigen Dämmerzustand, schrecke immer wieder hoch und schmiege mich dichter an Tyler.

Erst als ich es schaffe, die Geräusche des Sturms auszublenden, fallen mir die Augen zu, doch in meinen Träumen setzen sich Angst und Anspannung fort.

21. Kapitel

Die letzte Hürde

Vier Tage nach dem Unwetter ist die Stimmung in der Stadt und auf den umliegenden Höfen immer noch beängstigend. Der Sturm hat sich am Samstag gelegt, doch was er zurückgelassen hat, ist katastrophal.

Die gute Nachricht: Es ist niemandem etwas passiert und es gab nur leichte Verletzungen. Die schlechte Nachricht: Der Wiederaufbau des Gestüts wird Wochen dauern und eine Menge Geld verschlingen. Geld, das wir natürlich nicht erübrigen können.

Aber eingerissene Zäune, die Schäden an der Veranda des Haupthauses und am Dach des Cottages sind unsere geringste Sorge. Denn obwohl der Stall nur von außen etwas abbekommen hat, haben sich einige der Pferde in ihrer Panik selbst verletzt. Nichts Schwerwiegendes, aber die Stute, die ich in den nächsten Wochen ausbilden soll, hat sich ein Fesselgelenk verstaucht und kann erstmal nicht geritten werden. Ich konnte die Besitzerin nur mit viel Geduld dazu überreden, das Tier bei uns zu lassen. Dafür werde ich es kostenfrei behandeln und ihr erst eine Rechnung stellen, sobald ich mit ihm trainieren kann.

Und Blaze ist selbst jetzt noch unruhig und beinah so scheu wie an dem Tag, als ich sie auf das Gestüt brachte.

Seit vier Tagen sind wir nur damit beschäftigt, aufzuräumen und die Schäden abzuschätzen, während wir ständig zwischen *Silver Dream* und der Ranch der Archers hin und her pendeln.

Uns hat es zwar ziemlich schlimm erwischt, aber nicht annähernd so verheerend wie auf der Nachbarranch. Durch den Sturm ist bei Daniel einer der Ställe eingestürzt. Beinah zweihundert Rinder wurden unter den Trümmern begraben und er steht kurz vor dem finanziellen Ruin, da die Versicherung den Verlust nicht übernimmt. Das Gebäude war zu alt und hätte gar nicht mehr benutzt werden dürfen, haben sie argumentiert. Klar, dass diese Bürotypen keine Ahnung haben. Seine einzige Chance besteht darin, einen Teil seiner Herde weit über dem Marktwert zu verkaufen, und das scheint so gut wie unmöglich.

Javi sitzt am Steuer eines Schaufelladers, lädt die Kadaver auf die

Ladefläche eines LKW. »Waren das alle?«

»Hundertachtundsiebzig Stück.« Daniel gibt dem Fahrer ein Zeichen, damit er die verendeten Tiere zur Tierverbrennungsanlage schafft. »Den Verlust bekomme ich nie wieder rein. Ich hatte mit fünfzig toten Rindern innerhalb des Sommers gerechnet, aber das?« Er rauft sich die Haare, wirkt um zehn Jahre gealtert.

Niedergeschlagen sehe ich mich auf dem Hof um. Obwohl die Trümmer schon weggeschafft sind, sieht alles so trostlos aus, ganz anders als in meinen Erinnerungen. Die Farm der Archers ist nach der von Edward Jameson die größte in der Gegend, mit etwas über sechshundert Rindern.

Mein Handy vibriert. Ich wende mich von Daniel ab, gehe ein paar Schritte, bevor ich das Gespräch annehme. »Ja?«

»Daria, ich bin's, Matt, du solltest dich sofort ins Auto setzen und zu uns herüberfahren, der Farmerrat hat sich im Wohnzimmer versammelt.«

Blinzelnd drehe ich mich um. Die Sonne wird von einer einzelnen Wolke verdeckt, der Boden ist schon fast wieder trocken.

»Hä? Aber Daniel ist noch hier.«

»Dann sag ihm Bescheid und kommt rüber! Mein Vater ist gerade auf einem seiner Höhenflüge und hat den Leiter eurer Bank eingeladen. Es geht um irgendeine Klausel in eurem Kreditvertrag, weißt du etwas darüber?«

Ich kann mich kaum noch an das Telefongespräch erinnern, dass ich nach dem Brand mit Mr Winthrop geführt habe. Irgendetwas über einen Aufhebungsvertrag, sollte der Wert von *Silver Dream* noch weiter sinken.

Mit flatterndem Herzen beende ich das Gespräch, renne nach drinnen, um Gabrielle und Mom zu holen. Zu viert setzen wir uns in Daniels Wagen und brausen in Richtung der Jameson-Ranch. Zwanzig Minuten später hält Daniel mit quietschenden Reifen an.

»Geht ihr schon mal rein, ich helfe Rebecca.«

Matt erwartet uns vor der Haustür, führt uns wortlos ins Haus. Und tatsächlich: Die Mitglieder des Farmerrates haben sich versammelt, laben sich am Büfett und unterhalten sich angespannt. Mein Blick fällt auf Edward, der mit einem Mann mittleren Alters redet, dessen nasalen Tonfall ich wiedererkenne.

»Was zum Teufel ist hier los?«, brülle ich, bebend vor Wut, und marschiere auf die beiden zu. »Was soll diese Versammlung?«

»Deine Mutter ist kein Mitglied, Daria, ich weiß gar nicht, was du hier willst.« Edward schenkt mir ein herablassendes Lächeln, stellt mir den Kerl im Anzug vor.

»Ich bin Mitglied, falls du es vergessen hast, Ed«, erhebt Daniel die Stimme. Hinter Mom betritt er den Raum, doch alle Augen sind auf meine Mutter gerichtet. Es ist, als würde jeder im Zimmer die Luft anhalten. »Und ich verlange eine Erklärung!«

»Nun«, Mr Winthrop klopft sich unsichtbaren Staub von seinem Jackett, wendet sich direkt an Mom. »Mr Jameson war so freundlich, mir von den verheerenden Schäden zu erzählen, die das Unwetter auf ihrem Gestüt angerichtet hat, Miss Evans. Ich sah mich gezwungen, die Frist noch einmal zu verkürzen und die Versteigerung vorzuverlegen, um meine Interessen zu schützen.«

Ein empörter Laut entschlüpft meiner Kehle und ich will etwas sagen, aber bis auf ein ersticktes Gurgeln bringe ich nichts heraus. Um mich herum dreht sich alles und hätte Gabrielle mich nicht festgehalten, wäre ich wohl einfach umgekippt. Tränen verschleiern meinen Blick und ich wische sie wütend ab.

»Mr Winthrop, Sie sind gesetzlich dazu verpflichtet, uns über eine solche Handlung zu informieren. Doch ich habe weder einen Brief noch einen Anruf erhalten«, presst meine Mutter zwischen zusammengepressten Zähnen hervor.

»Die Telefonleitungen sind noch nicht repariert, aber ein Brief müsste längst bei Ihnen angekommen sein, Miss Evans.« Die Arroganz in seiner Stimme macht mich rasend. »Es tut mir leid, wenn es zu einer Verzögerung gekommen ist, doch wenn sie die Summe nicht aufbringen können, sehe ich mich gezwungen, mit der Auktion fortzufahren.«

Schmieriger, kleiner Aasgeier! Der weiß ganz genau, dass wir nicht genug Geld haben, um den Kredit zurückzuzahlen.

Mein Blick huscht von einem Gesicht zum anderen. Zwanzig Farmer stehen im Raum, Männer, die ich schon mein ganzes Leben kenne und die hier zusammengekommen sind, um über mein Zuhause zu verhandeln.

»Ich nehme an, euch hat der Sturm nicht so hart getroffen, nicht wahr? Wahrscheinlich liegt ihr nachts in euren Betten und habt einen ruhigen Schlaf.« Meine Stimme bebt vor Wut und Fassungslosigkeit. Mich durchfährt eine irrationale Befriedigung, als keiner der Anwesenden meinem Blick standhält. »Ich habe seit Wochen nicht mehr richtig geschlafen und seit Freitag werde ich von Albträumen verfolgt, aber ihr sitzt hier in aller Ruhe und stopft euch mit Häppchen voll!«

»Lass gut sein, Schatz«, lenkt Mom ein. Der Ausdruck in ihren Augen wirkt gebrochen, was meinen Zorn noch steigert. »Wir haben keine Chance.«

Wild fuchtle ich mit den Händen herum. »Vielleicht nicht, aber irgendjemand muss diese Idioten daran erinnern, was sie uns gerade antun! Die Familie Evans lebt seit Generationen hier, ich bin auf *Silver Dream* aufgewachsen. Was glaubt ihr, was aus uns wird, wenn wir das Gestüt verlieren?« Leises Gemurmel erhebt sich, doch noch immer halten die Männer die Köpfe gesenkt. »Die meisten von euch haben ihre Pferde bei uns gekauft oder von meiner Mutter ausbilden lassen, ist es nicht so? Weil ihr wisst, dass sie die beste Trainerin im ganzen Bundesstaat ist, weil ihr euch auf sie verlassen könnt. Markus, wer hat eigentlich dabei geholfen, Ihre Rinder zu behandeln, als einige davon an Leptospirose erkrankt sind? Und Viktor, wer hat die Geburt ihres Hengstfohlens überwacht? Meine Mutter hat jedem Einzelnen von euch schon den Arsch gerettet und ihr fallt ihr in den Rücken! Ich hoffe, heute Abend werdet zur Abwechslung mal ihr von Albträumen geplagt.«

»Miss Evans, es reicht!«, wirft Mr Winthrop ein. Er nestelt an seiner Krawatte herum, tauscht einen Blick mit Edward Jameson, dessen Gesicht rot anläuft. »In dem Brief, den ich Ihnen zugesandt habe, ist die Auktion für ihren Hof für Samstag angekündigt. Das Gemeindezentrum hat ebenfalls ein Schreiben erhalten und den Farmerrat habe ich persönlich darüber informiert.«

Ich raufe mir die Haare. »Halten Sie einfach die Klappe, ich bin nämlich noch nicht fertig! Verschafft es Ihnen eigentlich einen Kick, wenn sie jemandem die Lebensgrundlage zerstören und dann zu Ihrer Frau nach Hause fahren?«

Ganz langsam gehe ich durch den Raum, wäge meine nächsten Worte genau ab.

»In den letzten Wochen habe ich alles dafür getan, um die Schulden bei der Bank abzubezahlen und mir euren Respekt zu erarbeiten. Ich wollte euch beweisen, dass ich eine ebenso gute Trainerin bin wie meine Mutter. Einige von euch haben mir sogar Anfragen gestellt.« Mit den Fingern streiche ich über eine Flipchart, schnaube. »Und jetzt überlegt ihr euch wahrscheinlich schon, welche Summe ihr bei der Auktion bieten werdet, nicht wahr? Vielleicht hunderttausend Dollar? Oder weniger? Selbst das Land, auf dem *Silver Dream* steht, ist mehr wert als das. Wisst ihr was? Fahrt doch zur Hölle! Ihr habt es geschafft, die Martens abzusägen, und werdet das wahrscheinlich auch bei Daniel hinbekommen, aber fragt euch mal, wer der Nächste ist. Oder glaubt ihr, Edward Jameson wird euch mit seinen hinterhältigen Tricks verschonen? Denkt immer gut an meine Worte. Vielleicht erzählt Matt euch ja mal ein paar Geschichten.«

Vor Mr Winthrop bleibe ich stehen, unterdrücke den Drang, ihm ins Gesicht zu spucken. »Fünf Stunden. Wenn sie bis um sechs keinen Scheck in den Händen halten, können Sie Ihre kleine Show gerne am Samstag abziehen, aber wenn Sie uns die Zeit nicht geben, hetze ich ihnen einen Anwalt auf den Hals. Ich werde Sie und Ihre Bank fertigmachen oder was glauben Sie, wie es auf potentielle Kunden wirkt, wenn sie von dieser Sache hier erfahren?«

Er wird blass, stottert nur und geht schließlich auf meine Forderung ein. Ohne ein weiteres Wort wirble ich herum, stürme nach draußen und ziehe mein Handy hervor, um Tyler zu bitten, die Fohlen und Jährlinge zu den Archers zu bringen. Bevor er mich fragen kann, was ich vorhabe, lege ich wieder auf und atme einmal durch.

Die letzten Wochen waren ein ständiges Auf und Ab, aber jetzt, wo ich so nah dran bin, die Schulden zu bezahlen, werde ich ganz sicher nicht aufgeben. Uns fehlen noch fast zweiundzwanzigtausend Dollar, die wir innerhalb von fünf Stunden auftreiben müssen. Und selbst wenn wir es schaffen, werden die nächsten Monate kritisch, vor allem der Winter. Aber ich spüre tief in mir, dass es möglich ist, *Silver Dream* wiederaufzubauen. Und wenn ich nicht alles versuche, um das zu erreichen, werde ich mir das nie verzeihen.

»Brauchst du Hilfe?«

Ich drehe mich zu Matt um, gebe mir einen Ruck. »Ja. Sag den Ratsmitgliedern, sie sollen in zwei Stunden zu den Archers rüberfahren. Wir veranstalten eine Hofauktion. Verhungern werden sie dort schon nicht, dafür sorge ich schon. Und danke für den Anruf.«

Er zuckt mit den Schultern. »Da ist noch einiges, was ich wiedergutmachen muss.«

»Hast du dir das auch genau überlegt?«, flüstere ich und denke an Edwards Auftritt beim Trail zurück. »Dein Vater wird außer sich sein.«

»Bis dahin bin ich weg, also zerbrich dir nicht den Kopf.« Matt verschwindet wieder im Haus, ohne zu erklären, was er damit meint.

Aber ich habe gar nicht die Zeit, noch länger nachzudenken, rufe erst bei Gina an und dann bei Mrs Merano. Als Mom und Gabrielle endlich herauskommen, wirken beide völlig durch den Wind. Ich helfe meiner Mutter auf den Beifahrersitz, verstaue den Rollstuhl im Kofferraum und warte ungeduldig auf Daniel, der einige Minuten später herausstürmt.

Leise erkläre ich ihm meinen Plan. Er hört aufmerksam zu, schüttelt entschieden den Kopf. »Daria, die Idee ist gut, wird aber nicht funktionieren. Du hast gesehen, wie stur die alten Böcke sind, die werden uns nicht helfen.«

»Wenn alles so läuft wie geplant, werden sie keine andere Wahl haben«, gebe ich zurück und rutsche zu Gabrielle auf die Rückbank. Das jeder sich nur um seine eigenen Angelegenheiten kümmert, geht schon viel zu lang so und ich hoffe, dass die Männer begreifen, was sie mit ihrer Einstellung anrichten. Es ist ein Risiko, aber das muss ich eingehen.

Während der Fahrt herrscht bedrücktes Schweigen, doch in meinem Kopf überschlagen sich die Gedanken. Bei einer Hofauktion gibt es zwei Möglichkeiten: Entweder sie wird ein riesiger Reinfall, weil sich keine Bieter finden, oder es werden höhere Preise für die Tiere erzielt als bei den offiziellen Auktionen. Es ist ein gewagtes Spiel, aber eine andere Chance haben wir nicht.

Ich setze alles auf Sieg und bete, dass wir wenigstens dieses eine Mal Glück haben.

»Das klappt doch nie«, murmelt Javi vor sich hin. Sein Haar ist völlig zerzaust, weil er ständig mit den Fingern hindurchfährt. »Selbst wenn die anderen Farmer besser weggekommen sind, müssen sie auch einige Reparaturen durchführen. Die werden nie im Leben so viel Geld ausgeben.«

»Wahrscheinlich. Aber ich setze meine Hoffnungen auf die Learys. Die sind immer noch auf der Suche nach Rindern und wenn sie wirklich so viel Geld haben ...«

Er verzieht das Gesicht, schüttelt ungläubig den Kopf. »Und du glaubst, die werden es uns in den Arsch blasen?«

»Wenn sie es nicht tun, werdet ihr die Farm nicht halten können, also hör auf, dich zu beschweren«, grolle ich. Doch er hat recht. Was ich hier tue, ist Wahnsinn. Wir werden auf die Hilfe von denen angewiesen sein, die sich schon vor lauter Gier die Hände reiben, wenn sie an die Auktion denken, die Samstag stattfindet.

Seufzend sehe ich mich um. Dreihundert Rinder sind auf dem Hof verteilt. Je zehn in einem Pferch. Unsere Pferde werden ganz zum

Schluss präsentiert, insgesamt zwei Jährlinge und zwei Fohlen. Sollte es gut laufen, bekommen wir vielleicht zwölftausend für alle, womit immer noch zehntausend Dollar fehlen würden.

»Und wenn wir anbieten, die Ausbildung zu übernehmen, sobald die Pferde so weit sind?«, schlägt Izzy vor, kaut an ihrem Daumennagel. »So könnte es klappen.«

Mom reibt sich über das Gesicht, trommelt mit den Fingern auf der Armlehne des Rollstuhls. »Darauf werden sie sich nicht einlassen.«

»Blaze ist ausgebildet.« Als ich das sage, spüre ich einen schmerzhaften Stich, verdränge das Gefühl aber. »Wenn ich in den nächsten Wochen mit ihr arbeite ...«

»Du wirst *nicht* dein Pferd verkaufen!« Tyler schüttelt den Kopf und auch meine Mutter protestiert.

»Das kommt nicht infrage, mein Schatz.«

»Javi und ich haben etwas Geld von unserer Abuela geerbt ...«

»Das liegt in einem Fonds, da kommen wir in den nächsten paar Stunden nicht ran«, wirft Javier ein. »Und vergiss nicht, dass Mom und Dad ebenfalls in der Klemme stecken.«

Es wird hin und her überlegt, doch das Ergebnis bleibt niederschmetternd. Wenn nicht ein Wunder geschieht, wird die Sache im Sande verlaufen.

Tyler führt mich von den anderen weg, legt mir einen Arm um die Hüfte. »Ich weiß, das willst du nicht hören, aber ich habe noch die fünftausend Dollar Preisgeld vom Rodeo.«

»Es ist dein Geld, du hast es dir verdient.«

»Ganz genau und deshalb kann ich damit auch machen, was ich will. Jetzt hör auf, alles kontrollieren zu wollen, und nimm meine Hilfe an, Prinzessin.« Ein aufmunterndes Lächeln funkelt in seinem Blick. »Wir haben so viel durchgemacht, da schaffen wir den Rest doch mit links.«

Ich stelle mich auf die Zehenspitzen, küsse ihn stürmisch. Für einen kurzen Moment kann ich unsere Sorgen und Probleme vergessen, verliere mich in seiner Berührung und wünschte, ich könnte einfach die Zeit anhalten.

»Habe ich dir schon mal gesagt, wie sehr ich deine Zuversicht liebe?« Lächelnd streiche ich ihm die Haare aus der Stirn, versinke in seinen grau-grünen Augen. »Egal, was in den folgenden Stunden geschieht, ich danke dir für alles. Dieser Sommer war die Hölle, wenn ich ehrlich sein soll.« Lachend zieht er eine Augenbraue in die Höhe, wartet gespannt auf meine nächsten Worte. »Aber es waren doch die schönsten Wochen, die ich seit Langem erlebt habe.«

»Gut gerettet, Prinzessin«, neckt er mich, küsst mich auf die Nasenspitze. »Und auch wenn der Sommer vorbei ist, bedeutet das noch nicht das Ende.«

Ich nicke nur, denke darüber nach, was alles passiert ist, seit ich nach Hause gekommen bin. Die Schicksalsschläge, der ständige Kampf, aber auch die guten Dinge. Die kleinen Momente, die mich zum Lächeln bringen. Ich habe meine beste Freundin wieder, bin genau da, wo ich hingehöre. Ich habe meine Ängste besiegt, mein Leben umgeworfen. Und ich habe einen wunderbaren Freund, der mir beisteht.

Mein Blick huscht zu meiner Mutter, die besorgt die Stirn gerunzelt hat. Wir haben nicht mehr über einen Verkauf gesprochen, doch das ist gar nicht nötig. Sie würde nicht so um *Silver Dream* kämpfen, wenn sie noch immer gehen wollen würde.

»Sie sind da«, Javi nickt zu der Wagenkolonne, die vor dem Haus der Archers parkt. »Das Spiel beginnt.«

Während meine Mom und Daniel unsere Gäste begrüßen und sie mit Kuchen und Häppchen versorgen, bringe ich mich vor dem ersten Pferch mit Rindern in Stellung. Nervös fummle ich an dem Mikro herum, wippe auf den Zehenballen.

Jetzt bin ich am Zug.

»Es freut mich, dass ihr alle gekommen seid, das ist schon mal ein Anfang. Aber bevor wir mit der Auktion beginnen, möchte ich euch an etwas erinnern.« Ich lecke mir über die Lippen, schlucke schwer, als sich die Blicke der Anwesenden auf mich richten. Viele der Farmer sind mit ihren Frauen und Kindern hier, was ein gutes Zeichen ist. Offenbar haben sie über meine Worte nachgedacht. »Der Farmerrat wurde 1832 von meinem Ururgroßvater John Evans gegründet und zwar aus einem einzigen Grund: sich untereinander zu unterstützen. Dieses Konzept hat beinah zweihundert Jahre hervorragend funktioniert. Wenn jemand Hilfe brauchte, waren die anderen da und haben mit angepackt. Natürlich sind wir alle Konkurrenten, aber eben auch Nachbarn und Freunde. Außerdem heißt es doch Konkurrenz belebt das Geschäft, oder?«

Einige der Farmer grummeln, irgendjemand klatscht. Etwas von der Anspannung fällt von mir ab.

»Ihr beliefert die Schlachthöfe mit Fleisch, aber je weniger Höfe es gibt, desto mehr Rinder müssen die anderen halten, um die Aufträge abzudecken, und irgendwann wären wir bei Massentierhaltung, was ja nicht unser Ziel ist. Wir würden also alle davon profitieren, wenn wir uns nicht gegenseitig aus dem Rennen nehmen würden.«

Wieder bekomme ich Zustimmung, dieses Mal deutlich lauter. Tyler zwinkert mir aufmunternd zu und Mom streckt den erhobenen Daumen in die Luft. Jetzt bin ich genau an dem Punkt angekommen, an dem die Stimmung kippen könnte.

»Wir sollten den Farmerrat umkrempeln und zu dem machen, was er vor ein paar Jahren mal gewesen ist. Ihr wisst sicher, dass Daniel Archer durch den Sturm beinah zweihundert Rinder verloren hat, was ein finanzieller Verlust von über einer halben Million Dollar ist. Wahrscheinlich könnte keiner von euch so einen Schaden einfach so wegstecken und deshalb bitte ich euch: Springt über euren Schatten und helft ihm, wenigstens einen Teil der Kosten wieder reinzubringen. Aktuell schwanken die Rinderpreise zwischen 3 und 3,50 Dollar pro Kilo, doch damit wäre Daniel nicht geholfen.«

»Wir sollen über dem Marktwert zahlen?«, schnaubt Edward Jameson, die Hände in den Hosentaschen, den Blick von einer Sonnenbrille verborgen. »Keiner von uns hat das Geld so locker sitzen, Mädchen.«

Ich schicke ein strahlendes Lächeln in seine Richtung und wünsche ihn stumm zur Hölle. War ja klar, dass er der Erste ist, der was zu meckern hat, immerhin mache ich ihm gerade einen Strich durch die Rechnung.

»Wollten Sie nicht, dass Daniel Archer Ihnen den Verlust von sechs Rindern beim Trail ersetzt, Ed?«, sage ich mit süßlicher Stimme. »Sie haben ihm die Schuld für die Herdenpanik gegeben, obwohl bei einem Viehtrieb immer damit gerechnet werden muss.«

Einige Farmer fangen an zu murmeln, machen ihrer Empörung Luft. Ich warte, bis sich das Stimmengewirr wieder gelegt hat, bevor ich weiterrede.

»Ich will auf keinen Fall, dass einer von euch in finanzielle Schwierigkeiten gerät. Aber ich weiß, dass einige noch auf der Suche nach Rindern sind«, bei diesen Worten blicke ich zu einem etwas dicklichen Mann hinüber, bei dem es sich um Mr Leary handeln muss. »Und wenn jeder von euch auch nur ein paar wenige Rinder kauft, werdet ihr das doch verschmerzen, selbst wenn der Preis doppelt so hoch ist, richtig? Ihr würdet Daniel einen Gefallen tun. Erinnert euch an die Pleite der Martens, die kam nicht über Nacht, sondern schleichend. Damals habt ihr keinen Finger gerührt, aber was, wenn ihr eines Tages in dieser Lage seid? Dann könnt ihr euch zumindest sicher sein, dass Daniel euch helfen wird. Also, was ist jetzt, fangen wir an?«

Es sind die Frauen, die als Erste klatschen, dann stimmen die Männer mit ein, Pfiffe ertönen, machen die Rinder hinter mir nervös. Sie blöken, stampfen mit den Hufen.

»Na schön, hier wollen ein paar ganz Ungeduldige unbedingt verkauft werden. Matt, würdest du übernehmen?«

Als Matthew mir das Mikro abnimmt, verzerrt sich Edward Jamesons Gesicht. Rote Flecken breiten sich auf seiner Haut aus, aber vor all den Leuten darf er sich keine Blöße erlauben. Ich winke ihm grinsend zu, stelle mich neben Mom und Tyler, die mich mit gerunzelter Stirn anstarren.

»Was? Er hat seine Hilfe angeboten und macht das eigentlich gar nicht übel.«

»Daria, du hast mir doch erzählt, Matthew hätte ...«

Beschwichtigend lege ich meiner Mutter eine Hand auf die Schulter. »Da kannte ich nicht die ganze Geschichte. Matt hatte damit nichts zu tun und ... Wir sollten ihm noch eine Chance geben.«

Tyler leckt sich über die Lippen, flüstert so leise, dass nur ich ihn hören kann: »Dafür wird sein Vater ihn ins Krankenhaus prügeln.«

Ich bringe meinen Mund dicht an sein Ohr. »Javi hat gesagt, die Sache wäre geklärt, was auch immer das bedeutet.«

In Tylers Augen tritt ein verständnisvoller Ausdruck. Er verschränkt seine Finger mit meinen und beobachtet die Farmer, die noch auf die Rinder im ersten Pferch bieten. Im Moment liegt der Preis bei 4,43 Dollar pro Kilo, klettert aber weiter. Bei 5,12 Dollar bekommt Mr Leary den Zuschlag und Matt geht zum nächsten Verschlag.

»Irre«, schnaubt Javi, grinst bis über beide Ohren. »Er sollte Autoverkäufer oder so was werden. Ehrlich, ich kann nicht glauben, dass es funktioniert. Du bist die Beste, Kleine!« Stürmisch zieht er mich an sich, drückt mir einen Kuss auf die Wange.

»Oh mein ... Was hast du gegessen?« Angeekelt wische ich mir etwas Klebriges aus dem Gesicht und boxe Tyler in die Rippen, weil er mich hemmungslos auslacht.

»Ist nur Schokolade mit etwas Spucke.«

»Bäh!« Ich schiebe mich durch die Menge, bis ich bei den Tischen mit dem Essen bin, schnappe mir eine Serviette und schrubbe mir damit über die Haut. Zum Trost reicht Gina mir einen Becher Kaffee und ein Croissant. »Danke, du bist ein Engel.«

»Ich habe zu danken! Im Moment kommt kaum jemand in die Bäckerei und ich wäre vor Langeweile beinah umgekommen. So etwas hier sollten wir öfter veranstalten.« Sie breitet die Arme aus, zwinkert mir vergnügt zu. »Und schau mal, die Leute spenden freiwillig ein wenig Geld für die Archers.« Sie tippt auf ein Glas, in dem schon eine Handvoll Dollarscheine stecken.

»Dann erinnern sie sich ja doch daran, was das Wort *Zusammenhalt* bedeutet.« Seufzend trinke ich den Kaffee und beiße ein Stück vom Croissant ab. »Gibst du mir auch was für Mom?«

»Na klar, Süße. Und für deinen schnuckligen Freund bekommst du auch was.«

Grinsend bezahle ich alles und stopfe zwanzig Dollar in das Glas, bevor ich die Tüte mit Leckereien entgegennehme und vier Becher Kaffee durch die Menge balanciere.

»Nachschub!« Javier reißt mir die Tüte aus der Hand, zieht einen Donut heraus und kaut schon, bevor ich reagieren kann.

»Mach dich wenigstens nützlich und bring Matt einen Kaffee. Du kannst dir selbst einen holen, wenn du dir wieder ein Stück Kuchen kaufst.«

Er streckt mir die Zunge raus, schnappt sich einen Kaffeebecher und geht zu Matt, der mittlerweile beim letzten Pferch angekommen ist. Tatsächlich haben die Learys beinahe alle Rinder gekauft. Entweder, weil sie sich gut mit ihren neuen Nachbarn stellen wollen oder weil ihre eigene Herde im Moment nur aus wenigen Tieren besteht. Die Gründe interessieren mich wenig, ich bin einfach nur froh, dass die Leute erkannt haben, wie wichtig es ist, sich untereinander zu unterstützen.

»Wird Zeit für unseren Auftritt, hm?« Tyler lächelt, nimmt mir die Becher ab und gibt sie meiner Mutter. »Wünsch uns Glück, Rebecca.«

»Das braucht ihr doch gar nicht.« Mom drückt meine Hand, zieht mich zu sich herunter. »Zeig ihnen, was du draufhast, Schatz.«

»Mom, ich führe nur die Pferde herum und muss ihnen keine Show abliefern!« Ich gehe zu den Hängern hinüber, löse den Führstrick und bringe die junge Apfelschimmelstute zu den Pferchen.

Sofort höre ich Matts Stimme. »Und jetzt kommen wir zur eigentlichen Hauptattraktion: Daria Evans und die Mitarbeiter von *Silver Dream* werden zwei Jährlinge und zwei Fohlen vorführen, die ihr heute ersteigern könnt. Angefangen bei einer jungen Stute, geboren vorletztes Jahr im Juli, einziges Fohlen von Thunder Brave und Silver

Star. Das Startgebot liegt bei dreitausend Dollar.«

Mein Kopf zuckt zu Matthew herum, ich will ihm ein Zeichen geben, bin jedoch ganz damit beschäftigt, das Pferd im Trab herumzuführen. Verdammt, so war das nicht abgemacht! Wer würde denn bei dem Preis bieten?

Tatsächlich bleibt es still. Die Farmer unterhalten sich, doch keiner geht bei dem Gebot mit.

Matt, du dämlicher, kleiner …

»Okay, Leute, ich weiß, der Preis ist hoch angesetzt, aber der Stammbaum dieser Schönheit ist ja wohl erstklassig. Und wisst ihr was? Ich biete dreitausendeinhundert.« Matt grinst, zwinkert mir zu.

Was glaubt er eigentlich, was er da tut?

»Dad, schau sie dir an. Wäre sie nicht das perfekte Pferd für mich?« Ein etwa zwölfjähriges Mädchen zupft am Hemd ihres Vaters, schaut mit Dackelblick zu ihm auf.

»Dreitausendzweihundert.« Mark legt Tara einen Arm um die Schulter, flüstert ihr etwas zu.

Endlich bieten auch die anderen mit, doch schließlich kommt das höchste Gebot von Matt und bleibt bei fünftausendfünfhundert Dollar hängen.

»Bist du irre?«, zische ich ihm zu, als ich an ihm vorbeikomme. Ich verstehe ja, dass er den Preis in die Höhe treiben will, aber das geht zu weit.

Er legt eine Hand über das Mikro. »Nein, aber ich brauche ein gutes Pferd, also entspann dich, klar? Und jetzt bring die Stute weg, Tyler ist dran.«

Eine halbe Stunde vor Ablauf der Frist, taucht Mr Winthrop auf. Alle Tiere sind verkauft und ich rufe panisch die Seite für das Onlinebanking auf, rechne das Geld mit den Schecks zusammen. Vierunddreißigtausendzweihundert Dollar auf unserem Konto plus siebzehntausendachthundert für den Verkauf der Pferde. Fehlen noch knapp dreitausend Dollar.

Verdammte Scheiße!

»Daria, hör auf, Panik zu schieben, und sag einfach Ja«, drängt Tyler. »Ich kann dir die Fünftausend sofort überweisen. Stell dem Typen einen Scheck aus und bis er ihn einlösen kann, wird das Geld auf deinem Konto sein.«

»Aber danach sind wir vollkommen pleite! Das war eine ganz miese Idee.« Mein Blick klebt an Mr Winthrop, der immer näher kommt, bis Tyler mich zu sich dreht. »Was sollen wir bloß machen?«

»Für den Anfang? Nicht ausflippen.« Er zieht sein Handy hervor, tippt darauf herum und reicht es mir nach ein paar Sekunden. »Sieh auf deinem Privatkonto nach, überweis alles auf das des Gestüts, um den Rest machen wir uns später Gedanken. Keine Zweifel, es ist das Risiko wert, Prinzessin.«

Wir haben wieder Aufträge, versuche ich mich in Gedanken zu beruhigen. Und sollte es im Winter eng werden, kann ich immer noch vorrübergehend in Dr. Kramers Praxis arbeiten. Immer eine Hürde nach der anderen.

Ich tue, was er sagt, verschiebe jeden Cent, den ich noch habe, auf das Konto der Ranch und eile zu meiner Mutter, die das Scheckbuch in ihrer Tasche hat. Fragend sieht sie mich an, während ich die Summe in das Kästchen eintrage und warte, bis sie ihre Unterschrift daruntergesetzt hat.

»Haben wir es geschafft?«

»So ungefähr. Ich erkläre dir das später, aber jetzt muss ich den hier«, zitternd reiße ich das Stück Papier heraus und wedle damit herum, »zu diesem schmierigen Typen bringen und ihm sagen, dass er uns endlich in Ruhe lassen soll.«

Mit klopfendem Herzen laufe ich auf Mr Winthrop zu, der in eine Unterhaltung mit Edward Jameson vertieft ist. Als die beiden Männer mich sehen, wirft Edward demonstrativ einen Blick auf seine protzige Uhr.

»Noch fünf Minuten, Daria. Ich kann verstehen, dass du aufgebracht bist, aber es wäre wirklich das Beste für euer Gestüt und ...«

Ich stoße ein zynisches Lachen aus. »Vielen Dank, *Ed*, für deine Anteilnahme, aber die kannst du dir in die Haare schmieren.« Ganz langsam hebe ich den Scheck hoch, seufze zufrieden. »Und der ist für Sie, Mr Winthrop. Es ist ja so schade, dass sie ihn nicht mehr heute einlösen können, wie lang wird es dauern? Drei Tage, bis das Geld abgebucht wird? Ist ja auch egal. Unsere Schulden sind hiermit beglichen und wenn Sie uns noch einmal einen Strick drehen oder sich mit potentiellen Käufern absprechen, sind Sie ganz schnell Ihren Job los. Einen schönen Abend noch, die Herren.«

Damit lasse ich sie stehen, suche nach Tyler und falle ihm um den Hals. Vor Erleichterung laufen mir Tränen über die Wangen und als wir uns küssen, brechen bei mir alle Schleusen auf. Die Erkenntnis, dass wir es tatsächlich geschafft haben, *Silver Dream* vor einer Zwangsversteigerung zu retten, sickert nur langsam zu mir durch und endlich fällt die Anspannung von mir ab.

Wir haben uns in den letzten Wochen jeder Herausforderung gestellt und obwohl noch einige auf uns warten, werden wir auch die überstehen.

Am Anfang des Sommers habe ich mich wie eine Außenseiterin gefühlt, ich war allein und bin meinen Plänen hinterhergejagt. Ich habe mein ganzes Leben durchorganisiert, nur um zu erkennen, dass sich nicht alles planen lässt. Manchmal muss man die Dinge so nehmen, wie sie auf uns zustürmen, und manchmal sind wir gezwungen, Risiken einzugehen, um für das zu kämpfen, was uns am Herzen liegt.

All das habe ich in den letzten Wochen gelernt und noch so viel mehr. Ich habe mich verliebt, bin über mich hinausgewachsen und weiß endlich, was ich wirklich will. Und trotz der Schwierigkeiten und Zweifel freue ich mich schon auf die Herausforderungen, die noch vor mir liegen, denn jetzt bin ich nicht länger allein.

Danksagung

Ich lebe meinen Traum. Ich mache genau das, wofür mein Herz schlägt, allerdings ist mir bewusst, dass es ohne die Hilfe einiger Menschen nicht möglich wäre. »Silver Lane – nur einen Sommer lang« hat vom ersten Gedanken bis zum gedruckten Buch so viel Unterstützung und Liebe erhalten, für die ich mich bedanken möchte.

Bei Sarah, die nicht nur meine Konzepte und Texte liest, sondern mir immer dabei hilft, meine Geschichten noch zu verbessern. Durch dich sind ein paar ganz besondere Szenen in diesem Buch entstanden, die ich so nie geplant hätte. Danke für deine Leidenschaft und deine aufmunternden Worte.

Bei meiner Verlegerin Eva und ihrem Verlagsteam. Dank euch hat mein Buch nicht nur ein wundervolles Zuhause gefunden, ihr habt mir auch geholfen, das Beste aus meinem Baby herauszuholen. Danke für diese unglaubliche Möglichkeit.

Bei meiner Schwiegermama Monique, die unablässig fragt, wann mein nächstes Buch erscheint. Danke für deine Unterstützung.

Es gibt noch so viele Menschen, bei denen ich mich bedanken will, die an mich geglaubt haben und hinter mir stehen, aber das würde zu lang dauern. Doch es gibt noch einen auf meiner Liste: Micha, mein Mann, der mich immer unterstützt hat und jede meiner Geschichten als Erster liest. Danke für alles!

175 TAGE MIT DIR
von Tina Köpke

ISBN-Paperback: 978-3-903130-64-7
ISBN-EPUB: 978-3-903130-65-4

Welch bessere Motivation für einen Neuanfang gibt es, als vom College zu fliegen?

Amelia ist nach dem Rauswurf auf der Suche nach einem Zimmer, in dem sie bis zum Sommer wohnen kann. Sie will ihr Leben auf eigene Faust auf die Reihe bekommen und die Situation vor ihren Vätern verheimlichen. Da kommt ihr das Aufeinandertreffen mit Riley gerade recht, der ihr nicht nur ein Zimmer in der WG anbietet, sondern auch eine ziemliche stabile Schulter zum Anlehnen. Dass Amelia mit ihrem verrückten, abenteuerlustigen Gemüt sein Leben gehörig auf den Kopf stellt, wirft jedoch eine ganz neue Art von Problemen auf, denen man erst mal gewachsen sein muss ...

BAD BOY DIARIES
von Bobbie Kitt

ISBN-Paperback: 978-3-903130-72-2
ISBN-EPUB: 978-3-903130-73-9

Wilde Partys, heiße Frauen, schmutziger Sex: Für Clayton McVeigh ist das Leben ein sündhafter Abenteuerspielplatz. Es gibt kein Tabu, das er nicht mindestens zweimal gebrochen hat.

Als ihm sein Boss das Angebot macht, für fünfzehntausend Dollar mit seiner Verlobten zu schlafen, muss Clay nicht lang überlegen. Die Sache wird zu einem besonderen Vergnügen, als er feststellt, dass Rylee verdammt umwerfend und ihm auch nicht ganz unbekannt ist. Die Wildkatze arbeitet als Barkeeperin in seinem Stammclub. Clay will die aufregende Nacht wiederholen, doch dank der Augenbinde während ihrer Spielereien hat Rylee keine Ahnung, wer ihr Liebhaber war, und lässt ihn verteufelt böse abblitzen ...

UNTIL YOU: SAGE
von Aurora Rose Reynolds

ISBN-Paperback: 978-3-903130-74-6
ISBN-EPUB: 978-3-903130-75-3

Sage Mayson bekommt Kimberly seit ihrer ersten Begegnung nicht mehr aus dem Kopf. Nachdem er sie aufgrund eines Missverständnisses so rüde von sich gestoßen hat, plagt ihn auch noch das schlechte Gewissen. Er will die Sache aus der Welt schaffen, doch Kim weist jeden Annäherungsversuch zurück. Erst nach einem tragischen Familienereignis öffnet sie sich und nimmt seine Hilfe an. Doch Kim hütet ein Geheimnis, das wie ein Damoklesschwert über ihnen schwebt und alles zu zerstören droht ...

LONDON LOVE STORY
Liebe und andere Missverständnisse
von Kelly Stevens

ISBN-Paperback: 978-3-903130-76-0
ISBN-EPUB: 978-3-903130-77-7

Acht Männer sollst du küssen, bevor du deine große Liebe findest!

So lautet die Prophezeiung, die Gabby an einem eiskalten Morgen am Brighton Pier erhält. Zurück in London macht sie sich sofort auf die Suche, die jedoch nicht von Erfolg gekrönt ist. Stattdessen landet sie mit ihrem Mitbewohner Tom im Bett. Und als hätte Gabby nicht schon genug Probleme, zieht auch noch ihre Großtante Ida in ihre Londoner WG. Als Gabby in all dem Chaos endlich erkennt, wen sie wirklich liebt, scheint es fast zu spät ...